国家社科基金
GUOJIA SHEKE JIJIN HOUQI ZIZHU XIANGMU
后期资助项目

1930年代中国现代作家群落研究

Research on the Chinese Writers' Communities in the 1930s

顾金春　著

中国人民大学出版社
·北京·

国家社科基金后期资助项目
出版说明

后期资助项目是国家社科基金项目主要类别之一，旨在鼓励广大人文社会科学工作者潜心治学，扎实研究，多出优秀成果，进一步发挥国家社科基金在繁荣发展哲学社会科学中的示范引导作用。后期资助项目主要资助已基本完成且尚未出版的人文社会科学基础研究的优秀学术成果，以资助学术专著为主，也资助少量学术价值较高的资料汇编和学术含量较高的工具书。为扩大后期资助项目的学术影响，促进成果转化，全国哲学社会科学规划办公室按照“统一设计、统一标识、统一版式、形成系列”的总体要求，组织出版国家社科基金后期资助项目成果。

全国哲学社会科学规划办公室

2014 年 7 月

序　言

放在我们面前的这部《1930 年代中国现代作家群落研究》，是作为国家社科基金后期资助项目的书稿，选题的平面直感应该有两个值得关注的点，一是 20 世纪 30 年代的时间设定，虽然仅仅是一个静态的概念，但是规划一个特殊时间的历史范围，旨在有非常明确针对性的研究指向；二是“现代作家群落”的概念，明显有着区别既定“作家群体”“文学社团流派”的一般指涉，新的概念背后显然有作者的问题思考。这样看，选题的因素和视角是有新意的，较同类论题有理论探究和文学史再认识的积极意义。

20 世纪中国文学史经历了几轮重写，不论不同特点风格的各类文学史，因文学史观倾向政治的、或文学的、或文化的某一方面而形成、立足，也不论读者、学者、专家对某种类型文学史有所偏爱或持以不同意见。但是时至今日，文学史写作一直方兴未艾，丝毫没有减弱之势。20 世纪中国文学史研究中新老话题依然交替前行，每个时代总有重写革新的文学史不断问世。在这个学术史视野中，现代作家社团流派的研究是文学史里最具有活力的生态现象，它既有宏观整体的文学思潮的统领性，又有微观局部个体作家作品的可感性。20 世纪上半叶，中国现代文学社团流派十分丰富多彩，有文学研究会、创造社、新月社、语丝社、湖畔诗社等作家同仁聚合、趣味相投、文学观念相近的结社；也有新月诗派、新感觉小说派、京派、七月诗派、九叶诗派等松散型的风格迥异的创作流派；还有中国左翼作家联盟、中华文艺界抗敌协会这样政治派别和统一战线主导的作家联合团体，正是它们支撑了中国现代文学史恢宏而壮观的大厦。为此，对这一整体的思潮流派和个体的作家群体的关注，一直成为文学史研究攻占的制高点，有关这一方面的研究成果丰硕而厚实，也积累了许多宝贵的史料和经验。本书“绪论”在陈述课题研究的基础上对前人研究成果做了较为详细的清理和辨析，也正是面对学术研究课题高起点的挑战。作者勇敢地对传统的“社团流派”文学史概念提出反思，并且引入“文学群落”概念重新思考 1930 年代中国现代文学中各作家群之间的关系，试图在一个特定文学历史时段节点和文学社团流派平面的双向交叉之中深入研究，形成该研究课题的突围之势。本书论题所呈现的积极探索，力求研究创新的学术锐气，我觉得是最应该充分肯定的，这是其一。

其二，本书在理论视点的寻找与研究对象的契合度的把握上做出了一定的积极努力和实践。作者立足中国现代文学社团流派的基础，消化吸收了文化生态学的“群落”理论，就其内涵、特征予以一定的学理性解析，并借此提出了“作家群落”概念来完整考察和辨析作家群体聚合中人文性（情感、兴趣、爱好、审美、批评等）与自然社会性（地域、教育、职业、媒介等）交织的丰富而复杂的文化现象。这更有益于真实立体地揭示文学场域的丰富构成，其理论视点对现代作家群体研究的深入具有开拓性。客观地说，最重要的不在理论的本身而是理论的运用，并且是吻合研究对象的理论方法和思考。作者一方面注重“群落”理论的文化内涵具有的巨大包容性，另一方面脚踏实地地回到文学史的原生态——1930 年代文学社团流派实际状况，为已有研究成果基本倾向的重点把脉。20 世纪 30 年代中后期，是中国社会政治急剧变化的年代，文坛也相应发生着巨大的变动，通常文学史概括为“从文学革命到革命文学”，其中典型现象便是作家队伍的分化、改组，作家的消沉、颓废与奋进、反抗相交并行。过去文学史先有对后期创造社革命文学的转向、中国左翼作家联盟的应运而生、小说社会剖析派等主流群体现象的详细描述；后有对语丝社任意而谈的散文随笔群体创作内在演变的细致分析，对现代都市崛起的新感觉小说流派的重估等文学视角的观照；再后注意到一些作家群体乡村与都市的交叉，如京派作家群体肌体中的地缘血脉关系，政治话语、现代出版报刊媒介、大学教育与作家群体的生成之间的密切联系等文化与文学的考量。显然，作者吸收了前人研究所长，又试图在“群落”理论视野中克服已有研究单一取向的某些弊端，力求获得社团流派文学文化整合研究之深入功效。作者认为“作家群落最大的价值首先在于它是一个丰富的知识文化谱系，融合了独特地域、教育背景、政治经济和出版传媒等多种因素，映射出复杂的人事交往和文化心态；其次，作家群落还是一个不断运动变化的机体，涉及群体的形态的演变、文化心理的转变等多个方面。因此，作家群落概念的采用将摆脱传统文学社团流派观念与框架的束缚与羁绊，在纷繁复杂的文化生态中对文学社群做出客观真实的揭示。在作家群落的视野中，中国现代文坛正是由许多大大小小的作家群落组成，这些作家群落形态各异，不断变化，互相争斗，形成了纷繁复杂的作家群落现象，由此也成为中国现代文坛一幕幕绮丽的风景”。无疑，这一认知是作者在兼顾理论与实践，即侧重20世纪30年代中国文学作家群体本身包孕的双重或多重因素的把握，基于文学史的基础、文学研究的经验总结而形成的。

其三，自然，作者最用心的是将既定理论向着文学史和具体研究对象的转换和消化。全书所设立的1930年代作家群落时代语境、生存话语、群落聚散形态及其背后的文化精神心态和文学特征之论证框架，不仅是以此立论思路、缜密的逻辑寻求对文学史作家群体现象的深度切入，而且确立新月、京派、《现代》、左联、论语、开明六大作家群落具体案例，重新厘清和辨析现代文学社团流派现象，深入探究1930年代前后的作家群落聚散成因的存在之由、变迁之故。该书研究个性最突出之处是，论述了文学社团流派核心的作家主体层面的思想话语、趣味爱好、创作取向、文学风格等，与构成作家聚合的外部政治、地域、期刊，乃至教育环境等非文学的文化因素作用，如何合力形成了不是单一文学、文化概念给定的具有作家群落自己特征的建构。这里作者概括的作家“群落形态的多样性”“群落内在的统一性”“群落的文化心态复杂丰富性”之特征，虽然不无包容性过于泛化和笼统，但是多少注意了具体群落个案的解析。比如分析作家群落构成的自觉意识和凝聚力，非简单以文学观念的一致性和群体生存天然的排他性，甚至时代和意识形态诉求的必然性予以解读，而是深入探究每个作家群体中“知识权威”“精神领袖”核心人物的特性和差异，确立群体阵地、办刊物的编辑理念、作者队伍建设、稿件处理方式等的不同和相同，以及褒贬赞誉同志作家文人群体特有书话、书评、作品评奖等方式的考量。这些明显地对既定20世纪30年代文学社团流派之定位有一定的改写，又在微观的具体作家群落特征、心态的总结、文化元素的解剖中，重新激活过去文学社团流派不太注意的一些自身本体要素，深化了作家群体现象的研究。细细阅读书中这些章节的论述，作者对1930年代作家群体关系、特殊文学现象及其文学史特征等的再阐释，时常有一些具有启发性的认知。

这部书稿是顾金春博士在原博士论文的基础上修改而成的。作为他的导师，我十分清楚选题的最初酝酿和形成过程。金春博士提出选题的设想时，我一方面积极支持，另一方面也向他坦诚分析其难度，并且结合我对现代文学社团流派研究的一些体会与他交流。虽然90年代初我曾经提出“文学社群”概念，试图推进既有文学社团流派的研究，但是实际研究中深入不够，面对现代文学社团流派丰富而复杂的历史对象，以及不断有新的成果抬高研究水准的现实，常常处于该课题既“困惑”又“诱惑”的双重矛盾之中。后来金春博士在完成课题的过程中，也真切地体验到学术研究这样痛苦的情景。上述谈到本书的一些积极努力和追求，可以见得金春博士知难而上，对课题用了心、下了功夫。尽管我们仍然可以对论题的周详缜密有这样那样的质疑，对具体社团流派的驾驭和重读尚有诸多不满足之处，可是作者的创新意识，积极寻找最佳的视角，回归文学社团流派的本体，及1930年代文学史的原生态，对“作家群落”的命题有相对自圆其说之论述，已属难能可贵了。

最后，尤其要指出的是，对这一课题金春博士有一种锲而不舍的执着。他博士毕业以后一直没有放下课题，认真自觉充实自我、提高博士论文的学术质量，思考和修改博士论文答辩中专家所提出的中肯意见。后来他以此申报国家社科基金后期资助项目并获得立项，足可见一斑。现在的书稿除了对原博士论文的立论做了较大的内容修改外，又整理出了相对应每一章的史料性的附录，这对文学史面貌的还原和论题的深入具有积极的提示性。他重新爬梳整理1930年代文学社团流派的原始史料，并且力求贴近作家群落视域，突出论从史出，坐实了文学史研究的史料基础，使得书稿在立论和材料上确实对读者有真正的学术参考价值。

金春博士的书稿即将付梓了，和他一样高兴和期待！师生之谊，让我写几句话不好推托。纯属同道唱和，有偏爱之嫌。如话题能引起读者的兴趣、同行的批评指正，都是一心一意做学术研究人的幸事！

权为序。

杨洪承

农历丙申年季夏于金陵外秦淮河畔

目　录

绪　论

中国现代文学的发展与社团流派密不可分，然而“社团流派”这个概念内涵存在一定的模糊性，这是因为“社团”的组织形式和外部形态变化多样，也存在着诸多不确定的因素；而“流派”的命名也带有较多主观性的成分。本书采用“现代作家群落”这个概念，不仅在一定程度上可以缓解社团流派研究中的叙述困境，而且有利于对 1930 年代文坛复杂的作家群落现象做出有效而合理的表述。绪论将在对中国现代文学社团流派及研究分析总结的基础上，提出“现代作家群落”的概念，阐述 1930 年代中国现代作家群落研究的对象和内容，概括 1930 年代中国现代作家群落的特征，论述本课题的研究意义。

第一节　中国现代文学社团流派及研究简述

在中国现代文学史上，社团流派众多，并且扮演着重要的角色，与文学史上的其他时代相比，现代文学史上的社团流派对于同一时代文学的发生与发展意义更为重大，完全可以说现代文学的发展与社团流派密不可分，没有社团流派参与的中国现代文学进程是难以想象的。“大量社团和流派的涌现，是中国现代文学区别于古代文学的重要标志之一。”① “从 1917 年到 1949 年的三十多年间，我们现在称之为中国现代文学的历史时期，其所以能在我国文学史上开辟出一个历史新纪元，并取得自己的历史性成就和影响，应该说，是与三十多年来文学社团或流派的不断兴起、演化和发展有着直接的关连和影响的。”② 正是由于众多文学群体的参与，

① 范泉主编：《中国现代文学社团流派辞典》，前言，1 页，上海，上海书店出版社，1993。
② 贾植芳主编：《中国现代文学社团流派》(上)，序，1 页，南京，江苏教育出版社，1989。

促使新文学不断向前发展，共同铸就了中国现代文学的辉煌。

我们首先有必要对中国现代文学社团流派的发展做一个简单的回溯。

中国现代文学社团流派始于“五四”新文学运动时期，随着文学革命的兴起，各种新文学社团流派如同雨后春笋般破土而出，文学研究会、创造社、新潮社、浅草社、学衡派等热闹一时，标志着新文学理论探索与创作的发展与繁荣。真正意义上的新文学社团从 1921 年才开始出现，是年 1 月，由郑振铎、沈雁冰、叶绍钧、许地山、王统照、周作人等人发起的文学研究会，正式成立于北京。文学研究会“以研究介绍世界文学、整理中国旧文学、创造新文学为宗旨”（《文学研究会简章》），提倡“为人生”的文学主张，创作了大批现实主义作品，成为中国现代文学史第一个也是 1920 年代成员最多、影响最大的新文学社团。紧随文学研究会之后，1921 年 7 月，留学日本的郭沫若、郁达夫、田汉、成仿吾、郑伯奇、张资平等组织成立了创造社。创造社分为前期和后期两个阶段，前期的创造社崇尚天才，主张自我表现和个性解放，强调文学应该忠实于自己“内心的要求”①，推崇浪漫主义和唯美主义，以其独特的文学主张和锋芒毕露的文学活动，成为“五四”以后新文学的一支生力军，特别是在文学青年中激起强烈共鸣。作为最早成立的两个新文学社团，文学研究会和创造社的出现标志着新文学运动发展到了开始形成独立队伍的阶段。在此之后的几年中，全国各地的文学社团相继涌现并蓬勃发展。据《星海》辑录的数据，从 1921 年到 1923 年，全国出现大小不同的文学社团 40 余个，出版文学刊物 52 种。而到 1925 年止，文学社团已增至“不下一百馀”②。这些文学社团几乎遍布各大中城市，其中比较活跃的有上海的民众戏剧社、弥洒社、南国社、狂飙社（先后活动于京沪两地），杭州的湖畔诗社，长沙的湖光文学社，武昌的艺林社，天津的绿波社……当然，文学社团活动最为活跃的还是北京，这里不仅有鲁迅、周作人、孙伏园、钱玄同等组成的语丝社，还有徐志摩、闻一多、梁实秋、胡适、陈源等组织的新月社，此外还有杨晦、陈炜谟、陈翔鹤、冯至组织的以浅草社为前身的沉钟社，韦素园、李霁野、台静农等在鲁迅主持下组织的未名社。这些文学社团活动的时间久暂不一，思想倾向也更是各不相同，但总的来说，对新文学运动的发展产生了积极的推动作用。诚如茅盾后来所说：“这几年

① 郭沫若：《编辑余谈》，载《创造季刊》，1922（1—2）。

② 茅盾：《中国新文学大系·小说一集导言》，见赵家璧主编、茅盾编选：《中国新文学大系》，第 3 集，上海，上海文艺出版社，2003。

的杂乱而且也好象有点浪费的团体活动和小型刊物的出版，就好比是尼罗河的大泛滥，跟著来的是大群的有希望的青年作家，他们在那狂猛的文学大活动的洪水中已经练得一副好身手，他们的出现使得新文学史上第一个‘十年’的后半期顿然有声有色!”①

到了1930年代，文坛上出现了更多关系松散的社团和创作上风格相近的流派，这些社团流派倡导各自的文学主张，互相之间时常展开激烈论争，文学群体表现得更为活跃。吴福辉先生在《中国现代文学发展史》第3章第28节中对这个阶段的文学社团流派也有过精辟的概括，他认为这个阶段主要的文学板块有四个：第一是左翼文学，第二是京派，第三为海派，第四是鸳鸯蝴蝶派。② 第一左翼文学，众所周知是左联作家群体的创作成果。左联是中国共产党于1930年3月2日在中国上海领导创建的一个文学组织，倡导无产阶级革命文学，是1930年代中国文坛影响最大的革命文学团体。鲁迅是左联的旗帜人物、该团体名义上的领导，但具体工作是由左联的党团领导。左联历届党团书记有：冯乃超、冯雪峰、阳翰笙、钱杏邨、丁玲和周扬。③ 左联组织庞大，行政领导机构为常委会，下设秘书处、组织部、宣传部、编辑部、总务部等，这些机构又领导马克思主义文艺理论研究会、国际文化研究会、文艺大众化研究会、创作批评研究会等。除上海总盟外，还先后建立了北平左联（又称北方左联）、东京分盟、天津支部，以及保定小组、广州小组、南京小组、武汉小组等地区组织。左联集中了大批思想左倾的革命作家，还扩大到教师、学生、职员、工人，盟员总数达数百人。自成立之后，左联即遭到国民党政府的破坏和镇压，左联顽强战斗了6个年头，粉碎了国民党当局的文化“围剿”，在政治上有力地配合了中央苏区军事上的反“围剿”斗争。1936年左联解散。第二京派，京派是1930年代一个关系比较松散的文学流派，由于其作者主要在当时的京津两地进行文学活动，所以定义为京派。对于“京派”这个概念历来存在着很多的争议，其中吴小如先生的观点更具有代表性，他认为：“其实所谓‘京派’，其内涵与外延都很含糊笼统，大抵指以北平为中心的作家群。从时间上看，似指大革命失败的

① 茅盾：《中国新文学大系·小说一集导言》，见赵家璧主编、茅盾编选：《中国新文学大系》，第3集，上海，上海文艺出版社，2003。

② 参见吴福辉：《中国现代文学发展史》，297～299页，北京，北京大学出版社，2010。

③ 参见曹清华：《中国左翼文学史稿1921—1936》，114～115页，北京，中国社会科学出版社，2008。

一九二七年到抗日战争爆发的一九三七年，包括抗战胜利后到全国解放前的一九四五年到一九四八年。”① 京派文学讲求“纯正的文学趣味”，以“和谐”“节制”“恰当”的审美意识为基本原则，其创作的基本特征是关注人生，和政治斗争保持距离，强调艺术的独特品格。主要刊物有《文学杂志》、《文学季刊》、《大公报·文艺副刊》、《骆驼草》周刊等。京派这个作家群落背后是一个庞大的创作群体，沈从文曾以极力称誉的语气描述过京派当时的盛景：“然而在北方，在所谓死气沉沉的大城里，却慢慢生长了一群有实力有生气的作家。曹禺、芦焚、卞之琳、萧乾、林徽因、何其芳、李广田……是这个时期中陆续为人所熟习的，而熟习的不仅是姓名，却熟习他们用个谦虚态度产生的优秀作品！……提及这个扶育工作时，《大公报》对文艺副刊的理想，朱光潜、闻一多、郑振铎、叶公超、朱自清诸先生主持大学文学系的态度，巴金、章靳以主持大型刊物的态度，共同作成的贡献是不可忘的。”② 这里揭示了当时京派的主要人员，除此之外，京派成员还有北大梁宗岱、冯至、孙大雨、罗念生、周作人、废名、徐芳等；清华大学有俞平伯、李健吾、林庚、曹葆华等。第三海派，主要指以施蛰存《现代》为中心而聚集起来的作家群体，包括现代诗派与新感觉派。其中现代诗派是在自由主义文学思潮激荡下，自觉追求“纯诗”艺术美的一个诗歌流派，代表诗人有戴望舒、施蛰存、何其芳、废名、林庚、陈江帆、南星、徐迟、番草、玲君、吴奔星、路易士等。新感觉派小说是 20 世纪我国第一个被引进的现代主义小说流派，主要作家有施蜇存、刘呐鸥、穆时英，此外还有黑婴、禾金等。无论是现代诗派还是新感觉派，两者在文学理念、思想观点和审美倾向方面都比较接近，在创作方面吸收西方文学的启发和影响，有意识地模仿西方文学的创作方法；在刊物发行方面努力适应文化消费市场的需要，对于中国文学产生深远的影响。也正因为如此，本书把他们看成是一个作家群落。至于第四鸳鸯蝴蝶派，是一个市民通俗文学派别，创作相当杂乱，笔者对此接触不多，未敢置喙，因此本书未将其列入考察的范围。除了吴福辉先生所说的这四大主要文学板块之外，笔者认为当时还有新月社、论语派、南国社、社会剖析派等大大小小很多文学团体或流派。这些文学群体相对独立，有着相对固定的人员、相对一致的兴趣和审美倾向，群体内部具有较强的向

---

① 转引自郭宏安编：《李健吾批评文集》，序，3 页，珠海，珠海出版社，1998。

② 沈从文：《从现实学习》，载《大公报》，1946-11-10。

心力和凝聚力。它们之间互相影响，互相磨砺，共同构筑了1930年代的文坛，形成了这个阶段独特的作家群落现象。

1937年抗战的爆发打断了中国现代文学发展的正常路径，整个1940年代文坛虽然不乏佳作，但整体上文学创作的衰退是不争的事实，这也相应地带来了文学社团流派的减少与萎靡。除了文协、七月派、九叶派等之外，比较像样的社团流派屈指可数。这其中影响最大的是1938年成立于武汉的中华全国文艺界抗敌协会，简称“文协”。文协提出了“文章下乡，文章入伍”的口号，出版《抗战文艺》，鼓励作家深入现实斗争。这个社团集中了当时几乎所有的作家，在全国组织了数十个分会及通讯处，组织遍于全国各地。文协的成立使得作家、艺术家空前广泛地团结对敌，使抗战初期的文艺活动呈现出生气蓬勃的新气象，对开展抗日文艺活动、繁荣创作、培养青年作家等，都发挥了至关重要的作用。其次是七月派，七月派是40年代主要活动于国统区的文学流派，由胡风主编的刊物《七月》而得名。这个流派主要成员有阿垅、鲁藜、彭燕郊、方然、冀汸、曾卓、绿原、牛汉、鲁煤等。七月派的小说创作继承了“五四”以来以鲁迅为主的批判国民性的理性精神，表现“精神奴役创伤”，强调对中国社会改造的知识分子能动性和主观战斗精神；在诗歌创作方面发掘和歌颂民族的生命强力，抒发鲜明的主观战斗激情；诗歌艺术形式上倾向于散文化，对自由体诗的发展做出了贡献。此外，1940年代还有一个影响较大的现代主义诗歌流派——九叶派，因1981年出版的收录曹辛之、辛笛、陈敬容、郑敏、唐祈、唐湜、杜运燮、穆旦和袁可嘉等九人作品的《九叶集》而得名。由于这个群体曾出版过刊物《中国新诗》，他们又被称为“中国新诗派”。九叶派主张“人的文学”“人民的文学”和“生命的文学”的综合，既反对逃避现实的唯艺术论，也反对扼杀艺术的唯功利论，企图在现实和艺术之间求得恰当的平衡。他们的一些作品表现诗人对现代人生存处境的思考、对人的生命价值的探讨，内涵深刻。在诗歌艺术上，他们坚决反对浪漫主义诗风，而致力于新诗的“现代化”建设和“感受力的革命”，旨在使诗成为现实、象征和玄学的融汇。九叶诗派的创作探索为中国新诗的发展做出了重要贡献。

在以上简单的回溯之中，我们可以看到中国现代文坛上社团流派的纷呈复杂。这些社团流派不仅数量众多，而且意义重大，对于现代文学的创作和文学史的发展都起到了巨大的推动作用。现代文学史上几乎每一种文学思潮的背后都有着一个或多个社团流派的倡导和支撑，如文学研究会对于中国现代现实主义文学思潮的贡献，创造社对于中国现代浪漫主义文学的贡献，左联对于 1930 年代革命文学思潮的贡献，等等，所以无论哪一部文学史在叙述中国现代文学的时候，都无法忽视文学社团与流派的存在。尤其是那些带有思潮叙述特征的文学史，更是将文学社团的贡献放在了首位。正是众多重要文学社团流派的倡导和持续不断的创作，才造就了各种文学思潮，推动了整个中国现代文学的发展。

社团流派的研究一直是中国现代文学研究的重点之一，研究成果之丰富、成绩之卓著，难以一一列举。概而言之，研究内容主要分为四大部分：中国现代文学社团流派个案研究、中国现代文学社团流派史研究、社团流派的期刊出版研究和中国现代文学社团流派方法论研究。

1. 中国现代文学社团流派个案研究

中国现代文学社团流派个案研究起步最早，成果最为丰硕，出现了一批有影响的专著和论文。这些著作和论文从多角度对单个的社群进行了条分缕析，研究的重心往往放在时代、文化思潮、传统与外来文学因素等对于各个社团文风的影响方面。新青年社、新潮社、文学研究会、创造社、新月社等社团研究在这方面的表现尤其明显，相对集中地出现了一大批研究论文与专著。此外，朱寿桐对于创造社的研究，许道明、杨义之于京派和海派，沈卫威之于学衡派，吕若涵之于论语派……这些研究史实与创作实际并重，内在脉络梳理清晰，分析评论中肯切实，取得了巨大成绩。但是也应看到，目前仍有很多的文学社群没有得到应有的重视和研究，只在相关作家传记研究及社群的研究论文中涉及一些社群的资料。

2. 中国现代文学社团流派史研究

在中国现代文学社团流派史研究方面，主要成果有：

施建伟的《中国现代文学流派论》（西安，陕西人民出版社，1986）提出以流派的角度来研究流派，试图从流派史、流派批评、文学理论三方面对中国现代文学史中的流派现象作综合性和系统性的考察。优点：注意到流派的发展变化，对心理分析小说、人生派、艺术派、新月派等进行了动态的考察。局限：缺乏系统性，某些观点囿于时代难以出新。

贾植芳主编的《中国现代文学社团流派》（上下卷，南京，江苏教育出版社，1989）代表了 80 年代社团流派研究的较高水平。这本书选取现代文学运动中有代表性的 33 个社团加以介绍和评价，研究范围广，基本把当时社团流派研究所涉及的对象一网打尽。在研究方法上以恢复历史原貌为标准，注意理清其内部的发展线索。由于是个人分别撰述，所以每一篇风格、侧重点不尽相同。

朱德发的《二十世纪中国文学流派论纲》(济南，山东教育出版社，1992)是以流派思潮为单位撰写的现代文学史，全书分为形态论、思潮论和规律论三大部分，结构规整，体系严密。不足在于某些概括显得似是而非，过于主观。

严家炎的《中国现代小说流派史》(北京，人民文学出版社，1989)宏观概括精到，微观分析细致，具有开拓意义，很多论述至今仍无出其右。遗憾的是，著作是专门的小说流派史介绍，对于其他体裁的文学社群未能涉及。

陈安湖主编的《中国现代文学社团流派史》(武汉，华中师范大学出版社，1997)把社团和流派并列而谈，试图从纵横两方面对现代文学社团流派作完整的史的综合研究，重在客观介绍和史料的挖掘，以史带论，追求完整，但带来了一个不可避免的弊病：琐碎。

朱寿桐的《中国现代社团文学史》(北京，人民文学出版社，2004)尤其精彩之处在于前半部分，观点精辟，论述深刻。

由于研究成果甚多，在此只能选择这几部代表性的著作作简单分析。一斑而窥全豹，每部专著俱有创新，但又带有自身的缺陷。总体而言，中国现代文学社团流派史往往贪大求全，力图对整个现代文学的社团流派做出全面的概括，目前还没有一本反映20年代、30年代或40年代社团流派的断代史。

3. 社团流派的期刊出版研究

社团流派的期刊出版研究在90年代中期成为研究的热点，代表性的研究成果有：吴福辉的《作为文学(商品)生产的海派期刊》(《中国现代文学研究丛刊》1994年第1期)、马以鑫的《〈现代〉杂志与现代派文学》(《华东师范大学学报》(哲学社会科学版)1994年第6期)、高恒文的《〈大公报〉文艺副刊在“京派”发展史上的意义》(《文艺理论研究》1998年第2期)、李欧梵的《探索“现代”——施蛰存及〈现代〉杂志的文学实践》(《文艺理论研究》1998年第5期)、吴方的《商务印书馆与近现代文化的变迁》(《上海文化》1994年第3期)、杨扬的《商务印书馆与二十年代新文学中心的南移》(《上海文化》1995年第1期)、刘纳的《创造社与泰东图书局》(南宁，广西教育出版社，1999)等，这些研究使大家看到决定新文学运行方向和发展方式的不仅是政治、思想因素，它的生产方式、传播方式等“中介因素”同样对文学进程起到重要作用。所以期刊出版研究不仅丰富了社团流派研究的内容，开辟了社团流派研究的新领域，而且为社团流派研究的深入拓展奠定了坚实的基础。

4. 中国现代文学社团流派方法论研究

“如果说意识形态条件的限制是现代文学社团研究滞后的主要原因，那为什么在意识形态限制条件得到解放和放宽之后，文学社团研究仍然原样徘徊，发展不尽如人意呢？恐怕最主要的原因还是人们没有具体地、准确地和系统地总结、研究过社团研究的方法论。”① 1990 年代以来到今天，在中国现代文学社团流派研究方面的新动向是方法论上的新探索，出现了一批有质量的文章和专著：

王晓明的《一份杂志和一个“社团”：重识“五四”文学传统》强调“今天重读二十世纪中国文学的历史，就要特别注意那些文本以外的现象”，以《新青年》和文学研究会的研究为例，他提出研究一份刊物或社团，不但看其成员写了什么作品，更要读他们的编辑方针、他们的宣言和章程，研究他们的同人圈子，从而观察社团如何出现又如何发展，以及对现代文学进程产生的影响等。这种以解读期刊、社团文学策略来考察文学运行机制的方法开创了期刊、社团研究的新模式，为现代文学社团研究提供了一个重要的视角。

杨义在《流派研究的方法论及其当代价值》中认为：“流派的形成，离不开社会、政治、文化对它的催生作用，对它的推动力和挤压力。在汲取和承受诸多外力的时候，流派作为一个有生命的文学构成和文学过程，在其张扬个性和组合个性中不同程度地具备五个要素：风格要素、师友要素、交往行为要素、同人刊物和报纸专栏要素、社团要素。”此五要素更多涉及的是文学之外的社会因素。

杨洪承的专著《文学社群文化形态论：现代中国文学社团流派文化研究》采用“文学社群”的视角，对现代文学社团流派重新考察，并在此基础上重新思考整体性文学思潮的问题，这种文化研究的理论方法对于中国现代文学社团研究具有深刻的启发性与创新意义。而杨洪承的另一篇文章《现代中国文学社群文化生态与心态研究论纲》则是从地域、政治经济、教育、审美心态四个方面对现代中国文学社群文化生态与心态进行了解析。

陈思和、丁帆主编的《中国现代文学社团史研究书系》目前已经出版

① 朱寿桐：《论中国现代文学社团的研究方法》，载《文艺理论研究》，2005（3）。

第一辑的七本和第二辑的部分，广受好评。书系在总结前人研究成果的基础上，试图逐个地对文学史上的重要文学社团进行资料搜集梳理，通过对一系列重要文学社团的“史”的梳理和书写，综合成一套内容多样、各自独立的现代文学社团的个案史。但过于注重社团的外在形态，忽视了社群的本质精神，所以把“栎社”这样的社团作为研究对象，而对大的流派却视而不见，总归有舍本逐末之嫌。

纵观以上中国现代文学社团流派研究，虽取得丰硕成果，但是总体上仍然存在着简单化的倾向，主要体现在：一是把文学社群进行了条块状的归类，简单分成几大社群，于是一部现代文学史成为几个社群流派的简单组合；二是研究者忽视了文学形态的丰富性，只注重主要的文学思潮的概括和静态的描述，把作家群落看成是社群的简单对峙。这种简单化的研究不仅不能客观反映出当时文学形态的多样性，更难以承担描述文学群体文化生态丰富性的重任。可喜之处在于，新世纪以来，很多社团流派研究已不再满足和拘泥于单纯的社群文本解读，而是注重社群内部的人事交往，探讨社群成员之间的关系，把人物的行状、言论、个性作为描述的对象，把研究的关注点集中到现代文学最原初的起点：个人的文学活动。这些研究确立了新世纪以来社团流派研究的新趋向，在整体研究的方法论上具有指导性的启发意义。

第二节　中国现代作家群落概念的提出

然而，我们现在在研究中国现代文学史上的社团流派时，仍然发现一些无法回避的问题：首先，“社团流派”这个概念的概括过于笼统而不够严密，对研究对象的内涵和外延缺少明确的界定。一般认为文学社团之所以为“社团”，是因为其往往具有比较严密的组织形式、宣言纲领、创作主张，以及相对固定的刊物和比较稳定的成员，我们通常把这类社团称为完整社团或理想社团。比如文研会、创造社、语丝社、新月社等，尽管它们有的以某一种或几种刊物为聚散的核心，有的因师生同学关系而组合成团，有的以成员的乡土关系而聚集成社，但整体而言它们有宣言、有纲领、有机关刊物、有相对固定的成员，在文学追求上有着相对同一的审美追求，等等，因而具备了完整社团或理想社团的一般特征。然而现代文学史上并非所有的社团都是如此。事实上，文学社团的组织形式和外部形态变化多样，有的社团有成立宣言或纲领，有的则没有；有的有固定成员，有的则成员流动变化较大；有的组织严密，有的组织则关系松散；等等。社团的思想观念、成员的文化心态也往往随着外部环境的变化而发生变化，存在着诸多不确定的因素。“文学流派”的概念也存在这种问题。文学流派一般是指文学发展过程中，一定历史时期内出现的一批作家，在文学理论、社会文化立场和创作方面有着师承和相互影响，由于审美观点的相近和创作风格类似，自觉或不自觉地形成的文学集团和派别。流派成员之间一般没有结社的行为，更很少能谈得上共同的宣言和纲领，只是在审美观点和创作风格上比较接近（互相之间有一些交流，创作上互相有一些影响），比如京派、新感觉派、现代诗派等。由于流派是后人总结命名的，所以这样的命名必然带有极强的主观性的成分，在阐释的时候带来更多不确定的因素。比如“京派”这个概念就存在着很多的争议。再比如“社会剖析派”这个流派到底包括哪些成员？成员之间是否有一些交往？这些交往是否影响到他们的创作？他们的创作存在着哪些变化？这些问题都还未得到透彻的研究。尽管严家炎先生在《中国现代小说史》中为这个流派命名后，学界基本都认可了这个概念，使得“社会剖析派”的命名具有了合法性，但目前来看，其内涵仍然存在着进一步阐述的空间。

其次，还有一个问题不可忽视，那就是社团流派一旦形成之后，并非如我们所预想的那样“铁板一块”，而是始终处于变化之中。这种变化既体现在社团流派的外部形态方面，比如社团流派往往随着时间的推移不断发展变化，有的不断壮大，有的不断缩小直至消亡；成员方面也不断变化，可能一个作家今天加入这个社团，但明天又退出加入另外一个社团。此外这种变化还体现在社团流派的内部形态方面，比如社团流派的创作观念、成员的文化心态等往往也随着外部环境的变化而发生改变。以上这些问题，原本是社团流派研究的题中应有之义，但是，传统意义上的社团流派研究通常只重视社团流派的静态分析，对动态变化的研究往往捉襟见肘。这并不意味着以往研究者没有注意到这一点，笔者认为问题的症结还是出在“社团流派”概念本身，由于概念自身概括性不强，才导致了文学社团流派动态研究的后继乏力。

尽管“社团流派”的概念一直都在使用，但对于这个概念的质疑其实由来已久，显然很多学者也已经意识到这个问题，并且试图努力地去解决，比如吴福辉先生的30年代文学的“板块说”、杨洪承先生的“现代社群”论、杨义先生流派的“五要素”论等就是这个方面努力的结果。① 此外，陈思和先生和丁帆先生主持的教育部重大项目“中国现代文学社团史”中提出的观点在所有的观点中比较具有代表性，他们认为解决社团流派研究困境的方法就是把“社团流派”分为“社团”和“流派”两个概念。在研究重点方面，社团研究重在人事，研究社团的兴衰聚散；流派研究重在创作，研究风格的流变。“两者混在一起研究，结果往往是流派因素压倒社团因素，理论概括压倒作家的活动。”② 这种观点无疑为我们社团流派的研究开拓了思路，辨明了方向。而且这个课题项目的研究在社团研究方面取得了丰硕成果，涉及的每个社团研究材料翔实，脉络清楚，其对中国现代文学社团研究的贡献是毋庸置疑的。但是如何来开展对现代文学流派的研究？用社团研究的方法来研究流派是否可行？丛书并没有给我们答案，这仍然是一个有待解决的难题。不过笔者认为以往在社团流派研究的过程中，研究者往往把社团流派放在一起，并非完全没有理由。社团固然是作家集中活动的空间，有着复杂的人事的纠缠；而构成流派的群体虽然关系松散，其背后仍然存在一个有着互相影响的团体。所以站在这个角度上来看，社团与流派并论其实有其合理的一面，关键还是研究角度的问题。

那么到底有没有一个更为合适的概念来解决社团流派研究的问题呢？笔者认为，借用“群落”这个概念，也许能较好地解决这个难题，至少在一定程度上可以缓解社团流派研究中的叙述困境。

“群落”（community），原本是一个生态学概念，指的是一定时间内居住在一定空间范围内的生物种群的集合，它包括植物、动物和微生物等各个物种的种群，共同组成生态系统中有生命的部分。生态学是德国动物学家、哲学家艾伦斯特·赫克尔（Ernst Haeckel）1866 年在《有机体普通形态学》中首先提出，书中作者勾画了反映动、植物演化关系的系统树，描述了生物同有机或无机环境之间的关系。20 世纪前半期，美国人类文化学者在研究北美印第安土著民族时发现了文化与环境之间存在着密切的联系，为文化生态学开辟了道路。1955 年美国文化人类学家朱利

① 参见吴福辉：《中国现代文学发展史》，北京，北京大学出版社，2010；杨洪承：《文学社群文化形态论》，合肥，安徽文艺出版社，1998；杨义：《流派研究的方法论及其当代价值》，载《海南师范学院学报》，2001（5）。

② 陈思和、丁帆主编：《“中国现代文学社团史”研究书系》，总序，4 页，上海，东方出版中心，2006。

安·海恩斯·斯图尔特（Julian Haynes Steward）出版专著《文化变迁的理论》（*Theory of Culture Change*），试图证明不同文化发展的规律并概括文化发展中形成的各种混合文化的类型。他从生物学家那里借用生态学的术语，首次提出“文化生态学”的概念，倡导建立专门的“文化生态学”学科，以探究具有地域性差异的特殊文化特征及文化模式的来源，由此创建了文化生态学。从此以后，文化生态学为越来越多的人类学家和生态学家所重视，并逐渐发展成一门新的学科。

“文化生态学”中的“文化群落”这个概念正是源自生态学中的“群落”。有学者认为，“所谓‘文化群落’是指，文化个体对超越其上的超越价值作向上的文化认同，在此个体性的文化认同中，个体自由发展，生成意义，以此达成个体之间以此超越价值为号召的相互认同，这种个体之间相互认同产生的集体形态就是文化群落”①。笔者认为，简单地说，文化群落就是指在一起生存的不同层次的文化所形成的，具有相对独立的特征的文化群体。文化群落是与一定的文化环境相适应的，在特定的文化群落中具有特定的文化生态气候。在各个文化群落中，不同层次上的文化具有某种相似的特征，而且它们的文化意义主要在于为其所处的文化群落进行服务。

每个民族的文化系统实际上是由许多小的文化生态群落构成的一个文化生态场。例如，一个民族文化系统往往由政治文化、宗教文化、科学文化、艺术文化、家庭文化、心理文化、法律文化、道德文化、饮食文化等构成，每一方面都对整个场产生着全方位的作用，在这个场的任何一个部分发生一点变化都会波及整个场的所有部分，只不过与波动中心距离较近的部分受的振动大些，远的部分则小些。文化群落的划分有着不同的标准，比如从地域角度来分，中国文化可以分为齐鲁文化、江浙文化、燕赵文化、东北文化、藏文化等；这些文化群落各自又有许多更小的群落，如江苏文化又可分为淮扬文化、苏南文化、金陵文化、徐州汉文化等不同的小群落。比如从社会阶层上来划分，文化群落又有精英文化群落、大众文化群落之分。而中国古代《诗经》中的“风”“雅”“颂”可以分别看成是普通民众、知识阶层、统治阶层等不同文化群落的文化表现。西方也有类似的划分，比如马修·阿诺德（Matthew Arnold）把维多利亚时代的英

① 耿波：《文化群落与都市文化群落的危机》，载《中华读书报》，2006-04-12。

国人分为野蛮人（Barbarians，贵族阶级）、非利人士（Philistines，中产阶级）和群氓（Populace，平民）等三个文化群落，并分析了三个文化群落各自的文化观念与时尚。

作为“文化群落”的一个子系统，“作家群落”是在一定文化环境下形成的具有相对独立特征的文学群体。文化是一个大生态环境，处于这个环境中的文学主体个人（作家）的生活态度、文学观念、艺术审美倾向性等必然会随着文化生态环境的不同而变化，文学主体个人会根据文化生态环境而调整自身，以适应文化生态环境的变化。另外，文学主体个人（作家）之间由于心性气质的相近而产生某种认同，或者由于心性气质相反而产生排斥，无论是认同还是排斥，原本互相独立的文学主体个人之间产生了关联。互相认同的个人通过多种方式达成交流，最终形成作家群落。而被排斥的一方也有可能拉帮结派，同仇敌忾，形成另一个作家群落。所以“作家群落”真实反映作家聚合中的自然的（地缘、教育背景、职业等）生态，既表现出一定的文学或者社会政治的组织行为，形态方面发生着从产生到消亡的复杂变化，同时内部形态方面与这个群体成员之间的心理和精神因素存在着密切的关系，体现了群体精神追求的一致性，由此在创作上形成文学风格的相近性，是一个立体性的“文学场域”。

尽管文化生态学在国内还是一个起步不久的年轻学科，但采用这种方法来研究文学流派和作家群落已成为一种行之有效的新方法，并且已经取得了较为丰硕的成果。在方法论方面比较具有代表性的论文有《论中国古典诗歌研究的文学生态学途径》，文章谈到了中国古典诗歌流派研究中尤其需要采用文学生态学策略途径的重要意义，认为中国古典诗歌研究中的群体和流派研究，只有遵循文学生态学的研究方法途径，研究才能深入。① 而对于具体的作家群落的研究则是从时间和地域两个角度展开的。从时间角度来看，比如《西晋作家群落对文学风格特色的影响》《论晚明女诗人群落分布与创作特征》《被遮蔽的文学图景——对1932—1945年东北地区作家群落的一种考察》《论明代建阳书坊媒介生态下的文人群落》《“鸿都门学”的建立与汉末“文人群落”重组》《晚唐两大诗人群落及其风貌特征》等，这些研究文章都是从纵向的时间角度探讨了各个不同的历史时期的作家群落。而《近代东北文化与满洲女作家群落》《17世纪苏州

① 参见陈玉兰：《论中国古典诗歌研究的文学生态学途径》，载《文学评论》，2004（6）。

地区创作传播白话小说的文人群落》《关于“白洋淀诗歌群落”》《文学艺术的地域色彩及群落生态》等则是从空间地域角度探讨了作家群落。此外，周泉根、梁伟的专著《京派文学群落研究》更是明确提出文学群落是一种文学史的新视角，认为“如果用‘群落’这个概念代替‘流派’，既能解释这种尴尬和含混，也能消解这种尴尬和含混，且可更准确地揭示和解释京派文学的本来风貌和内在机理”①。其中一些论点于我心有戚戚焉。

按照这些研究文章的理解，作家群落是某个特定时空状态的文学群体。《文学运作模式概论》一文认为构成文学群落的基本要素主要有几个方面：一是两个及以上人员参与；二是通过协议的方式；三是存在文学活动迹象……②笔者认为这些只是构成文学群落的基本条件，如何来认定一个作家群落？综合以上的研究观点，笔者认为，构成作家群落的基本要素主要有三个方面：一是具有群落的凝聚中心。一般都有一个知名度、受关注度较高的知识权威存在，领导或潜移默化地影响着群落其他成员的创作。二是具有某种协议。个体成员之间因为认同而产生关联性，达成成文或者不成文的协议。个体成员之间一般互相支持、一致对外，在保留个性的基础上同气相求、同声相应，彰显出群体的意识。三是具有互动的文学活动。作家群落成员之间是单纯的文学交往行为或活动，相互之间形成互动，包括互相影响的文学创作、互相间的鉴赏和批评、作品的编辑出版发行等。符合以上三个要素的即是本书论述的作家群落。作为一个概念来说，作家群落最大的价值首先在于它是一个丰富的知识文化谱系，融合了独特地域、教育背景、政治经济和出版传媒等多种因素，映射出复杂的人事交往和文化心态；其次，作家群落还是一个不断运动变化的机体，涉及群体的形态的演变、文化心理的转变等多个方面。因此，作家群落概念的采用将摆脱传统文学社团流派观念与框架的束缚与羁绊，在纷繁复杂的文化生态中对文学社群做出客观真实的揭示。在作家群落的视野中，中国现代文坛正是由许多大大小小的作家群落组成，这些作家群落形态各异，不断变化，互相争斗，形成了纷繁复杂的作家群落现象，由此也成为中国现代文坛一幕幕绮丽的风景。

① 周泉根、梁伟：《京派文学群落研究》，4 页，上海，上海三联书店，2012。

② 参见王雪伟：《文学运作模式概论》，载《理论与创作》，2007（5）。

第三节　1930年代中国现代作家群落研究的对象和内容

1930年代中国现代文坛社团林立、流派纷呈，作家群落纷繁复杂，形成特定时段的一种令人瞩目的作家群落现象。此处1930年代指的是通常意义文学史上所说的20世纪30年代，即从1928年至1937年。需要特别说明的是，由于文学发展的延续性，加上考虑到文学群落论述整体性的需要，本书中涉及极少部分内容的上限可能延伸至1926年前后。与1920年代和1940年代相比，这个阶段作家群落的活动十分频繁活跃，不仅作家群落外部形态方面呈现出解体、转型、重构等转换，而且在内部形态方面乃至群体的心态方面都发生了较大的变化。这种作家群落现象决定了1930年代文学的基本面貌，对此阶段文学理论和创作产生了深远的影响。

一、1930年代中国现代作家群落研究的对象

对照上文中作家群落的三个基本要素，本书认为1930年代的中国现代作家群落主要有以下六个：

1. 新月派作家群落

由于群体成员的复杂，加之这个群体涉及政治、思想、学术、文艺等多个领域，所有以往对于这个群体的概括比较混乱，《中国现代文学社团流派辞典》把这个群体分为新月社、新月派和新月诗派三个条目来解释。① 在作家群落的视野中，它其实就是一个整体，因此刘群把它定性为“一个松散的带有社交性质和情感因素的组织”“一个开放的组织”②。

新月派作家群落始于1923年徐志摩、胡适、陈西滢等人在北京发起成立的新月社，最初为北京一批政界、商界、学术界的人士为联络感情和培植势力，逐渐兴起的一种类似西方“沙龙”的聚餐会，成员有梁启超、徐申如、张嘉森（张君劢）、张嘉璈、林徽因等。1924年在松树胡同七号成立新月俱乐部，从事戏剧活动，闻一多、梁实秋、熊佛西、余上沅回国后先后加入。1925年10月，徐志摩应陈博生之邀主编《晨报副刊》，

① 参见范泉主编：《中国现代文学社团流派辞典》，508～511页，上海，上海书店出版社，1993。

② 刘群：《饭局·书局·时局——新月社研究》，43页，武汉，武汉出版社，2011。

1926 年 4 月 1 日创办栏目《诗镌》，共出版 11 期，与闻一多共同进行了新格律诗的探讨，集中了饶孟侃、刘梦苇、于赓虞、朱湘、孙大雨、杨世恩、朱大枬等一批年轻的诗人。其后，于 1926 年 6 月 17 日—9 月 23 日《晨报副刊》栏目《诗镌》改为《剧刊》，发表了徐志摩、余上沅、闻一多、赵太侔、丁西林、梁实秋、熊佛西等人的文章，倡导“国剧运动”。1927 年北洋政府面临崩溃，北平陷入混乱之中，新月社成员重新汇聚到上海。时年春，徐志摩、闻一多、胡适、余上沅、梁实秋、张禹九、邵洵美、潘光旦等在上海开办新月书店，主要出版新月社成员的作品。1928 年 3 月，徐志摩、闻一多、饶孟侃在上海创办《新月》月刊，另有胡适、梁实秋、邵洵美、潘光旦、余上沅、张禹九、叶公超、罗隆基、刘英士等参加。1931 年 1 月，新月书店创办《诗刊》季刊，先后由徐志摩、邵洵美担任主编，主要诗人有徐志摩、邵洵美、陈梦家、方玮德、饶孟侃、方令孺、卞之琳、储安平等。《新月》月刊从第 2 卷第 2 号开始，梁实秋、潘光旦、叶公超参加编辑，政治论文逐渐增多。第 3 卷第 2 号开始，罗隆基主编，政治论文逐渐占据多数。新月群落内部分歧愈发明显。1930 年秋，闻一多离开上海，受聘于国立青岛大学，逐渐放弃诗歌创作，疏远了新月群体，转向学术研究。1931 年春，胡适回北平任北大文学院院长兼中国文学系主任，徐志摩也到北平任教。新月作家群落分化更为严重。1931 年 11 月 19 日徐志摩因飞机失事罹难，新月群体失去了“黏合剂”，由此走向衰败。1933 年 6 月，《新月》月刊在叶公超独立苦苦支撑下出版了第 43 期后，最终停刊。1933 年 12 月，新月书店关闭。新月文学群落由此画上了句号。

新月派作家群落人员构成复杂，主要是以胡适、徐志摩为中心聚集的有着欧美留学经历的作家。他们的政治主张、文艺观点、文学创作并不完全一致，主要贡献在于两个方面，一是以梁实秋为代表的文艺批评，认为“伟大的文学乃是基于固定的普遍的人性”，“文学发于人性，基于人性，亦止于人性”。“人性是测量文学的唯一标准。”坚持文学要受到理性的制约，倡导文学的健康与尊严，反对文学的阶级论和浪漫主义。二是新诗格律化的探索与创作。主要代表为闻一多、徐志摩，他们反对“五四”时期诗歌的情感泛滥和散文化倾向，主张“理性节制情感”的原则，提出音乐美、绘画美、建筑美的“三美”主张，从理论到实践上对新诗的格律化进行了深入的探索，有效纠正了早期新诗创作情感散漫、过于散文化的弱点，使新诗进入了自觉创造的时期。

2. 京派作家群落

作为流派的“京派”的概念有很多的争议，在此不想赘述。本书所指的京派作家群落是指1920年代后期、1930年代以北平为中心结成的自由知识分子文人作家群体。这批自由知识分子文人作家群体主要是北京大学、清华大学、燕京大学的师生，其中有1920年代文学研究会的成员，有语丝社的作家，也有从新月社分化出来的部分人员，“京派作家群的出现是诸多流派、社团在新的历史时期以和而不同、审美本位的自由主义为标准的重组”①。

从历史生态的角度来说，京派作家群落的活动方式主要是沙龙、朗诵会、茶会或聚餐会等，其中活动地点主要是“太太的客厅”、“慈慧殿三号”的读诗会、苦雨斋骆驼同人、《大公报·文艺副刊》的聚餐会等。“太太的客厅”指的是位于北平北总布胡同三号林徽因家的客厅。林徽因由于多年留学欧美，深受欧风美雨的熏陶，1931年回到北平后，组织了每天下午的“茶会”，聚集了一大批北京文人学者参与聊天讨论，使“太太的客厅”成为一些精英名流名噪一时的风雅去处。“太太的客厅”的座上客大多是留学欧美的文人学者，主要有金岳霖、叶公超、沈从文、徐志摩、梁宗岱、张奚若、钱端升、陈岱孙、陶孟和、卞之琳、萧乾等人。这些参与者一边浅斟慢饮享用着“午茶”，一边高谈阔论，由此聚集了部分京派的成员。与之接近的还有与梁思成家毗邻而居的金岳霖家，每逢星期六，梁思成、林徽因、张奚若、周培源、陶孟和、陈岱荪、邓以蛰等人聚集到金岳霖家，由此形成星期六聚会。“读诗会”是京派文学群落的另外一种聚会方式，由朱光潜发起。1933年朱光潜回国在北大任教，租住在慈慧殿三号，京派文人经常聚会于此探讨文艺，“主题还是讨论诗的声韵节奏的问题，通过各种形式的‘读诗’实践来寻找建立现代新诗声韵节奏理论的途径”②。“这个集会在北平后门慈慧殿三号朱光潜先生家中按时举行，参加的人实在不少。北大有梁宗岱、冯至、孙大雨、罗念生、周作人、叶公超、废名、卞之琳、何其芳诸先生，清华有朱自清、俞平伯、李健吾、林庚、曹靖华诸先生，此外尚有林徽因女士、周煦良先生等等。”③ 关于“太太的客厅”和“慈慧殿三号”的读诗会这两个文学群落的具体活动，

---

① 周泉根、梁伟：《京派文学群落研究》，8页，上海，上海三联书店，2012。

② 高恒文：《京派文人：学院派的风采》，74页，上海，上海教育出版社，2000。

③ 沈从文：《谈朗诵诗》，见《沈从文全集》，第17卷，247页，太原，北岳文艺出版社，2002。

“在具体聚合形态上，师生因缘和文学沙龙是其鲜明特色所在。在讲坛上，京派的作家以知识传递的学院派方式近乎自觉地形成了一个观念相近的写作圈，而在圈子形成之后，他们又以读诗会和‘太太的客厅’两种形式不断丰富自我的存在”①。李蕾在《京派作家的聚合形态考究——以沙龙为论述中心》一文中作了较为详尽的描述，在此不作赘言。京派文学群落还有一个以周作人为核心的苦雨斋文人群体，这个群体往往又被称为“骆驼同人”。骆驼同人的聚集始于 1924 年周作人和徐祖正拟办纯文艺杂志《骆驼》，早期骆驼同人多为朋友同事，经常聚会，周作人日记中多有记载，如 1924 年 6 月 18 日，“五时至公园水榭，由骆驼社会宴，共 25 人，7 时返”。1925 年 11 月 3 日，“上午驼群同人来聚会共 12 人”。《骆驼》于 1926 年正式面世，但仅出版了一期。骆驼社解体后，周作人、张凤举、徐祖正诸人及朋友圈里的人仍戏称“驼群同人”，时有聚会。在此期间刘半农还写过《骆驼颂》一诗刊登在《语丝》118 期上，诗云：“祝颂你保持着你雍容的气度，忍受一切人们的侮辱与诅咒；祝颂你永远的慢拖慢拖的向前走，背上永远担负很重的担子。”1930 年周作人又和徐祖正、废名等人在此基础上，创办了《骆驼草》，名义上废名和冯至任主编，实际由周作人策划指导。主要撰稿人有周作人、俞平伯、废名、冯至、梁遇春、徐玉诺、程鹤西等。这些撰稿者之间多为师友，私人关系尤为密切，通过尺牍、唱和、聚餐、听曲、喝茶等方式建立一种日常性的联系，这种师友雅集的形式更多表现出传统文人志趣相投、同声相求的意味，形式上也更接近于传统文人的聚会结社方式。此外，1933 年 9 月沈从文、杨振声接手《大公报·文艺副刊》之后，大致每月一次以《大公报》名义，在北平来今雨轩和丰泽园等地举办茶话会和聚餐会，邀请一些在京的知名作家、学者共商“文艺副刊”事，开展文艺讨论和策划，同时带有约稿的性质，由此形成了较大范围的文人群体。参加的成员基本上是北平高校文科院系的教授，如胡适、周作人、闻一多、林徽因、凌叔华、朱自清、俞平伯、叶公超、余上沅、郑振铎、杨振声、卞之琳、李健吾、梁实秋、冯至等，此外还有一些崭露头角的文艺青年，如孙大雨、吴组缃、刘白羽、师陀等。组成京派文学群落的这几个聚会团体，既相对独立，又时常交往，“他们聚集或分散在北平的各大院校和科研院所，以院系、社团、机构为

① 李蕾：《京派作家的聚合形态考究——以沙龙为论述中心》，载《吉林大学社会科学学报》，2009 (4)。

单位形成一个个亚群体，讨论文学，阅读诗歌，主要的关怀旨趣在于中国的纯文学事业的建设，并进一步通过公共媒介、公共空间的纽带联系到一起，形成了作者群体、编辑群体与阅读群体的灵活互动”①。

京派作家群落虽人员众多，关系复杂，文学观念也不尽相同，但总体而言具有两个鲜明的特征：一是追求文学的独立性与纯粹性，主张文学远离政治，具有超功利的文化自觉。二是坚持文学的审美本位主义，注重情趣与审美，追求人生艺术化。在文学创作中，京派作家群落的成绩主要表现在乡土小说创作和文学批评实践方面。其乡土小说往往以浓郁的乡土色彩为背景，表现质朴和谐的人性之常。而京派文学群落的文学批评则接受了东西方文化的影响，视野开阔，客观公允，功力精深，对现代文学的发展起到了不可低估的推动作用。

3.《现代》作家群落

《现代》作家群落是指以施蛰存《现代》杂志为中心的现代主义作家群落，主要包括以往文学史上所说的现代诗派和新感觉派。由于以往文学史注重体裁的分类，所以把这个文学群落人为地划分为一个诗歌派别（现代诗派）和一个小说派别（新感觉派），但是从文学群落的角度来看，这两个派别背后其实是一个完整的创作群体，所以金理把这个文学群落概括成“从兰社到《现代》——以施蛰存、戴望舒、杜衡及刘呐鸥为核心的社团”②，表面看这样的命名很烦琐，其实正反映了作者试图全面把握这个文学群落整体特征的努力。

本书把这个文学群落定名为《现代》作家群落，主要是认为这个作家群落的一切活动与施蛰存主编的《现代》杂志关系密切，换言之，这个文学群落是建立在《现代》杂志的基础上的（当然，这个文学群落的其他刊物如《无轨列车》《新文艺》等也曾在群落的凝聚方面发挥了一些作用，但最重要的、影响最大还是《现代》），依靠这个杂志而结成的一个具有交往密切的文学群体。具体而言，这个文学群落主要有这样几点特征：

首先，文学群落成员交往频繁，集中在施蛰存与《现代》周围。一般认为这个文学群落的核心成员为施蛰存、戴望舒、穆时英、刘呐鸥、杜衡等

---

① 许纪霖：《近代中国知识分子的公共交往 1895—1949》，335 页，上海，上海人民出版社，2008。

② 金理：《从兰社到〈现代〉——以施蛰存、戴望舒、杜衡及刘呐鸥为核心的社团研究》，上海，东方出版中心，2006。

人。早在1922年，施蛰存在杭州之江大学读书期间，就结识了当时浙江宗文中学的戴望舒、杜衡等人。在共同的文学爱好和兴趣的指引下，他们组成了一个文学社团《兰社》，创办了旬刊《兰友》，开始了最初的文学尝试。1925年戴望舒又结识了刘灿波（呐鸥），很快成为好友。1926年戴望舒、施蛰存、杜衡创办了《璎珞》，组成了璎珞社，后刘呐鸥加入。1927年“四一二”事变后戴望舒、杜衡藏匿在施蛰存家中，筹办《文学工场》。1928年戴望舒、施蛰存、刘呐鸥开办“第一线书店”。1929年刘呐鸥开办“水沫书店”，施蛰存、戴望舒创办《新文艺》，又结识了穆时英。1932年，因为“一·二八”淞沪战争爆发，水沫社同人星散。1932年3月，施蛰存编辑主持《现代》，又写信邀请戴望舒选编新诗来稿，杜衡审阅杂文评论与部分小说。刘呐鸥也对《现代》的出版予以了很多的关心。群落成员由此聚集在《现代》周围，借助《现代》这个阵地来发表文章，从而形成了一个相对稳定的文学群落。

其次，《现代》作家群落表现出相近的文艺旨趣，其中最为突出的就是现代主义文学的实验。其中现代诗派是在自由主义文学思潮激荡下，自觉追求“纯诗”艺术美的一个诗歌流派，主要成员有戴望舒、金克木、卞之琳、施蛰存、徐迟、路易士、李金发、陈江帆、玲君、于赓虞、林庚等。从诗歌内容来说，“它们是现代人在现代生活中所感受的现代的情绪……”“所谓现代生活，这里面包含着各式各样的独特形态：汇聚着大船舶的港湾，轰响着噪音的工厂，深入地下的矿坑，奏着爵士乐的舞场，摩天楼的百货店，飞机的空中战，广大的竞马场……甚至连自然景物也与前代的不同了”①。而“现代的情绪”则指的是这批生活在都市的诗人所产生的“感伤、抑郁、迷乱、哀怨、神经过敏、幻灭、虚无、纤细、柔弱”等。从艺术手法来看，现代诗派更多接受了法国象征诗“纯粹诗歌”观念和西方象征诗派理论的影响，注重对人内心深沉体验的挖掘，强调“意象的繁复”与“观念联络的奇特”，诗意朦胧甚至晦涩，正如施蛰存所说：“《现代》中的诗，大多是没有韵的，句子也很不整齐，但它们都是有相当完美的‘肌理’，它们是现代的诗形，是诗！”② 新感觉派是中国最完整的现代主义小说流派，主要成员有刘呐鸥、穆时英、施蛰存、徐霞村、黑婴等。新感觉派小说大多取材于半殖民地上海大都市的病态生活，描写了大都市生活中形形色色的日常现象和世相世态，暴露出现代都市男女的

①② 施蛰存：《又关于本刊的诗》，载《现代》，1933（4—1）。

堕落与荒淫的生活和寂寞空虚心态，尤其反映了人物在特定环境中由某种客观事物引起的微妙心理和变态心理。从艺术表现方面来说，他们主要吸取了日本新感觉派小说的语言表达方法，借鉴了西方意识流小说的小说结构和人物塑造的方法，注重心理分析，刻意移植和实验现代派的“新兴”技巧，有意识地把各种非现实主义的技巧运用到自己的创作之中。

因此从文学群落的角度来看，《现代》作家群落的主体是我们后来所说的现代诗派和新感觉派。也正是因为这一点，杨之华才在《文坛史料》评价现代社时说：“作为这一个文艺社团的干部人物，除施蛰存与杜衡之外，尚有戴望舒、穆时英、刘呐鸥、叶灵凤、徐霞村、路易士、高明、林希隽等人，他们虽没有什么形式上的组织，但对于文艺的见解及旨趣，则大抵是共同的。”①

4. 左联作家群落

关于左联的性质，在中国现代文学史上有很多不同表述，概而言之主要有三种。一种把左联称为“组织”，是“党领导支持下的推动革命文学运动的作家组织”②，“在党领导下为了克服宗派情绪、广泛开展无产阶级革命文学运动而成立的革命作家的统一组织”③。一种把左联称为“文学与政治兼有的社团”，“成立于1930年的‘左翼作家联盟’（简称左联）并不是一个纯文学流派。它是文学与政治兼有的社团”④。还有一种说法是“群众性团体”，“左联是党与非党作家联合组织的群众性团体，但实质上还是一个‘没有掩护的’‘第二党式的所谓赤色群众团体’”⑤。本书采用左联作家群落的概念，主要关注的是活动在左联这个群体内的作家人际关系与交往活动，认为左联作家群落是以中国左翼作家联盟为中心的文学群落，这样避免了概念的争论。

左联作家群落的成员构成相对复杂，据王宏志考证参加成立大会的有50余人，姚辛考证前后参加左联的盟员一共有400余人。⑥ 参加左联的人员身份亦比较复杂，既有党员，又有普通工人、教师、学生等。⑦ 其中比

---

① 杨之华编：《文坛史料》，393页，上海，中华日报社，1944。

② 王瑶：《中国文学史教学大纲》，249页，北京，高等教育出版社，1957。

③ 唐弢：《中国现代文学史》，第二册，16页，北京，人民文学出版社，1979。

④ 钱理群：《中国现代文学三十年》（修订本），294页，北京，北京大学出版社，1998。

⑤ 夏衍：《“左联”成立前后》，见《左联回忆录》，39页，北京，知识产权出版社，2010。

⑥ 参见姚辛：《左联史》，415页，上海，光明日报出版社，2006。

⑦ 参见汪纪明：《文学与政治之间：文学社团视野中的左联及其成员》，北京，中国社会科学出版社，2012。其中对部分左联成员的身份进行了考证。

较有影响的作家有鲁迅、郭沫若、茅盾、瞿秋白、冯乃超、冯雪峰、钱杏邨、华汉（阳翰笙）、丁玲、郁达夫、应修人、洪灵菲、柔石、殷夫、胡也频、林伯修、洪深、白薇、郑伯奇、田汉、蒋光慈、沈端先（夏衍）、陶晶孙、彭家煌、王任叔、穆木天、胡风、孟超、戴平万、王一榴、沙汀、艾芜、张天翼、林淡秋、周文、葛琴、于伶、徐懋庸、李辉英、叶紫、舒群、周而复等。虽然萧军、萧红并未加入左联，但由于与鲁迅等左翼作家的密切关系，且创作方面深受左翼文学的影响，所以本书把“二萧”也归为左联作家群落成员。

按照茅盾的观点，一般认为以 1931 年 11 月为界左联分为前后两个阶段，前期左联受“左倾”思想影响较重，号召左联成员上街游行、参加飞行集会、散发传单、办工人夜校，因而忽视了文学创作。后期左联更多采取合法斗争的方式，把精力更多放在文学创作方面，产生了较大的社会影响，这其中尤其以社会剖析派作家群落更具有代表性。社会剖析派作家群落是左联作家群落的子群落，它以茅盾为中心，包括沙汀、艾芜、吴组缃、叶紫等一批作家。这个群落的成员运用马克思主义的唯物史观，把小说艺术和社会科学结合起来，采取截取横断面的方法和客观化的叙述，以前所未有的规模从各个角度再现中国社会，剖析近代中国社会性质。其代表作有茅盾的《子夜》《林家铺子》《春蚕》、吴组缃的《一千八百担》《黄昏》、沙汀的《代理县长》《淘金记》、艾芜的《南行记》等，社会剖析派作家群落以鲜明的个性化创作特征为中国现代小说的发展做出了杰出的贡献。

1935 年 11 月，受共产国际指示：解散左联及其他各左翼文化团体，另组文学界抗日统一战线新团体。1936 年 2 月，左联正式解散，左联作家群落也不复存在。

5. 论语派作家群落

1932 年 9 月《论语》在上海创刊，论语派因此而得名。林语堂主编《论语》期间倡导幽默的智慧，1934 年他又创办《人间世》《宇宙风》，主张“以自我为中心，以闲适为格调”，追求闲适的格调和自然的生活情趣。论语派作家群落指的是 1930 年代围绕《论语》《人间世》《宇宙风》等刊物以林语堂为理论指导和创作核心而形成的一个作家群落。

论语派作家群落是一个与政治保持距离的自由主义文学群落，其成员组成较为复杂。第一种说法是根据 1937 年上海《逸经》文史半月刊第 28 期《瑶斋漫笔》中的《新旧八仙考》，大致勾勒了一幅“论语八仙”图：

吕洞宾——林语堂、张果老——周作人、蓝采和——俞平伯、铁拐李——老舍、曹国舅——大华烈士、汉钟离——丰子恺、韩湘子——郁达夫、何仙姑——姚颖。① 其中周作人是林语堂在语丝社时的朋友，林语堂对其倍加推崇，周作人在《论语》上发表了大量文章，与论语派结下了不解之缘，不仅被称为"论语八仙"之一，甚至被认为是论语派精神上的领袖。俞平伯亦为林语堂语丝社旧友，前期《论语》的主要撰稿人。老舍是《论语》《宇宙风》的重要作者，发表过大量文章。大华烈士（简又文）是《逸经》的主编，与林语堂的刊物与思想相呼应。丰子恺除了为论语派刊物撰稿外，还为《论语》《人间世》《宇宙风》创作了很多漫画。② 郁达夫则一度担任《论语》的编辑（第 85～105 期），在《论语》《人间世》《宇宙风》发表了很多文章，据此陈学勇在《老舍、郁达夫与论语派》中就认为两者毫无疑问是论语圈中人。而姚颖是《论语》培养出来的一个有影响的作家③，自第 6 期发表"南京通信"《居然中委出恩科》起，姚颖很快成为《论语》主要作者，前后在《论语》发表了 41 篇"京话"。林语堂十分欣赏姚颖，在为姚颖散文杂文集《京话》写的序言中，高度评价了其创作"涉笔成趣，散淡自然，犹如岭上烟霞。谓其有意，则云本无心；谓其无意，又何其燕婉多姿耶!"④ 除了大华烈士和姚颖外，《论语》还培养了很多新的年轻作家，如徐訏、何容、老向等，他们在创作风格上擅长幽默文字，成为《论语》的重要支柱，是论语作家群落不可或缺的重要组成部分。第二种说法是杨之华主编的《文坛史料》："参加这个集团（论语社，编者按）的文士，大部分为前语丝社同人。"⑤ 的确如此，《论语》第一期创刊号上列了一份 24 个"长期撰稿人"的名单，其中就有原来语丝社的章衣萍、刘半农、俞平伯、章川岛、孙伏园、孙福熙等人。虽然这些作家可以算是论语派作家群落的成员，但真正这份名单中"动手者寥寥无几"⑥。

① 参见五知：《瑶斋漫笔·新旧八仙考》，载《逸经》，1937（28）。

② 对此亦有不同的观点，参见徐型：《貌合神离：丰子恺与"论语派"》，载《南通大学学报》（社会科学版），2005（3）。

③ 关于姚颖的身份与性别问题目前仍是疑问：陈学勇认为姚颖是女作家（《论语派女杂文家姚颖》，载《书屋》1997 年第 6 期）。杨剑龙认为姚颖是王漱芳，男，曾任南京市政府秘书长（《论语派的文化情致与小品文创作》，上海世纪出版集团 2008 年出版）。陈子善则认为姚颖是王漱芳的夫人（《林语堂说姚颖》，载《文汇报》2013 年 4 月 27 日）。

④ 林语堂：《京话·序》，见姚颖：《京话》，1 页，上海，人间书屋，1936。

⑤ 杨之华：《论语社》，见《文坛史料》，399 页，上海，中华日报社，1944。

⑥ 鲁迅：《"论语一年"》，载《论语》，1933（25）。

第三种说法是 1933 年 11 月林语堂在《与陶亢德书》中所说："论语地盘向来完全公开。所谓'初'者，全（增嘏）、潘（光旦）、李（青崖）、邵（洵美）、章（克标）诸先生共同发起赞助之谓也……论语向来所刊外稿多而社稿少，论语早已公之天下矣。论语之成功，即国人共同之成功也。"①认为全增嘏、潘光旦、李青崖、邵洵美、章克标为发起人。因此从这三种说法来看，论语派作家群落的主要成员大致就是这些。

《论语》1932 年创刊，1949 年停刊，主编先后有林语堂、陶亢德、郁达夫、邵洵美、林达祖、李青崖、明耀五等；《宇宙风》1935 年创刊，1947 年终刊；《西风》1936 年创刊，1949 年终刊。因此论语派作家群落存在的时间一直延续到 1949 年，本书主要关注的重点是 1930 年代的论语派作家群落，1937 年以后论语派作家群落的活动不在本书讨论范围之内。

6. 开明派作家群落

开明派作家群落是 1930 年代以开明书店为中心聚集而形成的一个编辑作家群落。由于这个文学群落与白马湖作家群落关系密切，所以在《从湖畔到海上——白马湖作家群的形成及流变》一书中作者直接把它作为白马湖作家群落的一个组成部分②，而有的地方则称之为"开明书店派"③。本书认为从文学群落的发展角度来看，开明派作家群落是白马湖作家群落和立达学园作家群落的发展与延续。1925 年秋，一批原来是白马湖作家群落成员的夏丏尊、丰子恺、朱自清、朱光潜等在匡互生的带领下离开浙江春晖中学，在上海创办了立达学园，成立了立达学会，其后随着叶圣陶、陈望道、赵景深、章克标等人的加入，队伍不断壮大。1926 年 8 月在立达学会同人的支持下，章锡琛创办了开明书店，立达学会同人纷纷加入开明书店。在叶圣陶加入开明书店后，其很多朋友和同事如王伯祥、金仲华、郭绍虞、周予同先后投奔到开明书店，由此形成开明派作家群落。

虽然开明派作家群落没有统一的组织与同盟，但"他们在无形里，曾形成了个共同的倾向，一个向前努力的共同目的"④。叶圣陶也曾回忆说："开明书店是一些同志的结合体。这所谓同志，并不是信奉什么主义，在

① 林语堂：《与陶亢德书》，载《论语》，1933（28）。

② 参见陈星、朱晓江：《从湖畔到海上——白马湖作家群的形成及流变》，上海，上海三联书店，2009。

③ 许纪霖：《近代中国知识分子的公共交往 1895—1949》，248 页，上海，上海人民出版社，2008。

④ 郑振铎：《绅士与流氓》，载《文学评论》，1934（1）。

主义方面的同志，也不是参加什么党派，在党派方面的同志。只是我们这些人在意趣上互相理解，在感情上彼此融洽，大家愿意认认真真做点儿事，不求名，不图利，却不敢忽略对于社会的贡献：是这么样的同志。这些同志都能够读些书，写些文字，又懂得些校对印刷等技术方面的事，于是相约开起书店来，于是开明书店成立了。”①开明派作家群落是一个编辑群体与作家群体的结合体，在编辑刊物的过程中他们创作了很多作品，并且有的结集出版。其中丰子恺的《缘缘堂随笔》、叶圣陶的《倪焕之》《稻草人》《古代英雄石像》、朱光潜的《给青年的十二封信》等都成为现代文学史上的名篇名作，产生深远的影响。

7. 其他说明

1930 年代还有一些影响较大的文学社团流派未列入本书论述范围。

（1）鸳鸯蝴蝶派。

鸳鸯蝴蝶派是 20 世纪初叶的上海出现的一个承袭中国古代小说传统的通俗文学流派，因写才子佳人成双成对有如鸳鸯蝴蝶而得名，一直延续到 1949 年。这个流派创作内容驳杂，有言情、哀情、社会、黑幕、娼门、家庭、武侠、神怪、军事、侦探、滑稽、历史、宫闱、民间、公案等类别。作家众多，其中代表作家有徐枕亚、包天笑、周瘦鹃、张恨水等。鸳鸯蝴蝶派具有较强的群体意识，在发展过程中形成了一个较大的作家群落，1920 年代他们成立了星社与青社，来广集同志，联络情谊，扩大自身影响，显示了区别于新文学界的自身存在。② 但是由于这个作家群落文学观念陈旧，追求文学的趣味性与休闲娱乐功能，由此被视为旧文学的代表而遭到新文学界的指责与批判。尽管新时期以来，在苏州大学文学院以范伯群先生为首的通俗文学研究群体的共同努力下，鸳鸯蝴蝶派研究取得了丰硕成果，改变了长期以来对鸳鸯蝴蝶派批判的思维定式，为中国现代文学史写作提出了一系列发人深思的问题，然而鸳鸯蝴蝶派文学能否进入文学史仍存在较多争议，所以本书未将其列入论述范围。

（2）民族主义文学群落。

民族主义文学群落是 1930 年代出现的一个打着“三民主义”或“民

---

① 叶圣陶：《开明书店二十周年》，见《叶圣陶集》，第 6 卷，224 页，南京，江苏教育出版社，1989。

② 参见胡安定：《鸳鸯蝴蝶如何成“派”——论鸳鸯蝴蝶派群体意识的形成》，载《首都师范大学学报》（社科版），2009（2）。

族主义”的旗帜发动文学运动、进行文学创作的右翼作家群落，这个群落在理论上宣扬“文艺的最高意义，就是民族主义”，强调“武器的文学”功能，反对左翼文学的阶级意识。在创作方面上表现御外的民族主义思想，以积极反映中国民众、义勇军抵御外来文化“侵略”、经济“侵略”和军事侵略为重要内容，并且出现了一批思想上比较健康和进步的民族主义文学作品。民族主义文学群落有很多子群落，如影响较大的潘公展、朱应鹏、黄震遐、王平陵、傅彦长、范争波等组成的前锋社（六一社），王平陵、钟天心、左恭等人在南京成立的中国文艺社，潘孑农、曹剑萍、赵光涛在南京组织的开展文艺社，冯白桦、陈大慈在杭州成立的黄钟文学社，刘百川在江西主办的《汗血》杂志，何勇仁主编的《民族文艺月刊》，等等。虽然民族主义文学群落的子群落众多，但其内部组织涣散，成员之间联系不够紧密。由于国民党官方色彩和成员身份连带的党派性，民族主义文学群落自产生即遭到左翼文学的严厉抨击，文学史上亦将之作为批判的对象。其重视政治意识形态的宣传，真正在创作上除了王平陵、李赞华等人外，其余的乏善可陈。此外对于民族主义文学相关的研究资料亦不够充分，基于以上几个原因，本书也未将其列入论述范围。

（3）东北作家群。

东北作家群是指1931年九一八事变后，以萧军、萧红、舒群、端木蕻良、罗烽、白朗等为代表的从东北流亡到关内的文学青年形成的作家群体。他们的作品反映了处于日寇铁蹄下的东北人民的悲惨遭遇，表达了对侵略者的仇恨、对父老乡亲的怀念及早日收回国土的强烈愿望。从艺术表现上看，这些作品具有粗犷宏大的风格，反映了东北的风俗民情，显示了浓郁的地方色彩。尽管东北作家群在中国现代文学史是一个影响较大的文学流派，但是“他们并不是自觉联合起来的，没有统一的艺术准则和创作纲领可供遵循，相互间缺乏紧密的组织联系，缺少在思想、艺术方面的彼此切磋和共同追求，也没有公认的代表性作家的创作或理论作为群体的艺术楷模与美学规范……”① 更主要的是从构成作家群落的三个基本要素来看，东北作家群成员之间缺少某种协议和群体的意识，同时也很少参与集体的文学活动，缺少互动的文学交往行为。因此笔者认为其不能算是一个作家群落，本书未将其列入论述的范围。

① 王培元：《论东北作家群》，载《学术月刊》，1991（5）。

二、1930 年代中国现代作家群落研究的内容

把握一段历史进程，学术研究不外乎在两个方向上用力：一是还原，一是阐释。本选题在研究目标上兼顾两者：一是首先从文献史料出发，在具体的历史语境中对 1930 年代期间作家群落生态的消长起伏作如实的描述。在此基础上进一步延伸，探讨 1930 年代间中国现代作家群落现象的生成原因，分析这种群落现象内在和外在的具体表现，立体展现还原此阶段作家群落的生存面貌。二是把作家群落现象放置在文化背景下进行观照，力图对中国现代作家群落的作家心态特征进行学理性的阐释。在此基础上，从作家群落现象这个独特的角度出发，探讨作家群落对 1930 年代文学理论与创作带来的深远影响，寻求 1930 年代文学的多元共生形态形成的深刻原因。鉴于此，本书主要思路分为以下几个部分：

绪论。在以往研究总结分析的基础上，提出"作家群落现象"概念，并以此作为立论的基础。结合 1930 年代中国现代文学创作和文学社群发展的特点，阐释"作家群落现象"这个概念的意义。

第一部分：历史传统与时代语境的韵动。1930 年代中国现代作家群落因袭了古代诗文结社的传统，同时又是浓郁政治氛围的产物，此外还和 1930 年代现代出版业的繁荣昌盛存在着密切关系。这一部分主要从传统文化因素、时代政治因素、现代出版业等三方面分析 1930 年代现代作家群落的生成文化语境。

第二部分：文学话语背后的动态流变。在话语博弈、生存竞争的压迫下，1930 年代作家群落时刻发生着动态的流变，呈现出解体、转型、重构、交叉、对峙等多种外部形态。解体主要表现为老的文学群落的消亡，成员星散。转型指作家群落在保持原有群落名称、基本框架或文学精神的基础上，人员、组织方式、文学观念创作、群落整体形态上发生了变化。重构则指的是原有的作家群落衰落了，其主要成员延续倡导原有的文学主张，重新组合或建立新的文学群落。如果从作家群落之间的外部形态来看，交叉和对峙是不同群落之间最为常见的形态。

第三部分：自觉的群体意识与群落凝聚。1930 年代中国现代文学作家群落内部表现出自觉的群体意识，他们在一致对外，努力维护群体面貌的同时，对内同样也采取多种方法与措施，来保持和维护群落的整体性。首先往往依靠并围绕知识权威，各自组织群落。其次创办刊物，建立自己的话语阵地。再次通过书评和评奖等方式对群体成员的创作大肆宣传，大

加褒奖赞誉，壮大群落的声势。此外他们还党同伐异，打击排斥异己，维护自己群落的利益，加强自身群落的凝聚力。

第四部分：丰富、错杂、多变的文化心态。1930 年代现代作家群落的文化心态和外在的形态一样变化万千，非常复杂。概而言之主要有三个特点：一是整体态势丰富多样，每一个作家群落都有着自身独特鲜明的文化心态，个性鲜明，清晰可辨。其中以左联的激进文化心态、新月绅士文化心态和京派超然文化心态这三种最具有普遍性和代表性。二是文化心态复杂悖立，很多群落的心态充满了尴尬与矛盾。三是文化心态因时而异，发展变化，某些文学群落在与其他群落的对峙中有意或者无意调整自身的文化心态，或者随着成员的变换而接受其他群落的文学观念，文化心态上呈现出开放性、动态性的特征。1930 年代中国现代作家群落的文化心态对群落的运作以及创作都产生了深远的影响。群落文化心态的研究进一步深入到文化心理的层面，探讨了现代作家群体精神和心灵的特殊演变轨迹，反映出作家群落的内在发展轨迹。

第五部分：多元化理论与众异文本视阈。1930 年代文学理论成熟，创作多样，作品丰富，这主要得益于作家群落的努力，可以说 1930 年代文学的创作实践是在作家群落的背景下完成的，如果离开了作家群落，一切创作也就无从谈起；如果没有作家群落的积极参与，就不可能有 1930 年代文学的繁荣。1930 年代作家群落对于文学创作产生的重要影响主要体现在两个方面，一是促成了多元化的理论建构，二是作家群落坚守各自的创作视阈，不同群落形成了多样化的文本。

书后“附录”现代文学社群视角观照下的九叶诗派，是针对当下九叶诗派是否存在的争议而作。笔者认为，从现代文学社群的视角来阐述九叶诗派不仅是可行的，而且也是可能的。也只有从作家群落角度来解读九叶诗派，我们才能获得更为宽阔的文化视野，并在此背景中真正理清这个流派的深厚内涵和发展脉络，最终对有关九叶诗派的质疑做出有效的回答，这一实践本身，同时也为“作家群落”观点的提出增添了有力的佐证。

如果要说明各部分之间的逻辑关系，那么笔者的基本思路是：绪论提出问题，阐述研究的价值。第一部分背景分析，从 1930 年代特殊的文化语境出发探寻作家群落形成的原因。第二部分分析了作家群落的外部形态。第三部分则由外及内，探讨作家群落的内部凝聚。第四部分由前面的客观描述过渡到主体心态的分析。最后一部分论述作家群落对于理论与创作产生的深远影响。

第四节 1930年代中国现代作家群落的特征与研究意义

如仅仅从时间的纵向角度和空间的横向角度的分类归纳来考察这个阶段的社群流派，企图达到对这个阶段作家群落的整体认识和把握，这实在是一厢情愿的天真想法。作为一种现象研究，不仅本质上需要了解群落的特征，而且更需要通过与其他阶段作家群落的比较分析，才能真正贴近研究对象，从而得出这个阶段群落现象的特点。

一、1930年代中国现代作家群落的主要特征

笔者认为，与1920年代和1940年代相比较，1930年代的现代作家群落现象主要有三个特征：

1. 群落形态的多样性

1920年代群落形态相对稳定，这种稳定首先是建立在成员关系稳定的基础上，由于地域和教育背景的限制、群落交往空间的狭窄，师友或同学在共同兴趣的驱使下聚集结社，成员之间交往频繁，情投意合，关系往往比较融洽。比如《新青年》团体的成员陈独秀、胡适、钱玄同、刘半农、李大钊、高一涵、周作人、鲁迅等人基本上都来自北大文科，“新青年社团的核心社员也由陈独秀引荐全部进入了北京大学文科，从思想主张的相同，到社员的基本集结，围绕《新青年》形成了一个社团”①。创造社成员郭沫若、成仿吾、郁达夫、张资平、田汉等人都是留日学生，异国他乡的经历使他们往往忽略了各不相同的个性，求同存异，结下深厚的友谊。新月派成员闻一多、徐志摩、胡适、梁实秋、陈西滢等则都有留学欧美的背景。其次，这种稳定是建立在社团章程的基础上，每个社团往往有类似于契约的结社章程，规定了加入社团的条件和应尽的义务。比如文学研究会有《文学研究会简章》，规定加入者须“有会员二人以上之介绍”，“会址设于北京，其京外有会员五人以上者得设一分会”②。创造社有《创造社社章》，考虑周全，规定细致，包括社员、组织、职务、会务、任期、

① 庄森：《〈新青年〉团体的社团性质》，载《江西社会科学》，2008（8）。

② 《文学研究会简章》，见贾植芳编：《文学研究会资料》，2～3页，郑州，河南人民出版社，1985。

纪律、经费和权利等八项内容。① 这种群落的相对稳定带来了 1920 年代群落形态的单一性。

1930 年代由于社会、政治、经济、文化等外部环境的变化，作家群落的稳定性逐渐被打破，群落也时刻处于变化之中，这种变化主要表现在：第一，政治信仰和价值观的多元化。1930 年代是一个多头政治尖锐对立的时代，出现了多种政治倾向性和政治阶层，使得每个作家群落成为某种政治思想或倾向的载体，作家群落往往具有了鲜明的政治倾向性。第二，作家群落成员的改变。每个作家群落的成员不是固定的，而是随着时间的推移，人员有进有出，处于流动之中。比如说左联成立之后不断吸收新鲜的血液，补充了很多革命青年的加入，但同时由于各种各样的原因，又有很多人退出了左联（如左联五烈士的牺牲，郁达夫、蒋光慈、叶灵凤等被左联开除），人员处于不断变化之中。第三，群落聚散方式的变化。由于知识分子活动空间的扩大，互相交往的机会增多，聚散也面临着更多更自由的选择。在同人性质刊物的作家群落纷纷解体的情况下，顺应各类消费阶层的需求成为创办刊物的前提条件和必要条件，每个作家选择与自己作品个性相近的出版物作为自己依附的对象，围绕不同刊物而形成不同的作家群落。这些变化最终导致作家群落形态也趋于多样：有的作家群落成员星散，走向消亡；有的作家群落在经历一段时间的辉煌后，其原有的成员又延续倡导原有的或相近的文学主张，重新组合或建立新的作家群落；还有的作家群落在保持原有群落名称、基本框架基础上，内部观念和人事发生很大变化，并以另外一种面貌出现。而在政治和经济利益的双重驱动下，为了争夺话语权与生存权，群落与群落之间剑拔弩张，对峙与冲突成为一种常态。

2. 群落内在的统一性

群落之所以成为群落，其基本条件之一就是具有某种协议和一致的群体意识，群体成员之间遵守一些共同的情感、观念、价值、态度，形成一些共同的兴趣和利害，并遵循群体的一些行为规范。遵从这些意识、规范，就会受到群体内其他人的欢迎，否则就会受到其他人的讨厌和抛弃，一旦群体意识（又称归属感、“我们感”）建立起来，群体成员就与群体之外的人有了明确的区别感。特别是当群体面临外部压力或内部少数成员反

---

① 参见《创造社社章》，见饶鸿兢等编：《创造社资料》（上），3～5 页，北京，知识产权出版社，2010。

叛时，群体意识和规范的表现和作用就更为明显。

与 1920 年代相比，1930 年代的作家群落的这种内在统一性得到了前所未有的强化。这主要因为这个阶段作家群落的形成往往受到较大的政治影响，政治因素有时甚至决定了作家群落的发展动向。政治倾向的同一性成为作家群落聚集的基础，相近政治倾向的作家聚集在同一个作家群落之中，有些作家群落之间界限分明，水火不容。“文学群体多少具有某种封闭性、宗派性或党派性特征，文学群体之间互不统属，各群体之间的成员较少重复会籍，有的甚至对其成员有较严密的组织性要求。”① 在作家群落内部，组织性意识强，成员往往一致对外，表现出一种凝聚力和向心力。

1930 年代作家群落内在的统一性主要依靠三种方式来实现：一是每个作家群落都树立一个权威和领袖，比如左联作家群落中的鲁迅，新月作家群落中的胡适、徐志摩等，群落其他成员追随并围绕在其身旁，形成一个相对稳定的群体。二是每个作家群落都有自己的刊物，他们都借助于刊物营造了公共空间，为社群成员找到一个真正的心灵栖息之所。比如论语派主要是林语堂通过《论语》《人间世》等刊物而联系了一大批作家形成的文学流派，这些作家也许和林语堂或者这个派别的其他作家从未谋面，但这丝毫不影响这个作家群落的共性。他们往往通过创作无意识地聚集在《论语》《人间世》这些刊物上，有的则是通过书信交往，表现相近的文学观念和审美理想，互相激励、互相欣赏，从而围绕刊物形成一种相对固定的创作群体。三是每个作家群落往往通过书评的写作或者作品选辑、文艺评奖等方式来凝心聚力，维护一个社群的整体面貌。比如 1936 年《大公报》文学奖的评选活动，反映了京派的内在凝聚力。

3. 群落的文化心态复杂丰富性

如果说群落形态的多样性是研究作家群落的外在表征，群落内在的统一性是群落内部群体意识和规范的建立，那么群落的文化心态则是群落成员在特定时代的共同境遇里形成的相近的感受、看法、观念、情绪，具有群体性、概括性和相对稳定性。群体文化心态的研究则进一步深入到文化心理的层面，寻觅现代作家群体精神和心灵的特殊演变轨迹，探究作家群落的内在发展轨迹。

---

① 朱晓进：《政治文化与中国二十世纪三十年代文学》，55 页，北京，人民出版社，2006。

1930 年代期间作家群落心态丰富多样，每一种群体都有着自身独特鲜明的文化心态，个性鲜明，清晰可辨。同时，群落的文化心态又非常复杂，群体心态充满了尴尬与矛盾，如论语派的犹豫彷徨、社会剖析派的双重人格。此外群落的文化心态还呈现出动态发展的态势，群体心态不断进行着调整与转变。群落的文化心态复杂丰富也由此成为 1930 年代作家群落的显著特点之一。

二、1930 年代中国现代作家群落的研究意义

从“作家群落”这一概念出发来研究 1930 年代的中国现代作家群落现象和中国现代文学，至少具有如下几个方面的意义：

首先，采用“作家群落”的概念，能有效解决传统社团流派概念涵盖性不够的问题，有利于拓展社团流派研究的视野。

文学史上通常把文学社团和流派并称，很大程度上是因为文学特性构成的一致性，无论是社团还是流派，本质上是文学团体的组织形式，不同只是在于组织的疏密程度而已。但是一个文学群体到底是社团还是流派，有的却很容易引发争议，比如说“语丝社”到底属于社团还是属于流派，就一直存在着较大的分歧，原因在于，文学群体形态的严密还是松散，很难有一个固定的衡量标准。不过，频繁的人事交往是社团的一个显著特征，相比而言，虽然流派内部关系比较松散，不一定像社团那样拥有一定的组织关系和具有鲜明的创作主张，但是在流派创作现象的背后，也隐藏着一个独特的作家群体。所以无论是社团还是流派都有一个共同点：它们都是以文学特殊目的相近而聚合起来的作家群体，这些作家群体人员始终处于一种变化之中，从而形成了一个个变动的作家群落。“作家群落”把社团和流派并置于一起，是一个外延更宽泛、内涵更丰富的概念。“作家群落”不仅是一个活跃着复杂的人事交往、反映着多种心理和行为倾向的丰富的知识文化谱系，其中既包含着独特地域、教育背景、政治经济、出版传媒等多种客观因素，同时还涉及群体的形态的演变、文化心理的转变等多个方面。所以这个概念的采用不仅能有效避免社团流派归属的纷争，而且更多关注作家群体的文学形态，对于揭示文学群落内部的复杂关系具有重要意义。

其次，采用“作家群落”研究的方法，有利于描述特定阶段文学社群的生存状况和动态性变化，从一个新的角度揭示 1930 年代文学的转型。

如果说社团与流派的研究方法是一种静态的描述，那么作家群落研究提供的将是一种新方法。作家群落研究更关注的是文学社群人员的变动、群落的变化，注重动态的描述。同时作家群落研究将改变以往流派命名的局限，从创作的主体角度直接描述文学群体，把群体的理念、创作心态和创作实践相结合，考察群体的聚散。所以采用作家群落研究的方法，不仅将摒弃以往用既定的标准研究社团流派的简单化的做法，更贴近文学发展复杂历史过程的具体实际，而且有利于展现文学社团流派本身不断嬗变的动态感，从而把握住文学总体结构系统中最不稳定的结构，在具体的历史语境中对社群生态的发展情况做出客观的描述。也正是因为作家群落的组合变化，为文学理论和创作的多元化奠定了基础，对于多极化文学形态和文学格局的形成影响至关重大，使得 1930 年代文学真正走向了繁荣。所以也只有从作家群落现象这个独特的角度出发，才能真正揭示出 1930 年代文学的多元共生形态形成的深刻原因。

最后，1930 年代文学发展和社群形态呈现出的特殊性，决定了“作家群落现象”成为一种更为合理的表述。

1930 年代是中国现代文学发展的一个重要阶段，出现了一大批优秀的作家和作品，司马长风把这一时期称为“与其它时期比较，是作家、作品和书刊最繁荣、蓬勃的时期”①。作为 1930 年代文坛的亲历者，施蛰存也认为整个现代文学成就最高的“还是 30 年代。的确还是 30 年代”②。与 1920 年代相比，1930 年代文学发展出现了很多新动向，其中最突出的就是中国社会政治形势发生重大变化，文学政治化，政治影响和制约着这个阶段文学的发展。此外，随着出版业的繁荣和文化消费市场的初步形成，一个新的知识分子公共空间得以构建。这两方面的变化使作家聚集方式也发生了鲜明改变。1920 年代作家往往出于共同的文学兴趣，在相近的教育背景下三五好友结成文学社团，成员之间往往是地域相近的同学、同一学校的师友关系，结社地点一般是在学校，社团的组织形态比较明显，组织结构相对严密。但是到了 1930 年代情况则发生很大变化，最为明显的变化至少有这样三个方面：一是 1927 年随着南京国民政府的建立，国民党为了巩固政治，除了军事上进行北伐、政治上进行“清党”外，在社会管理方面采取的重要措施就是通过立法来加强对社团的控制。从

① 司马长风：《中国新文学史》，中卷，1 页，香港，昭明出版社有限公司，1978。
② 施蛰存：《沙上的脚迹》，183 页，沈阳，辽宁教育出版社，1995。

1928 年开始，国民政府先后出台了《民众团体整理会例则》《民众组织的原则及系统》《文化团体组织原则》《文化团体组织大纲》等法规，这些法规对社团组织有着严格的要求，比如《文化团体组织大纲》中第六条规定："文化团体不得于三民主义及法律规定之范围以外为政治运动。"第七条："文化团体之活动，不得妨害社会公共利益。"[①] 这些法规的出台制约了社团的发展，文人集会结社的自由普遍受到压制，所以 1930 年代严格意义上的文学社团减少，取而代之的是结构相对松散的流派群体。二是 1930 年代政治在整个社会发展中扮演着重要角色，并对社会文化发展起到了决定性的影响。在这样特殊的政治文化语境中，作家聚集的原因不再是出于单纯的文学兴趣，而是更多渗透着政治目的。作家们往往由于共同的政治立场或政治倾向而聚集于一起，形成作家群落。三是随着现代出版业的发展，期刊出版物相对于 1920 年代大量增加。这些期刊出版物不仅成为部分作家赖以谋生的载体，还搭建了知识分子交流的新平台，所以作家的活动范围也不再局限于书斋和学校之中，活动的公共空间得到前所未有的扩张，聚散方式也变得更为便利和自由。因此，如果说 1920 年代还可以使用社团这个概念，那么到了 1930 年代这个概念的意义已经大打折扣，而流派的概念又显得过于宽泛，两者都已经无法对文坛群体的复杂局面做出准确的解释，因此"作家群落现象"成为针对 1930 年代文坛的一种有效而合理的表述。

关于中国现代文学社团流派研究的成果如果还不能说汗牛充栋的话，至少可以说是蔚然大观。本书的研究并非只是为了回到历史的语境和现场，更是意在建构一种新的研究视角和方法，引发学术界对于社团流派研究的兴趣，为拓展社团流派研究的视野作自己的努力，以期为"重写文学史"提供一条参考思路。

① 《文化团体组织大纲》，见《国民党政府政治制度档案史料选编》（上），649 页，合肥，安徽教育出版社，1994。

第一章　历史传统与时代语境的韵动

1930 年代在整个中国文学史上是一个重要的转折时代，“代表中国现代文学史的一个关键阶段”①。出于救国救民的崇高理想，知识分子站在不同的思想立场上对社会政治提出不同的见解，一系列思想上的争论使得这个阶段文坛风波迭起。独特的传统背景、社会政治氛围和出版业的发展等经济因素共同作用形成了一个复杂的文化语境。在这个文化语境中，一方面尽管现代中国作家深受“五四”时期反传统的思想氛围的影响，对于自身与传统文化的关系他们大都采用直接否认或者避而不谈的态度，但事实上传统文化已深深浸透在他们的意识与潜意识的层面，其中当然也包含着古代文人结社的文化传统。另一方面，1930 年代的意识形态得到空前的强化，艺术与政治的交织，知识分子的忧患意识和社会责任感使他们关注政治，政治使命、政治诉求和政治利益的驱动使作家结成不同倾向的同盟。此外，1930 年代现代出版业得到空前发展并逐步走向繁荣，改变了现代作家的生存方式和活动空间，进而改变了原有的聚散方式。所以在历史传统与时代语境的韵动中，形成了错综复杂的 1930 年代现代作家群落现象。

第一节　结社的文化传统

“物以类聚，人以群分。”在纷繁复杂的社会中，由于价值观的不同，人们形成不同的关联而结成各种各样的群体组织。这些群体组织或紧密，或松散，有形的如宗旨、章程、纪律，无形的如道德、信仰、观念等，基本上以群落的面貌呈现在人们面前。文人作为中国古代社会的重要阶层，

① 李欧梵：《30 年代文学，1927—1937 年》，见费正清编：《剑桥中华民国史》（下），416 页，北京，中国社会科学出版社，1994。

自古以来就有结社的传统，由此对后世产生重大影响。

中国文人结社，其源甚远。一般认为“中国古代文人集团发端于先秦诸子学派。在春秋战国之交，当学术从官府下降到私家的时候，当士阶层崛起而形成一个新的文化实体的时候，诸子学派就脱颖而出，成为中国古代文人集团的原始形态了”①。先秦时期学术在民间初步兴起和广泛传播，成为以思想学术传承为目的的文人结社在民间流行的直接源头，尽管这个时期没有文人的结社活动，但出现了诸子百家这样的文人团体，所以先秦诸子孕育了文人结社的因子。东汉时期，文人凭借特有的师生同年关系，结成政治朋党，虽无文学的目的，但可看成文人结社的雏形。真正第一次以“社”的名义出现的是东晋时期的白莲社，这是一个由慧远大师为宣扬佛学而组织的社团，文学活动并不突出。正始中，阮籍、嵇康辈相聚竹林之中，诗文吟咏，开启了诗流结社之门。文人结社在明代发展至极盛，郭绍虞《明代的文人集团》一文列举 170 余家，何宗美考证后则认为总数远超过 300 家。谢国祯《明清之际党社运动考》、何宗美《明末清初文人结社研究》两书均对明清之际文人结社作了系统而深入的研究。

传统文人结社的主要原因是文人消闲情趣，文人同气相求，悠游林下，诗酒唱和。如明朝方九叙所言：“士必有所聚。穷则聚于学，达则聚于朝，及其退也，又聚于社，以托其悠闲之迹，而忘乎阒寂之怀，是盖士之无事而乐焉者也。”② 其认为文人聚社的原因在于“托其悠闲之迹”，“忘乎阒寂之怀”，为了忘却静寂的情怀，追求闲情逸致而结社。清朝杜登春则说：“大抵合气类之相同，资众力之协助，主于成群聚会而为名者。”③ 认为结社主要原因在于“合气类之相同”，即结社的基础是有着共同的目的和兴趣。西湖八社则以“偃息林泉，追逐云月”（《西湖八社诗帖》四库存书本）为结社宗旨，反映了嘉靖中期部分文人追求闲适自如的生活情趣。何宗美在考证明代诗社活动时说：“诗社活动，一言以蔽之，游、宴、诗、酒而已，所谓选胜赋诗，觞咏自娱是也。”④

中国现代作家群落的形成很多则是因袭了传统文人诗文酒会、诗文结社的传统，是现代知识分子消闲情趣的特定产物，尤其在 1930 年代北平

① 郭英德：《中国古代文人集团论纲》，载《中国文化研究》，1996（2）。

② 方九叙：《西湖八社诗帖序》，见乔志强：《中国近代绘画社团研究》，浙江大学博士学位论文，2005。

③ 杜登春：《社事始末》，1 页，北京，中华书局，1991。

④ 何宗美：《明代文人结社综论》，载《中国文学研究》，2002（2）。

文人圈子里，这种影响显得特别地突出。20 年代中后期的北平像一个垂暮的老人，不仅失去了曾经辉煌的政治中心的地位，在经济发展步伐方面也远远落后于新贵上海。但令人庆幸的是，在失去政治经济领头羊地位的同时，这座城市也保留了更多的文化传统。沈从文在 1931 年给朋友的信中说："北京一般朋友都劝我住在北京，他们在这里倒合适得很，各人在许多大学里教书，各人有一个家，成天无事大家就在一块儿谈谈玩玩。"① 可见传统文化心态形成了独特的悠闲的文化氛围，这对作家群落的聚合起到了决定作用。

众所周知，新月社的成立最初源于聚餐会。徐志摩在《剧刊始业》一文中曾回忆了新月社产生的情形，"我今天替《剧刊》闹场，不由得不记起三年前初办新月社的热，最初是'聚餐会'，从聚餐会产生新月社，又从新月社产生'七号'的俱乐部"②。20 年代初期，北京一批政界、商界、学术界的人士为联络感情和培植势力，逐渐兴起一种类似西方"沙龙"的聚餐会。1922 年徐志摩从英国回来后，为了消除寂寞，寻求同志，组织了自己的聚餐会。最初这个聚餐会参加的人员较少，轮流在各个人家吃喝交谈。1924 年以后，由于人数逐渐增多，徐志摩的父亲徐申如和黄子美出面"赞助"，在松树胡同七号找了一所房子，延请了厨师，正式成立了一个俱乐部，并挂出了牌子，这就是新月社。"新月初起时只是少数人共同的一个想望……我们当初想望的是什么呢？当然只是书呆子们的梦想：我们想做戏，我们想集合几个人的力量，自编戏自演，要得的请人来看，要不得的反正自己好玩。"③ 徐志摩把新月社成立的目的，归结为"自己好玩"，虽然显得不太庄重，但说的却是实情。也正是这样一个类似于古代诗文酒会的聚餐会，使得一群志趣相近的知识分子聚集在一起，由此奠定了新月派的基础。

京派的形成情况在这个阶段更具有典型性，如果说"太太的客厅"和"读诗会"类似于西方的文艺沙龙，那么苦雨斋骆驼同人、《大公报·文艺副刊》的聚餐会更接近于传统文人的聚会结社方式。关于苦雨斋骆驼同人的聚会，在周作人日记中有很多详细的记载，聚餐宴会、闲聊、品茶等带

---

① 沈从文：《19310629 致王际真》，见《沈从文全集》，第 18 卷，144 页，太原，北岳文艺出版社，2002。

② 徐志摩：《剧刊始业》，载《晨报副刊》，1926-06-14。

③ 徐志摩：《欧游漫录·给新月》，载《晨报·诗镌》，1925-04-02。

有传统文人特性的日常性交往比比皆是，这些活动增进了作家群落成员之间的友谊，而且成为他们探讨文学的一种必不可少的生活方式。《骆驼草》撰稿者之间多为师友，私人关系尤为密切。这种师友雅集的形式更多表现出传统文人志趣相投、同声相求的意味，形式上也更接近于传统文人的聚会结社方式。相比而言，1930 年代《大公报·文艺副刊》把茶会与聚餐会作为固定的节目，一般每月一次，地点放在丰泽园、来今雨轩等地，人数有时多达 30 至 40 人，规模更大，形式也更为规范正式。这种周期性的聚会架构了北平文人群体与《大公报》之间的桥梁，加强了京派作家群落成员之间的凝聚（具体可参见本书第四章附录：1930 年代京派文学群落日常活动大事记）。

左翼作家群落的运作过程中，也有类似的文艺聚餐会。1937 年春，为了与青年作家加强联系，交流感情，茅盾组织召集了“月曜会”①。“月曜会”是每周星期一（月曜日）举行的聚餐会，第一次地点是上海南京路 719 号的新雅大酒店，一般安排的是中等的小餐馆，聚会采用画兰草圈钱的“撇兰”的方式来做东。“那时每逢星期一，我们便在‘新雅’酒店聚餐，互相交换所见所闻，受到茅盾先生的指导和教益。”② 聚会谈论的内容是“从国际国内的政治形势，文坛动向，文艺思潮，个人见闻，以至在座的某位作家的某篇佳作”。参加者有茅盾、张天翼、朱凡、王任叔、蒋牧良、端木蕻良、王统照、舒群、罗烽、陈白尘、沙汀和艾芜等，其中沙汀和艾芜是“月曜会”的常客，茅盾亲切地称他们两人为“老相识的”③，可见关系非同一般。艾芜曾回忆说：“他（茅盾）关心当时文艺思潮和文艺问题，也关心每个作家的创作。他讲的不多，总喜欢听别人的谈话。”④ 陈白尘是在张天翼的介绍下参加“月曜会”的，他回忆说：“没有任何形式，谁也无拘无束，我们都围他而坐，随便倾谈。忽而国内国际形势，忽而抗日统一战线前途，忽而文坛掌故和新收获，忽而又落到创作问题上。茅公有问必答，自然地形成了中心。他那较重的浙江桐乡的乡音和轻微的口吃，并不妨碍他谈笑风生，娓娓动听。”⑤ 可惜“月曜会”存在的时间

① “月曜会”还是“日曜会”？存在两种说法，聚会多为周一，周一为“月曜日”，所以应为“月曜会”。

② 端木蕻良：《风雨八十年艰辛文学路》，载《纵横》，1997（2）。

③ 茅盾：《我走过的道路》（中），370 页，北京，人民文学出版社，1984。

④ 艾芜：《回忆茅盾同志》，见《艾芜集》，545 页，广州，花城出版社，2011。

⑤ 陈白尘：《中国作家的导师——敬悼茅盾同志》，见《忆茅公》，114 页，北京，文化艺术出版社，1982。

不长，因“八一三”上海抗战的爆发而被迫中止。

综上所述，1930 年代作家群落的形成有很大一部分是传统文人结社文化心态因袭延续的结果，类似的教育背景、生活经历、相近的写作旨趣等使他们产生了一种来自内心的默契，通过文艺聚餐会、茶会等方式加强互相之间的交往，形成一个个作家群落，这些群落成为他们共同的心理皈依之所，也正是在群落的交往中他们获得了身份的认同。

第二节　浓郁的政治氛围

传统文人结社文化心态因袭延续是文人结社的重要原因，这一点在 1920 年代新文学社团的形成方面尤为明显，对于 1930 年代京派等文学群落的形成也起到了重要影响，但 1930 年代独特的社会政治环境对于文人聚散和作家群落的形成更是起到决定性的作用。

由于整个资本主义世界的严重经济危机以及当时苏联经济上的一枝独秀，20 世纪 20 年代末 30 年代初左翼文艺思潮和无产阶级革命文艺运动在世界各国蓬勃发展，并形成一股不可阻挡的世界潮流，风靡欧亚美非四洲，很多国家都建立了左翼文化团体，如“俄罗斯无产阶级作家联合会”（拉普）、“全日本无产阶级艺术家联盟”（简称“纳普”）、国际作家联盟等。世界范围内的这种左翼文艺思潮，使中国思想界深受震撼和影响，尤其在 1927 年“四一二”事变后，整个中国的政治形势发生巨大变化，已处于颠簸震荡状态的中国文化战线，出现剧烈的震动与大规模的重组。鲁迅曾说：“革命文学之所以旺盛起来，自然是因为由于社会的背景，一般群众，青年有了这样的要求……到了政治环境突然改变，革命遭了挫折，阶级的分化非常显明，国民党以‘清党’之名，大戮共产党及革命群众，而死剩的青年们再入于被迫压的境遇，于是革命文学在上海这才有了强烈的活动。”① 这清楚地说明了政治环境的剧变对革命文学产生的重要影响。政治与文学关系日趋密切，由此成为作家聚集成群的重要因素，并决定了作家群落的发展走向。“政治文化对 30 年代文学的影响，首先造成了作家群体的变化，即与 20 年代相比，文学群体的政治化趋向较为明显。30 年代文

① 鲁迅：《二心集·上海文艺之一瞥》，见《鲁迅全集》，第 4 卷，303～304 页，北京，人民文学出版社，2005。

学群体基本上都呈明显的‘亚政治文化’形态，或带有明显的‘亚政治文化’特征，这是30年代文学特色的一个明显的标识。”“20年代文学群体主要是以艺术追求的大致相同来加以聚合的。而30年代文学群体则主要是以其政治倾向的一致性为其标识的。”①因此，强烈的政治使命、政治诉求和政治利益所形成的浓郁的政治氛围，成为驱动1930年代文人聚散的一个主要原因。

关于文学与政治的关系，历来一直争议不休，既有主张文学为政治服务的“从属论”，又有文学与政治并行不悖的“平行论”，还有一种“文学与政治之间的关系，应当是一种想象关系”的“想象论”②。虽然两者属于不同系统，结构和要素、价值与功能都不相同，但又相互影响、相互渗透，关系密切。文学与政治的这种关系有着深远的传统，中国古代儒家思想中强调文人应该“修身，齐家，治国，平天下”，文章写作要“经世致用”。中国古代知识分子追求“达则兼济天下”的理想，生动地表达了入世精神和建功立业的政治抱负。曹丕更是说：“盖文章，经国之大业，不朽之盛事。”直接把文学创作和治理天下紧密地结合在一起，使得文学创作具有鲜明的政治功利色彩。所以，“政治不是文学的简单目的，文学也不总是处于被钳制的地位。文学促进了政治的多向度发展，政治的发展也为文学的多样性提供了空间”③。文学与政治归根到底是一种特定历史语境中双向互渗互动的功能性关系。

众所周知，1930年代之所以成为中国现代文学史上的一个特殊的年代，其最主要的原因就是它是一个政治兴趣浓厚、充满政治激情的时代。朱晓进在《非文学的世纪：20世纪中国文学与政治文化关系史论》中详细论述了20世纪中国文学与政治的关系，他认为：1930年代由于国共合作破裂，国民党的独裁统治形成了特殊的政治文化语境，文学总体的政治化倾向浓厚。表现为文学群体对统治权力主体政治文化的对立或游离状态；为适应政治思想价值观念的变化，文学体裁出现了新形式。④ 还有学

① 朱晓进：《政治文化与中国二十世纪三十年代文学》，52、55页，北京，人民出版社，2006。

② 刘锋杰：《从“从属论”到“想象论”——文学与政治关系的新思考》，载《文艺争鸣》，2007（5）。

③ 余晓明：《互渗与回环：政治文化视角下的文学与政治关系》，载《求索》，2005（11）。

④ 参见朱晓进：《非文学的世纪：20世纪中国文学与政治文化关系史论》，南京，南京师范大学出版社，2004。

者这样表述："文学群体形成特殊的政治趋向，亚政治文化性在文学领域表现得鲜明突出，成为三十年代文学的普遍特征。"① 这种政治的激情表现在多个方面，文学创作充满政治宣泄的文字，文艺论争中常以政治批判代替理性的思辨，文艺出版中政治性刊物成为抢手的商品。不仅仅如此，在笔者看来，政治也是导致某些作家群落生成的重要因素。

某种意义上来说 1930 年代作家群落是集体政治诉求的产物，相近的政治兴趣促成了作家群落的聚合，在 1930 年代一些作家群落刊物的创刊词中即可清晰地看到这一点。比如后期创造社，在他们刊物的创刊号上无不旗帜鲜明地表现了他们的政治倾向与政治主张。1928 年 1 月 15 日《文化批判》的创刊号上，成仿吾发表的《〈文化批判〉祝词》中就宣称："《文化批判》将贡献全部的革命的理论，将给予革命的全战线以朗朗的光火。"② 在同年 3 月创办的《流沙》中，朱镜我激情洋溢地呼吁："我们相信惟有无产阶级才最能知道他自己的生活，惟有受了科学洗礼的无产阶级才最能有明瞭的意识！……所以我们在思想上有一致的倾向，在文学上亦同样的应有一致的倾向，——唤起阶级意识的一种工具……来，我们大家一齐举起鹤嘴斧打倒那些小资产阶级的学士和老爷们的文学，转过方向来，开辟这文艺的荒土！"③ 而在 1929 年 8 月出版的《新兴文化》月刊创刊号的《编辑后记》中则更是发出坚定的呐喊："斗争的确是打破旧势力恶制度，建立新的合理的状态之唯一的手段。斗争就是一切！"④ 这些创刊号上类似结社的宣言，政治色彩鲜明而突出，表现了作家群落共同的兴趣与追求。

左联的生成完全是政治运作的结果，这个群落与政治密切的关系表现在多个方面，可以说左联这个作家群落生成的基础就在于其组成的三支人马本身就具有鲜明而一致的政治倾向性。组成左联作家群落的第一支人马是后期创造社，如上文所述，后期创造社在他们自己的刊物上已经旗帜鲜明地表现了他们的政治主张，而事实上当时这个作家群落中的李初梨、冯乃超、彭康、朱镜我、李铁声等都加入了共产党。组成左联作家群落的第

① 陆咏梅：《亚政治文化性：三十年代文学群体的普遍特征》，载《浙江师范大学学报》(社会科学版)，2003 (3)。

② 转引自宋原放主编、陈江辑注：《中国出版史料》，第 1 卷下册，1 页，济南，山东教育出版社，2001。

③ 转引自宋原放主编、陈江辑注：《中国出版史料》，第 1 卷下册，3～4 页，济南，山东教育出版社，2001。

④ 饶鸿競等编：《创造社资料》(上)，489 页，北京，知识产权出版社，2010。

二支人马是太阳社，太阳社某种意义上是仿照后期创造社而创立的，杨邨人1933年回忆太阳社的成立时说："创刊之初，并没有成立太阳社的企图，而是在受到创造社的袭击以后，才感到非有联合战线的队伍不足以迎敌，便标明了旗帜招引同志充实战斗的力量，于是乎成立了'太阳社'。"① 所以太阳社在具体运作上则基本是延续后期创造社的做法，是后期创造社的翻版。从成员的身份来看，"而太阳社的成员在1927年底来到上海之前就已经是中共党员，后来不断加入的成员也大多已具备党员身份。在上海鼓吹'革命文学'的年青文化人1928年底基本上都拥有了政治和文化上的双重身份"②。组成左联作家群落的第三支人马是以鲁迅为首的一批作家，鲁迅在与后期创造社、太阳社关于"革命文学"的激烈论战中，认真地阅读和学习过一些主要源于俄文的马克思主义著作，接受了马克思主义关于社会革命的阶级观和斗争观，并积极投身于左翼文学运动。尽管在一些观念方法方面存在着分歧，但是鲁迅一方面对于三方共同目标是肯定的，正如李欧梵所说的那样："鲁迅在广州的经历打消了他对国民革命潜力的幻想。南京新政府统治下的环境，进一步加强了他的对立情绪……鲁迅对于这场惨剧深感震惊，比以往任何时候更感受'白色恐怖'下的迫害。政治上的迫切需要，就这样促使他与左派的论敌找到了共同点。"③ 另一方面，钱理群认为鲁迅之所以能够做出"牺牲若干自己意见"的代价加入左联，主要是因为受了当时他自己身边的一些年轻的共产党员和左翼知识的分子的影响与感化，他通过对以冯雪峰等为代表的左翼知识分子的实际接触和了解，对当时的共产党产生了好感，对于左翼作家斗争精神产生了认同。所以鲁迅仍然能冰释前嫌，答应了与创造社、太阳社的联合。由此可见，相近的政治倾向最终促成了左联作家群落的生成。

即使是一些文艺氛围浓厚的作家群落，也隐含着相当程度的政治热情，并在某些特定时间段内，政治因素左右了作家群落的发展方向，比如说新月派作家群落。新月派作家群落一向是以温文尔雅的绅士面目出现在世人面前的，其最初为一个社会型群落，自1925年10月徐志摩接办《晨

---

① 杨邨人：《太阳社与蒋光慈》，载《现代》，1933（3—4）。

② 曹清华：《"左联"成立与左翼身份建构——一个历史事件的解剖》，载《文艺理论研究》，2005（3）。

③ 李欧梵：《30年代文学，1927—1937年》，见费正清：《剑桥中华民国史》，下卷，422页，北京，中国社会科学出版社，1994。

报副刊》之后，加入了饶孟侃、熊佛西、闻一多、朱大枏、朱湘等人，正是由他们发起和创办了《诗镌》和《剧刊》，这个群落的文艺气息才变得浓厚起来，逐步转变为一个作家群落。到了1930年代，新月派作家群落的政治色彩开始变得明显。1928年3月《新月》杂志的创刊号上，徐志摩发表了《〈新月〉的态度》，阐述了创刊的目的，他说："凭这点集合的力量，我们希望为这时代的思想增加一些体魄，为这时代的生命添厚一些光辉。"① 细心的读者会发现，在这个文学刊物的发刊词中，徐志摩谈得最多的不是文学，而是思想态度，隐含着新月派的政治理念。文中他把思想比作一个市场，把当时出现的各种思想派别比作行业；而在这些行业中的"攻击派""偏激派""热狂派""标语派""主义派"显然喻指左翼文学，徐志摩针对之进行了批判。虽然徐志摩"是一个诗人，但是他的政治意识非常浓烈"②，不过与新月派作家群落的其他人相比，他的政治兴趣显然还不算是太浓烈的，在新月派作家群落中对政治兴趣浓厚的大有人在，其中胡适肯定要算一个。翻开《胡适日记》，1930年代的胡适对于政治的思考明显增多，显示出对政治事件与政局走向的密切关注。虽然他曾经说过"不谈政治"，然而到了1930年代也是他第一个谈起了政治，而且是"不鸣则已，一鸣惊人"，产生很大的社会影响。他在《新月》月刊第2卷第2号发表《人权与约法》，疾呼"人权"与"法治"，对国民党的专制统治提出严厉的批判。就这一期的《编辑后言》中也明确说："但此后的新月月刊，在评论未出时，想在思想及批评方面多发表一些文字，多少可见我们少数抱残守缺的见解。"从第2卷第3号起，《新月》刊登文章的内容发生了很多变化，议论政治的文章逐渐增多，并逐渐占据了《新月》的大部分的篇幅。从第3卷第2号至第4卷第1号，罗隆基执掌了编辑大权，计发文章25篇，主要是讨论政治问题的文章。这个阶段罗隆基是《新月》写稿最多的作者之一，著述颇丰，对政治更是显示出超乎一般的热情。在《专家政治》一文中他说："要解决中国的政治问题，最要紧的是专家政治。"要实现专家政治，消极方面是要先消除武人政治和分赃政治；积极方面，则是先实行选举制度和考试制度。③《论人权》一文则强调言论自由是人权的应有之义，国家只能承认人权而不能产生人权。国家

① 徐志摩：《〈新月〉的态度》，载《新月》，1928（1）。

② 茅盾：《徐志摩论》，载《现代》，1933（2—4）。

③ 参见罗隆基：《专家政治》，载《新月》，1929（2—2）。

的优劣在任何时期应以人权得到承认的标准为准。① 《我对党务上的尽情批评》《我们要甚么样的政治制度》等文章，直接批评了国民党“以党治国”“党在国上”等口号下的一党专制与独裁。罗隆基主编《新月》期间，《新月》成为讨论政治话题的重要阵地。也正因为《新月》如此热衷谈论政治，1931 年上海《民报》发表了汪常有的一篇文章，说“中国目前三个思想鼎足而立：一、共产；二、《新月》派；三、三民主义”，把新月派看成一种重要的不可忽视的政治力量，与共产党、国民党相提并论。看到这则新闻后罗隆基也十分高兴，甚至有点扬扬自得，在给胡适的信中他说：“想不到《新月》有这样重要。”② 这也从客观方面反映了 1930 年代新月作家群落的生态环境，以及政治因素对于群落发展动向的影响。

如果说新月派作家群落和左联作家群落政治文化意识浓郁，相近的政治倾向促成了群落的形成，那么，向来被人们称为“远离政治”的京派作家群落的形成与政治是否也存在着一定的关系呢？对此朱晓进曾做出过精彩的论述，他认为：“这种与政治保持距离的作法，其实也是对政治的一种反应方式，或者说是一种他们对并不认同的主流政治的一种反抗策略。对政治的逃避，尤其是有意识的、自觉的逃避，这本身就是一种政治的态度，或者干脆说是一种政治性的表态。”③ 所以在 1930 年代特殊的政治文化语境下，每个文学群落的形成和产生都不可避免地受到政治的影响，即使打出超脱政治的旗号，提出文学远离政治的主张，但事实上这种旗号和主张在某种意义上都是一种政治的表态，无一例外。

第三节　繁盛的现代出版

随着市场经济体制的日趋确立和市民消费文化市场的逐步形成，1920 年代末 1930 年代初现代出版业逐步走向繁荣昌盛。文学作品成为商品，这不仅对于知识分子的生存方式和生活方式产生了重要影响，还使得知识分子扩大了活动的公共空间，进而改变了原有的聚散方式，最终导致了新型作家群落的产生。

---

① 参见罗隆基：《论人权》，载《新月》，1929（2—5）。

② 罗隆基：《胡适来往书信选》，中册，64 页，北京，中华书局，1980。

③ 朱晓进：《“远离政治”：一种针对“政治”的姿态——论 30 年代“京派”等作家群体的政治倾向》，载《南京师大学报》（社会科学版），2000（2）。

北京自明清以来一直是中国的政治、经济和文化中心，五四新文化运动更是凸显了北京作为一个文化中心不可动摇的地位，全国各地知识分子云集于此，文化氛围浓厚。但是到了1920年代中期，这个城市的文化中心地位逐渐发生了动摇。由于军阀政府的穷兵黩武、官僚政客的贪污受贿，导致教育经费的投入严重不足，教育欠薪变得十分普遍，北京各大高校濒临破产的边缘，由此带来的教师索薪、职员罢工、校役外出打工等事件屡屡发生。教育欠薪又导致了文人在北京的生活成本变得高昂，同时也使得文人一向平静的心态产生了波澜。与此同时，上海这个新兴城市却是经济飞速发展，逐渐成为中国新的工商业经济的中心。由于印刷技术的更新，产业工人数量的增加，推动了出版业的发展，上海也逐渐取代北平而成为新文学出版的重要场所。据统计，到1930年代初，上海印刷企业有100多家，占全国的80%；图书报刊出版分别占全国的90%和80%，出现了一批以商务印书馆、中华书局等为代表的大型出版企业。到了1933—1934年，出版业更是达到一个高潮，1933年上海共出版各类期刊215种，其中人文科学102种，文学艺术40种，应用技术32种，普通杂志38种，自然科学3种。到了1934年，“有人估计，目前全中国约有各种性质的定期刊物三百余种”①，张静庐则回忆说每月：“近千种杂志，每天平均有二三十种出版。”② 杂志的出版数量空前，1933—1934年由此被称为“杂志年”，上海当之无愧地坐上中国出版业第一的交椅。

出版业的繁荣对于整个中国的文学生产、文学传播产生了多方面显著的变化，其中变化之一的就是作家观念的改变，作家的稿酬观由1920年代的不言钱、耻言钱到1930年代转变为堂堂正正以稿酬为生。文化中心的转移，稿费制和职业作家的大量出现，为作家的生活提供了必要的保障。最为典型的莫过于郭沫若，1920年代他觉得卖稿为生是可耻的事，是“万事失败了所剩下的一条绝路”，“我自己是充分地受过封建式教育的人，把文章来卖钱，在旧时是视为江湖派，是文人中的最下流。因此，凡是稍自矜持的人，总不肯走到这一步”③。但是到了1930年代他则是把稿子待价而沽，把“卖文”看成一件很正常的事情。在与时为现代书局编辑

① 茅盾：《所谓“杂志年”》，载《文学》，1934（3—2）。

② 张静庐：《在出版界二十年》，126页，南京，江苏教育出版社，2005。

③ 郭沫若：《创造十年续编》，见《沫若文集》，第7卷，197页，北京，人民文学出版社，1958。

叶灵凤的书信来往中，他说："《创造十年》只成前编，你们既赶着要出书，只好把前编寄给你们，但我的条件是：(1) 后编于三个月后交稿，稿费同是一千五百元，以三个月内缴清。……我现在手里有一部长篇小说《同志爱》……你们肯出一千五百元现金购买，我可以卖给你们。""《同志爱》已寄到内山处……那书现代如要，稿费要一千五百元，现金交易。""我把前次所说的《离沪之前》整理了出来……原稿已经寄往内山……在《现代》上发表也好，请你叫书局送三百元去和原稿兑换罢。""我现在译就了一部《隋唐燕乐调研究》(日本林谦三著)……因为是学术研究的东西，我可以把稿费放低出售（依原稿纸计算，每张六百字，价四元，此乃最低价）……静庐如肯承印，请他先寄三四百元来，我可将稿交出。余款每月一百，交清为止。"① 谈起稿酬，郭沫若直截了当，毫无羞涩。再如沈从文尽管内心并不喜欢上海，但是"我不久或到青岛去，但又成天只想转上海，因为北京不是我住得下的地方，我的文章是只有在上海才写得出也才卖得出的"②。坦然承认自己要在上海生活，因为唯有在上海这个地方才可以卖稿，才能凭写作生存下去。1930 年代老舍在山东济南任教时，还专门跑到上海考察出版业的情况，掂量是不是放弃教学工作而在上海做一个专职的作家。因此以往作家多集中于学校，靠教书谋生，而出版业的繁荣改变了作家的生存方式，现在他们可以依靠稿费或者版税来生活，写作成为一种独立的谋生手段。

出版业的发展提供了一个较成熟的市场化的生存空间，与之相应的变化是作家活动的公共空间也发生了巨大变化。1920 年代作家的主要活动空间在于学校等教育机构，日常接触的是具有相近背景的朋友或师生。刊物性质多为同人刊物，大家出于共同的兴趣出资办刊，不以追求经济回报为目的。这些期刊对于文学社团的聚散起到重要作用，"在中国现代文学史上，作家群、文学社团和文学流派之间虽然有着这样或那样的复杂联系，但都以期刊为纽带，且刊物、出版机构、社团、流派诸多因素常常纠结在一起。……以刊物为核心阵地的有组织的文学社团，是五四时期凝聚文学力量的常见形式"③。的确如此，"五四"时期围绕《小说月报》聚集

① 转引自孔另境编：《现代作家书简》，139～145 页，广州，花城出版社，1982。

② 沈从文：《19310629 致王际真》，见《沈从文全集》，第 18 卷，143 页，太原，北岳文艺出版社，2002。

③ 李春雨：《论现代出版与现代作家群体的关系》，载《中国现代文学研究丛刊》，2008 (6)。

的是文学研究会作家群落，围绕《创造》聚集的是创造社作家群落，以刊物聚合作者以形成作家群落是“五四”时期的一种普遍现象和既成经验。然而到了1930年代，作家活动的公共空间发生明显的变化，他们不再仅仅局限在学校和师生朋友这个狭窄的空间，期刊出版物拓展了交往的空间，即使足不出户，他们也可以通过期刊获得更多的信息，同时也可以利用发表文章来传递自己的信息，通过期刊出版物这个平台他们接触到更多的素不相识的人。他们在这些新的舆论空间中发表自己的观点，相近的思想观念和文学审美拉近了彼此的距离，他们引为同道，成为志同道合的朋友；他们对于对立观点展开批评，怒目相向，与观点对立者成了势不两立的敌人。不同的思想观念和文学审美使他们自觉地站到不同的队伍中，于是期刊出版物成为联系1930年代的作家群落的重要纽带，成为聚集作家群落的重要原因。某种意义上说，这些期刊出版物的纽带作用甚至已经超过了以往结社的效果。杨义先生认为流派“作为一个有生命的文学构成”一般可能具备五个要素，即“风格要素，师友要素，交往行为要素，同人刊物和报纸专栏要素，社团要素”，对于这五个要素，虽然各流派的情况互有差异，但掌握固定的报刊媒体却是它们共同的特点。1930年代几乎每个刊物背后都聚集了一个作家群体，刊物成为作家群落聚合的主要工具。刊兴人聚，刊停人散，刊物主宰了作家群落的聚散，作家群落也正是在这样的背景下进行着重新的组合和调整。

以施蛰存为中心的《现代》作家群落的聚散与杂志《现代》的关系就是一个很好的例子。早在1922年杭州之江大学读书期间，因为共同的文学爱好和兴趣，施蛰存就结识了当时浙江宗文中学的戴望舒、戴克崇（杜衡）、张元定（张天翼）等人，组成了一个文学社团“兰社”，创办了旬刊《兰友》，开始了最初的文学尝试。1925年戴望舒结识了刘灿波（呐鸥），很快成为好友。1926年，戴望舒、施蛰存、杜衡创办了《璎珞》，组成了璎珞社，刘呐鸥加入，成为其中一员。1927年“四一二”事变后戴望舒、杜衡藏匿在施蛰存家中，筹办《文学工场》。1928年戴望舒、施蛰存、刘呐鸥开办“第一线书店”，被警察局勒令“停止营业”。1929年刘呐鸥开办“水沫书店”，施蛰存、戴望舒创办《新文艺》，又结识了穆时英。1932年，因为“一·二八”淞沪战争爆发，水沫社同人星散。1932年3月，赋闲在家的施蛰存收到现代书局经理张静庐的来信，邀请他去上海创办一个刊物。施蛰存与张静庐等人商谈后，决定刊名为《现代》，由一人编辑主持。施蛰存在办《现代》的过程中，由于社中琐事，阅稿繁忙，所以写信邀请戴望舒和杜衡来帮忙，戴望舒选编新诗来稿，杜衡审阅杂文评论与部分小说。刘呐鸥也对《现代》的出版予以了很多的关心。虽然一开始施蛰存就在《创刊宣言》中特别强调《现代》“不是同人杂志”，“本志并不预备造成任何一种文学上的思潮，主义，或党派”，企图以不偏不倚的中立姿态立足于文坛。从《现代》发表作品的作者名单来看，人员众多，既有激进的革命作家，也有相对保守的自由主义作家，但以此认为《现代》杂志的作者是一个开放性的群落，这种结论就显得有些仓促和天真了。如果仔细分析，《现代》的撰稿主体仍然是我们后来所说的现代诗派和新感觉派，即本书所认为的《现代》作家群落。也正因为如此，杨之华才在《文坛史料》评价现代社时说：“作为这一个文艺社团的干部人物，除施蛰存与杜衡之外，尚有戴望舒、穆时英、刘呐鸥、叶灵凤、徐霞村、路易士、高明、林希隽等人，他们虽没有什么形式上的组织，但对于文艺的见解及旨趣，则大抵是共同的。”① 可见名单中这些人都是通过《现代》杂志聚合于一起，通过相近的文艺旨趣显示出作家群落的特征，刊物成为聚合作家群落的重要因素。

左联刊物《北斗》的“变色”则更是生动地反映出围绕刊物而发生的作家聚散的复杂状况。《北斗》是左联的机关刊物，在其创办之前，左联出版过《萌芽》《拓荒者》《世界文化》《巴尔底山》等，但由于鲜明的左翼政治色彩而无一例外地遭到查禁。所以在《北斗》创办前，冯雪峰就曾指示丁玲：“《北斗》在表面上要办得灰色一点”②，以免重蹈覆辙。丁玲遵照指示立即写信给沈从文，请求这位曾经合作办刊的老友出面写稿拉稿，“想多找些老文人的文章，尤其想多推出几个好点的女作家……”③ 沈从文积极帮助，利用自己的人脉向北方文坛约稿。1931 年 9 月《北斗》面世，轰动一时，作者主要有冰心、林徽因、陈衡哲、丁玲、白薇、徐志摩、隋洛文（鲁迅）、朱璟（茅盾）、叶圣陶、李易水（冯乃超）、董龙（瞿秋白）、寒生（阳翰笙）等人。在这份作者名单中，部分为左联作家群落成员，北方文坛的京派作家几乎占据了半壁江山。然而《北斗》毕竟是左联的机关刊物，向北方文坛作家约稿的主要目的在于应对国民党的文化“围剿”，而当借名家稿件扩大了自己的影响后，《北斗》的所谓“灰色”

① 杨之华编：《文坛史料》，393 页，上海，中华日报社，1944。

② 丁玲：《关于左联的片段回忆》，载《新文学史料》，1980（1）。

③ 沈从文：《〈记丁玲〉集序》，见《〈记丁玲〉续集》，152 页，上海，上海良友复兴图书印刷公司，1940。

越来越淡，“红色”越来越浓，刊物以左联作家群落为主的本真面目也就逐渐浮出了水面。《北斗》第 2 期、第 3 期还能出现凌叔华、冰心、沈从文的作品，但京派作家越来越少，左翼作家越来越多。而到了第 4 期之后，作者基本上就是清一色的左翼作家了。后来沈从文说：“故这个刊物开始几期，虽然还登了些北方的文章，到后自然就全以上海方面作者为根据，把这刊物支持下去了。”① 对于《北斗》的评价可谓一语中的。

所以出版业繁荣导致的公共空间的变化带来了作家群落聚散方式的变化，“现代中国文学社群本体结构系统，所面临的实际问题是，其生存方式是否能够经受市场经济的变化，文学群体的统帅核心人物、期刊、丛书等生命形式，都必须与出版家联系，群体的起落和聚散，冲突与融合许多直接产生于此”②。出版物在 1930 年代作家群落的聚散中扮演了重要的角色。

如上所述，按照不同的生成语境，我们可以把 1930 年代作家群落分成三种类型：传统文人型作家群落、政治型作家群落和出版型作家群落。如京派作家群落是一个传统文人型作家群落，左联作家群落是政治型作家群落，而开明派作家群落则是典型的出版型作家群落。但需要补充说明的是，由于群落是发展变化的，所以某个作家群落的类型也不是固定不变的，作为 1930 年代独特语境下的多种因素共同作用的产物，作家群落的性质也随着外部的影响而发生变化。比如说新月派，前期更接近一个传统文人型作家群落的特点，后期则向政治型作家群落和出版型作家群落转变。而论语派又兼具传统文人型作家群落和出版型作家群落的特点。这也从另外一个方面证明了作家群落的复杂性。

附录　1930 年代开明派作家群落主要成员一览表

姓名	出生年月	籍贯	教育背景	加入时间	经历及关系
叶绍钧	1894	江苏苏州	苏州公立第一学堂	1931	文研会会员，夏丏尊亲家，1922 年与朱自清、俞平伯创办诗刊《诗》，立达学园教员。

① 沈从文：《〈记丁玲〉集序》，见《〈记丁玲〉续集》，167 页，上海，上海良友复兴图书印刷公司，1940。

② 杨洪承：《文学社群文化形态论》，213 页，合肥，安徽文艺出版社，1998。

续前表

姓名	出生年月	籍贯	教育背景	加入时间	经历及关系
夏丏尊	1886	浙江绍兴	东京高等工业学堂	1927	文研会会员，春晖中学发起人之一，立达学园教员。
丰子恺	1898	浙江崇德	浙江第一师范学校，留日习绘画和音乐	1928	文研会会员，浙江第一师范学校夏丏尊的学生，春晖中学、立达学园教员。
胡愈之	1896	浙江上虞	绍兴中学	1927	商务印书馆编译所编辑。曾多次到春晖中学讲学，与该校著名教师叶圣陶、朱自清结为好友。1928年赴法前，夏丏尊邀请叶圣陶、周予同、钱君匋等到白马湖为之饯行。立达学园创办人之一，兼教员。
朱自清	1898	江苏东海	北京大学		原籍浙江绍兴，文研会会员，1924年3月任教于春晖中学，立达学园教员。
章克标	1900	浙江海宁	东京高等师范学校	1928	立达学园教员。
徐调孚	1900	浙江平湖	浙江省立第二中学	1932	文研会会员，商务印书馆编译所编辑。赵景深好友，两人共同编辑过《小说月报》。郑振铎离任去欧洲游历，留下《小说月报》由徐与叶圣陶合编。立达学会会员。
赵景深	1902	四川宜宾	天津棉业专门学校	1926	因翻译安徒生童话集与郑振铎两人书信往还，并结为挚友。1923年经郑振铎介绍参加“文学研究会”。开明书店文学编辑，立达学园教员。
王伯祥	1890	江苏苏州	苏州公立第一学堂	1932	文研会会员，叶绍钧小学至中学同学，商务印书馆编译所编辑，开明书店编辑，立达学园教员。
金仲华	1907	浙江桐乡	之江大学	1933	商务印书馆编辑，开明书店《中学生》杂志编辑，立达学会会员。
郭绍虞	1903	江苏苏州	苏州工业中学	1942	与叶绍钧同为文研会的发起人。
周予同	1898	浙江瑞安	北京高等师范学校	1943	商务印书馆编译所编辑，立达学会会员。
宋云彬	1897	浙江海宁	杭州中学	1928	1927年在武汉结识经亨颐和沈雁冰。商务印书馆编辑，与叶绍钧、王伯祥、顾均正共事。开明书店编辑。

续前表

姓名	出生年月	籍贯	教育背景	加入时间	经历及关系
顾均正	1902	浙江嘉兴	浙江省立第二中学	1928	商务印书馆编译所编辑。
钱君匋	1907	浙江桐乡	上海艺术师范学校	1926	丰子恺的学生，开明书店音乐美术编辑。
俞平伯	1900	浙江德清	北京大学		文研会会员，朱自清北大同学，浙一师同事，1924 年应邀到春晖中学做讲座。
郑振铎	1898	浙江永嘉	北京铁路管理学校		文研会会员，叶圣陶在商务印书馆的同事。
朱光潜	1897	安徽桐城	香港大学		春晖中学教员，参与创办《一般》，立达学园创办者。

参考文献：

许纪霖等. 近代中国知识分子的公共交往 1895—1949. 上海：上海人民出版社，2008.

第二章　文学话语背后的动态流变

1920 年代作家群落形态相对稳定，群落基本上沿着生成—壮大—衰退—消亡的线性过程发展，形态比较单一。而到了 1930 年代，由于社会政治氛围、经济环境等变化，作家群落的这种稳定性逐渐被打破。为了自身的生存，不同的作家群落展开了话语权的博弈，在政治信仰和价值观、参与成员、聚散方式方面都发生了很大变化，群落的形态由此呈现出动态性的流变。这种流变主要表现在有一些作家群落在人员离散、社群消亡后，经过了一段时间，其原有的成员又延续倡导原有的或相近的文学主张，重新组合或建立新的作家群落。还有一些作家群落在发展的过程中，名称和基本框架未变，但是理念和部分人员或创作方面发生了改变，群落经历了分化与转型。此外，1930 年代的作家群落为了宣扬自身的思想或文学主张，树立自己的话语权，群落之间不可避免地产生了对抗和对峙，以此来保存自身，所以群落与群落之间剑拔弩张，冲突和对峙成为这个阶段作家群落一种重要的形态。

第一节　星散与重构

1920 年代的一些作家群落，曾经在五四文学革命中发挥出重大的作用，然而时过境迁，随着五四运动的落潮与新文化运动阵营的分化，群落成员分道扬镳，四处星散，群落逐渐丧失了以往的活力，走向了消亡，退出历史的舞台。这其中比较典型的是文学研究会。

作为五四新文学运动中成员最多、规模最大的文学社团，文学研究会成立于 1921 年 1 月，是中国现代文学史上最早成立的文学社团。它“以研究介绍世界文学、整理中国旧文学、创造新文学为宗旨”，文学主张和创作实践均倾向于现实主义。文学研究会的主要文学活动集中在 1920 年代初期，社群曾经热闹一时，然而时过境迁，由于主客观方面的原因，后来的活动未能完全按计划进行，到了 1928 年前后组织已经相当松散，名存实亡。1932 年初《小说月报》停刊后，该会活动即基本停顿。

学衡派也是如此，创建于 1922 年 1 月南京东南大学的学衡派是名噪一时的文化保守主义群体，除了梅光迪、吴宓、胡先骕、刘伯明、柳诒徵五大主力之外，其他还有 60 多人围绕该刊撰文，而全部作者在 100 人以上①，可谓阵营强大、人才济济、鼎盛一时。作为新文化运动的反对力量出现的学衡派，尽管只是整个文化运动主潮中的一支逆流，然而他们试图从文化发展的规范化方面制衡文化激进主义，并对西方文明所带来的人文精神、伦理道德的沦丧与异化表现出深深的忧虑，体现出超前的现代性，产生了一定的社会影响。然而到了 1923、1924 年，学衡派群体很快溃散，刘伯明去世，胡先骕赴美攻读博士学位，梅光迪赴美执教哈佛大学，吴宓受聘任教东北大学。尽管其后吴宓凭一己顽强的精神勉力维持《学衡》的出版达 9 年之久，“为《学衡》忍辱含垢，惟明神知之耳”②，把《学衡》当作自己的精神寄托和事业，而事实上“同室操戈，从旁破坏，今世成风，岂《学衡》社友之贤者亦不免此”③。作为作家群落的学衡派也不复存在，《学衡》成为吴宓的独角戏。1932 年秋冬，在与南京社员的分歧争议下，吴宓辞去总编辑的职务，《学衡》停刊，学衡派也寿终正寝。

上文也提到过这些作家群落主要的文学活动集中在“五四”新文学阶段，到了 1928 年以后已经是日薄西山，完成了其历史使命，淡出了历史的舞台。所以这些并非本书论述的重点，本书更关注的是作家群落的重构现象。

一部分作家群落在人员星散后，群落逐渐消亡，最终销声匿迹。但也有一部分作家群落往往由于特定的一些原因，在人员离散、社群消亡后，经过了一段时间，其原有的成员又延续倡导原有的或相近的文学主张，重新组合或建立新的作家群落。本书把这种情况称为作家群落的重构。

从语丝社到论语派，可以清晰地看到这种作家群落重构的轨迹。语丝社是 1920 年代文坛上的重要文学社团，《语丝》于 1924 年 11 月创刊，以

① 参见沈卫威：《回眸“学衡派”——文化保守主义的现代命运》，18 页，北京，人民文学出版社，1999。

② 吴宓：《吴宓日记》，第 3 册，60 页，北京，生活·读书·新知三联书店，1998。

③ 吴宓：《吴宓日记》，第 3 册，438 页，北京，生活·读书·新知三联书店，1998。

倡导幽默泼辣的“语丝文体”而著名。这个作家群落以周氏兄弟两人为中心，最初有16位“长期撰稿人”，除了周氏兄弟外，另有林语堂、章川岛、孙伏园、钱玄同、李小峰、顾颉刚、江绍原、斐君女士（章川岛夫人）、王品清、曙天女士（章衣萍夫人）、春台、淦女士、林兰女士（李小峰夫人）、章衣萍。此外，刘半农、张定璜、俞平伯、废名、徐祖正、张凤举等人都参加过语丝社的聚餐会，也经常给《语丝》写稿，也属于语丝这个作家群落，可谓人才济济一堂。语丝社作家群落在与“现代评论派”的斗争中，同仇敌忾，齐心协力，特别是周氏兄弟虽在1923年7月已经失和分手，但在1925年与“现代评论派”的斗争中仍然并肩作战，积极呼应，显示出作家群落的凝聚力。然而语丝作家群落一开始在文艺观方面就存在着分歧。在周作人看来，文艺只不过是个人的性灵志趣和抒发闲适的情绪的载体，所以在《语丝》的发刊词中，他就清楚表现了自己的这种文学主张，把《语丝》的办刊宗旨说成是“不过姑且发表自己所要说的话，聊以消遣罢了”。而鲁迅的观点则截然相反，他认为“凡是愚弱的国民，即使体格如何健全，如何茁壮，也只能做毫无意义的示众的材料和看客，病死多少是不必以为不幸的。所以我们的第一要著，是在改变他们的精神，而善于改变精神的是，我那时以为当然要推文艺，于是想提倡文艺运动”①。他主张《语丝》要“任意而谈，无所顾忌，要催促新的产生，对于有害于新的旧物，则竭力加以排击……”② 始终把关注的目光投向国民性改造，高举启蒙主义的大旗，无所顾忌地批判攻击旧世界。周氏兄弟文艺观念的分歧为后来语丝社群落的分道扬镳埋下了伏笔，1927年10月《语丝》在北平被奉系军阀查封后，迁到上海继续出版，主编也由周作人改为鲁迅、柔石、李小峰，作家群落也相应发生了变化，如鲁迅所感慨的那样“……所谓‘社员’，也并无明确的界限，最初的撰稿者，所余早已无多，中途出现的人，则在中途忽来忽去……至于因环境改变，意见分歧而去的，那自然尤为不少”③。到第5卷第11期，16位“长期撰稿人”只剩下鲁迅、周作人和章衣萍。由于“同人启蒙立场逐渐消解，批评本体色

---

① 鲁迅：《呐喊·自序》，见《鲁迅全集》，第1卷，439页，北京，人民文学出版社，2005。

② 鲁迅：《三闲集·我和〈语丝〉的始终》，见《鲁迅全集》，第4卷，171页，北京，人民文学出版社，2005。

③ 鲁迅：《三闲集·我和〈语丝〉的始终》，见《鲁迅全集》，第4卷，173页，北京，人民文学出版社，2005。

彩逐渐弱化，编辑主体和创作主体由一体到分离，出版策略与文化理想由反抗到迎合”① 等多方面的因素，《语丝》于 1930 年 3 月被迫停刊。

作为《语丝》旧将的林语堂无疑接受了刊物衰落的前车之鉴，1932 年 9 月，他在上海创办了《论语》半月刊，提倡“以自我为中心”、幽默闲适的“性灵小品”，呼朋唤友，旧日语丝社的很多同人又聚集在一起，由此诞生了“论语派”。

之所以认为从语丝社到论语派清晰表现出作家群落重构的痕迹，首先在于这两个作家群落在文艺主张和创作实践方面具有相似性和一致性。语丝社在文艺主张方面一开始就分别以周氏兄弟为代表存在着两种倾向，鲁迅始终坚持“立人”的思想，始终关注社会解放与民族振兴，重视文学的社会功用，其创作具有鲜明的“载道”色彩；而周作人则倡导“人的文学”和“平民文学”，强调“个人本位主义”的文学理念，认为文艺的目的在于表现个人的性灵志趣和抒发闲适的情绪，创作更多表现出“言志”的追求。所以论语派一开始在文艺观念上延续了语丝社这两种观点，一方面，林语堂在《论语》发刊词《缘起》中宣称：“《论语》社同人，鉴于世道日微，人心日危，发了悲天悯人之念，办一刊物，聊抒愚见，以贡献于社会国家。”《论语》半月刊重视文学的社会作用，尤其前期也刊登了不少暴露现实、抨击时政的作品，鲁迅也曾在上面发表过不少文章。林语堂更是发表了《中国何以没有民治》《中国的国民性》《中国人之聪明》《中国人与英国人》《谈中西文化》等文章，对中国国民性进行了深入的分析与深刻的批判，反映了对国富民强未来的渴盼与国家民族命运的焦虑。“30 年代，林语堂虽然与鲁迅的《语丝》有所分歧，但论语派的作家们对国民性的批判与针砭依然执著。”② 另外一方面，林语堂又更多接受了周作人的文艺思想，在《答青崖论幽默译名》一文中，他说《论语》以“提倡幽默为目标，而杂以谐谑”。到了《人间世》的发刊词中，则更是旗帜鲜明地提出以“自我为中心，以闲适为格调”。正是因为如此，施建伟说：“三十年代论语派的出现，决不是无根之树无源之水，而是早在二十年代，语丝社妥协派内部已经孕育着论语派的胚胎。”③

---

① 赵林：《多元语境制约下的〈语丝〉周刊》，载《山西师大学报》（社会科学版），2008（3）。

② 杨剑龙：《论语派小品文创作论》，载《学术月刊》，2001（9）。

③ 施建伟：《语丝派的分化和论语派的歧路》，见《中国现代文学流派论》，168 页，西安，陕西人民出版社，1986。

其次，两个作家群落在成员的组成方面也表现出作家群落重构的痕迹。在讨论这个问题之前，必须先解决一个问题，那就是正确认识作家群落成员与社团成员之间的关系。社团是一个比较狭隘的观念，比如社团的发起人，从没有或者很少在社团刊物上发表文章，但仍然不能否认他是社团的成员。相反，如果一个社团之外的作家，尽管在这个社团的刊物上发表了很多的文章，但他不一定就是这个社团的成员。这样的事例很多，比如说语丝社中孙伏园主要是作为《语丝》的编辑，发表在《语丝》上的文章很少；而李小峰则没有在《语丝》上发表过文章，章川岛夫人斐君女士也只是挂了一个“长期撰稿人”的虚衔，从来没有为《语丝》写过稿子，但谁也不能否认他们是语丝社的成员。而胡适、徐志摩、沈从文虽然在《语丝》上发表过稿子，但他们肯定不能算是语丝社成员。笔者认为采用“作家群落”这个概念能解决“社团”这个概念的局限性，有利于了解到作家群落背后复杂的人事交往，还原当时文学场的“原生态”，更好地解释作家群体的关系。所以如果以传统的社团研究的方法来看待两个刊物的成员，似乎觉得关系不大，语丝社成员主要是鲁迅、周作人、林语堂、章川岛、孙伏园、钱玄同、李小峰、顾颉刚、江绍原、斐君女士（章川岛夫人）、王品清、曙天女士（章衣萍夫人）、春台、淦女士、林兰女士（李小峰夫人）、章衣萍、刘半农、张定璜、俞平伯、废名、徐祖正、张凤举等。《论语》的主要成员是林语堂、邵洵美、陶亢德、章克标、李青崖、沈有乾、全增嘏、张光宇、张正宇等。但是如果从作家群落的角度来考察，可以发现《论语》半月刊初期主要的撰稿人是来自《语丝》，可以说早期《论语》实际上就是语丝旧人一个重要的言说阵地。

《论语》第一期创刊号上列了一份 24 个“长期撰稿人”的名单，其中就有原来语丝社的章衣萍、刘半农、俞平伯、章川岛、孙伏园、孙福熙等人。虽然鲁迅在《“论语一年”》中说过，这份名单“姓氏一大篇，动手者寥寥无几”，但是事实上从目录上来看，这些原来语丝社的作家不仅动了手，有的还是论语派刊物的常客，包括鲁迅本人也应林语堂之约，在《论语》上发表过多篇作品。

1937 年上海《逸经》文史半月刊，刊载了 1 篇《瑶斋漫笔》3 则，第 3 则是根据汪子美所作《八仙过海图》写成的《新旧八仙考》。此文勾勒了一幅“论语八仙”图。这“八仙”是吕洞宾——林语堂、张果老——周作人、蓝采和——俞平伯、铁拐李——老舍、曹国舅——大华烈士、汉钟离——丰子恺、韩湘子——郁达夫、何仙姑——姚颖。① 虽然从来没有把老舍、郁达夫看成是论语派的成员，但老舍是论语派的重要作者，发表过大量文章，郁达夫还曾一度当了《论语》的编辑（第85～105期），在《论语》《人间世》《宇宙风》发表了很多文章，据此陈学勇在《老舍、郁达夫与论语派》中就认为两者毫无疑问是论语圈中人。而8人中至少林语堂、周作人和俞平伯等3个是曾经《语丝》的撰稿人。这其中固然林语堂乃是论语派的主帅，顶起了论语派的半壁江山；而周作人在《论语》上也发表了大量文章，与论语派结下了不解之缘，不仅被称为"论语八仙"之一，甚至被认为是论语派精神上的领袖。而因为与林语堂密切的关系，在《论语》初期，鲁迅也采用其他笔名（如"何干"等）积极参与撰稿。难怪1944年杨之华主编的《文坛史料》中，直接言明："参加这个集团（论语社，编者按）的文士，大部分为前语丝社同人。"②

此外，作为论语派的创始人之一的章克标在《〈论语〉半月刊》一文回忆论语派作家群时，说得模糊而又有点意味深长，"《论语》是可以算一种同人刊物吧。但是'同人'一般是指志同道合的人。商讨出刊这杂志的人，是些相熟识的朋友，但跟这个意义'同人'，还是有些距离的，所以我上面只写了'大家'二字，不敢冒袭'同人'字样……是谁是某，我已记不清了……写文章来的人，还不是很多"③。仔细分析，这段话至少传达了两个意思，一是论语派不算是志同道合的人，二是论语派挂名的多，真正写文章的人少。笔者认为，作为《论语》半月刊的当事人之一，章克标对哪些人属于《论语》的作家群体不可能记得不清楚，其中主要原因是主编林语堂一手把持了这个刊物，对于选择稿件具有发言权，而且这个阶段林语堂更倾向于采用原来语丝社旧友的文章而已。这也许是导致两人冲突的一个主要原因。也正是因为如此，章克标等《论语》最初的发起人对此颇有微词，以至于1933年11月林语堂不再担任《论语》主编时，他仍极力为自己辩解，"论语地盘向来完全公开。所谓'初'者，全（增嘏）、潘（光旦）、李（青崖）、邵（洵美）、章（克标）诸先生共同发起赞助之谓也……论语向来所刊外稿多而社稿少，论语早已公之天下矣。论语之成

① 参见五知：《瑶斋漫笔·新旧八仙考》，载《逸经》，1937（28）。

② 杨之华：《论语社》，见《文坛史料》，399页，上海，中华日报社，1944。

③ 章克标：《〈论语〉半月刊》，载《文学界》，2009（12）。

功，即国人共同之成功也”①。所以说论语派作家群落是语丝社作家群落的延续，从语丝社到论语派清晰表现出作家群落重构的痕迹，这也从另外一个角度为作家群落重构的观点找到一种更为合理的解释。

第二节 分化与转型

作家群落毕竟是多个人员的组合，在一定共同兴趣的驱使之下组合成一个相对统一的群体。但这样的作家群落的存在都是暂时性的，群落内部成员有着不同的个性与性格，某个时候也有着一些利益的冲突，而群落外部总归有着敌视的对手，所以在诸多因素的综合下随着时间的推移，作家群落也必将逐渐产生变化。这种变化具体体现在两个方面：一是由于群落内部产生理念的分歧，作家群落在保持原有群落名称、基本框架或文学精神的基础上，人员重新组合，部分人员、组织方式或创作发生一定变化。二是作家群落在发展过程中根据外部环境的变化，不断调整自身，整体形态上发生着变化。这两种情况即所谓的分化与转型。

1930年代作家群落的分化与转型表现得最突出的是新月派作家群落。其实新月派的发展过程中前后经历了两次分化与转型。第一次是1923—1927年，最初的新月派是一种类似于俱乐部、沙龙性质的社会团体，从它的构成成员来看非常复杂，既有政治家林长民（曾任段祺瑞内阁司法总长）、梁启超（段祺瑞内阁的财政总长）、张君劢（曾任段祺瑞内阁国际政务评议会书记长和冯国璋总统府秘书长），有金融实业家王徵、黄子美、徐申如等，也有军界的蒋百里、王赓，但其主体是一批欧美留学归来的在北京大学或其他大学任职的教授，如胡适、陈西滢、丁西林、陶孟和、张歆海、张彭春、钱端升、杨振声、任叔永、李四光、丁文江、张奚若、邓以蛰等人。这批社会精英经常聚会，偶尔也进行一些文艺活动，如举办元宵灯会、中秋诗会，还有古琴会、书画会、读书会等，颇具文人雅兴的特色，然而这些只不过是他们的生活点缀，他们更多只是借助与利用新月社这个平台来进行社会交往，广结朋友，构建社会网络。1926年闻一多、

① 林语堂：《与陶亢德书》，载《论语》，1933（28）。

赵太侔、余上沅、梁实秋等人先后回国加入新月社，他们与徐志摩一起探索国剧，并在《晨报副刊》开办了《诗镌》《剧刊》等专栏，围绕《晨报副刊》出现了一个人员众多的作家群落，主要成员除了徐志摩、闻一多、赵太侔、余上沅、梁实秋，还有张嘉铸、陈西滢、邓以蛰、熊佛西、顾一樵、朱湘、刘梦苇、饶孟侃、杨世恩、孙大雨、蹇先艾、于赓虞等人。新月社的文化氛围得到了进一步的加强，新月社也逐渐取得了与创造社、语丝社三足鼎立的地位，实现了第一次的从社会型群落到真正作家群落的转型。然而好景不长，由于北平高校欠薪等多方面的原因，新月同人为了生计而纷纷离开北京，《诗镌》《剧刊》先后停刊，徐志摩在《〈剧刊〉终期》不无感伤地说："人事亦是一般的憔悴。……前天正写到刘君梦苇与杨君子惠最可伤的夭死……闻一多与饶孟侃此时正困处在锋镝丛中，不知下落。孙子潜已经出国。……太侔早已在一月前离京；这次上沅与叔存（邓以蛰）又为长安的生活难，不得已相偕南下，另寻饭碗去。……所以又是一个'星散'。"① 新月社在经历了一个短暂的辉煌之后，随着作家群落成员的四散而重新归于沉寂。

新月派作家群落的第二次分化转型是在 1928—1933 年。1928 年前后，新月派作家群落成员重聚上海。3 月《新月》月刊创刊，标志着新月同人在上海找到了一个自由言说的阵地。在《发刊词》中，徐志摩说要"在文艺和学术上的努力"，鲜明地表达了新月派作家群落群体的文学态度和办刊的方向。在最初几期的《新月》中也的确体现出这样的努力，出现频率最多的是闻一多、徐志摩的诗歌，梁实秋的文学批评，余上沅的戏剧创作与批评，胡适的国故研究以及沈从文的小说。根据统计，自创刊号至第 2 卷第 2 号，徐志摩、闻一多、饶孟侃三人担任编辑期间，文艺和学术创作占据了绝对的比例。尤其在诗歌创作方面，闻一多不仅创作了很多诗歌和诗论，更扶植了一大批诗歌青年，如陈梦家、方玮德、林徽因、臧克家、卞之琳、曹葆华、何其芳、孙毓棠、李广田等一批新人，他们在《新月》崭露头角，使得《新月》月刊充满了生气，同时也使得新格律诗的探讨达到了一个高潮。"而其他各类文学样式的创作，也占据了《新月》不小的篇幅，像沈从文、凌叔华、废名、高植等人的小说，顾仲彝、陈楚淮、丁西林等人的剧本，陈西滢、胡适等的翻译，梁实秋、沈从文等的文

① 徐志摩：《〈剧刊〉终期》，载《晨报副刊》，1926-09-23。

学评论，何家槐、储安平、俞平伯等人的散文，叶公超、梁遇春、刘英士等人的书评，从不同侧面体现着《新月》在文艺上的实绩”①。所以梁实秋后来也说《新月》最初由于同人“兴趣趋向于文艺的人占大多数”，“也就几乎成为一种纯文艺的杂志”，“主要的努力是在文艺方面”②。

但是到了1929年，《新月》上刊登的文章发生了变化，尤其从第2卷第2号开始，谈论政治的文章明显增多。其实新月派作家群落对于政治话题一向是兴趣浓厚，早在1925与1926年的“苏俄仇友大论争”即显示出这种端倪，当时围绕如何看待苏俄模式，徐志摩、胡适、张奚若、张慰慈等都积极加入并展开热烈的争论，这也为新月作家群落后来谈论政治埋下了伏笔。1930年代新月作家群落谈论政治的导火索来自外部的直接挑衅和刺激。1929年3月26日上海各报报道了上海特别市党部代表陈德徵提出的一项提案《严厉处置反革命分子案》，胡适认为该法案不妥，从根本上否认法治。陈德徵在报上写了一首短诗《胡说》，认为胡“不懂得党”，“不懂得主义”，“不懂得法律”③，大肆挖苦讽刺胡适，由此引发了胡适极大的愤怒。于是胡适在《新月》月刊第2卷第2号发表《人权与约法》，疾呼“人权”与“法治”，对国民党的专制统治提出严厉的批判。而这一期的《编辑后言》中也明确说：“但此后的新月月刊，在评论未出时，想在思想及批评方面多发表一些文字，多少可见我们少数抱残守缺的见解。”这清楚表明了《新月》办刊方向的转变。从第2卷第3号起，《新月》的文章即发生了很大变化，讨论政治的文章逐渐增多，相继出现了梁实秋的《论思想统一》（第2卷第3号）、胡适的《我们什么时候才可有宪法?》（第2卷第4号）、罗隆基的《论人权》（第2卷第5号）、胡适的《新文化运动与国民党》（第2卷第6、7号）、罗隆基的《告压迫言论自由者》（第2卷第6、7号）、罗隆基《我对党务的“尽情批评”》（第2卷第8号）、梁实秋的《孙中山先生论自由》（第2卷第9号）、胡适《我们走那条路?》（第2卷第10号）、罗隆基的《我们要什么样的政治制度》（第2卷第12号）等，基本上每期都有一篇风格犀利的谈论政治的文章。从第3卷第2号至第4卷第1号，罗隆基执掌了编辑大权，计发政治类文章

① 刘群：《饭局·书局·时局——新月社研究》，283页，武汉，武汉出版社，2011。

② 梁实秋：《新月月刊敬告读者》，载《新月》，1929（2—6、7）。

③ 转引自胡适：《胡适日记1929年4月1日》，见《胡适日记全编》（5），379页，合肥，安徽教育出版社，2001。

25篇，政治类文章占据的篇幅越来越大，而文学类文章越来越少。新月派作家群落也发生了显著变化，按照梁实秋的回忆："到了民国十九年，新月的一伙人差不多都离开上海了。闻一多本来不在上海，十九年夏他到上海来，我们两个应杨金甫邀赴青岛参加正在筹备中的国立青岛大学。胡先生和志摩都到北大去了，上沅也早就到了北平。新月杂志在罗隆基编辑之下逐渐变了质，文艺学术研究的成分少了，政治讨论的成分多了，这是我们始料所不及的事。"① 原来新月派偏重文艺创作的群落成员逐渐离开了上海，新月稿件已难以为继，所以罗隆基在给胡适的信中抱怨说："《月刊》内容，的确不是我一个人的力量可以改进的。一班旧朋友，除先生的文章照样寄来外，都不肯代《新月》做稿。志摩、实秋、一多、英士、公超、上沅、子离、西滢、叔华、从文这一班人都没有稿来。……编辑人有什么办法?"② 这段话道出了当时的实情，原来新月派作家群落成员很少甚至不再给《新月》投稿，取代他们的除了罗隆基之外，还有王造时、潘光旦、全增嘏、沈有乾等一批新面孔。"《新月》成了讨论政治的著名论坛，这点在1929年和1930年表现得尤为突出。"③

新月派作家对于这次转型用梁实秋的话来说是"始料未及"，其实更早的时候，徐志摩就对这种谈论政治的倾向表示了排斥，在给学生的一封信中，他说："下半年或去南京，或去别处教书，上海决不可久驻。我颇想另组几个朋友出一纯文艺月刊，因《新月》诸公皆热心政治，似颇不屑文艺，我亦不便强作主张也。"④ 不满情绪表露无遗。1931年2月9日，徐志摩又在致刘海粟的信中说："新月文艺，将不成话，不得不乞灵海外，幸善张罗。"⑤ 希望新月派能在文艺方面补充新鲜血液。其后他又改弦易辙，把更多的精力放到了《诗刊》的张罗上，继续其"治文学"的夙愿。然而随着1931年11月19日徐志摩的突然辞世，新月派失去了最重要的黏合剂。屡遭打击的罗隆基组稿困难，于12月辞去《新月》主编的职务，另觅高枝，转投天津《益世报》。《新月》月刊在叶公超的勉力维持下，苦

---

① 梁实秋：《忆新月》，见《梁实秋文学回忆录》，116页，长沙，岳麓书社，1989。

② 罗隆基：《罗隆基致胡适》，见《胡适来往书信选》，中册，68～69页，北京，中华书局，1980。

③ 格里德：《胡适与中国的文艺复兴》，243页，南京，江苏人民出版社，1995。

④ 徐志摩：《致李祁290721》，见虞坤林编：《志摩的信》，205页，上海，学林出版社，2004。

⑤ 徐志摩：《致刘海粟310209》，见虞坤林编：《志摩的信》，159页，上海，学林出版社，2004。

苦支撑，到 1933 年 6 月停刊。一弯新月终于从天边坠落，新月派作家群落再次四散，并逐渐退出历史的舞台。

所以从新月派的发展轨迹中，我们清晰地看到一个作家群落的分化转型过程。第一次分化转型是从一个社会型群落转型为作家群落，而第二次分化转型则是从作家群落转型为政治型群落。也正是因为第二次分化转型导致了群落特征发生明显变化，最终使得新月派走向了消亡。

左联产生与运作的进程中，也能看到作家群落的不断分化与重组的过程。

首先从左联的产生来看，其本身就是几个作家群落分化重组的结果。左联的成员聚合主要是来自三个方面：后期创造社、太阳社和以鲁迅为中心的知识分子群落。早在 1927 年下半年，创造社就产生了联合鲁迅的计划，而且他们和鲁迅、蒋光慈等就恢复停办的《创造周报》达成了一致意见。然而由于来自日本的“新进作家”的反对，这一联合计划很快搁浅了。[①] 创造社把鲁迅作为“五四新文学”的代表展开了批判，引发了双方的笔战。到了 1929 年 10 月左联筹备之前，双方的笔战已经偃旗息鼓，相近的政治倾向奠定了合作的基础。此外，1929 年创造社和太阳社已经走到穷途末路，这两个作家群落分崩离析的一个最主要的原因是遭受到严厉的政治打压，刊物和出版机构遭到国民党的查禁。《文化批判》出至第 4 期，在 1928 年 4 月被禁止，第 5 期改头换面把封面改为《文化》，8 月又改为《思想》，发行了 5 期，举步维艰，勉强维持到 1929 年 1 月，最终停刊。《创造月刊》也在 1929 年 1 月 10 日出版最后一期之后停刊。1929 年 1 月 16 日，国民党中央执委会秘书处认为《喇叭》《未明》《创造月刊》《思想》《流荧》《湖波》《白华》都是创造社印发的共产党反动刊物，要求国民政府即行查封上海北四川路创造社。2 月 7 日，创造社被查封。太阳社的遭遇也和创造社差不多，其主打杂志《太阳月刊》到第 6 期便遭到国民党政府的查禁，第 7 期不得不发表停刊宣言；太阳社旗下的春野书店，也在 1929 年春被国民党政府查封。[②] 两个曾经红极一时的文学群落现在成了难兄难弟，名存实亡。除了政治方面的原因之外，创造社的溃散还有着经济方面的原因。创造社出版部是一个股份制经济实体，内部形成了两派，一是郭沫若、郁达夫、成仿吾等“元老”级成员，掌管着创造社的经

① 参见郭沫若：《跨着东海》（摘录），见《创造社资料》（下），882 页，福州，福建人民出版社，1985。

② 参见吴腾凰：《蒋光慈传》，97～99 页，合肥，安徽人民出版社，1982。

营权，一是周全平、潘汉年、叶灵凤等从事创造社出版部实际事务的“小伙计”，双方为了经济利益发生了冲突，成绍宗的卷款逃跑加剧了群落的溃散，最终导致了创造社的灭亡。由于创造社和太阳社的名存实亡，言论话语阵地完全丧失，在这种窘迫的状况下，原来创造社、太阳社的领导人迫切需要联合更多的同盟者，以摆脱势单力孤的局面，重新夺回话语权。

与此同时，鲁迅周围也聚集了一批年轻的文人，形成了一个稳定而有影响的作家群落。这种群落聚合的原因较为独特，更多是因为鲁迅的身份和人格魅力。一方面，对于年轻人来说，他们只身来到上海谋生，是孤立的个体，既没有足够多的人脉资源，也没有足够的文化资本，生存和立足面临着窘境，最好的途径是寻求有名望的人物给予提携举荐，使文章得以发表，从而在文坛谋取到一席生存之地。所以柔石在 1928 年 9 月 13 日写给哥哥赵严西的信中这样说道：“福（自称，柔石原名赵平福——编者注）已将小说三册，交与鲁迅先生批阅，鲁迅先生乃当今有名之文人，如能称誉，代为序刊印行，则福前途之命运，不愁蹇促矣！”① 柔石、叶紫、徐懋庸、田军、萧红、周文、许钦文等结识鲁迅更多便是出于这样的原因。另一方面，对于鲁迅来说，他是文坛著名的权威，有着广泛的人脉资源，与各大出版机构和刊物的老板、编辑非常熟悉，同时又以热心帮助年轻人而为人称道。柔石的长篇小说《旧时代之死》，正是经过鲁迅审阅并推荐之后由北新书局出版的；他的中篇小说《二月》也是在鲁迅的关照下由上海春潮书局出版，并且鲁迅还为这本小说作了《〈二月〉小引》，热情地推荐给广大读者，由此引起了文坛的普遍重视。所以柔石的成名和鲁迅的大力提携不无关系。再比如周文，他经常把文章送给鲁迅请求指点，鲁迅又把这些文章介绍给《申报》编辑黎烈文，所以周文的名字就频频出现在《申报·自由谈》上。而周文的第一本小说集《父子之间》也是鲁迅推荐给良友图书出版公司赵家璧后才得以成功出版的。② 所以一大批的年轻知识分子能够在上海文坛上脱颖而出，都和鲁迅的指导帮助密不可分的。这批人除了上面所说的几个人以外，还有冯雪峰、魏金枝、汪静之、潘漠华、舒群、白朗、罗烽、聂绀弩、胡风、方济仁等③，他们围绕着鲁迅形

① 柔石：《柔石日记》，149 页，太原，山西教育出版社，1998。

② 参见李浩：《“他把血液喂养了我们”——鲁迅与周文》，载《新文学史料》，1995（2）。

③ 参见王儒年：《“左联”知识分子聚合的社会学分析》，载《长江大学学报》，2009（6）。

成了一个稳定的作家群落。

1929 年 10 月，中共中央成立了“文化工作委员会”，潘汉年任书记，杜国庠、李一氓、彭康、朱镜我、冯乃超、孟超等创造社、太阳社成员担任委员职务，策划左联筹备的事宜。经由冯雪峰、夏衍牵线搭桥，潘汉年在三方面之间的穿针引线，鲁迅答应了和创造社、太阳社携手。1930 年 3 月 2 日下午 2 时，中国左翼作家联盟成立大会在上海北四川路窦乐安路中华艺术大学二楼举行。三方面的人员终于聚合到一起，结成了一个统一的作家群落。尽管这个群落内部也时有不太和谐的声音，然而左翼知识分子毕竟有了一个相对完整的群体，并且在 1930 年代文坛上产生了巨大深远的影响。

其次，左联在运作过程中，群落也一直经历着分化与转型的过程。左联自成立之日起即定位为斗争性群众组织，作为当事人之一的夏衍在《“左联”成立前后》中就曾经明确地说：“尽管‘左联’是党与非党作家联合组织的群众性团体，但实质上还是一个‘没有掩护的’‘第二党式的所谓赤色群众团体’。”① 作为一个群众组织的左联，机构严密，仿照共产党的方式设置了组织机构，共设有组织部、宣传部、编辑部、四个研究会和委员会，领导机构执委会或常委会都建有“党团”，以发挥党的领导核心作用，上面有领导机关“文总”（左翼文化总同盟），下有各区区委，区委下设小组。在健全了组织机构后，左联制定了严明的组织纪律，对于加入左联也设置了严格的程序，在 1932 年 3 月 9 日秘书处扩大会议通过的《关于新盟员加入的补充决议》中，明确规定：“抱着坚决的意志欲加入左联而尚未具有充分的左联的盟员资格者，应当使他暂为左联的后备军——加入文研或其他左联领导的文学团体，和左联经常发生密切的关系，过相当时期再行正式加入。”而曾经和反动派别有关系的嫌疑者，“必须用他的真名在公开刊物上发表反对反动派别的文字，才能正式加入”②，对加入左联的人员提出严格要求。在队伍建立后，左联组织青年参加示威游行、飞行集会、散发传单、办夜校、办补习学校等，开展了大量社会政治活动。左联前期的政党化运作和左倾冒险活动的开展，使盟员受到很大损失，有的被捕，有的被杀害，也有的悄悄退出，还有的叛变投降，由此造

① 夏衍：《“左联”成立前后》，见《左联回忆录》，39 页，北京，知识产权出版社，2010。

② 《关于新盟员加入的补充决议》，见陈瘦竹主编：《左翼文艺运动史料》，183 页，南京，南京大学学报编辑部，1980。

成了群落的不断萎缩，“所以在一九三一年春，左联的阵容已经非常零落。人数从九十多降到十二”①。

左联前期的这些活动受到很多成员的质疑，茅盾就认为左联“根本就不提作家的创作活动，对作家的创作热和愿望扣上‘作品主义’的帽子”，“‘左联’说他是文学团体，不如说更象个政党”②。后来他自己也承认，“我加入左联以后，对于左联的各种活动，很少参加”③。而郁达夫生性纯真浪漫，坦诚潇洒，他口无遮拦地说：“我是一个作家，不是一个战士。”直接表明了对左联活动的反对，由此也导致了他被左联开除。艾芜一开始加入左联时非常兴奋，以为在这个团体内自己可以在文学方面受到很大的教育，然而事与愿违，左联的会议只讲政治情况，从不谈文艺思想和创作趋势，使得想在创作道路上有所发展的艾芜大失所望。不过他还是积极响应左联的号召，深入工厂宣传、发展工人通讯员，参加“飞行集会”，做了大量的实际工作，但同时又感到非常苦恼，因为“在这样忙于活动的环境中，我一点写作的时间也没有了”④。由于“城市中心论”的不断碰壁，城市暴动屡遭挫折，严峻的现实促使中国共产党对左联政策进行调整，再加上熟悉文艺的瞿秋白的介入，到了 1931 年底，左联开始发生转型。1931 年 11 月左联制定了《中国无产阶级革命文学的新任务》的决议，明确指出左联是政治观点一致的作家组合，提出作家的本位工作是文学。随后歌特（张闻天）发表《文艺战线上的关门主义》一文，提出要团结小资产阶级文学家，批判了左翼文艺运动的关门主义。在这样的背景下，左联作家群落才开始重视创作，并逐步取得成绩。这个成绩从刊物来看，鲁迅、茅盾和许多左联作家在上海老牌大报《申报·自由谈》上发表大量杂文，使得《申报·自由谈》一时成为左联作家群落的重要阵地。此外鲁迅、茅盾联合了郑振铎、叶圣陶等进步作家创办了大型杂志《文学》，成为 1930 年代上海大型文艺刊物寿命最长、影响最大的一个刊物，为左联作家群落提供了一个发表作品的平台。再从文体上来看，左联作家群落杂文创作方面有鲁迅、瞿秋白、王任叔、郁达夫、钱杏邨、徐懋庸、聂绀弩等人，小说创作方面有蒋光慈、柔石、丁玲、张天翼、沙汀、艾芜等，诗

① 茅盾：《关于“左联”》，见《左联回忆录》，120 页，北京，知识产权出版社，2010。

② 茅盾：《我走过的道路》（中），56 页，北京，人民文学出版社，1984。

③ 茅盾：《我走过的道路》（中），52 页，北京，人民文学出版社，1984。

④ 艾芜：《三十年代的一幅剪影——我参加左联前前后后的情形》，见《艾芜研究专集》，44 页，成都，四川文艺出版社，1986。

歌创作方面则有蒲风、穆木天、任钧、艾青等，而夏衍、宋之的、楼适夷、吴奚如等人则在报告文学创作方面同样取得骄人成绩。因此从 1931 年底开始，左联作家群落真正实现了从一个斗争性群众组织转型为作家同业组织。

第三节　冲突与对峙

1930 年代的作家群落形态复杂，除了消亡和新生、转型和重构之外，一些作家群落努力建造着自己的园地，在竞争中展示出自己的风采，在冲突和搏斗中披荆斩棘，开辟着自己的道路。为了表达自身的文学思想和文学主张，树立自己的话语权，从而获取生存空间，作家群落之间不可避免地产生了冲突和对峙，作家群落之间由此共同构成了一种立体交叉的发展态势。“30 年代各文学群体在表述自己的重要文学观念时，其内部成员显示出了空前的一致性，各文学群体成员为坚持自己的文学主张，在文学思想问题上和各种论争中，也往往是全伙上阵，而且在争论中充满了激情和意气，带有某种政治情绪化的特点。这种情况在 20 年代是并不多见的。”① 在冲突对峙中，作家群落互相磨砺，群落得到更新、发展和壮大。如果前面两节中星散与重构、分化与转型主要是从时间角度纵向描述了个体作家群落的外部生存形态，那么在这一节中所论述的冲突与对峙则是从横向的角度来勾画了作家群落之间的外部形态特征。

1. 京派作家群落与海派作家群落

京派本来是一个极其松散的作家群落，是 1920 年代末知识分子分化重组的产物，所以这个群落成员复杂。从京派作家群落的构成来看，其大致由四个子群落组成，一是周作人、废名等《骆驼草》同人，二是梁实秋、叶公超、林徽因等从《新月》分化而来的《学文》成员，三是朱光潜、梁宗岱、李健吾等 30 年代初从国外留学归来的学者，四是李广田、卞之琳、何其芳、常风、萧乾、林庚等来自北大、清华、燕京等大学的年轻作家。这批成员既没有明确的文学口号，也没有有意识的结社成派的行为，但是他们是如何凝聚成派的呢？除了文人雅集这些表面的

① 朱晓进：《“新月派”的文学策略——中国三十年代文学群体的“亚政治文化”特征之一》，载《中国现代文学研究丛刊》，1999 (3)。

因素之外，与海派的对峙和论争是京派作为一个作家群落逐渐得到承认的重要原因。

1933年10月，沈从文在他主编的《大公报·文艺副刊》上发表了《文学者的态度》一文，对“玩票白相”的作家提出尖锐批判。在他看来这些“玩票白相”的作家缺乏严肃诚实的态度，人数在作家中占了多数；而伟大作品的产生，只有一个方法就是克服“玩票白相”的态度，作家诚实地去工作。最后他指出“这类人在上海寄生于书店，报馆，官办的杂志，在北京则寄生于大学，中学，以及种种教育机关中”。一石激起千层浪，上海作家苏汶立刻做出了反应，他在1933年12月《现代》第4卷第2期上发表了题为《文人在上海》一文，把沈从文所说的上海文人概括成“海派文人”，并且认为这是一个带有“恶意”的贬义词，“是有着爱钱，商业化，以至于作品的低劣，人格的卑下这种种意味”。上海文人生活艰难，“不但教授没份，甚至再起码的事情都不容易找。于是在上海的文人更急迫的要钱。这结果自然是多产，迅速的著书，一完稿便急于送出，没有间暇搁在抽斗里横一遍竖一遍的修改”，以此作为理由，竭力为海派作家辩护。由此这场著名的京派与海派论争拉开了序幕。

看到了苏汶的文章后，沈从文马上发现自己的立论确实存在漏洞，容易树敌过众，所以他在1934年1月10日《大公报·文艺副刊》上发表了《论“海派”》一文，试图为自己辩护。沈从文把杜衡、鲁迅、茅盾、叶绍钧等居留在上海的文人排除在海派之外，认为苏汶混淆了概念，“‘名士才情’与‘商业竞卖’相结合，便成立了吾人今日对于海派这个名词的概念”。他对海派文学进行了界定和批判，同时号召“北方作家”“北方文学者”起来扫荡海派的恶劣风气。文章发表以后，曹聚仁、徐懋庸、鲁迅、师陀、胡风、韩侍桁、姚雪垠等纷纷参与了论争，各自对京派与海派的理解进行了阐释。曹聚仁不满于沈从文居高临下的姿态，连续写了《京派与海派》《续谈“海派”》和《北平与上海》三篇文章，韩侍桁也发表了《论海派文学家》，为海派积极辩护。姚雪垠的《鸟文人》和《京派与魔道》、秀侠的《京派人们的丰采》、胡风的《“京派”看不到的世界》则在嘲讽京派的同时，揭露了京派脱离现实、超然政治的文学态度。而胡风与鲁迅则是各打五十大板，对京派与海派都进行了批判。尤其鲁迅发表了《“京派”与“海派”》和《北人与南人》两篇文章，对京派与海派的本质做出了经典的解释，“‘京派’是官的帮闲，‘海派’则是商的帮忙而已”，并且从地域文化角度阐述了两派的形成及差异。师陀则是站在京派的立场上，为沈从文开脱，认为沈从文“文章是极端愤慨的。也许就因为愤慨至于极端，主观的成分很大”①。沈从文对于论争引发的轩然大波始料未及，对于论争的内容更是感到失望，所以他在 1934 年 2 月 21 日《大公报·文艺副刊》上发表《关于“海派”》一文，认为论争误解了他的本意，并再次对“名士才情”与“商业竞卖”进行了解释，分别在“名士才情”前加上“装模作样”，“商业竞卖”前面加上“不正当”的修饰性定语，进一步缩小他所批判对象的范围。论争持续了大概一年多的时间，随着国内政治环境的变化以及民族战争硝烟的逼近，论争才逐渐停止。

因此京派本无“派”，由于与海派的对峙论争，一批作家在文学运作过程中不断站队，作家群落的特征逐步得到了彰显，最终形成京派这个作家群落。“京派的生存形态从一个借代的名称到形成实体的文学流派，它由虚变实的过程，正是群体生存形态的本源自然生态和社会接受生态的互动作用的结果，也是其原生的无意识到有意识的转换过程。”② 正是在论争的过程中海派描画了京派的脸谱，赋予了北方的这批作家共同的特征，京派的反对文学的政治化和商品化的功利主义倾向、推崇“纯正文学”的观念才逐渐清晰地显露出来，来自海派的批判促使京派作家群落产生了自觉的团体意识，最终凝聚于一体。所以“京派正是在一系列外来文化圈子对其劣处的披露中，增强了处在自身群体的个性特征的展示”③。“真正的‘京派’是在与‘海派’的论争以及鲁迅与左联的批评中凝聚的。”④ 在这场对峙与论争中，京派作家找到群落的归属；也正是在对峙与论争中，作家群落内部友谊得到了发展，群落逐步成长和加强。

2. 左联作家群落与新月派作家群落

文坛作家群落的冲突与对峙由来已久，早在 1920 年代郭沫若就曾深有感慨地说：“我国的批评家太无聊，党同伐异的劣等精神，和卑劣的政客者流不相上下。”⑤ 他对文学研究会作家群落压制创造社表现出强烈的不满与反感。1930 年代左翼阵营与新月派作家群落的冲突与对峙可谓剑拔弩张、硝烟弥漫，成为文坛作家群落互相争斗的一个典型。

其实早在 1920 年代，鲁迅就和新月派结下了梁子。因为《晨报副刊》

---

① 师陀：《“京派”与“海派”》，载《大公报·文艺副刊》，1934-02-10。

②③ 杨洪承：《京派的生存选择与文化的时空置换——现代中国文学社团流派文化形态研究之一》，载《淄博学院学报》，1999 (4)。

④ 李生滨：《“京派”作家群体的历史成因》，载《固原师专学报》，2002 (3)。

⑤ 郭沫若：《海外归鸿》，载《创造》，1922 (1—1)。

主编的更换，鲁迅就对徐志摩有些反感。1925 年北京女子师大学潮中，鲁迅和陈西滢发生“闲话”之争，徐志摩貌似公允，以“和事佬”的姿态出现，实际还是站在陈西滢的一边，因此又遭到鲁迅的笔下痛击。1927 年新月书店成立后，徐志摩为出版《西滢闲话》大做广告，引起了鲁迅的愤怒，“每种广告都飘飘然，是诗哲手笔……最可恶者《闲话》广告将我升为‘语丝派首领’，而云曾与‘现代派主将’陈西滢交战，故凡看《华盖集》者，也当看《闲话》云云。我已作杂感寄《语丝》以骂之，此后又做了四五篇”①。鲁迅讽刺徐志摩为“诗哲”，与陈西滢是一丘之貉。与此同时，1927 年 6 月梁实秋发表了《北京文艺界之分门别户》和《〈华盖集〉续编》，对北京文艺界的内幕进行了分析和揭露，由此又点燃了鲁迅与梁实秋论争的导火线。鲁迅 7 月 11 日写了《略谈香港》、9 月 3 日作《通信》两篇文章予以反击，在鲁迅看来，称其为“杂感家”是带有点污蔑色彩的，“盟主”更有点“学棍”的味道，更可怕的是说他“去了汉口”是别有用意的，隐含着“是共产党的同道”，后果是“虽不至于枪终正寝，益处大概总不会有的，晦气点还可以因此被关起来”，认为梁实秋貌似公允的外表下其实用心险恶。

争论的进一步升级是在 1927 年底和 1928 年初。1927 年 10 月 11 日，梁实秋在《复旦旬刊》上发表《卢梭论女子教育》，这篇文章原载于 1926 年 12 月 15 日《晨报副刊》，是针对商务印书馆出版卢梭《爱弥尔》中文译本中论女子教育而有感而发。站在新人文主义的立场上，梁实秋认为卢梭一无是处，“唯其论女子教育，的确精当”，应该承认男子和女子之间生理和心理的差别，女子自然应该有女子的教育。近代民主的思想、平等的观念，其起源即由于不承认人类的差别；近代所谓的男女平等运动，其起源即由于不承认男女的差别。因此，梁实秋对平等的观念进行了质疑和批判。鲁迅马上攻击，12 月 20 日作《卢梭和胃口》、23 日作《文学和出汗》，对梁实秋进行了批判。鲁迅抓住梁实秋文章中“弱不禁风”和“蠢笨如牛”两个词语，对梁实秋文章中提出的人性论思想进行了大肆的驳斥和讽刺，认为梁实秋大谈人的区别而反对民主思想，是为了宣扬白璧德的思想，是“胃口”之故。与此同时，郁达夫加入了论战，使论战进一步白炽化。作为一个浪漫主义作家，郁达夫对卢梭非常推崇，所以他在《北

① 鲁迅：《书信（1927—1933）·致章廷谦信》，见《鲁迅全集》，第 12 卷，70 页，北京，人民文学出版社，2005。

新》半月刊第2卷第6号发表《卢骚传》一文，文中说“……凡英国的批评家，和拾英人牙慧的美国的自称批评家，以及我们中国的到美国去转听来的许多批评家，总没有一个不骂卢骚是忘恩负义的无赖汉，是色情狂，是小贼根性的骗子的。”文章批判的对象虽未指名道姓，但实际上目标明确，矛头直指梁实秋，认为他是一个“拾人牙慧”的三流批评家。梁实秋开始反击，他在1928年2月5日和12日《时事新报·书报春秋》发表《读郁达夫先生的〈卢骚传〉》，文章首先对郁达夫的文章态度表示了不满，“郁先生在未动笔之前，已有成见，已有愤慨，已有偏心”；而后针对郁达夫的观点一一作了反驳。郁达夫也很快做出了回应，2月14日他继续在《北新》发表文章《翻译说明就算答辩》，采取“擒贼先擒王”的策略，借《拜金艺术》中的议论对白璧德的思想进行了批评，以此贬低梁实秋。而梁实秋则站在新人文主义者的立场上，连续在《新月》发表《文学的纪律》《文人有行》《文学与革命》《文人之行》等文章，强调文学要有理性与节制，文人要有德行，反对革命文学等。梁实秋在批评郁达夫的同时，也批判了左翼文学，由此冯乃超等左翼阵营也加入论争，冯乃超曾作文《冷静的头脑》，对梁实秋的《文学与革命》进行了批驳。

1928年，双方的矛盾进一步激化。首先是3月10日《新月》月刊的创刊号上，刊登了由徐志摩执笔的发刊词《〈新月〉的态度》，宣称：“我们这几个朋友，没有什么组织除了这月刊本身，没有什么结合除了在文艺和学术上的努力，没有什么一致除了几个共同的理想。”这段话虽然只是说新月社只有共同的文学理想而无组织，没有论及其他文学社团，但实际上绵里藏针，话里有话，隐射批判了左翼作家群落是有组织的。从第2卷第2号开始，梁实秋担任了《新月》月刊的主编后，新月派与左联的关系变得更是剑拔弩张，充满了火药味。这和梁实秋好胜的性格有着密切关系，他充当了新月派的斗士角色，在论战中表明了新月派作家群落集体的立场。1929年7月，梁实秋在《新月》第2卷第5号发表了《论批评的态度》，攻击“幽默而讽刺的文章”是“粗糙叫嚣的文字”。9月10日，梁实秋在《新月》第2卷第6、7号发表了《论鲁迅先生的“硬译”》和《文学是有阶级性的吗?》两篇文章。前者锋芒毕露，直接对鲁迅的翻译提出批判。“死译的例子多得很，我现在单举出鲁迅先生的翻译来作个例子，因为我们人人知道鲁迅先生的小说和杂感的文笔是何等的简炼流利，没有人能说鲁迅先生的文笔不济，但是他的翻译却离死译不远了”，并且举例证明鲁迅翻译能力的低下。而《文学是有阶级性的吗?》继续宣扬人性论的思想，反对文学的阶级性，文章最后有的放矢，说“无产文学家攻击资产文学的力量实在也是薄弱的很，因为他们只会用几个标语式口号式的名词来咒人，例如小资产阶级，有闲阶级，绅士阶级，正人君子，名流教授，布尔乔亚等等……”显而易见，两篇文章放在一起也是别有用心的，梁实秋把鲁迅和“无产文学家”直接画上了等号，并且公布于众。10月，他在《新月》第2卷第8号发表《“不满于现状”，便怎样呢?》，讽刺鲁迅虽然有“前驱者”“权威”“先进”的徽号，但只会“冷讥热讽地发表一点‘不满于现状’的杂感而已”，只图一时口快笔快，却没有真正建设性的主张。11月他在《新月》第2卷第9号发表《答鲁迅先生》一文，认为鲁迅的反击文章是为了“表现他的权威的所在”，“废话很多”，比较恶劣的是他对鲁迅发起的自由运动大同盟进行了大肆的污蔑，标榜自己说“我们争自由，只是在纸上争自由”，暗示自由运动大同盟是共产主义式的暴力运动。

鲁迅则针锋相对，写了一系列的文章进行了反击。他在1930年1月《萌芽》月刊第1卷第1期上发表《新月社批评家的任务》，嘲讽梁实秋“挥泪以维持治安”。接着，他在3月1日《萌芽》第1卷第3期上发表了《“硬译”与“文学的阶级性”》。这篇文章篇幅较长，内容详细，言语激烈，充满愤慨。文章首先围绕翻译阐述了自己的看法，认为梁实秋批评污蔑自己的原因在于宗派主义思想的作祟；其次，鲁迅对梁实秋的人性论提出尖锐的批判，从多个角度论证文学是有阶级性的；最后，鲁迅对新月派的“自由言论”和“严正态度”进行了无情的嘲讽和激烈批判。文中鲁迅特别强调说：“新月社的声明中，虽说并无什么组织，在论文里，也似乎痛恶无产阶级式的‘组织’，‘集团’这些话，但其实是有组织的，至少，关于政治的论文，这一本里都互相‘照应’；关于文艺，则这一篇是登在上面的同一批评家所作的《文学是有阶级性的吗?》的余波。”一针见血地揭示了新月社其实是有组织的。

左联成立后，左联作家群落对梁实秋群起而攻之，除了强劲的老对手鲁迅外，冯乃超在《拓荒者》上发表的《阶级社会的艺术》一文中咒骂梁实秋是“老市侩”“资本家的走狗”，叶灵凤在《现代小说》上杜撰了一篇小说，题目就叫《梁实秋》，一时间梁实秋四面楚歌，陷入包围之中。在这种情况下，梁实秋应接不暇，写了多篇文章还击，先在《“无产阶级文学”》一文中，认为鲁迅不是真正的战士，而是“躲躲闪闪”“其软如绵”；讽刺了《拓荒者》所宣扬的无产阶级文学水平低下；对于叶灵凤的无端生有、造谣污蔑则表现出极大的愤慨。接着在《"资本家的走狗"》一文中，他针对《拓荒者》辱骂他为"资本家的走狗"进行了反驳，一方面辩解自己没有资产，另一方面说《拓荒者》是"可以到××党去领卢布"，暗示《拓荒者》是共产党资助的宣传工具。鲁迅在 1930 年 4 月 19 日创作了著名的《"丧家的""资本家的乏走狗"》，对梁实秋险恶的用心迎头痛斥，指出梁实秋的文学批评"职业"，"比起'刽子手'来，也就更加下贱了"。梁实秋转而又作了《鲁迅与牛》进行申诉，骂鲁迅为牛，哪家有草就去哪家（有奶便是娘），并且"不卖肉"。另外，梁实秋仍然执着地把鲁迅和共产党联系在一起，引用《萌芽》的一段文字，"鲁迅先生……然而偏偏只遗下了一种主义和一种政党没有嘲笑过一个字，不但没有嘲笑，分明的还在从旁支持着它"。在引用后他接着反问道："这'一种主义'大概不是三民主义罢？这'一种政党'大概不是国民党罢?"直露地点明鲁迅支持共产党和共产主义。在接下来的几年里，梁实秋似乎专门铆上了鲁迅，往往鲁迅一发表什么文章，他马上就批评挖苦几句，分别有《论翻译的一封信》（1932 年 7 月 10 日）、《鲁迅的新著》（1932 年 12 月 3 日）、《通讯一则》（1932 年 12 月 10 日）、《"帮忙文学与帮闲文学"质疑》（1933 年 1 月 7 日）、《小品文》（1933 年 10 月 21 日）、《讽刺文学》（1933 年 11 月 4 日）、《欧化文》（1933 年 12 月 23 日）。但是鲁迅显得对梁实秋不屑一顾，仅仅在 1933 年 12 月 31 日所作的《南腔北调集题记》中稍有提及，讽刺梁实秋及他的"喽罗"们"低能"。两人的论战到 1933 年底基本偃旗息鼓。

左联作家群落与新月派作家群落的对峙攻伐，虽然表面上来看是梁实秋个人对于整个左翼阵营的斗争，主要是与鲁迅的交战，梁实秋后来埋怨新月派同人"《新月》的朋友并没有一个人挺身出来支持我"（《忆新月》），其实他和鲁迅分别代表了两个对立的作家群落，叶公超就曾说，"新月""以孤军的姿态作战"于左翼文学为主流的上海文坛，梁实秋是"孤军"中的"斗士"，必要时同人也会"帮衬一下"①。而事实上在梁实秋批评鲁迅翻译普列汉诺夫的《艺术论》"误译、曲译、死译、硬译"的时候，叶公超也马上写了一篇《论翻译与文字的改造——答梁实秋》，对梁实秋进行了呼应和支持。而左翼阵营方面，作家群落的整体性表现得就非常明显，比如冯雪峰回忆鲁迅《"丧家的""资本家的乏走狗"》一文的

① 转引自叶公超：《关于新月》，见程新编：《港台·国外谈中国现代文学作家》，165 页，成都，四川文艺出版社，1986。

写作，鲁迅看了梁实秋的《"资本家的走狗"》后，马上写了这篇文章，并且笑着说："你看，比起乃超来，我真要'刻薄'得多了。……可是，对付梁实秋这类人，就得这样。……我帮乃超一手，以助他之不足。"①

所以，虽然新月社没有明确的结社宗旨，但作为一个作家群落的活动是明显的。在新月社的运行过程中，他们主要通过创作中的针砭褒扬来表现他们的立场，达到维护群落的目的。而正是在与左翼的对抗之中，显示出新月社作为作家群落所具有的特征。对峙论争的双方，正是通过笔战的方式建构了各自的话语空间，彰显了作家群落各自的特征。正因为如此，梁实秋后来在《忆"新月"》一文中说："不过办这杂志的一伙人常被人称作为'新月派'，好像是一个有组织的团体，好像是有什么共同的主张，其实这不是事实……'新月派'这一顶帽子是自命为左派的人所制造的，后来也就常被其他的人所使用。"明确指出新月派是左翼制造出来的一个对立面。

3. 左联作家群落与论语派作家群落

与左联和新月派两个作家群落之间的剑拔弩张、大肆攻击相比，左联与论语派两个群落之间的论争相对要显得温和得多，这倒并非由于两者观念分歧不大，而是主要在于论语派的态度比较内敛。在论语派的《同人戒条》中，办刊者实际上已清楚地表明了态度：保持中立，不想树敌过众。非但如此，在语丝期间鲁迅和林语堂曾结下友谊，其间林语堂还介绍鲁迅去厦门大学任教，后来在上海一段时间内两人交往频繁，1932 年 12 月两人又一同加入中国民权保障同盟，曾经也可谓私交甚笃，相知甚深。《论语》创刊初期甚至还和左联度过了一段亲密合作的时期，这种亲密不仅表现在两个群落共同抨击现实，批判统治阶级，而且表现在国民党文化"围剿"中，论语派刊物大胆刊发左联作家的文章，以至于站在国民党政府立场上的"微风文艺社"在 1934 年 7 月 26 日《申报》刊文声讨鲁迅和林语堂，把两人称为"文妖"，要求政府"严厉制裁"，并"警告鲁迅及林语堂迅即改变其作风，否则誓与周旋"。即便两人一度如此的亲密，但也并不能弥合两个文学群落之间的观点分歧。与左联推崇的"社会主义现实主义"的文艺观不同，论语派一开始就把"幽默"作为审美的追求和办刊的宗旨，大力宣扬闲适格调和趣味主义。这种远离政治的态度让左联非常不满，在与"第三种人""自由人"论战结束以后，左联作家群落终于向论

① 转引自冯雪峰：《回忆鲁迅·鲁迅先生对左联的态度》，见鲁迅博物馆、鲁迅研究室编：《鲁迅年谱》（增订本）(3)，209 页，北京，人民文学出版社，2000。

语派开战了。

率先发难的还是鲁迅。早在1933年3月2日，鲁迅就连续写了两篇文章《从讽刺到幽默》和《从幽默到正经》，认为“现在又实在是难以幽默的时候”，对“幽默”文学进行了批判。1933年8月，鲁迅就写了《娘儿们也不行》，针对林语堂《谈女人》《让娘儿们干一下吧!》两篇文章借题发挥。林语堂把战争归结为男人好斗，认为应该“把世界的政权交给娘儿们去”；而鲁迅则认为“所以现在世界的糟，不在于统治者是男子，而在这男子在女人的地统治”，讥讽统治者像鼠肚鸡肠、反复无常，且只会“空嚷嚷”的庸俗女人，由此反映了两人在思想上的分歧。1933年10月19日，鲁迅以笔名“苇索”发表《“滑稽”例解》，对《论语》期刊“古香斋”一栏中荒诞不经的“妙文”进行了嘲讽。

如果说前面这些文章鲁迅还是旁敲侧击，委婉地对林语堂及《论语》进行了讽刺，那么从1933年10月发表的《小品文的危机》开始，这种批判就转向正面，显得丝毫不留情面。在《小品文的危机》中，鲁迅认为，林语堂提倡的“小摆设式”的小品文，“也不过令观者生一种滑稽之感”，“何况在风沙扑面，虎狼成群的时候，谁还有这许多闲工夫，来赏玩琥珀扇坠，翡翠戒指呢”①。在鲁迅看来，国难当头，内忧外患，现实残酷，在风沙扑面、虎狼成群的时代，论语派的幽默闲适远离现实和社会，不仅不合时宜，有时反而充当了“太平盛世”的点缀。在文末，鲁迅更加强烈地指出：“生存的小品文，必须是匕首，是投枪，能和读者一同杀出一条生存的血路的东西。”作为纪念《论语》出版周年的《〈论语〉一年——借此又谈萧伯纳》一文，虽然是应林语堂邀请而作，鲁迅也是毫不客气地直接说：“老实说吧，他所提倡的东西，我是常常反对的。先前，是对于‘费厄泼赖’，现在呢，就是‘幽默’。”② 并且他还表示对《论语》的前途感到悲观。1934年4月5日，林语堂主编的杂志《人间世》创刊，30日鲁迅即在《申报·自由谈》以笔名“崇巽”发表《小品文的生机》，认为“世态是这么的纠纷，可见虽是小品，也正有待于分析和攻战的了，这或者倒是《人间世》的一线生机罢”③。此外鲁迅还写了《一思而行》《玩笑

---

① 鲁迅：《南腔北调集·小品文的危机》，见《鲁迅全集》，第4卷，591页，北京，人民文学出版社，2005。

② 鲁迅：《〈论语〉一年——借此又谈萧伯纳》，载《论语》，1933(25)。

③ 鲁迅：《小品文的生机》，载《申报·自由谈》，1934-04-30。

只当它玩笑》等多篇批评文章，对论语派进行了批判。

针对鲁迅的批评，林语堂最初保持了沉默，直到 1934 年 1 月他才写了《论幽默》一文，来为自己进行辩解。他认为“幽默本是人生之一部分，所以一国的文化到了相当程度，必有幽默的文学出现”。中国古代作家分为谨愿派（又称道学派）和超脱派两种，儒家属于前者而道家属于后者，“真有性灵的文学，入人最深之吟咏诗文，都是归返自然，属于幽默派、超脱派、道家派的”①。林语堂据此反驳了鲁迅中国没有幽默的观点。

导致两个作家群落冲突升级的是周作人的《五秩自寿诗》事件。1934 年周作人过 50 岁生日，回顾 50 年人生历程，百感交集，于是写了两首打油诗以诗言志，刘半农、沈尹默、钱玄同、胡适、蔡元培、俞平伯、林语堂等友人纷纷写诗唱和。林语堂一则认为周作人的诗切合《人间世》的“幽默”的办刊宗旨；二则觉得周诗“寄沉痛于幽闲”，与自己鼓吹小品文运动的严肃的初衷是一致的，以此可以反驳左翼阵营对他的批判；三则《人间世》正好创刊，需要卖点，这组诗可以替自己主办的杂志做做广告，于是他在 4 月 5 日《人间世》的创刊号上刊登了周作人的《五秩自寿诗》，并连续三期刊登了其他作家诸多的和诗，由此引发了较大的社会反响。左联作家群落对此非常反感，纷纷撰文攻击。廖沫沙（埜容）写了《人间何世》一文，文中用周作人诗的原韵写了一首和诗，其中几句是“不赶热场孤似鹤，自甘凉血懒如蛇。选将笑话供人笑，怕惹麻烦爱肉麻”②。用语尖刻，对周作人进行了讽刺和挖苦。胡风写了《〈过去的幽灵〉》一文，文中挖苦《五秩自寿诗》说：“如果是在《四库全书》的什么集子里面发现的，对于这样‘炉火纯青’的七律，当然要拍案叫绝。然而，这个作者却就是当年为诗底解放而斗争过了的《小河》底作者，现在在这里‘谈狐说鬼’。”而促膝谈鬼的原因是现在批评家的“浮躁”③。署名“巴人”的作者则写了五首《和周作人先生五十自寿诗原韵》，其中一首诗中这样写道：“几个无聊的作家，洋服也妄充袈裟。大家拍马吹牛屁，直教兔龟笑蟹蛇。”④ 许杰则是批评周作人消极落伍，作品再也找不出“一些时代的意义、社会的面影来”⑤。

① 林语堂：《论幽默》，载《论语》，1934（33）。
② 埜容（廖沫沙）：《人间何世》，载《申报·自由谈》，1934-04-14。
③ 胡风：《〈过去的幽灵〉》，载《申报·自由谈》，1934-04-16。
④ 转引自胡适：《胡适书信集》，618 页，北京，北京大学出版社，1996。
⑤ 许杰：《周作人论》，载《文学》，1934（3—1）。

针对左联作家群落的批判，林语堂撰文回应，积极应战。他连续写了《周作人诗读法》(《申报·自由谈》，1934年4月26日)、《方巾气研究》(《申报·自由谈》，1934年4月28日、4月30日、5月3日)、《论小品文笔调》(《人间世》第6期)、《论玩物不能丧志》(《人间世》第7期)等文章，用语激烈，大骂左翼文人“野狐谈佛，癞鳖谈仙”，“方巾气道学气是幽默之魔敌”，为周作人辩护。

1934年9月《太白》创刊，1935年3月《芒种》创刊，鲁迅、茅盾、胡风、陈望道、聂绀弩、徐懋庸、唐弢、夏征农、曹聚仁等，以这两个刊物作为阵地，倡导富有战斗性的杂文，对论语派作家群落进行了批判。这两个刊物自创办之日始，几乎每一期都有文章，主要对林语堂、周作人冷嘲热讽。1935年陈望道主编的《小品文和漫画》(生活书店1935年出版)征文，名家云集，对小品文各抒己见。其中茅盾的《小品文和气运》，不相信小品“应该以自我中心，个人笔调，性灵，闲适，为主”。认为这类小品文是“畸形”[①] 的。伯韩(姜琦)的《由雅人小品到俗人小品》，批判小品文是“道学文章”，“绅士们的幻想”，认为“如果现代中国的小品文，全部都是这种无聊消遣的作品，如果小品文根本就是仅仅适合于消闲的东西，那末，我们为大多数民众着想，不但是不要提倡小品文，而且要拿起大禹王一样的雄心，把当前小品文的洪水消导下去”[②]。熊昌翼的《走入了魔道的小品文》，认为小品文坛乌烟瘴气，堕入“魔道”，并且没有点名地批判了周作人“如今自己着了魔不算，还要使旁人也发疯，这不能不说是今日小品文坛上底罪人”[③]。许杰的《小品文的社会的风格》出语尖刻，开篇就以反问的语气对小品文进行了质疑，认为小品文的作家“总以为是一个特殊者群，自己能够画一些大众所看不懂的符箓，说一些大众所听不懂的鬼话，使自己同大众离开，以表示自己比大众高出一等的意思”[④]，倡导以“社会风格”来代替小品文的“个人笔调”。陈子展《公安竟陵与小品文》中认为《中国新文学的源流》是“故意杜撰”“歪曲历史”，反对周作人“五四”文学是继承公安竟陵的文学运动而来的观点。而胡风1935年1月1日在《文学》上发表《林语堂论》，直接给林语堂定

① 茅盾：《小品文与气运》，见《小品文与漫画》，1页，上海，生活书店，1935。

② 伯韩：《由雅人小品到俗人小品》，见《小品文与漫画》，6页，上海，生活书店，1935。

③ 熊昌翼：《走入了魔道的小品文》，见《小品文与漫画》，113页，上海，生活书店，1935。

④ 许杰：《小品文的社会的风格》，见《小品文与漫画》，120页，上海，生活书店，1935。

性为“资产阶级”，并以声讨的口吻宣称林语堂是一个不合时宜的“个性拜物教徒和文学上的泛神论者”，“但可惜的是，在这个大地上咆哮着的已经不是‘五四’的狂风暴雨了”。很有点盖棺论定的味道。

林语堂发表一系列文章予以反击。《做文与做人》（《论语》第 57 期）一文中，林语堂说到处骂人的激昂派是“神经不健全”，“结果把人人都骂倒了，只有剩他一人在负救国之责任，一人国救不了，责任太重，所以言行中也不时露出愤慨之情调”。载道文学“其人不足论，则其文不足观”①。《我不敢游杭》（《论语》第 64 期）首先用戏谑的语气解释了不敢游杭的原因——害怕“文绉绉吃西洋点心而一样雄赳赳拿笔杆杀人的革命文人”，然后罗列了左翼对他的五点批判：一提倡幽默；二《人间世》提倡小品文，登了周作人的打油诗；三翻印古书，提倡性灵；四游山；五吃牛扒听蛙声。林语堂逐条进行了反驳，并且直接对左联作家群落进行了抨击，“左派刊物，除了避开正面，拿几个文弱书生辱骂出出气以外，倒也不见得比本刊大胆讽刺，所暴露之残酷。矛盾顽固，也不比我们多，所差我们不曾为人豢养不会宣传什么鸟主义罢了”②。他又在《宇宙风》创刊时写《关于本刊》：“《宇宙风》之刊行，以畅谈人生为宗旨……所以不专谈救国，也不是我们不愿救国，只是不愿纸上谈兵。若有人相信此时之国尚系纸上空谈之所能救，不妨投稿他处谈谈，我们也很愿意看。此外也别无成见，惟有矫情君子理学余孽，必诛无赦。我们誓以此刊与新旧道学作战。若有新旧八股先生戴方巾阔步高谈而来，必先以冷猪肉招而诱之，而后痛打之。”一直到 1936 年赴美途中，林语堂还念念不忘，撰写了《临别赠言》，文章指出“中国今日举国若狂，或守株狂，或激烈狂，或夸大狂，或忧郁狂，看来看去都不像大国风度，早失了心气和平事理通达的中国文化精神”。对左联作家群落进行了批驳反击的同时，也对国内的舆论环境深表失望，但他还是主张“无论哪一党派要负起救国责任，当留此宽大二字，否则一时炙手可热，日久必无成就”③。

1930 年代文坛的这些对峙和冲突与独特的政治文化语境存在着密切联系，本质上是作家群落站在不同的政治立场上采取的不同的文学策略。

---

① 林语堂：《人生殊不易·做文与做人》，见《林语堂文集》，238～240 页，北京，群言出版社，2011。

② 林语堂：《人生殊不易·我不敢游杭》，见《林语堂文集》，266 页，北京，群言出版社，2011。

③ 林语堂：《临别赠言》，载《宇宙风》，1936（25）。

这种冲突和论争客观上推动了思想和文化的发展，同时也加强了作家群落内部的凝聚力。

附录 1930 年代新月派作家群落人事交往与变化大事记

1926 年（民国 15 年）

4 月 1 日，《晨报副刊 · 诗镌》创刊，徐志摩《诗刊弁言》中说："我在早两三天前才知道闻一多的家是一群新诗人的乐窝，他们常常会面，彼此互相批评作品，讨论学理，上星期六我也去了。"此处"一群诗人"即指"清华四子"子离（饶孟侃）、子沅（朱湘）、子潜（孙大雨）、子惠（杨世恩），与刘梦苇、赛先艾、于赓虞、朱大枬等青年诗人。

8 月，闻一多与饶孟侃一同从九江辗转到了上海，住在清华同学、上海施高塔路恒丰里的潘光旦家中。时，潘光旦方于美国哥伦比亚大学获硕士学位后归国，任吴淞国立政治大学教授。

9 月 26 日，胡适在英国期间遇到正在伦敦大学政治经济学院读书的罗隆基。罗隆基为闻一多清华同学，一起在美国留学，组织了"大江会"。

9 月，闻一多受聘为吴淞国立政治大学教授兼训导长，校长为好友张嘉铸（禹九）的哥哥张嘉森。（1927 年 2、3 月间去武汉，4、5 月间又回吴淞。）

秋，叶公超回国，任北京大学及北京师范大学英文系讲师，并与胡适、徐志摩、梁实秋等相识，加入新月文人圈子。

10 月，徐志摩婚后离开北平回到故乡浙江海宁硖石镇。12 月为避战乱，抵达上海。

1927 年（民国 16 年）

1 月 15 日，邵洵美结婚，婚后三朝及满月，邵洵美宴请徐志摩等文艺界朋友家宴。

2 月，刘英士辞去政治大学教职，从吴淞搬回上海，与潘光旦夫妇合租一处洋房。其后闻一多、饶孟侃来，合住二楼后房间，以潘光旦寓所为中心形成了一个沙龙，在教书之余经常聚首谈天说地。

春，因北伐军逼近，梁实秋夫妇与余上沅夫妇逃离南京来到上海。张嘉铸约梁实秋主编《青光》，同时在暨南大学兼课。余上沅则在暨南大学和光华大学同时兼课。

5 月 1 日起至 8 月 9 日，梁实秋主编上海《时事新报·青光》，并在 6 月 21 日署名“小圃”发表《新月书店》，为即将开业的新月书店做广告。

5 月 20 日，在日本观望月余，胡适最终回国抵达上海，接受光华大学之聘。

5 月，梁实秋、余上沅、张嘉铸、潘光旦、饶孟侃、刘英士等同人筹划新月书店。

夏，叶公超应上海暨南大学校长郑洪年之聘到该校任教，担任外文系主任。丁西林从北平来到上海筹建物理研究所，任所长。

7 月 1 日，设在上海华龙路法国公园附近麦赛尔蒂罗路 159 号的新月书店正式开张。胡适任首任董事长，余上沅任首任经理兼编辑部主任。创办人为胡适、宋春舫、张歆海、张嘉铸、徐志摩、徐新六、吴德生、余上沅。闻一多、梁实秋、潘光旦、饶孟侃、丁西林、叶公超、刘英士为董事。闻一多特地为开张纪念册绘制封面。

8 月，闻一多受聘为南京第四中山大学副教授。是月，徐志摩的散文集《巴黎的鳞爪》由新月书店出版，闻一多为其绘制封面。

9 月，闻一多致信饶孟侃，信中说“关于诗选要同小叶商量许多问题”，小叶指的是叶公超。时，闻一多与他合作选编翻译注释《近代英美诗选》。本月，徐志摩的第二本诗集《翡冷翠的一夜》由新月书店出版。闻一多对其诗提出若干修改建议；徐志摩在该书《自序》中说：“我也感激闻一多先生，他给过我不少的帮助。”是月，余上沅选编的戏剧论文集《国剧运动》由新月书店出版，序中说：“这本书的编成，承徐志摩、闻一多、张禹九三先生的帮助。”

秋，徐志摩任光华大学教授，兼任东吴大学法学院教授。

10 月，梁实秋的小品文集《骂人的艺术》出版，闻一多为该书绘制了封面。

冬，陈梦家与方玮德考入南京第四中山大学，此后在闻一多指导下学作新诗，并开始追随闻一多。

1928 年（民国 17 年）

1 月，凌叔华短篇小说集《花之寺》由上海新月书店出版，徐志摩为之撰写序言，“《花之寺》是一部成品有格的小说，不是虚伪情感的泛滥，也不是草率尝试的作品，它有权利要求我们悉心的体会”。

1 月 28 日，胡适致信徐志摩，要撤股退出新月书店，后经徐志摩说服。

3 月 10 日，《新月》月刊在上海创刊，编辑署名为：徐志摩、闻一多、饶孟侃。另有胡适、梁实秋、邵洵美、潘光旦、余上沅、张嘉铸、叶公超、罗隆基、刘英士等参加。实际上闻一多住在南京，不可能过问很多编辑事务，但由于朋友们的信任，闻一多的编辑名义一直延续到第 2 卷第 1 号。是月，闻一多与叶公超合作的《近代英美诗选》完成，《新月》月刊第 1 卷第 6 号刊有广告。

4 月，胡适任中国公学校长，聘请罗隆基、梁实秋、刘英士、叶公超、饶孟侃等学者到校任教。

5 月，梁实秋的《文学的纪律》出版，封面为闻一多设计。

夏，胡适把陈衡哲的诗集推荐给新月出版社，被饶孟侃审稿时否决，胡适因此大发雷霆，徐志摩、余上沅出面调解。

6 月 19 日，徐志摩赴美途经日本东京，陈西滢、凌叔华夫妇往车站接送。

6 月，陈西滢杂感集《西滢闲话》由上海新月书店出版。

8 月 21 日，徐志摩致信胡适，谈及途经日本期间，曾希望陈西滢、凌叔华夫妇于《新月》月刊“加倍帮忙”。

秋，叶公超担任中国公学西洋文学系教授。

秋，罗隆基回国后即往上海投奔胡适，担任光华大学政治系教授，后在中国公学政治经济系担任系主任兼任教授。

10 月，陈西滢赴武汉大学任教，凌叔华同往。

1929 年（民国 18 年）

3 月，泰戈尔访华期间，邵洵美偕妻到徐志摩家中拜访。本年，张嘉铸拉邵洵美入股已经亏损的新月书店。

4 月 10 日，胡适在《新月》第 2 卷第 2 号发表《人权与约法》，引发“人权论战”。罗隆基紧随其后发表《专家政治》，梁实秋发表《论思想统一》（《新月》第 2 卷第 3 号，1929 年 5 月）予以配合。从此开始，《新月》政论文章增多。

4 月 21 日，“平社”第一次在胡适家聚餐，出席的人有梁实秋、徐志摩、罗隆基、叶公超、丁西林、吴泽霖等人。27 日第二次聚餐，潘光旦、张嘉铸加入。之后他们经常聚会，组织“中国问题”讨论。平社聚餐活动一直延续至 1931 年 1 月 11 日在张嘉铸家的聚餐会，其后无形中停止。

春，《新月》月刊改组，闻一多离开编辑部，梁实秋、潘光旦、叶公超、饶孟侃、徐志摩为编辑。

6月，徐志摩辞去东吴大学、大夏大学教授之职，继续在上海光华大学任教。

6月，陈西滢、凌叔华夫妇在上海，曾与徐志摩面晤，对《新月》所发表李祁小说《照X光室》交口赞美。

秋，叶公超离开上海到清华大学外文系任教。

秋，余上沅到北京担任中华教育基金会秘书，兼任北大教授。

6月，《新月》第2卷第4号登载胡适的文章《我们什么时候才可有宪法?》《知难，行亦不易》《"人权与约法"的讨论》。

7月21日，徐志摩致信光华大学学生李祁，"下半年或去南京，或去别处教书，上海决不可久驻。我颇想另组几个朋友出一纯文艺月刊，因《新月》诸公皆热心政治，似颇不屑文艺，我亦不便强作主张也"①。

7月，《新月》第2卷第5号罗隆基发表了《论人权》。

7月，徐志摩离开《新月》月刊编辑部，编务移交梁实秋。

9月，《新月》第2卷第6、7号登载胡适的文章《新文化运动与国民党》、罗隆基的《告压迫言论自由者》。

10月，《新月》第2卷第8号登载罗隆基的文章《我对党务的"尽情批评"》。

11月，《新月》第2卷第9号登载梁实秋的文章《孙中山先生论自由》。

12月，《新月》第2卷第10号登载胡适的文章《我们走那条路?》。

本年度，徐志摩应中央大学校长张君谋之聘，任外文系教授，讲授欧美诗歌，在此期间结识陈梦家、方玮德、方令孺。陈梦家的才华得到徐志摩的赏识，诗作《那一晚》由徐志摩推荐，以"陈漫哉"的笔名发表于《新月》月刊第2卷第8号（10月10日）上，这是他首次公开发表作品。

1930年（民国19年）

1月，徐志摩和陈梦家、方玮德等青年诗人共同酝酿筹办《诗刊》。

4月，徐志摩回乡，其间请邵洵美到光华大学为其代课。

6月，闻一多辞去武汉大学文学院院长一职，由陈西滢继任。

8月，闻一多与梁实秋应杨振声之邀赴青岛大学任教。闻一多任文学院院长兼国文系主任，逐渐放弃诗歌创作，疏远了新月群体，转向学术研究。

---

① 徐志摩：《致李祁290721》，见虞坤林编：《志摩的信》，205页，上海，学林出版社，2004。

8 月，饶孟侃主张刊物只登文艺创作及学术，不陷入政治纷争，群落内部原有的分歧日益加深。他写信找闻一多商量，闻回信道："今后你还宜多写诗和努力教书，最好一有机会便离开上海。"①

8 月，饶孟侃和朱湘一起去安徽大学任教。饶孟侃回忆说："这一走，不仅与'新月'日益疏远，而且把我的诗兴也带走了！"从此他很少写诗。

9 月 16 日，沈从文就任武汉大学文学院助教，多与凌叔华过从。

秋，徐志摩辞去南京中央大学教授之职，陈梦家到上海，与徐再拟办《诗刊》。

10 月 24 日，徐志摩频繁致信梁实秋，为《诗刊》组稿，并请其代为催促闻一多帮忙。

11 月 4 日，罗隆基因"言论反动，侮辱总理"在中国公学被捕，得知消息后胡适请蔡元培、宋子文积极营救，几小时后罗隆基被释。

11 月下旬，胡适离开上海重赴北平定居。

12 月 10 日，闻一多致信朱湘、饶孟侃，督促新月诗人集合做成"新诗的纪念月"。

12 月 29 日，闻一多致陈梦家信。陈梦家与方玮德合著的一本诗集《悔与回》出版，闻一多以《论〈悔与回〉》为题，对学生的创作表示鼓励，并提出中肯建议，发表于上海《新月》第 3 卷第 5、6 号合刊。

冬，光华大学闹学潮，徐志摩被迫离开学校。

1931 年（民国 20 年）

1 月 9 日，胡适赴上海出席中华教育文化基金董事会第五次常会，会后回北平任北大文学院院长兼中国文学系主任。

1 月 11 日，光华大学解除罗隆基教职，胡适为之奔走游说。

1 月 20 日，新月书店创办《诗刊》季刊，创刊号由陈梦家、徐志摩、邵洵美组稿，孙大雨、邵洵美、徐志摩负责编选。先后由徐志摩、邵洵美担任主编，主要诗人有徐志摩、邵洵美、陈梦家、方玮德、饶孟侃、方令孺、卞之琳、储安平等。

1 月，胡适去青岛，杨振声、闻一多、梁实秋等人宴请。

2 月 24 日，徐志摩听从胡适劝说，北上北平，住胡适家，任北京大学英文系教授，兼任北京女子大学教授，同时仍兼上海中华书局、大东书

---

① 转引自王锦厚：《饶孟侃年谱》，见《闻一多与饶孟侃》，304 页，成都，成都电子科技大学出版社，1999。

局编辑。从此在北平、上海之间来回奔波。是日，徐志摩与胡适畅谈别后的事情，主要是中国公学与《新月》的事情，胡适在当天日记中说：“《新月》的事，将来总需把重心移到北方来。南方人才太缺乏，所余都是不能与人合作的人。志摩很有见地，托邵洵美与光旦照料《新月》，稍可放心。”

4 月底，邵洵美加入经营新月书店，任经理。

6 月 12 日，徐志摩、凌叔华、罗隆基、沈从文等一起去北平西郊香山疗养院看林徽因。

7 月，徐志摩在上海与邵洵美、罗隆基商量改进《新月》月刊。《新月》月刊从第 2 卷第 2 号开始，梁实秋、潘光旦、叶公超参加编辑，政治论文逐渐增多。第 3 卷第 2 号开始，罗隆基主编，政治论文逐渐占据多数。徐志摩与邵洵美主张不谈政治，最好搞成纯文艺的，但罗隆基不同意，新月作家群落内部分歧愈发明显。

8 月，徐志摩《猛虎集》由上海新月书店出版，封面为闻一多绘制。

11 月 19 日，徐志摩因飞机失事罹难，新月群体失去了“黏合剂”，由此走向衰败。

年底，罗隆基离开上海赴天津主笔《益世报》。

1932 年（民国 21 年）

夏末，邵洵美夫妇北上，与新月股东讨论“新月”的问题。在北平期间，访潘光旦、胡适、孙大雨。胡适设家宴，同席有梁实秋、叶公超、梁宗岱。返回途中经天津，访罗隆基夫妇。

7 月 30 日，陈梦家请闻一多主编《诗刊》，但闻一多未接手，孙大雨主张暂停，最终《诗刊》停刊。

9 月，叶公超单独主编了《新月》第 4 卷 2、3 号，使得休刊半年之久的《新月》得到了延续。

11 月，叶公超与胡适、梁实秋、余上沅、潘光旦、邵洵美、罗隆基合编了《新月》的最后四期。

12 月 2 日，胡适在武汉大学演讲，陈西滢、凌叔华夫妇宴请。

1933 年（民国 22 年）

6 月，《新月》月刊在叶公超独立苦苦支撑下出版了第 43 期后，最终停刊。

10 月，朱湘致信凌叔华，后离开北平，前往天津南开大学，仍未找到合适职业，郁郁南下，暂宿杭州，旋去上海。

12月5日，朱湘乘吉和轮自上海往南京，在大通附近跳水而亡。

12月，新月书店关闭。经胡适与商务印书馆谈妥，由商务印书馆接收。新月派由此画上了句号。

第三章　自觉的群体意识与群落凝聚

1920年代的作家群落通常采用规章制度来规范约束成员，以此保持作家群落的完整性。比如文学研究会有《文学研究会简章》，对研究会宗旨、会员、经费等提出简单要求。作为一个浪漫主义的文学社团，创造社制度更为健全，《创造社社章》主要涉及社员、组织、职务、会务、任期、纪律、经费、权利等方面，其中第六章《纪律》第21条中明确规定“本社领有文化的使命而奋斗，凡社员入社后须严守本社社章，社内各问题各得自由讨论，但一经决议后，即须一致进行”。条文明确规定社员要遵守社章，可见在新文学早期，作家群落的凝聚还是离不开外在规章制度的约束。

到了1930年代，作家群落成员的群体意识明显增强，群落成员自觉的群体意识成为作家群落凝聚的关键性因素。即使是左联这样一个有着严密组织纪律性的文学社群，从成员加入到文学创作、批评、论争都规范严密，有的地方甚至采取了类似政党的外在强制性纪律措施，其成员身上也表现出浓厚的自觉的群体意识。这个阶段，作家群落的成员尊崇共同的价值信仰和文学观念，努力维护群体的利益，积极以自身的实际行动来表达对群体的认同态度。可以说1930年代期间的作家群落显示出更为强烈、更为自觉的凝聚力，这些作家群落整体上有着一致的群体意识和规范，保持着高度的统一，努力维护群体的完整。在具体运作过程中，他们主要采用人格魅力树立权威、编辑主导刊物方向、伐异求同等方法来加强团结，促进凝聚，壮大群落的力量，在文坛上争取更多的话语权。

第一节　人格魅力树立权威

权威的领导体系是社会组织的构成要素之一，它确立了不同层级成员之间的权利义务关系，从而保证了组织内部的秩序和共同行动的可能性。作家群落作为一种特殊的松散的社会组织，同样具有权威的领导体系，这主要表现在每个作家群落都有着至少一个中心人物，朱寿桐先生把这样的人物称为“知识权威”，他说：“在现代中国文学社团的运行中，知识权威乃是最根本的支撑。绝大多数文学社团都是因为知识权威的作用得以形成并顺利运作。”① 在几乎所有的作家群落中都能发现这样的“知识权威”，比如左联中的鲁迅，新月派中的胡适、徐志摩，社会剖析派中的茅盾，等等。与一般的社会组织的领导不同的是，这种权威没有体现权力的具体职位，也不具备上下级的臣属关系，而是个人具有超常能力而形成的权威，即韦伯所说的“魅力型权威”（charismatic domination）。而在 1930 年代的鲁迅、胡适、徐志摩、茅盾等人身上，正体现了这样类似的特点：一是有超出一般的人格魅力，群落成员对他非常仰慕佩服，心甘情愿聚集在其周围。二是具有超常的组织协调能力，能轻松处理群落内部事务，调节群落成员中有可能出现的紧张的人际关系。1930 年代作家群落的形成与运作，与这些权威的自身魅力具有不可割断的联系。

1. 鲁迅与左联作家群落

早在“五四”文学革命时期，鲁迅就以《狂人日记》《阿 Q 正传》等脍炙人口的小说创作奠定了其在中国现代文学史上的不朽地位，不仅让同时代的作家感觉到他的价值和分量，更成为文学青年景仰和学习的榜样。而鲁迅始终把青年视为革命的力量和希望，所以他在政治斗争中支持青年反帝反封建，在文学创作方面指导扶植青年，在生活方面也是尽力帮助青年，因此他成为青年人的良师益友，赢得了很多青年人的尊重和爱戴。

在左联成立之前，冯雪峰回忆说：“记得是潘汉年……来找我，他说党中央希望创造社、太阳社和鲁迅及在鲁迅的影响下的人们联合起来。以这三方面人为基础，成立一个革命文学团体。”②党中央为什么要找鲁迅？“请你们想一想，像鲁迅这样一位老战士、一位先进的思想家，要是站到党的立场方面来，站在左翼文化战线上来，该有多么巨大的影响和作用。”③ 可见，共产党联合鲁迅的目的，就是想要利用他在文坛上的巨大

① 朱寿桐：《中国现代社团文学史》，29 页，北京，人民文学出版社，2004。

② 冯雪峰：《冯雪峰谈“左联”》，载《新文学史料》，1980（1）。

③ 阳翰笙：《中国左联成立的经过》，见《左联回忆录》，49 页，北京，知识产权出版社，2010。

影响，来团结一批倾向于共产主义的年轻人。而事实证明这是一个高瞻远瞩、别具慧眼的计划。左联成立之后，这个群落中实际的真正领导人是瞿秋白、冯雪峰、周扬等共产党人，而鲁迅虽然名义上只是左联的七位执行委员之一，但事实上是左联的“盟主”，在左联内部发挥了其作为精神领袖的巨大作用。作为文坛著名的权威，他有着广泛的人脉资源，与各大出版机构和刊物的老板、编辑非常熟悉，同时又以热心帮助年轻人而为人称道，所以一大批的年轻知识分子投奔到他的门下，如柔石、叶紫、徐懋庸、田军、萧红、周文、许钦文、冯雪峰、魏金枝、汪静之、潘漠华、舒群、白朗、罗烽、聂绀弩、胡风、方济仁等。

鲁迅是青年人的良师益友，对青年人的帮助是多方面的。在创作方面他指导青年人写作，为他们看稿、改稿、作序，千方百计帮助发表、出版。在与郁达夫合编《奔流》时，他一再嘱咐郁达夫要多用青年的来稿。在他的扶植和提携下，柔石、白莽（殷夫）、杨骚、白薇、梁遇春、孙用等人，后来大都成了有影响的青年作家。在生活方面他也是非常关心青年的成长，经常鼓励青年人，并从经济上接济他们，帮助他们解决生活困难。这中间最为典型的也许是对萧红萧军的帮助扶植，1934 年底萧红萧军逃难到上海，由于生活拮据陷入困境而向鲁迅求援。鲁迅约见了两人，慷慨解囊，后又宴请他们，特地介绍他们认识叶紫，让叶紫帮助初来乍到的年轻夫妇熟悉和适应上海的生活。后来为了帮助出版萧红的《生死场》和萧军的《八月的乡村》，鲁迅更是费尽心机，到处奔波，他不但亲自为《生死场》写了序，而且在国民党书报检查委员会不允许出版的情况下，资助萧红以“奴隶社”的名义印行了这本书。这两本著作出版以后，立即在全国文化界产生了巨大影响，萧红萧军立时成了最引人注目的青年作家。所以“如果没有鲁迅，也就没有萧红。而鲁迅先生的一生，一共又帮助了多少像萧红这样的青年作家呢！”①

柔石的出名也主要得力于鲁迅的扶持。1925 年他在北京大学进修时聆听了鲁迅讲授的“中国小说史略”，对鲁迅非常敬仰。1928 年 9 月，他由同学王方仁、崔真吾引领，来到闸北横浜路景云里 23 号，拜见了心仪已久的鲁迅，把自己创作的长篇小说《旧时代之死》的书稿交给鲁迅，并向他请教。鲁迅一开始就很喜欢这个诚实质朴的青年，他悉心审阅了《旧时

① 姜德明：《鲁迅与萧红》，载《新文学史料》，1979（4）。

代之死》的书稿，把柔石介绍给北新书局的李小峰，让他们出版这本书，并且还把柔石的小说《人鬼与他的妻的故事》放在他和郁达夫主编的《奔流》第 1 卷第 5、6 期连载发表。1928 年与鲁迅等组织朝花社时，柔石一时交不出入股的钱，后来也是鲁迅帮他垫付的。柔石在编辑《朝花》周刊时，他的勤勉诚实赢得了鲁迅的称赞与信任，鲁迅精心指导他工作，生活上对他也非常关心。在鲁迅的指导和鼓舞下，1929 年是柔石著译成果最为丰硕的一年，他创作了《二月》等中短篇小说 20 篇、散文随笔 3 篇、独幕剧 2 部、诗歌 3 首、翻译作品 17 篇。1930 年他又出版了短篇小说集《希望》，发表了短篇小说《为奴隶的母亲》。1930 年与鲁迅发起成立中国自由运动大同盟，又和鲁迅一起参加了左联。正是由于鲁迅的赞扬和向文坛大力的举荐，柔石才很快成为左联有影响的青年作家之一。①

此外，周文（何谷天）在加入左联后写作上一度停滞不前，思想上也陷入苦闷。在参加了两次创作座谈会之后，鲁迅先生的教诲指导使他得到鼓励，创作上重拾信心。他每写好一稿，都要请教鲁迅，而鲁迅总是有问必答，并且给他介绍发表。此外鲁迅还主动送钱给他，帮助他渡过艰难。周文在回忆这段生活时总是心存感激，“那时候，可以说，凡是热心创作的同志都把稿子寄过给鲁迅先生，而每篇稿子都是毫不落空地得到具体的指示。老实说，鲁迅先生差不多把他许多时间，花在给作家们（不仅是左联的）看稿上，真正从创作上积极地起了伟大的领导作用。因此，创作的空气在组织里一天天浓厚起来”②。正是在鲁迅的无私帮助下，左联热爱写作的青年才聚集在鲁迅周围，形成了一个作家群落。所以有学者认为，“有两条线索或者说两种思路牵制着左联的成立、发展乃至解散的全过程。一个是共产党的直接领导，另一个是以鲁迅为凝聚力量的进步文学群体，总的来讲二者是一致和统一的，但也时有芥蒂和冲突，这其中还交织着浓厚的文人小集团主义和宗派情绪，共同构成左联内部错综复杂的矛盾纠葛状况”③。可见鲁迅对于左联作家群落成员的聚合，起到了至关重要的作用。

2. 胡适、徐志摩和新月派作家群落

新月派作家群落的知识权威至少有两个——胡适和徐志摩。胡适由于

---

① 参见王艾村：《柔石评传》，上海，上海人民出版社，2002。

② 周文：《鲁迅先生和“左联”》，载《鲁迅研究月刊》，1994（8）。

③ 周燕芬：《宗派之争与社团的萌生——左联到七月社流变考》，载《西北大学学报》，2008（7）。

"五四"时期倡导白话反对文言，成名甚早。他为人仗义，而其寓所则一度是新月社群体的聚会之所，在新月圈子中他是一个老大哥的角色，新月圈子中的成员谈到胡适时更多的是敬仰。徐志摩曾在给梁实秋的一封信中戏谑地说"胡圣潘仙"，把胡适比喻成圣人。梁实秋在后来回忆道："他住在米粮库的那段时间，每逢星期日'家庭开放'，来者不拒，经常是高朋满座，包括许多慕名而来的后生。""胡先生和其他的伟大人物一样，平易近人。'温而厉'是最好的形容。我从未见过他大发雷霆或是盛气凌人。他对待年轻人、属下、仆人，永远是一副笑容可掬的样子。就是遭遇到挫折、侮辱的时候，他也不失其常。'其心休休然，其如有容'。"① 林语堂虽然不是新月中人，但在留学期间曾因官费未按时汇到而向胡适求援，胡适也是慷慨解囊，个人资助了两千美元，所以林语堂对胡适的急公好义非常感激，他曾说："适之为人好交，又善尽主谊。"这样一个慷慨大方，同时又知识渊博、平易近人的人，当然受到普遍的尊敬和爱戴。时人常说"我的朋友胡适之"，也许有的人的确是想借名人之名抬高自己，但从另外一方面则证明了胡适交往广泛，是一个可以相信依赖的朋友，所以他成为新月派作家群落的精神权威是理所当然的事情。

与对胡适的敬仰不同，新月派作家群落成员对于徐志摩的感觉则更多是亲切。胡适对徐志摩的评价很有诗意："他在我们这些朋友之中，真是一片最可爱的云彩，永远是温暖的颜色，永远是美的花样，永远是可爱。"② 也许胡适对徐志摩的单纯的理想主义并非认同，甚至在政治理想方面还存在着较大的分歧，但对他的热心、可爱却是非常赞赏。陈西滢则认为徐志摩是新月这个圈子的黏合剂，他说徐志摩总是朋友中间的"连索"，是"黏着性的""发酵性的"，他甚至干脆就把新月社说成是"志摩朋友的团体"。对于杨振声来说，徐志摩给他的感觉是"义气"和"宽容"，"曾记得他说过：'为什么不让旁人快快乐乐？自己吃点亏又算什么！'朋友们，你见过多少人有这个义气？""他所处的环境，任何人要抱怨痛苦了，但我没有听见他抱怨过任何人；他的行事受旁人的攻击多了，但他并未攻击过旁人……他只是不与你计较是非罢了。"③ 梁实秋对徐志

① 梁实秋：《怀念胡适先生》，见《梁实秋文集》，第3卷，431、436页，厦门，鹭江出版社，2002。

② 胡适：《追悼志摩》，载《新月》，1932（4—1）。

③ 杨振声：《徐志摩最后的一别》，载《独立评论》，1932（4）。

摩的评价也许最为贴切，“一个人能使四座并欢，并不专靠恭维应酬，他自己须辐射一种力量，使大家感到温暖。徐志摩便是这样一个人。胡先生也是一个生龙活虎一般的人，但于和蔼中富有严肃，真正一团和气使四座并欢的是志摩”①。梁实秋的观察是最敏锐的，同时又抓住了关键，他在徐志摩身上发现的是一种独特的人格魅力，并且被这种人格魅力的“温暖”所吸引。叶公超也盛赞徐志摩的热心，他认为，徐志摩身上“充溢了勃勃的生气和不败的兴致。组织新月社，编辑晨报副刊，筹办新月书店都是他最热心最起劲的事”②。而方令孺为徐志摩写的悼文题目就是《志摩是人人的朋友》，由此可见徐志摩巨大的人格魅力，以及在凝聚新月作家群落方面起到的至关重要的作用。后来叶公超在回忆《新月》期刊时充满了遗憾、失落和感伤，“像《新月》这种杂志，要长久的生存下去. 实际上有它的困难。初办《新月》时，朋友们全集中在一个地方，凡事好商量。尤其徐志摩，他是朋友中的灵魂人物。徐志摩遇难逝世，《新月》受的打击最大。《新月》的成员中，以诗人为最多，徐志摩也是诗人，而他在当时文坛的地位，已超过他诗的地位，整个文坛的趋势，几乎受他一个人所左右。徐志摩死后，朋友们也跟着散了，有的去上海，有的去青岛，留在北平的已没有几人，力量不集中，就很难再办刊物了”③。因此胡适把精力放到社会事务上，加上徐志摩一去世，新月派作家群落马上就失去了凝聚力，作家群落难以延续，很快就土崩瓦解了。

3. 茅盾和社会剖析派

茅盾因1920年代初主编和改革《小说月报》而在文坛崭露头角，并通过翻译外国文学和文学批评的写作而逐渐成为文学革命的中坚人物。1930年代茅盾加入左联并担任行政书记的职务，从而结识了很多青年作家，1933年更是以《子夜》一书奠定了其一代大师的文学地位。茅盾的社会声望和巨大的影响力对社会剖析派作家群落的生成和运作起到至关重要的作用，在这个作家群落内，他以自身的才智和魅力影响到很多青年作家；而作家群落的其他成员对茅盾非常佩服，顶礼膜拜，把他当成前辈和导师。尽管这个作家群落内部交往的次数并不是太频繁，但茅盾对于这个

---

① 梁实秋：《再谈徐志摩》，见《梁实秋文集》，第3卷，494～495页，厦门，鹭江出版社，2002。

② 叶公超：《志摩的风趣》，载《大公报·文学副刊》，1931-11-30。

③ 叶公超：《我与学文》，见《新月怀旧——叶公超文艺杂谈》，160页，上海，学林出版社，1997。

群落成员创作的影响几乎是决定性的。

艾芜最初走上文学创作道路实在为生活所逼，他从缅甸流落到上海后找不到工作，为了生存不得不卖文为生。艾芜最初的创作非常幼稚，作品有《鸡不司晨狗乱叫》《男女都不著裤儿》等，从题名上看只能算是满足人们猎奇心理的“缅甸漫话”，不能算是真正的文学创作。其创作态度的转变在于他《人生哲学的一课》的发表，这篇敲开上海文学界大门的小说是经过茅盾审阅后发表的，艾芜说：“在这以前，我也在别的刊物副刊上，发表过文章，但我觉得这都是在有意无意之间，从事写作的，有着亦可写不写亦可的心情，即使发过研究文艺的宏愿，也总有半途懈怠下来的情形以及缺乏自信的动摇发生。只有在茅盾先生这一鼓励之下，我才对于终身从事文艺习作的志愿，更加努力不懈，坚定不移。”① 1932 年 2、3 月间，艾芜正式加入左联，和茅盾编在一个小组，这让他有了更多机会向茅盾请教，也使得长期漂泊流浪的他找到了“家”的归属感。

沙汀把自己走上文学道路归功于茅盾的一张纸条和一篇评论。一张纸条指的是沙汀寄了三篇小说给《文学月报》，茅盾看了之后用一张纸条随意写下几句评语给了沙汀，大意是说东西写得还可以，只是他不怎么喜欢那种印象式的写法。沙汀在收到这张纸条后，“当时编者很替我高兴，我自己更高兴得了不得……”一篇评论指的是《法律外的航线》出版后，茅盾为此写了一篇书评，称赞沙汀说：“在这本短篇集里，沙汀君显露出他的没有多少刺戟力，和煽动性；然而这一种缺乏，并不掩蔽了作者的艺术的才能。”“无论如何，这是一本好书。”② 对于一个初出茅庐的青年作家来说，茅盾的提携和奖掖宝贵而及时，沙汀认为是茅盾帮他“克服了创作上的危机”，对他的创作道路有着“诱导之功”③。此外，茅盾还写信给施蛰存，积极推荐沙汀，“我这里有沙汀及何谷天小说各一篇，尚好，如《现代》要小说，弟可以送给兄一看，可用则用，不可用还他们”④。

吴组缃的情况比较特殊，他是在北京求学期间开始创作的。他对茅盾也是仰慕已久，一直非常关注，所以在《子夜》一发表后，马上就作了书

① 艾芜：《记我的一段文艺生活》，载《文哨》，1945（1—3）。

② 茅盾：《〈法律外的航线〉》，载《文学月报》，1932（1—5、6）。

③ 沙汀：《感谢》，载《文哨》，1945（1—3）。

④ 茅盾：《茅盾致施蛰存民国二十二年八月十四日》，见孔另境编：《现代作家书简》，50 页，广州，花城出版社，1982。

评《评茅盾〈子夜〉》。[①] 1934 年 1 月他发表的短篇小说《一千八百担》，采用的就是类似《子夜》的社会剖析的写法，因此毋庸置疑，吴组缃的创作或多或少也受到过茅盾的影响。

由于茅盾的提携和指导，社会剖析派的成员逐渐聚集在他周围，心理上也更接近和认同这个知识权威。这些青年作家有意无意对茅盾的创作进行学习和模仿，由此也使得社会剖析派形成了强烈的内聚力。

4. 周作人、林徽因、沈从文、朱光潜等与京派群落成员的凝聚

前文已述，作为 1930 年代中国文坛上最为复杂的作家群落，京派规模庞大，人员众多，比如周作人、钱玄同、刘半农、废名、俞平伯、林徽因、沈从文、朱光潜、李健吾、梁宗岱、李长之、萧乾、朱自清、冯至、何其芳、卞之琳、李广田……可以列一份长长的名单。也正是因为参与者甚众，群体构成相对松散，由此往往也经常引发成员是否归属为京派的争议。但不管怎么样，京派的核心人物是极其清楚明晰的，如果说京派主要由苦雨斋文人群体、“太太的客厅”、“慈慧殿三号”读诗会、《大公报·文艺副刊》作家群等几个次生作家群落组成的话，那么在这几个次生作家群落中，周作人、林徽因、沈从文、朱光潜等是京派的灵魂人物，他们的存在对于凝聚京派的作用也显得鲜明而突出。

(1) 周作人和苦雨斋文人群落。

先来看周作人和《骆驼草》同人的关系。1920 年代周作人积极参与文学革命，同时任教于高校，主编《语丝》，交友广泛，由此成为北方文坛上的盟主，具有强大的号召力和影响力，其所居住的八道湾苦雨斋也“谈笑有鸿儒，往来无白丁”，成为文人聚会之所、青年向往之地。“周作人等的交往更带有传统文人的特性，通过聚餐、尺牍、唱和、听曲、逛旧书店等方式建立一种日常性的联系……（周作人）到了 1930 年代开始宣扬‘闭户读书论’，注意‘生活之艺术’，在对古书、民俗等的把玩中品味生活，这种闲适的生活方式吸引了一部分追随者。”[②] 苦雨斋也由此成为一种文人雅集的文化符号。

来往于苦雨斋的主要有两种人，一是“五四”时期的战友，如钱玄同、刘半农、沈尹默、沈士远、沈兼士等，这批新文化运动的积极参与者在经历了“五四”革命的高潮之后，逐渐远离激进，转而读书作诗、品茗

① 参见吴组缃：《评茅盾〈子夜〉》，载《文艺月刊》，1933 (1)。

② 许纪霖：《近代中国知识分子的公共交往》，309 页，上海，上海人民出版社，2008。

清谈、唱曲宴饮、游历讲学，而周作人对于同道“坐在书斋，喝清茶，与客人对坐闲谈，细声细语，上天下地，却几乎从不臧否（时下）人物”①。他以其渊博的知识、平和的为人和高雅的志趣而成为群落的中心。

一是俞平伯、废名、江绍原、沈启无、徐祖正、张凤举等学生。张中行曾回忆“他以态度温和著名，访者不拒，客气接待，对坐在椅子上，不忙不迫，细声微笑地谈闲话，是苦雨斋的惯例”②。对于年轻的学生，周作人关心他们的生活，并经常在经济上给予资助。1927 年张作霖入京，合并北京大学、北京师范大学等校为京师大学校。废名因此退学一年多，衣食无着，给周作人写信求助。恰好章矛尘夫妇避难南下，两间小屋正空着，周作人便招废名来家中居住。废名北京大学毕业后，又在周作人的积极推荐下，留校任中国文学系教员。邓广铭回忆周作人：1932 年周作人去辅仁大学演讲，该校一年级学生邓广铭听完 6 次演讲并作完整记录，邓广铭将稿子拿给周作人，而周作人修改后交出版社出版，即《中国新文学的源流》，其后周作人将稿费 700 元全部送给了邓广铭。

不仅如此，周作人还经常与学生切磋学问，鼓励他们的写作。他戏称自己“包写序文”，先后为俞平伯的《杂拌儿》《燕知草》《杂拌儿之二》《古槐梦遇》、废名的《桃园》《枣》《桥》《莫须有先生传》、沈启无编选的《近代散文抄》、刘大杰的《重刊〈袁中郎集〉》、孙席珍编的《现代散文选》等写序或跋，颇为文坛瞩目。作为周作人亲近的弟子，“识得知堂先生面目”（林语堂语）的废名感受非常深刻，他在《知堂先生》一文中说：“知堂先生是唯物论者，是躬行君子。我从知堂先生可以学得一些道理，日常生活之间我们却学不到他的那个人生态度。……‘渐进自然’四个字大约能以形容知堂先生。……我们常常不免是抒情的，知堂先生总是合礼，这个态度在以前我尚不懂得。十年以来，他写给我辈的信札，从未有一句教训的调子，未有一句情热的话。后来将今日偶然所保存者再拿起来一看，字里行间，温良恭俭，我是一旦豁然贯通之，其乐等于所学也。事过境迁之后，私人信札有如此耐观者，此非先生之大德乎。”“知堂先生的德行，与其说是伦理的，不如说是生物的，有如鸟类之羽毛，鹄不日浴而白，乌不日黔而黑，黑也白也，都是美的，都是卫生的。然而自然无知，人类则自作聪明，人生之健全而同

① 张中行：《再谈苦雨斋》，见《负暄续话》，59 页，北京，中华书局，2006。
② 张中行：《苦雨斋一二》，见《负暄琐话》，38 页，北京，中华书局，2006。

乎自然，非善知识者而能之与。”[①]从这番话中可以看出废名对周作人的德行和知识心悦诚服，顶礼膜拜。

也正是源于强大的亲和力和感召力，苦雨斋成为文人趋之若鹜的聚会之所，苦雨斋文人群体也成为一个比较稳定的作家群落。

（2）林徽因“太太的客厅”和朱光潜“慈慧殿三号”读诗会。

“太太的客厅”地点是位于北平北总布胡同三号林徽因梁思成的家，是 1930 年代林徽因所构建的一个文化交流空间。由于有过游历欧洲的生活经历，林徽因凭借出色的社交能力、广泛的人脉关系、美丽的外貌、过人的聪明智慧，把“太太的客厅”建设成一个中国式的文艺沙龙，凝聚了当时北平一大批文人学者。其中一批来自北大、清华的学者，如胡适、叶公超、梁宗岱、金岳霖、张奚若、钱端升、李济、陶孟和等，此外还有一批作家，如沈从文、徐志摩，包括后起之秀的萧乾、李健吾、卞之琳、何其芳、李广田等。在“太太的客厅”中，林徽因理所当然地成为中心，“她总是聚会的中心人物，当她侃侃而谈的时候，爱慕者总是为她那天马行空般的灵感中所迸发出的精辟警语而倾倒”[②]。对于能参加“太太的客厅”的聚会，对当时的青年文人来说是个荣幸，标志着被文坛上层社会的肯定与认可。萧乾详细回忆了接受邀请第一次去“太太的客厅”前的心情，“那几天我喜得真是有些坐立不安，老早就把我那件蓝布大褂洗得干干净净，把一双旧皮鞋擦了又擦”。谈到对林徽因的印象时，他说：“但她可不是那种只会抿嘴一笑的娇小姐，而是位学识渊博，思想敏捷，并且语言锋利的评论家。她十分关心创作。当时南北方也颇有些文艺刊物，她看得很多，而又仔细，并且常对文章有犀利和独到的见解。”[③] 敬佩之情溢于言表。卞之琳也有类似的回忆，“当时我在她的座上客中是稀客，是最年轻者之一，自不免有些拘束，虽然她作为女主人，热情、直率、脱俗（有时锋利），总有叫人不感到隔阂的大方风度”[④]。林徽因与李健吾的交往也是始于文章。1934 年初林徽因读到《文学季刊》上李健吾关于《包法利夫人》的论文，非常赏识，随即写了长信给李健吾，约李来她家里面晤，由此李健吾把林徽因引为知己，对林推崇备至。他盛赞林徽因小说

① 废名：《知堂先生》，载《人间世》，1934（13）。

② 费慰梅回忆，转引自唐小兵：《三十年代北平的两道风景线》，载《书屋》，2007（4）。

③ 萧乾：《一代才女林徽因》，载《读书》，1984（10）。

④ 卞之琳：《窗子内外：忆林徽因》，见刘小沁编：《窗子内外忆徽因》，14 页，北京，人民文学出版社，2001。

《九十九度中》"在我们好些男子不能控制自己热情奔放的时代，却有这样一位女作家，用最快利的明净的镜头（理智），摄来人生的一个断片，而且缩在这样短小的纸张（篇幅）上"。抗战期间，他还专门写了一篇《林徽因》（合集沪上"春秋文库"《作家笔会》），文中说："绝顶聪明，又是一副赤热的心肠，口快，性子直，好强，几乎妇女全把她当做仇敌。……她对于任何问题感到兴趣，特别是文学和艺术，具有本能的直接的感悟。"正是独特的人格魅力、高雅的学术氛围和艺术情趣，吸引了大批学者和文人的参与，"太太的客厅"由此成为北平闻名的知识分子聚集场所，"以林徽因'太太的客厅'为中枢，凝聚着当时最优秀的知识分子，形成了一个独特的交往网络"①。

"慈慧殿三号"读诗会是一个以朱光潜为中心的作家群落。1933 年 7 月朱光潜回国之后任北大西语系教授，住在慈慧殿三号。由于朱光潜学识渊博、为人热情，家中客厅宽敞，能坐二三十人，所以朋友学生云集，慈慧殿三号很快成为北平与"太太的客厅"齐名的文人聚会之所。朱光潜主持的读诗会时间不定，通常一月一到两次，活动方式是以诗会友，诵读自己的诗作，互相欣赏、交流创作心得，探索新诗发展道路，吸引了梁宗岱、冯至、叶公超、朱自清、俞平伯、李健吾、凌叔华、林徽因、沈从文、废名等人的参与，同时还滋润培养了何其芳、卞之琳、孙大雨、林庚、周煦良、萧乾等一批年轻的诗人。朱光潜的"慈慧殿三号"读诗会改变了北平知识界的人事关系，汇聚了各方人员，促成了京派的形成。②

（3）沈从文与《大公报·文艺副刊》作家群落。

作为清末、民国时期著名日报之一，《大公报》最辉煌的时期是 1926 年至 1949 年，即所谓"新记"大公报时期，其之所以能红极一时，成为当时中国新闻界的翘楚，其中一个重要的原因在于尊重知识分子，重视文艺的社会作用。1933 年 8 月，沈从文从青岛回到北平主持《大公报·文艺副刊》，在张季鸾、胡政之等人的支持下，《大公报·文艺副刊》搞得红红火火，成为京派最为重要的阵地。沈从文更是以自己的亲和力吸引了大批朋友和文学青年的参与，围绕着沈从文及副刊，形成了一个文人师友聚会、文学创作与交流的圈子。

沈从文为人朴实真诚、文雅谦和，1933 年巴金到北平曾经住在沈从

① 许纪霖：《近代中国知识分子的公共交往》，319 页，上海，上海人民出版社，2008。

② 参见高恒文：《京派文人：学院派的风采》，68 页，上海，上海教育出版社，2000。

文家半年之久，他在致沈从文信中心悦诚服地说：“前两个月我和家宝常见面，觉得在朋友中待人最好、最热心帮忙人的只有你，至少你是第一个。”① 由于初出文坛时遭受的种种不平，沈从文对于文学青年的不易与艰辛体会深刻，所以当他负责编辑《大公报·文艺副刊》时，非常关心这些文学青年的创作，总是想办法无私帮助，大力扶植。在收到的大量稿件中，他总是耐心审阅，仔细修改。不能在《大公报·文艺副刊》刊发的，他想办法介绍给其他刊物。稿件实在较差的，他总是在退稿信中指出问题，热情鼓励。作家王西彦对第一次见到沈从文的印象记忆犹新，他本以为沈出身行伍，肯定是说话放肆，但是事实却与他的意料恰恰相反，“不料这位小说家竟象个文弱书生，从身材、面貌、举止说话以至于笑声，都是文文雅雅的”。王西彦去沈从文府上拜访，沈从文热情接待，待人和和气气，“他对我送去的稿子，总是用极为宽容的态度对待，尽可能使它们得到发表的机会，好象从来没有给我打过退票”②。尽管后来晚年反目成仇，萧乾还是承认了年轻时沈从文给他的帮助。他回忆说：“一九三三年至一九三五年间，除了去西斜街看望他，我还常同他一道参加在北平举行的文艺盛会、中山公园品茗或到朱光潜先生家去听诵诗。对于我那时的每篇习作，他都曾给过鼓励……《大公报》毕竟是一份民间报纸，我才经杨振声、沈从文两位先生介绍，进了报馆。”③ 他的第一篇小说《蚕》，是沈从文发表在《大公报·文艺副刊》上的，此后他的每一篇作品，基本上都是沈从文精心修改后才发表的。他的第一个短篇小说集《篱下集》也是沈从文作的序。萧乾燕京大学毕业后，又是沈从文积极举荐给社长胡政之，使他进入《大公报》工作，并成为自己的继任者。1936 年 4 月起在他独立编辑《大公报·文艺副刊》期间，沈从文还悉心指导，成为他的“顾问官”。

除了热情帮助朋友、文学青年之外，沈从文还通过来今雨轩的茶会和丰泽园的聚餐来加强交流，凝聚作家。王西彦详细回忆了来今雨轩的茶会的过程：沈从文经常发出通知邀请一些年轻人到来今雨轩喝茶，大家先先后后到了，随随便便坐下，形成了一个以沈从文为中心的局面，谈话内容大致以文学和写作为主，完全是漫谈式的聚会，最后由沈从文付钱做东。④

---

① 巴金：《怀念从文》，见《长河不尽流》，11 页，长沙，湖南文艺出版社，1989。

② 王西彦：《梦想与现实——〈乡土·岁月·追寻〉之五》，载《新文学史料》，1984（4）。

③ 萧乾：《我的启蒙老师杨振声》，载《随笔》，1984（5）。

④ 参见王西彦：《宽厚的人，并非孤寂的作家——关于沈从文的为人和作品》，见《长河不尽流》，86 页，长沙，湖南文艺出版社，1989。

丰泽园的聚餐也是一个相对固定的活动，基本上每月一次，地点在丰泽园，人员多为北平文艺界的精英：周作人、胡适、闻一多、李健吾、余上沅、朱自清、俞平伯、郑振铎、叶公超、废名、孙大雨等人，由杨振声、沈从文代表《大公报》组织，“在这里，我们可以看见地域文化、学院空间、传播媒介与知识群体形成的互动，这种互动既可以看成是《大公报》延揽优秀作者，也可以看成是北平学院知识分子的文化权力向媒介的扩张”①。来今雨轩的茶会和丰泽园的聚餐建立了一个文化活动的公共空间，聚集了大批志同道合的文人，加强了北方文人的沟通与融合，最终形成了一个比较稳定的作家群落。

第二节　创办刊物建立阵地

朱光潜曾发出这样的感慨：“在现代中国，一个有势力的文学刊物比一个大学的影响还要更大、更深长。”② 期刊出版物对现代作家群落来说意义重大，它是群落成员发表言论和主张的场所，某种意义上是群落赖以存在的基础。对此李春雨在《论现代出版与现代作家群体的关系》一文中作了较详细的论述，认为现代出版的特点影响和决定了现代作家的群体性特征，并对文学社团的聚散流变起到了独特的作用。从作家群落聚散的角度来看，1920 年代文学研究会的影响，主要“得力于商务印书馆和《时事新报》遍及全国的发行网”③，而创造社则是依靠泰东书局完成了名人身份的建构，虽然出版物与作家群落关系密切，但群落的凝聚力主要还是在于群落成员共同的文学兴趣。到了 1930 年代，随着新技术的使用和出版行业的繁荣，作家群落与出版的密切关系表现得更为明显，商业性刊物逐步取代同人刊物，文学的生产逐步成为一个知识、资本与市场同构的过程。在这种情况下，每个出版物背后都聚集了一批人马，代表了一种势力，正如李欧梵所言：“当时几乎所有的文学期刊的实际操纵者都是小‘党派’，在一

---

① 许纪霖：《近代中国知识分子的公共交往（1895—1949）》，341 页，上海，上海人民出版社，2008。

② 朱光潜：《论小品文》，见《朱光潜全集》，第 2 卷，426 页，合肥，安徽教育出版社，1987。

③ 茅盾：《我走过的道路》（上），203 页，北京，人民文学出版社，1984。

个文学社团里的几个志同道合的朋友，持他们自己所提倡的文学和意识形态立场。"① 选择1930年代作为切入点来考察期刊与作家群落之间的关系，让我们能够更清晰地看到期刊出版背后的文坛门户之争和作家群落的运作。

为了维护各自的利益，这个阶段作家群落的办刊主要采用三种策略：

1. 确立办刊宗旨，吸引同志注意

对于每个作家群落来说，每个刊物的出版事先必须经过一个阶段的策划，明确办刊的宗旨和规划，以及稿件的征集、出版、发行等一系列琐细的事务，其中最为重要的当属确立办刊的宗旨。一般说来，创办一个刊物的目的主要有两种情况：一是宣扬自己的思想或文学观点。1920年代的同人刊物多数即属此类，几个作家出股凑齐一定的经费，共同写文章，自费出版。"尤其是作为同人期刊的现代文学期刊，由于他们是依据文化追求、志向意趣的不同，自觉地集合在一起，通过创办文学杂志，宣传和弘扬自己的文学主张和思想理念，由此而形成一定范围和风格的创作群体，因而都有着自己明确的办刊宗旨和独特的办刊风格。"② 二是商业目的。办刊主要为了吸引大批读者，通过销售期刊赚取利益。但无论是同人刊物还是商业性刊物，每个刊物都要表达自己的思想观念。施蛰存在解释创办《新文艺》的缘由时说："一个定期出版的文艺刊物，对编者来说，是为了自己及朋友们发表文章的方便。对出版家来说，是为其他出版物做广告。"③ 所以1930年代的商业性刊物对于刊物的资方来说，刊物内容的选择就是要尽量迎合读者的阅读趣味，办刊是为了赚钱；但对刊物的编辑来说，办刊只不过是依靠出版商来宣扬自己的思想和观念，寻求到一批志同道合的撰稿人员，最终形成一个相对稳定的群落，凸显集体的意志。

这样的例子不胜枚举，比如施蛰存主编《现代》，他在创刊伊始就立下宣言："因为不是同人杂志，故本志并不预备造成任何一种文学上的思潮，主义或党派……希望能得到中国全体作家的协助，给全体的文学嗜好者一个适合的贡献。""本志所载的文章"以"文学作品的本身价值"④为标准，把刊物的宗旨定位为反对左倾和右倾，立志走中间路线，重视文学

---

① 李欧梵：《上海摩登——一种新都市文化在中国（1930—1945）.》，143页，北京，人民文学出版社，2010。

② 翟瑞青：《现代作家和编辑职业的互动关系研究》，载《海南师范大学学报》，2010（6）。

③ 施蛰存：《我们经营过三个书店》，见《沙上的脚迹》，21页，沈阳，辽宁教育出版社，1995。

④ 施蛰存：《创刊宣言》，载《现代》，1932（1—1）。

作品的价值。在《现代》办刊过程中刊载了大量英美都市诗，介绍意象派诗歌，开辟了“美国文学专号”，此外不遗余力地介绍日本新感觉小说和西方唯美主义，表现了对西方现代主义作品的推崇，由此聚集了刘呐鸥、穆时英、戴望舒、卞之琳、林庚、陈江帆、南星、徐迟、番草、玲君、吴奔星、路易士等一批作家。

再如，论语派是围绕着《论语》《人间世》《宇宙风》等刊物而形成的具有相同思想倾向和审美趣味的作家群落。提倡幽默是论语派的宗旨。1932 年 9 月在《论语》创刊时，林语堂就明确提出“以提倡幽默文学为主要目标”，希望用写实主义的幽默文字来叙述现实，改变目下“重浮言不务实际的风尚”，使“大家头脑清醒一点”，“使青年读者.注意观察现实”①，为社会国家服务。而“幽默其实与讽刺极近，却不以讽刺为目的。讽刺每趋于酸腐，去其酸辣，而后达到冲淡心境，便成幽默。……幽默只是一位冷静超远的旁观者，常于笑中带泪，泪中带笑”②。同时《论语》还连续登载《论语同人戒条》，宣扬自己的中间路线。1934 年 4 月，“专为登载小品文”的《人间世》半月刊问世，林语堂提倡“以自我为中心，以闲适为格调”的小品散文。这种小品文内容“包括一切，宇宙之大，苍蝇之微，皆可取材”③。在幽默之风的召唤下，一批志趣相近的作家聚集在《论语》《人间世》《宇宙风》刊物下，这其中包括林语堂、周作人、老舍、郁达夫、李青崖、孙伏园、老向、俞平伯、丰子恺、陶亢德、何容、姚颖、岂凡（章克标)、徐訏、海戈（张海平)、大华烈士（简又文)、全增嘏、潘光旦、黄嘉音、邵洵美等。

不同的刊物显然有着不同的目的，显示了刊物的个性，表明了自身的政治思想或者文学审美倾向。比如左联的刊物往往怀着强烈的社会使命感，创刊都带有明显的政治诉求。而新月派之所以要办《新月》，目的也是有一个“发表文章的机关”④。对于作者来说，不同的刊物有不同的要求、不同的思想倾向，作者根据自己个人的喜好，选择刊物进行投稿，由此共同的倾向而聚集在相对固定的刊物周围，最终形成作家群落。

2. 选择合适编辑，树立知识权威

“流派的形成与发展也在很大程度上得益于报刊主编的推倡、宣介、

① 林语堂：《我们的态度》，载《论语》，1932（3)。

② 林语堂：《论幽默（下）》，载《论语》，1934（35)。

③ 林语堂：《〈人间世〉发刊词》，载《人间世》，1934（1)。

④ 梁实秋：《新月月刊敬告读者》，载《新月》，1929（2—6、7)。

组织、会聚等工作。特别是一个深有成就、广有影响的著名作家担任报刊主编的时候，他的典范作用，他的强大号召力，会在报刊上迅速聚集起一批同好者、追随者及他们有共同特征或某些方面相类似的文学创作，而形成新的流派。"[①] 刊物编辑更多充当的是作家群落形象代表的角色，挑选一个有一定的名望和号召力的主编，是作家群落凝聚成员的一种重要手段。

左联选择丁玲担任《北斗》的主编就是一个成功策划的典型。左联在《北斗》出版之前出过《萌芽》《拓荒者》《文化斗争》等，由于国民党加强了对文化出版物的控制，这些刊物先后被查禁了，于是左联决定出版一个新的刊物，来宣扬自己的思想观念。以往左联的刊物主编（或者编辑）基本上都是左联的领导人，比如《萌芽》是由鲁迅、柔石主编，《拓荒者》是由钱杏邨、蒋光慈主编，然而这些刊物因为政治色彩太明显，往往只出了一两期就被查禁了。对于这个新刊物主编的人选，左联领导层作了精心的考虑，最终选择了丁玲。选择丁玲作为《北斗》的主编，丁玲解释左联党团书记冯雪峰给的理由是："因为左联里的有些人太红了，就叫我这样还不算太红的人来编辑《北斗》。"[②] 其实利用一个政治色彩不太明显的人员来担任主编，的确能淡化刊物的左倾色彩，麻痹国民党新闻出版机构的审查，有利于杂志正常出版。除此之外还有一些更重要的原因，丁玲自从发表成名作《莎菲女士的日记》以来，成为文坛上受众人关注的女性明星作家，选择丁玲作为《北斗》的主编在很大程度上能顺应和满足大众文化消费的心理。而且丁玲在文坛上人脉广泛，与冰心、林徽因、陈衡哲等女作家都有交往，她当主编可以拉到这些女作家的稿子，为《北斗》涂上一层"灰色"的保护色。所以左联领导层精心策划，并通过其外围刊物《文艺新闻》的一步步宣传，最终让丁玲成功地成为《北斗》的主编。[③] 而丁玲在成为主编之后，也没有辜负众望，利用刊物为左联进行政治宣传，提升了左联在公众中的影响力，吸引了大批青年走上革命道路。在2004年湖南文艺出版社出版的《丁玲纪念集》中，邓力群在《追思逝者鼓励生者》一文中回忆自己是通过《北斗》接触到革命文学，从而"接受先进思

---

① 张如法：《编辑与文学》，载《河南大学学报》，2001（11）。

② 丁玲：《我与雪峰的交往》，见《丁玲全集》，第6卷，270页，石家庄，河北人民出版社，2001。

③ 参见黄蓉：《试论左联对〈北斗〉主编丁玲的宣传策略》，载《湘潭大学学报》，2007（4）。

想的影响”；郑育之的《忆三十年代丁玲同志的二三事》一文中记录了自己在读中学期间写信给《北斗》杂志社，表达了参加革命的强烈愿望，后在丁玲的帮助下加入左联并走上了革命道路。

当然，在某些情况下声誉过红的名人也存在着危险，他们往往容易成为国民党新闻检查人员关注的对象。这时候有一些作家群落就必须转变策略，挑选一些有过编辑工作经验的人来当名义上的主编，从事实际的编辑工作，而真正的掌控者则隐藏于幕后，实行“遥控”指挥。茅盾与《文学》月刊的关系即是如此。1931 年末商务印书馆被日本侵略者炸毁，《小说月报》被迫停刊，茅盾感到失去自己的刊物后十分不便，从而萌生创办《文学》月刊的念头，于是 1933 年春节后与郑振铎商议新办一个刊物。郑振铎提出由茅盾担任主编，但茅盾说：“不行！我是戴上红帽子的，我当主编，不出三天，老蒋的手下就找上门来了。还是另找一个不被他们注意的。”结果他们决定主编由郑振铎、傅东华担任，而实际上“傅东华把审定创作稿件和给‘社谈’栏写文章这两大项工作都推给了我，还有我包写作品评论（《文学》一卷至三卷的‘书报述评’栏共刊登文章四十三篇，其中我写了二十八篇）”①。虽然没有挂上主编的头衔，但从《文学》的最初策划开始，茅盾对《文学》月刊倾注了巨大的热情，并为其长期坚持办下去做了大量工作，既是《文学》的幕后策划者，也是前期的实际主持人。他在《文学》月刊第 1 卷至第 5 卷，变换笔名写下了近百篇书报评论文章。在最初构思时，茅盾就说：“内容以创作为主，提倡现实主义，也重视评论和翻译，观点是左倾的，但作者队伍可以广泛，容纳各方面的人。对外还要有一层保护色。”由此可见在办刊的宗旨上，他是有着鲜明的取舍倾向的，“现实主义”和“观点左倾”显然是茅盾重点考虑的方面。在编辑过程中，茅盾有意识地发现、支持、培养新进作家，他推荐发表新人新作，使得新人有了崭露头角的机会。1930 年代的艾芜、沙汀、臧克家、王西彦、骆宾基、夏征农、何谷天等都是在茅盾的奖掖下、《文学》月刊的哺育中走向了成熟。也正是由于茅盾对新进作家的关怀与培养，使许多年轻作家都聚集在他的周围，与《文学》结下了不解之缘。如果再从发表的数字上来考察，据初步统计，《文学》从 1933 年 7 月创刊到 1937 年 11 月上海沦陷终刊，沙汀共创作了 24 篇短篇小说，其中就有 7 篇发表

① 茅盾：《多事而活跃的岁月——回忆录［十六］》，载《新文学史料》，1982（3）。

在《文学》上，大致占其创作的三分之一。需要补充说明的是沙汀本人曾先后担任《文学界》和《光明》的编委，他也只在上面发表 7 篇。再看艾芜，他在《文学》上一共发表了 13 篇作品，《文学》也是他发表文章数量最多的期刊，数量仅次于在《申报·自由谈》发表的文章。吴组缃的创作数量在这几人中应该说是最少的，1933 年到 1937 年期间他只发表了十五六篇小说和散文，其中 5 篇发表在《文学》上。可见《文学》是社会剖析派作家群落发表作品的主要阵地。

3. 选择内部稿件，扩大群落影响

一个刊物的编辑在作家群落中处于怎么样的地位，郭沫若是有着清醒认识的，他说："杂志的编辑是一国文化之活动态的表现，编辑杂志的人是把文化建设的责任加在双肩的。文化的建设在个人不外是自我的觉醒，在团体不外是有总体的统一中心之自觉，而唤醒这种自觉的人，构成这种统一中心的人，编辑杂志者要占一大部分。"① 在他看来，编辑是真正构成"统一中心"的人。沈从文也说过："一个作者的命运，全在一个杂志报馆编者的手中。"② "不相识则文章照例不要，熟人则不妨胡说八道，自相赞美，先生大致总有机会见到书评一类文章，倘若以为那真说得公正，才真糟！"③ 既然编辑在作家群落中发挥着如此重要的作用，那他就不能不承担起强化群落主张的宣传、维护群落完整性的重任，反映在选取稿件时必然带有很强的倾向性。

对于政治性较强的作家群落来说，选稿时的编辑取向更为明显。比如从《北斗》的创刊到被查禁，我们可以清楚地看到左联刊物编辑对群落内部稿件的重视。前文所言，左联之所以选择丁玲作为主编，主要原因之一就是丁玲在文坛上人脉广泛，可以拉到一部分外稿，为《北斗》涂上一层"灰色"的保护色。在《北斗》第 1 期和第 2 期中，丁玲也很好地执行了左联领导的意图，发表了冰心、林徽因、陈衡哲、戴望舒、沈从文、凌叔华、叶圣陶等人的作品，刊物显示出浓郁的文艺化色彩，确实为左联创建了一个带有保护色的言论阵地。然而用自己的刊物替别人发表文章终究只是权宜之举，办刊的最终目的还是宣扬自己群落的文艺或政治主张。所以

---

① 郭沫若：《1924 年 7 月 2 日致〈时事新报·文学〉编者》，见《郭沫若书信集》（上），277 页，北京，中国社会科学出版社，1992。

② 沈从文：《焕乎先生》，见《沈从文全集》，第 2 卷，163 页，太原，北岳文艺出版社，2002。

③ 转引自吴世勇：《沈从文年谱》，94 页，天津，天津人民出版社，2006。

到了第1卷第3期，《北斗》的作者已经出现了很大变化，其中还有一篇沈从文的小说《黔小景》。到了第1卷第4期往后，编辑就完全撕去了伪装，基本上都是采用了左联作家群落内部的稿件。而且栏目上也发生变化，先前小说、诗歌和小品占据较大的比重，而到了第2卷以后，带有政治性的评论逐渐占据上风，左倾的色彩越来越浓，最终还是未能逃过被国民党查禁的命运。

后期的新月派政治倾向性明显，其旗下的《新月》也有着比较固定的作家群体和稿件。但到了罗隆基主编《新月》期间，由于思想上出现分歧，刊物陷入困顿，罗隆基在给徐志摩的信中就抱怨："《月刊》内容非大家负责不可。半年来，一多、实秋、英士、子离、上沅、公超、西滢、叔华等先生都没有稿来，你的稿亦可说太少。《新月》内容的退步，大家都要负责任的。"①一旦群体的内稿少了，刊物便举步维艰，罗隆基为无米之炊而焦急万分。

不仅政治倾向鲜明的作家群落如此，在1930年代文人气息浓厚的作家群落中，刊物编辑也更多偏向于选用内部稿件。一个生动的事例是沈从文主编《大公报·文艺副刊》时，对于京派作家群落内部成员林徽因的稿子特别青睐，1933年到1937年间，林徽因在《文艺副刊》共发表34篇作品，包括5篇散文、22首诗、3篇评论、4篇小说。虽然林徽因最早发表文章是在徐志摩的《新月》杂志上，但是"文思泉涌、佳作叠出，还是沈从文接编这份副刊的那几年"②。正是因为《大公报·文艺副刊》，林徽因才在读者中逐渐成名，获得很高的荣誉，也由此奠定了她在文坛上的地位。

《论语》作家群落比较开放，但编辑也是更侧重与刊物个性类似口味的稿子，即使是向名家约稿，也是希望得到符合刊物个性的稿件。对于不符合自己刊物个性的稿子，即使是名家的推荐，他们也是拒而不发。鲁迅与林语堂之间矛盾的产生即与约稿有很大的关系。林语堂向鲁迅约稿，就希望鲁迅为《论语》写几首幽默的打油诗。1933年底，鲁迅写信给陶亢德，推荐北方左联王志之的稿子，结果屡次向鲁迅约稿的陶亢德则认为王志之的稿子一般，只留下少许不过千余字。鲁迅又直接写信给林语堂说明情况，虽然是"希于便中掷还所留之三纸为幸"，表面上索还稿件，"但窃

---

① 罗隆基：《罗隆基致徐志摩310520》，见虞坤林编：《志摩的信》，227页，上海，学林出版社，2004。

② 陈学勇：《作为小说家的林徽因》，见《林徽因寻真——林徽因生平创作丛考》，156页，北京，中华书局，2004。

计所留字数，不过千余，稿费自属无几，而不佞则颇有擅卖他人螓首之嫌”①。林语堂还是没有听出画外之音、弦外之意，出于维护刊物风格的考虑，退还了这个稿件。如此不买账，鲁迅心情可想而知，结果两个月后林语堂、陶亢德向鲁迅约稿和照片，鲁迅置之不理，并附信说以后要看《论语》自己购买，不劳寄赠。

如果说文人气息浓厚的作家群落和政治倾向鲜明的作家群落的刊物编辑多采用内稿，那么以商业出版为中心的文学刊物的编辑会怎么做呢？我们可以从以施蛰存《现代》为中心的现代主义作家群落中看出端倪。《现代》的销量达到现代书局期刊发行量历史上的最好成绩，被认为是最为成功的中间性刊物，在《现代》创刊词中，作为主编的施蛰存也旗帜鲜明地表示这是一个“非同人刊物”，不想造成一种文学思潮或流派。在第 1 卷第 6 期《编辑谈座》中又再次声明《现代》要成为的是“中国现代作家的大集合”，而不是一家一派的杂志。“创刊号于三月下旬集稿，仍是同人杂志而目，甚不惬意，幸而张天翼、魏金枝、巴金、瞿秋白诸稿先后寄到……于是此刊同人性大为冲淡，得以新型综合性文学月刊姿态问世。”② 培养多元的作者群的努力可见一斑。但是每个编辑总是喜欢与自己的文学趣味、美学追求更加接近的稿件，当然用稿时的任人唯亲也在所难免。所以尽管《现代》上也发表了一些左联成员、京派成员的稿件，但是用得最多的还是戴望舒、刘呐鸥、穆时英、杜衡、李金发、陈江帆、林庚等人的作品。其中对于戴望舒的推介更是不遗余力，从《现代》的创刊号开始，施蛰存连续 7 期发表戴望舒的诗作，仅在《现代》前 3 卷，就发表了戴望舒 15 首，而这对于戴望舒来说，在同一期刊上发表诗作数量是最多的，如此频繁刊发同一诗人同类风格的诗在《现代》刊物中并不多见。对于新感觉派的小说家，施蛰存也是大力推荐，不但在《现代》发表刘呐鸥、穆时英的小说（穆时英在《现代》上发表了 11 篇小说），还对两人的创作赞不绝口，“（穆时英的《上海的狐步舞》）据我个人的私见看来，就是论技巧，论语法，也已经是一篇很可看看的东西了”。“刘呐鸥先生终于写成了一篇《赤道下》来了。这是从本志创刊的时候就预约着的文章，至今日始能有发排的荣幸。”“我觉得在目下的文艺界中，穆时英君和刘呐

① 鲁迅：《340106 致林语堂》，见《鲁迅全集》，第 13 卷，4～5 页，北京，人民文学出版社，2005。

② 施蛰存：《浮生杂咏·六十三》，见《沙上的脚迹》，214 页，沈阳，辽宁教育出版社，1995。

鸥君的以圆熟的技巧给予人的新鲜的文艺味是很可珍贵的。”①因此“无论他怎样避免造成同一流派，把关人身份给他的权利使他在自己的文艺倾向和传媒形象理想之间拉开了距离。”②

所以1930年代每个刊物都在编辑的选稿中形成自己的个性，一旦个性确立，其他刊物就尽量避免重复。有人劝朱光潜办一个类似《人间世》的刊物，他毫不犹豫地拒绝了，原因是“《人间世》和《宇宙风》里面有许多我爱读的文章，但是我觉得它们已算是尽了它们的使命了，如果再添上一个和它们同性质的刊物，恐怕成功也只是锦上添花，坏就不免画蛇添足了”③。可见，当时这些作家对于刊物的个性了解得非常清楚。而每一个刊物办刊宗旨和导向的确立、编辑人选的确定、编辑的用稿选择都是刊物精心思考的结果，决定了刊物的发展方向和发展活力。不同类型的作家择枝而栖，选择最合适自己的刊物进行投稿，有时甚至投其所好。刘淑玲在谈《大公报》时说：“抗战前的《文艺》由沈从文和萧乾主编。《文艺》对聚集京派作家群，推动三十年代北方文坛的发展和文学力量的壮大，起着不可忽视的作用。”④ 虽然这只是针对《文艺》而言，但其实1930年代文坛的刊物都是如此，每个刊物都为作家群落提供了一个对话交流的公共空间，不同的刊物背后都逐渐聚拢并形成了相对稳定的作家群落，由此刊物成为凝聚作家群落的重要工具。

第三节　褒誉同志壮大声势

与1920年代相比，1930年代作家群落之间界限分明，缺少边缘地域。每个群落的成员都具有极强的群体意识，总是尊崇共同的信仰和价值观念，努力维护群体的利益。其实对于作家群落的每一个成员来说，最关键的地方莫过于成员在群落中要展示一种身份的认同（identification），必须要以自己的行为来表现所属群落的特征，以赢得群落其他成员的认可，这是作家群落群体意识普识性的认识。在1930年代这个思想观念多

---

① 施蛰存：《社中日记》，载《现代》，1932（2—1）。

② 颜湘茹：《〈现代〉传媒形象的变迁——〈现代〉“编辑座谈”等栏目研究》，载《中山大学学报》，2009（4）。

③ 朱光潜：《论小品文》，见《朱光潜全集》，第2卷，426页，合肥，安徽教育出版社，1987。

④ 刘淑玲：《〈大公报〉与中国现代文学》，载《河北学刊》，2004（3）。

元的时代，每个群落成员就更需要以自身的实际行动来表现对群体的认同态度，从群落的内部来说，他们往往采用两种方式：一是群落成员之间互作写书评来表现相互承认和欣赏，反映群落的共同价值信仰或者相近的写作旨趣。二是借助于作品选辑、文艺评奖等方式来维护群落的运作，用集体的手段来达成本群体的利益。通过这两种方式群落褒奖赞誉同志，从而壮大群落的声势。

一、书评创作，互相赞誉

1930 年代的书评创作体现出作家群落鲜明的群体意识，鲁迅曾嘲讽说："每一个文学团体中，大抵总有一套文学的人物。至少，是一个诗人，一个小说家，还有一个尽职于宣传本团体的光荣和功绩的批评家。"①这的确道出了 1930 年代文坛的某些实情，这个阶段每个作家群落都有几个批评家，来承担着群体宣传的重任。同一群落成员之间往往通过书评创作来互相赞誉，表达共同价值信仰或者相近的写作旨趣，从而宣扬和建构所属作家群落的价值观和文学观。

1. 左联作家群落的书评创作

有人曾经描述左联推荐文学新人的过程，"涉及到名人和社团背后的势力因素，一旦和势力沾边，原本力量薄弱的个体便可借势力之助改变自身的位置，拥有势力的社团的作用远远大于个体的单枪匹马的闯荡，借助左联这个团体及名人的势力而推出新兴作家，是一种快捷而易见成效的策略"②。左联对于丁玲的塑造，正是这种策略成功运用的典型。1920 年代丁玲凭借《莎菲女士的日记》一举成名，成为小资产阶级女性作家的代表，而到了 1930 年代，丁玲思想左倾，逐渐转变为一个无产阶级的代表作家，一般认为其转变的标志是短篇小说《水》的发表。丁玲这种身份的转变主要归功于左联作家群落集体的宣传与炒作。对于《水》这部作品，丁玲自己并不是很满意，但左联作家群落却一致给予极高评价，冯雪峰发表了《关于新的小说的诞生——评丁玲的〈水〉》，称赞《水》是无产阶级"新的

---

① 鲁迅：《二心集·我们要批评家》，见《鲁迅全集》，第 4 卷，245 页，北京，人民文学出版社，2005。

② 贺艳：《"时"与"势"的合谋——从周文看左联作家的生产模式》，载《湛江师范学院学报》，2002 (2)。

小说的诞生”的标志，是“我们应当有的新的小说”[①] 的典范。钱杏邨则宣称《水》“是左翼文艺运动一九三一年最优秀的成果”[②]。作为丁玲的从平民女学到上海大学的老师的茅盾，指出《水》发表的重大意义：“虽然只是一个短篇小说，而且在事后又多用了一些观念的描写，可是这篇小说的意义是很重大的。不论在丁玲个人，或文坛全体，这都表示过去的‘革命加恋爱’的公式已经被清算!”并且断言：“在左联的干部中，她是一个重要的而且最有希望的作家!”[③] 鲁迅对丁玲也评价甚高，1933 年在回答朝鲜《东亚日报》记者申彦俊的问题时，他说：“丁玲女士是唯一的无产阶级作家。”[④] 1934 年鲁迅与茅盾共同编选英译本中国短篇小说集《草鞋脚》时，把丁玲的《莎菲女士的日记》和《水》编入其中。左联在发表的《中国左翼作家联盟为丁潘被捕反对国民党白色恐怖宣言》中，更是把丁玲称为“中国特出的女作家，是新革命文艺最优美的代表者”[⑤]。可见左联作家群落正是借助于集体的力量，完成了对丁玲“文坛偶像”的塑造。

文坛并非只有左联作家群落采用这样的策略来推出新人、塑造偶像以吸引公众的注意。吸收新生力量扩充自己的队伍，扩大群体的影响，是 1930 年代作家群落普遍采用的方法，社会剖析派作家群落在形成过程中也采用了类似的做法。

1930 年代初期白色恐怖笼罩上海，限制了社会剖析派作家群落成员相互之间的交往，对此艾芜曾回忆说：“当时虽然都是住在上海的，只以格于环境，会见极不容易，且怕引起茅盾先生的不便。”[⑥] 所以这个群落成员更多采用发表书评的方式，对彼此作品进行赞扬或者批评，以此加强彼此的联系，反映成员间意气相投、同心同德的群体姿态。对于彼此的创作，他们的赞扬是发自内心的，批评也显得非常诚恳，而非无原则的吹捧。

作为文坛的前辈和社会剖析派作家群落的核心，茅盾在这个方面做得非常突出，他为这个作家群落的其他成员写了很多的书评。当沙汀第一个短篇小说集《法律外的航线》出版后，茅盾就马上写了《〈法律外的航线〉》，对沙汀大加揄扬。当艾芜的中篇小说《春天》发表后，茅盾又马

① 冯雪峰：《关于新的小说的诞生——评丁玲的〈水〉》，载《北斗》，1932（2—1）。

② 钱杏邨：《一九三一年文坛之回顾》，载《北斗》，1932（2—1）。

③ 茅盾：《女作家丁玲》，载《文艺月报》，1933（1—2）。

④ 鲁迅：《鲁迅致申彦俊的一封佚信》，载《新文学史料》，1983（3）。

⑤《中国左翼作家联盟为丁潘被捕反对国民党白色恐怖宣言》，载《中国论坛》，1933（2—7）。

⑥ 艾芜：《记我的一段文艺生活》，载《文哨》，1945（1—3）。

上写了《〈春天〉》，对艾芜大加赞赏。虽然从未谋面，但茅盾一开始就对吴组缃的创作非常关心，当最初《卍字金银花》发表时他只是认为“作者的一支笔驱使材料，毫不吃力，自然动人……”①，而一个月后《一千八百担》发表时，他则认为作品“有令人不能不注意的光芒”，作者是“生力军”，“已经证明了他是一位前途无限的大作家”②。他给予了吴组缃很高的评价。1934年7月，茅盾又专门用较长的篇幅论述了吴组缃的创作，一方面认为《樊家铺》“写出了必然的动向”，盛赞“作者技术高明”，同时又认为“在人物的配置这一点上头，我觉得《樊家铺》也有些毛病”③。1934年10月，茅盾又专门写了书评《〈西柳集〉》，详细介绍了吴组缃的创作。

投我以木桃，报之以琼瑶，《子夜》一发表之后，吴组缃就马上写了《评茅盾〈子夜〉》，对茅盾大加赞誉，“茅盾之所以被人重视，最大原故是在他能抓住巨大的题目来反映当时的时代与社会：他能懂得我们这个时代，能懂得我们这个社会”④。同时他也诚挚地指出作品有四个瑕疵。后来他又写了《关于〈霜叶红似二月花〉》，认为茅盾作品“取材方面，具有丰富的时代意义，敏锐的社会科学者的眼光……”⑤，高度评价了茅盾小说的思想意义，同时又指出茅盾作品主题受着抽象概念的限制，几部巨著中的人物不够鲜活真实。对于社会剖析派作家群落的其他成员也是如此，吴组缃在1941年12月应余冠英《国文月刊》约稿介绍抗战以来的优秀作品时，选择的是艾芜和沙汀的四篇小说，认为“在当代的小说作家中，艾芜先生和沙汀先生我个人认为是成功的作者之中出人头地的两位”，说《在其香居茶馆里》“不止在抗战来的文艺中这是一篇超拔的作品，即在全个中国新文艺史上，可以想与伦比的作者亦不多见”，并且强调“实在是我个人诚心悦服的说话”⑥，表现出社落成员强烈的认同感。正是成员之间互相赞赏，才使社会剖析派声名鹊起，成为1930年代文坛产生较大影响的作家群落。

2.《现代》作家群落的书评创作

虽然一再强调《现代》走的是“中间路线”，但施蛰存内心却无法掩

---

① 茅盾：《〈清华周刊〉文艺创作专号》，载《文学》，1934（2—1）。
② 茅盾：《〈文学季刊〉创刊号》，载《文学》，1934（2—2）。
③ 茅盾：《〈文学季刊〉第二期内的创作》，载《文学》，1934（3—1）。
④ 吴组缃：《评茅盾〈子夜〉》，载《文艺月报》，1933（1）。
⑤ 吴组缃：《关于〈霜叶红似二月花〉》，载《时与潮文艺》，1944（3—4）。
⑥ 吴组缃：《介绍短篇小说四篇》，载《国文月刊》，1941（11）。

藏其鲜明的群体意识，这突出表现在他对于以《现代》为中心的现代主义作家群落的创作总是赞不绝口，而且不断鼓励他们进行创作。

尽管1928年发表《雨巷》而一举成名，但戴望舒真正在文坛产生影响还是在1932年，这其中离不开施蛰存的大力推介。施蛰存自己曾做过统计：前三卷《现代》，戴望舒（十五）、艾青（四）、李金发（五）、朱湘（二）、何其芳（二）、郭沫若（二）、臧克家（三）、宋清如（五）、金克木（四）、陈江帆（三）、李心若（四）、林庚（一）、伊湄（二）、钟敬文（一）、欧外欧（一）、侯汝华（二）、施蛰存（九），并且说："我以为，戴望舒的诗，在《现代》初刊的时候，还没有多大影响。"① 1932年11月戴望舒去法国留学后，施蛰存就对他期望很高，多次鼓励他说："你须写点文艺论文，我以为这是必要的，你可以达到徐志摩的地位，但你必须有诗的论文出来，我期待着。""徐志摩而后，你是有希望成为中国大诗人的。"② 1933年在谈到戴望舒在中国文坛的地位时，施蛰存评价说："戴望舒在新月诗风疲敝之际，李金发诗材枯涩之余，从法国初期象征诗人那里得来了很大的影响，写出了他的新鲜的自由诗，在他个人是相当的成功，在中国诗坛是造成了一种新的风格。"③ 在《〈现代创作丛刊〉广告》中介绍《戴望舒〈望舒草〉》时，他又说："戴望舒先生的诗，是近年来新诗坛的尤物。凡读过他的诗的人，都能感到一种特殊的魅惑。"④ 他高度赞扬了戴望舒的诗歌创作。

如果说施蛰存和戴望舒是总角之交，这样的亲近是自然而然的事情，那么他对于穆时英、刘呐鸥等现代派作家的赞誉，则显示了他对群落共同价值观的建构所作的不懈努力。他把穆时英的《公墓》放在创刊号的首篇，并且在《编辑座谈》中这样评价；"尤其穆时英先生，自从他的处女创作集《南北极》出版了之后，对于创作有了更进一层的修养，他将自本刊所刊载的《公墓》为始，在同一个作风下，创造他的永久的文学生命，这是值得为读者报告的。""一个能使一般徒然负着虚名的壳子的'老大作家'羞惭的新作家"，"以为我们可以加以最大希望的作者"⑤。在施蛰存

① 施蛰存：《现代杂忆》，见《施蛰存全集》，第二卷，282页，上海，华东师范大学出版社，2011。

② 施蛰存：《施蛰存致戴望舒民国二十二年二月十七日》，见孔另境编：《现代作家书简》，77～78页，广州，花城出版社，1982。

③ 施蛰存：《我的创作生活之历程》，见《灯下集》，82页，北京，北京开明出版社，1994。

④ 施蛰存：《〈现代创作丛刊〉广告》，见《施蛰存全集》，第四卷，1005页，上海，华东师范大学出版社，2011。

⑤ 施蛰存：《编辑座谈》，载《现代》，1932（1—3）。

撰写的《〈南北极〉广告》中，他说："穆先生不像现在的一般作家，被传统的教养束缚他底笔，逃不出旧的辞藻的圈子，结果变成了新的八股文章，只能成为限于几个知识分子的读物。他，是一个新人，是一个通俗的言语的运用者，他能够运用一枝通俗的笔写出了大众所要说，为大众所了解的话，但他仍然有着自己底特殊的作风，自己底美丽辞藻，自己底热情的描写。他最近一年来所产的数量虽然不少，但每一篇都是成功的作品。"① 除了《公墓》以外，穆时英的其他几篇重要作品都发表在《现代》上，这其中有《偷面包的面包师》《断了胳膊的人》《上海的狐步舞》《夜总会里的五个人》《街景》《烟》《本埠新闻记事栏废稿中的一段故事》《父亲》《玲子》等。不仅如此，施蛰存还在第2卷第1期的《社中日记》中，评价穆时英的《上海的狐步舞》"是他从去年就计划着的一个长篇中的一个断片，所以是没有故事的。但是，据我个人的私见看来，就是论技巧，论章法，也已经是一篇很可看看的东西了"。他还认为："我觉得在目下的文艺界中，穆时英君和刘呐鸥君的以圆熟的技巧给予人的新鲜的文艺味是很可珍贵的。"②在《一人一书（下）》中，施蛰存借助于与友对话的方式对1930年代文坛的作家逐个进行了评价，尽管这个阶段他与穆时英已经很少来往，但他还是认为穆时英是"一颗彗星"，"他和张天翼两人，可以说是同时起来的两个能表现新技巧的作家……两人的造句修辞都以轻灵流利见长，两人的小说都没有结构谨严曲折的故事。但在他们两人初起来时，读者都为他们的小说所风魔了。这就可证明他们的小说在技巧及风格上的成功"。他高度肯定了穆时英的创作。他还认为穆时英善于借鉴学习，"他写小说，正如蚕吃着桑叶，东一叶、西一叶地吃进去，而吐出来的却不再是桑叶，而是纯丝了"③，极力为穆时英抄袭事件辩解。除了自己写书评外，施蛰存还组织傅东华、杜衡、钱杏邨等人在《现代》杂志上对穆时英《南北极》的修订本进行专门的"酷评"。也正是这种热情和偏爱，才使得戴望舒、穆时英、刘呐鸥等人声誉日隆，这个群落的影响才逐渐扩大，从而成为1930年代文坛上最为重要的作家群落之一。

除了施蛰存外，《现代》作家群落成员之间也互相作文鼓励宣传。比

① 施蛰存：《〈南北极〉广告》，载《现代》，1934（4—4）。

② 施蛰存：《社中日记》，载《现代》，1932（2—1）。

③ 施蛰存：《一人一书（下）》，见《施蛰存全集》，第四卷，1048页，上海，华东师范大学出版社，2011。

如杜衡的《关于穆时英的创作》，“时英的作品，我个人是从头就每一篇都看到的，而且往往每读一篇都能得到一次更新鲜，更愉快的印象”，“他的确替中国的新文艺创造了一种独特的形式。在文学大众化的问题被热烈地提出之前，时英是已经巧妙地运用着纯熟的口语来造出了一种新形式的，而不是旧形式的作品。只就文字一方面而言，像这样的作品是比不论多少关于大众化的‘空谈’重要得多的”[1]，高度肯定了穆时英小说形式方面的创新。戴望舒的《望舒草》出版时，杜衡为之撰写了序言，他通过与早期晦涩难懂的象征主义诗歌相比较，指出戴望舒诗歌的特点之一就是“很少架空的感情，铺张而不虚伪，华美而有法度，倒的确走的诗歌底正路”。“从这首诗（《我的记忆》——编者注）起，望舒可说是在无数的歧途中间找到了一条浩浩荡荡的大路，而且这样地完成了‘为自己制最合自己的脚的鞋子’的工作。”[2] 而当杜衡被左翼批判为“第三种人”时，戴望舒虽没有专门作文，但他在《法国通信（关于文艺界的反法西斯谛运动）》一文结束时说：“正如我们的军阀一样，我们的文艺者也是勇于内战的。在法国的革命作家们和纪德携手的时候，我们的左翼作家想必还是在把所谓‘第三种人’当作唯一的敌手吧！”[3] 借助法国文艺界团结纪德来旁敲侧击，以此声援杜衡。

3. 京派的书评创作

尽管沈从文对书评比较反感，认为书评是上海文坛互相吹捧的一种手段，但他在《大公报·文艺副刊》的继任者萧乾却对书评兴趣浓厚。萧乾大学毕业论文就是《书评研究》，他在编辑《大公报·文艺副刊》时又专门开辟了“书评”专栏，并且把这个专栏办得红红火火，对推介京派作家、扩大京派作家群落的影响起到了很大促进作用。

京派作家群落中的著名批评家李健吾是“书评”专栏的常客，1936 年他把自己发表在“书评”专栏上的文章结集题为《咀华集》出版。《咀华集》一共 11 篇文章，其中 8 篇评价的是京派作家的作品，分别评价了林徽因的《九十九度中》、沈从文的《边城》、萧乾的《篱下集》、曹禺的《雷雨》、蹇先艾的《城下集》、卞之琳的《鱼目集》、李广田的《画廊集》和何其芳的《画梦录》。在这些书评创作中，李健吾以饱满的热情对京派群落作

---

[1] 杜衡：《关于穆时英的创作》，载《现代出版界》，1933（9）。

[2] 杜衡：《望舒草·序》，见戴望舒《望舒草》，6～7 页，上海，现代书局，1933。

[3] 戴望舒：《法国通信（关于文艺界的反法西斯谛运动）》，载《现代》，1933（3—2）。

家予以了高度的评价，比如在评价林徽因的《九十九度中》时，他称赞作品“最富有现代性”，表现了“一个女性的细密而蕴藉的情感”，“达到一个甚高的造诣”①。在评价沈从文的《边城》时，他认为沈从文是“一个渐渐走向自觉地艺术的小说家”，“他知道怎样调理他需要的分量。他能把丑恶的材料提炼成功一篇无瑕的玉石。他有美的感觉，可以从乱石堆发见可能的美丽。这也就是为什么，他的小说具有一种特殊的空气，现今中国任何作家所缺乏的一种舒适的呼吸”②。而对于京派的萧乾、卞之琳、李广田和何其芳这些年轻的作家，他更是大加赞赏，比如评价萧乾的《篱下集》，“看过《篱下集》，虽说这是他第一部和世人见面的创作，我们会以十足的喜悦，发见他带有一颗艺术自觉心，处处用他的聪明，追求每篇各自的完美”。“他的文笔充满了希望。”③ 评论何其芳时，他把何其芳的散文和废名的散文进行了比较，“我们得佩服他的聪明。他避免抽象的牢骚，也绝少把悲哀直接裸露。他用比喻见出他的才分，他用技巧或者看法烘焙一种奇异的情调，和故事进行同样自然，而这种情调，不浅不俗，恰巧完成悲哀的感觉”④。这些热情的评价与褒奖，不仅激发了京派年轻作家的创作激情，而且进一步扩大了京派作家群落的文坛影响。所以“李健吾的这种对‘京派’作品评论的重点，使他仿佛成了‘京派’文学成就的‘宣扬者’。或者说是‘发言人’，及时地向‘京派’之外的文坛报道了‘京派’的文学成就，并及时向文坛推荐‘京派’年轻一代作家，在当时具有特殊意义”⑤。

与李健吾热衷于评价京派作家稍有不同，京派的另一位批评家常风写作书评的范围更广，然而他对于京派的喜爱和对于海派的厌弃则表现得更是一览无余，思想审美的倾向性更明显，反映出群落成员维护群落的坚定性。在评价朱自清《欧游杂记》时，他赞誉了朱自清的自谦和“试验”，“假如我们的文学都能和朱先生一样，注意一下这种‘雕虫小技’，不要存心不屑做这种出力不讨好的傻事，想凭那一星星天才去驾驭文字，那末，我们到现在还会缺乏一部可以读得的书？”⑥ 在谈到萧乾《书评研究》时，

① 李健吾：《九十九度中——林徽因女士作》，见《咀华集》，66～67页，广州，花城出版社，1984。

② 李健吾：《边城——沈从文先生作》，见《咀华集》，54～56页，广州，花城出版社，1984。

③ 李健吾：《篱下集——萧乾先生作》，见《咀华集》，84～85页，广州，花城出版社，1984。

④ 李健吾：《画梦录——何其芳先生作》，见《咀华集》，155页，广州，花城出版社，1984。

⑤ 高恒文：《〈大公报〉文艺副刊在“京派”发展史上的意义》，载《文艺理论研究》，1998（2）。

⑥ 常风：《朱自清〈欧游杂记〉》，见《逝水集》，129页，沈阳，辽宁教育出版社，1995。

他称赞说："这书的装璜很不美，但是丑的外表掩没不了真的价值。"① 对于与京派走得很近的老舍，他也是赞不绝口，"作者已经获得成功的技巧，以它来阐明、解释某种现象，得心应手，篇篇作品都不容妄加一点意见，这部新作似乎更显得晶纯"②。但是与之形成鲜明对比的是他对海派一些作家的评论，这时的常风就不再显得那么客气，有时言辞近乎尖刻。左联作家群落年轻作家周文，是1930年代文坛比较突出的"文坛新人"，被鲁迅誉为"十个最优秀的"③ 左翼作家之一，但在常风的眼中却很一般，"(《烟苗季》——编者注）这小说从开始到结尾缺乏重心，全书的故事从开始逐渐展开，到了结尾完全展开了，然而即在这时戛然而止，一部十四万字的长篇创作落根儿没有了着落……作者一向是写短篇小说的，他是近二三年来一位值得注意的新作家。他在后记中说他没有把握写长篇，这确是诚实的自白。这部书就完全暴露了作者缺乏处理题材和组织故事的能力"④。在评价《现代》作家群落杜衡的小说《漩涡里外》时，常风则是说："这书中的人物似乎除了徐子修一人之外全少活气，樊振民除了说话之外就在我们面前消逝了，他不是生活在这小说里的。在结尾，樊振民看见衰老的徐子修感到惭愧，感到自己的强弱和渺小，很令我们茫然于这部小说的主旨"⑤，认为小说主题不明确，人物也不够生动。而左联作家群落中阿英的《春风秋雨》在常风看来："总括说一句：作者在剧中未曾十分注意到人物性格应如何表现"⑥，归根到底不是一部成功的作品。甚至对左联作家群落一向引以为豪的旗帜性的大作家茅盾，常风也认为相当一般。对于瞿秋白等左翼文化界高度评价的《子夜》，常风却认为"这部《子夜》是一个失败，一个大失败……读完这部《泡沫》我们不禁如此想：假若将这集子和近二年来任何新进作家的作品放在一处做一番比较——为了获得公乎不偏颇的评断，我们不妨去掉作者的姓名——是不是后者比较坚实有力，有生命，不夸张，不苟且，态度忠诚？这是一个可喜然而又可悲的现象"⑦。在常风看来，茅盾的大名与实际相差太远，徒负虚名。至于左兵小说《天下太平》"以十四五万字写那样一个时代不能算不经济。

① 常风：《萧乾〈书评研究〉》，见《逝水集》，133页，沈阳，辽宁教育出版社，1995。
② 常风：《老舍〈樱海集〉》，见《逝水集》，119页，沈阳，辽宁教育出版社，1995。
③ 鲁迅：《活的中国附录·鲁迅对斯诺的谈话》，载《新文学史料》，1978（1）。
④ 常风：《周文〈烟苗季〉》，见《逝水集》，164页，沈阳，辽宁教育出版社，1995。
⑤ 常风：《杜衡〈漩涡里外〉》，见《逝水集》，168页，沈阳，辽宁教育出版社，1995。
⑥ 常风：《阿英〈春风秋雨〉》，见《逝水集》，171页，沈阳，辽宁教育出版社，1995。
⑦ 常风：《茅盾〈泡沫〉》，见《逝水集》，152～153页，沈阳，辽宁教育出版社，1995。

不过，那十四五万字要有效果。所以在作者认为很经济了，我们从另一方面看来却已经很不经济。十四五万字几乎‘只留下个概念’”①。常风认为这样的一部作品居然获得良友图书公司的“文学奖金”，实在是非常可笑的。在评价张天翼的《反攻》时，常风更是借题发挥，标榜北方文坛的安静，嘲讽海派的喧嚣，“近年来北方文坛比较的消沉，南方文坛却有相当的昌旺。许多有名而热闹的争辩都发生于南方，北方的作家简直不曾过问。有些与文坛消息相辅而行文坛相骂的文章，在北方的人有时就看不懂。讲到‘幽默’文学小品文，那更是南方人正应景儿的玩艺儿”②。总之，在常风的书评中，京派作家群落的创作优点比比皆是，而左联作家群落一无是处，乏善可陈。

对于群落内部的某个作家，京派作家群落还会集体作一些重点的推介，比如他们就写了很多书评评价废名的小说，从不同的角度对废名大加赞誉。作为废名的老师，周作人对这个学生的好评自不待言。沈从文在他的作品中也多次评论了废名的创作，在《论冯文炳》一文中，他说：“作者所显示的神奇，是静中的动，与平凡的人性的美……作者是‘最能用文字记述言语’的一个人，同一时是无可与比肩并行的。”③ 在《从冰心到废名》一文中，他心悦诚服地说：“不黏不滞，不凝于物，不为自己所表现的‘事’或表现工具‘字’所束缚限制，谓为新的散文一种新格式。《竹林故事》、《桥》、《枣》，有些短短篇章，写得实在很好。”④ 虽然李健吾没有写过专门评价废名的文章，但是他在多篇文章中提到废名，并予以了很高的评价。在《咀华集》中评论《边城》时他就把沈从文与废名进行了比较，认为“废名先生仿佛一个修士，一切是内向的；他追求一种超脱的意境，意境的本身，一种交织在文字上的思维者的美化的境界，而不是美丽自身”⑤。在评论何其芳的《画梦录》时，他则用很多的篇幅议论废名的创作，尤其对《竹林的故事》赞不绝口，“《竹林的故事》的问世，虽说已经十有一载，然而即使今日披阅，我们依旧感到它描绘的简洁，情趣

① 常风：《左兵〈天下太平〉》，见《逝水集》，173页，沈阳，辽宁教育出版社，1995。

② 常风：《张天翼〈反攻〉》，见《逝水集》，122页，沈阳，辽宁教育出版社，1995。

③ 沈从文：《沫沫集·论冯文炳》，见《沈从文全集》，第16卷，146～147页，太原，北岳文艺出版社，2002。

④ 沈从文：《沫沫集续编·从冰心到废名》，见《沈从文全集》，第16卷，285页，太原，北岳文艺出版社，2002。

⑤ 李健吾：《边城——沈从文先生作》，见《咀华集》，55页，广州，花城出版社，1984。

的雅致，和它文笔的精练”①。京派的理论代表朱光潜也从东西方比较文学的角度，对于废名的《桥》进行了分析，其论述更为深入。他说废名："渲染了自然风景，同时也就烘托出人物的心静……《桥》里充满的是诗境，是画境，是禅趣。""全书是一种风景画簿，翻开一页又一页。"更吸引人的是作品的理趣，"'理趣'没有使《桥》倾颓，因为它幸好没有成为'理障'。它没有成为'理障'，因为它融化在美妙的意象与高华简炼的文字里面"②。对废名如此赞美，足以说明他们在文学思想倾向和审美趣味上都是相互认同或相当接近的。

所以书评的创作增强了作家群落成员之间的互相沟通，促进了互相之间的友谊，从而加强了作家群落的凝聚力。

二、选辑评奖，促进凝聚

1930年代作家群落有的还借助自己的出版机构来出版选辑和丛书，巩固其成果、广布其影响。

在选辑评奖以促进凝聚方面做得最周全的还是要算京派，其中一件大事就是林徽因编辑出版《大公报文艺丛刊小说选》。1936年《大公报》创刊十周年，萧乾策划编一本在《文艺副刊》上已刊的小说的选集，邀请林徽因来做主编，"只有徽因最适当，因为从副刊创办那天起，她就每一期都逐篇看，看得认真仔细"。林徽因慨然答应，很快完成了编选工作，并撰写《〈大公报文艺丛刊小说选〉题记》。入选的作品一共有30篇，具体作者如下：沈从文、杨振声、李健吾、凌叔华、萧乾、林徽因、徐转蓬、李辉英、蹇先艾、威深、程万孚、杨宝琴、宋翰迟、刘祖春、隽闻、季康、老舍、芦焚、叔文、祖文、前羽、李同愈、张天翼、沙汀。这其中沈从文一人的作品用了4篇，萧乾的作品用了3篇，林徽因用了2篇，其他每人1篇。沈从文、杨振声、李健吾、凌叔华、萧乾、林徽因显然是京派作家群落的骨干，说老舍是京派作家群落的外围成员也不算过分，左联作家群落成员中只用了张天翼、沙汀两人的作品，而当时两人作品的左翼色彩也不是那么明显。那么李同愈等这批当时名不见经传的入选者到底是怎么样的身份呢？在此有必要一一作一个简单介绍：

---

① 李健吾：《画梦录——何其芳先生作》，见《咀华集》，152页，广州，花城出版社，1984。

② 朱光潜：《〈桥〉》，见《朱光潜全集》，第八卷，553页，合肥，安徽教育出版社，1987。

李同愈（？—1943），江苏常熟人，1930年代崭露头角的新作家，1931年沈从文提到过他的名字，“高植，谢冰季，王坟（即朱雯——编者注），李同愈……莫不以最诚实的几乎也是严肃的态度，使整个的生命放在创作上……使文学由幼稚，成长，到完全，我看不出还有其他的路可走”（《连萃创作一集序》）。1934年沈从文又在《论冯文炳》一文中提到李同愈，他说：“在冯文炳作风上，具同一趋向，曾有所写作，年青作者中，有王坟，李同愈，李明枝、李连萃（即李辉英——编者注）四君。惟王坟有一集子……其他三人，虽未甚知名，将来成就，似较前者为优。”由此可推测李同愈与沈从文亦有交往。而1935年李同愈在《新中华》第3卷第7期发表《沈从文的短篇小说》，对沈从文的小说表达了喜爱之情，“那种独特的可爱的风格，是不容许人学到的。也许那一种风格写不了伟大的东西”，“许多学习写作的年轻人也不知不觉地模仿起他的调子来，我就是其中的一个”。“无论如何，沈从文的短篇小说到底引诱了许许多多年青的读者，照亮了通到文学之园的途径。至少我就是其中的一个。”由此可见，李同愈与京派渊源很深，也可算是京派扶植出来的年轻作家。①

刘祖春（1914—2001），湖南凤凰人，沈从文的湘西同乡，1934年由沈从文资助从湖南来北京求学，并受沈从文的影响，走上了文学之路，两年之间即创作了反映湘西的小说《荤烟划子》《佃户》《守哨》等，表现了湘西生活的图画，因此杨双奇说“京派作家中有个刘祖春”②，视其为京派作家群落成员。从1934年到1937年这几年间，刘祖春一直是沈家的座上客，一度与沈从文妹妹九妹互相萌生了爱意。1938年赴延安，后主要从事共产党的宣传工作。

李辉英（1911—1991），吉林永吉人。1927年夏到上海，考入上海私立立达学园高中部。1929年进入上海中国公学中文系，在此期间成为沈从文的学生，在沈从文等人的影响下，大量阅读国内外文学名著，开始了翻译和创作，和同学创办文学刊物，为日后从事文学创作打下了坚实基础。这在胡适于1934年2月14日的一篇日记中得到了反映：“偶检北归路上所记纸片，有中公学生丘良任谈的中公学生近年常作文艺的人，有甘祠森（署名永柏，或雨纹），有何家槐、何德明、李辉英、何嘉、钟灵（番草）、孙佳汛、刘宇等。此风气皆是陆侃如、冯沅君、沈从文、白薇诸

① 参见赵曰茂：《〈忘情草〉的作者李同愈》，载《新文学史料》，2010（4）。

② 杨双奇：《论刘祖春的早期小说创作》，载《吉首大学学报》，1993（6）。

人所开。”这清楚地说明了沈与李之间的师生关系。沈从文一度对他赞赏有加，在《谈谈上海的刊物》中曾这样说：“（纯文学刊物——编者注）这种刊物目前在希望中生长的，有一个《创作》，熏风出版部出版，编辑人李辉英。”1932 年李辉英加入左联，转变为左联作家。著有短篇小说《最后一课》《这一学期》，长篇小说《万宝山》《松花江上》等。

程万孚（1904—1968），安徽绩溪人。1920 年代到北京求学，后考入北大中文系。沈从文和胡也频、丁玲编辑《人间》《红黑》杂志时，程万孚在人间书店当小伙计。他与他的弟弟程朱溪与沈从文书信交往频繁，可见友谊之深厚。1928 年 8 月 7 日，程万孚致程朱溪信中说：“从文已到沪，我约日往见他。”17 日信“从文昨日来看我，未遇。我今日当去看他”。同年 12 月 17 日信又说：“从文可怜，生活干枯，加之生性不同，更苦。他说已找人为你画《天鹅集》封面。”1929 年 8 月 20 日，程万孚致程朱溪信云：“从文说的话，是他多年来自身体验之谈，昨日我与他长谈，聊了六点钟之久，受益不少。他说他有信给你。生活的担子，简直把温文笃实的他压死了。从文之母同哥哥都返湖南去了，妹妹同他一起住着，一个月内同去青岛，非去不可的”。作六小时的长谈，而且聊的是家事，可见两人关系的密切。[①] 1931 年赴法国留学，1933 年回国之后逐渐离开文学创作的道路。

季康（1911—2016），杨绛的笔名，江苏无锡人。1935 年夏，杨绛把小说《路路》作为“习作”交给了朱自清，朱自清将稿子推荐给了沈从文，8 月 25 日《路路》发表在《大公报·文艺副刊》第 166 期。

隽闻（1909—1984），作家王林的笔名，河北衡水人。1931 年在青岛大学外文系读书期间，旁听了沈从文小说习作课。1932 年 12 月 1 日，在《现代》杂志第 2 卷第 2 期上发表处女作短篇小说《岁暮》，署名儁闻，得到沈从文的鼓励。1934 年春到北平，开始进行小说创作，并以隽闻为笔名相继发表短篇小说《这年头》《小粮贩陈二黑》《贾斯文》《怀臣的胡琴》《二瘾士》等。沈从文非常赏识他，其作品多发表于沈从文主编的《大公报·文艺副刊》及《国闻周报》文艺栏。1935 年 2 月 18 日，沈从文还专门为其长篇小说《幽僻的陈庄》撰写“题记”，发表于 1935 年 3 月的《水星》第 1 卷第 6 期。

徐转蓬（？—1966），浙江金华人。1930 年代崛起的青年作家，韩侍

---

① 参见胡其伟：《三十年代前后沈从文与程万孚程朱溪兄弟书信钩沉》，载《新文学史料》，2000（1）。

析检阅1933年的文坛时，曾经在《现代》第4卷第4期发表《文坛上的新人》一文，把徐转蓬和艾芜、沙汀、何家槐、臧克家、黑婴视为当年的文坛新人。徐转蓬在上海光华大学读书期间，把稿子寄给沈从文，其中有些稿子还是经过沈从文仔细修改过，然后再发表的。1934年中国文坛围绕何家槐和徐转蓬著作归属权问题展开的一场纷争，史称“徐何创作之争”。

通过以上这些介绍，这些年轻的作家与京派之间的关系一目了然。他们都围绕在京派周围，往往都或多或少和京派有着渊源，与京派作家群落成员之间多为师友关系（其中很多与沈从文保持着交往），因此这个选辑的群体意识昭然若揭。

此外，京派发起的《大公报》文学奖评选活动也是一次典型的作家群落行为。1936年9月萧乾组织了《大公报》文学奖评选活动，这次评奖虽然面向全国，但是首先在评委的选择上就体现了文学群落的特征，十个评委分别为：杨振声、朱自清、朱光潜、叶圣陶、巴金、靳以、李健吾、沈从文、林徽因、凌叔华，其中杨振声、朱自清、朱光潜、李健吾、沈从文、林徽因、凌叔华都是京派作家群落成员，而叶圣陶、巴金、靳以则是与京派关系密切的、支持京派文学主张的作家。可见此次文学奖评选活动的权力完全掌握在京派文人手上。

再从评奖过程来看，何其芳的《画梦录》获得了散文奖，曹禺的《日出》获得了戏剧奖，芦焚（师陀）的《谷》获得小说奖。尽管我们并不否认三部获奖作品本身所具有的深刻的思想和高度的艺术成就，但评奖背后存在着复杂的人情因素，最为关键的还是这三个人当时都是京派作家群落的成员。最重要的小说奖评比则一波三折，最初考虑的是左翼作家萧军的《八月的乡村》，但最后还是给了当时京派王长简（芦焚，即师陀）的《谷》。在戏剧奖的评比方面，曹禺的获奖也许更可以看出背后的人情因素，比较明显地反映了京派作家群落在维护群落凝聚力方面的努力。曹禺的获奖首先得到当时评委杨振声的关照，在1937年2月20日胡适的日记中有这样的记载：“读曹禺（万家宝的笔名）的《雷雨》、《日出》，杨今甫赠此二书，今夜读了，觉得《日出》很好，《雷雨》实不成个东西。《雷雨》的自序的态度很不好。”① 可见杨振声评奖前已向胡适推荐过曹禺，

① 胡适：《胡适日记全编1937年2月20日》，651页，合肥，安徽教育出版社，2001。

所以张耀杰也认为曹禺的获奖“与文艺奖裁判委员会最为资深的领衔人杨振声的极力推荐，是分不开的”①。此外，曹禺还和沈从文、巴金、李健吾、靳以有着交往，尤其和这次活动的策划者、时任《大公报·文艺副刊》编辑的萧乾关系密切。曹禺与萧乾的交往始于1935年，萧乾在《大公报》副刊《艺术周刊》上推出《〈财狂〉公演特刊》，赞扬了张彭春与曹禺改编的剧本和曹禺的成功表演。1936年初萧乾又在《大公报》发表了曹禺的《我如何写〈雷雨〉》一文。1936年底和1937年元旦，萧乾相继在《大公报》上，以整版的篇幅对《日出》进行了一次“立体化”的“集体批评”，紧接着《大公报》又以整版篇幅发表了曹禺的“自剖”文章《我怎样写〈日出〉》，这种前所未有的大规模的造势运动无疑为曹禺的获奖奠定了坚实的基础。

所以无论是从评委会成员的构成还是从评奖的过程来看，《大公报》文学奖评选活动虽然名义上是全国性的评奖，但实质上是京派作家群落的一次活动，展示了京派创作的实力，反映了京派在当时文坛上的强大的文化话语权。因此吴福辉先生认为：“《大公报》文艺奖金实际上是‘京派’的一种文学奖……主要的便是青年京派作家的力作，流派的特点再鲜明不过。”② 而王荣在《〈大公报〉文艺奖金及其他》一文中则直接说：“当年大公报馆举办的这项评奖活动，或者说‘大公报文艺奖金’就等于或是所谓的‘京派文学奖’。”③

新月派作家群落也借助自己的出版机构来出版选辑和丛书，加强群落的凝聚。他们利用新月书店出版了多种著作，“据不完全统计，在新月书店出书最多的是徐志摩（8种，合著2种），次之是梁实秋7种、潘光旦6种、胡适（5种，合著2种）、沈从文4种、陈西滢2种”④。除了个人的著作外，他们还出版了丛书7种，包括中国戏剧社丛书之一（《国剧运动》《卞昆冈》）、现代文艺丛书6种（《志摩的诗》《花之寺》《西滢闲话》等），以此扩大新月派的影响。为了招揽读者，促进销售，书店往往不惜一切手段，甚至运用论争热点来进行自我炒作，大做书籍的广告，最典型的是《新月》月刊刊登的《西滢闲话》的广告，“鲁迅先生（语丝派首领）

---

① 张耀杰：《从师生到情敌——曹禺与杨振声的故事》，载《南方周末》，2011-08-19。

② 吴福辉：《〈京派小说选〉前言》，见《京派小说选》，3页，北京，人民文学出版社，1990。

③ 王荣：《〈大公报〉文艺奖金及其他》，载《中国现代文学研究丛刊》，2005（4）。

④ 刘群：《饭局·书局·时局——新月社研究》，239页，武汉，武汉出版社，2011。

所仗的大义，他的战略，读过《华盖集》的人，想必已经认识了。但是现代派的义旗，和它的主将——西滢先生的战略，我们还没有明了”，“西滢是谁是不成问题的。闲话是什么文章，现在印在这本书里了。为什么人人要看——是的，为什么人人要看呢?《西滢闲话》印出来卖给要看它的人”(《新月》第 1 卷第 2 号广告)，设置悬念，利用对手鲁迅的名人效应来扩大自己的影响，这样的广告可谓处心积虑，很有创意。

至于左联，在这方面的主要行动就是 1934 年鲁迅与茅盾共同编选英译本中国短篇小说集《草鞋脚》。为了向国外介绍中国左翼作家的新作品，进一步开拓左翼文艺运动，扩大左联的影响，应《中国论坛》的编辑伊罗生的请求，鲁迅和茅盾选编了一本小说集。在这本小说集中，推荐的作家和开列的拟选人的作家名单共有 24 人，其中大概除了冰心和巴金，其他都是左联作家。鲁迅、茅盾在 7 月 14 日信中说：“由一九三〇至今的左翼文学作品，我们也以为应该多介绍些新进作家：如何谷天的《雪地》及沙汀，草明女士，欧阳山，张天翼诸人的作品，我们希望仍旧保留原议”①，努力向伊罗生推荐左翼年轻作家。此外，被看成是《草鞋脚》姊妹篇的《活的中国》虽然是由美国人斯诺编写的，但在选文方面斯诺曾为此书多次请教鲁迅先生，并得到鲁迅的热情支持。鲁迅在向斯诺推荐时这样说：“当前我们最好的作家几乎毫无例外都是左翼的，因为只有他们所写的内容才具有充分的生命力，足以引起知识界认真的注视。最优秀的左翼作家有茅盾、丁玲女士、沙汀、柔石、郭沫若、张天翼、田军、叶紫、艾芜和周文。”② 而在选文时斯诺也是完全听从了鲁迅的建议，茅盾、田军和丁玲各选了两篇，其余柔石、郭沫若、巴金、沈从文、孙席珍、郁达夫、张天翼和沙汀等各选了一篇作品，因此《活的中国》的选文也体现出浓厚的左联作家群落的群体色彩。

第四节　排斥异己维护群落

美国社会学家查尔斯·赖特·米尔斯（C. Wright Mills）认为，否定

① 茅盾：《19340714 致伊罗生》，见《茅盾书信集》，94 页，北京，文化艺术出版社，1988。

② 转引自尼姆·威尔士：《〈活的中国〉附录——现代中国文学运动》，载《新文学史料》，1978（1）。

或者抗拒另一群体的利益是群体意识的形成和存在需要具备的条件之一，这种情况在1930年代作家群落的冲突中表现得尤为明显。在给杨南生的一封信中，沈从文说："派别不同，则互相轻视；同流合污，则人皆天才。"① 因为曾经受到过文学研究会的挤压，所以郭沫若对于社团之争感悟颇深，他也曾深有感触地说："一种团体便是一种暴力，依恃人多势众可以无怪不作。"② 在《海外归鸿》中他又说："是自家人的做译品，或出版物，总是极力捧场，简直视文艺批评为广告用具；团体外的作品或与他们偏颇的先入之见不相契合的作品，便一概加以冷遇而不理。"③ 作家群落往往具有强大的对外功能，大的作家群落可能以"势"压制和排挤小的作家群落，而小的作家群落不甘心被压制的地位，奋起反击。所以一旦与其他作家群落产生冲突时，群落内部总是团结一心，一致对外，互相声援，努力维持群落的整体形象。

在左联与"自由人""第三种人"的论争中，这种作家群落的党同伐异、内部互相声援表现得较为突出。鲁迅在致萧三的信中说："今天寄出杂志及书籍共二包，《现代》和《文学》，都是各派都收的刊物，其中森堡、端先、沙汀、金丁、天翼、起应、伯奇、何谷天、白薇、东方未明（茅盾）、彭家煌，是我们这边的。但因为压迫，这刊物此后还要白化，也许我们不能投稿了。"④ 其中明确说明哪些人"是我们这边的"，表现出强烈的群落帮派意识。⑤ 这次论争中，左联作家群落同仇敌忾，齐心协力，猛烈地对"第三种人"进行了批判，这在文学史上已经有过相当多的表述，在此不再赘言。"第三种人"与左联的论争，本质上是自由主义文学作家群落反抗左倾话语霸权的一次斗争，其背后参与者主要是以施蛰存《现代》为中心的现代主义作家群落。虽然"第三种人"势单力薄，但在论争中我们仍然可以看到他们在为维护群落内部成员利益时所作的种种努力。

这次论争源于苏汶（杜衡的笔名）看到胡秋原在《文化评论》上发表的几篇文章后，深有同感，于是发表了《关于〈文新〉与胡秋原的文艺论

---

① 转引自吴世勇：《沈从文年谱》，94页，天津，天津人民出版社，2006。

② 郭沫若：《编辑余谈》，载《创造季刊》，1922（1—2）。

③ 郭沫若：《海外归鸿》，载《创造季刊》，1922（1—1）。

④ 鲁迅：《331124致萧三》，见《鲁迅全集》，第12卷，503页，北京，人民文学出版社，2005。

⑤ 参见黄德志：《论20世纪30年代京派与海派作家的话语立场》，载《文艺争鸣》，2002（4）。

辩》，在对胡秋原观点表示认同的同时对左翼运动的话语“霸气”提出批评。左翼作家群起而攻之，鲁迅、周起应、何丹仁（冯雪峰）、易嘉（瞿秋白）纷纷撰文批判苏汶。论争是由杜衡一人引发的，但在论争中左联作家群落的胡风直接把施蛰存、沈从文、穆时英、杜衡、巴金、郁达夫都归到“第三种人”的范围。① 作为《现代》的主编，为了维护《现代》的中间立场，施蛰存一直避免论争，甚至对引发论争的杜衡也是心怀不满，所以当左翼把他当“第三种人”批判的时候，他极力否认自己是“第三种人”。但是作为同一个作家群落的成员，更何况他和杜衡是“总角之交”，从璎珞社、文学工场、水沫社到《现代》，如影随形（赵景深把施蛰存、戴望舒、杜衡喻为“文坛三剑客”），所以在多篇文章中施蛰存还是表达了他对杜衡的支持。他认为苏汶的《论文学上的干涉主义》：“这篇文章，也很有精到的意见，和爽朗的态度……”②并且说自己“对于文艺的见解是完全与苏汶先生没有什么原则上的歧异的”。“凡是进步的作家，不必与政治有直接的关系。”③ 字里行间表达了对杜衡的理解与同情。作为《现代》作家群落的重要成员，戴望舒虽然当时不在国内，但仍然在题为《法国通信（关于文艺界的反法西斯谛运动）》一文中说：“正如我们的军阀一样，我们的文艺者也是勇于内战的。在法国的革命作家们和纪德携手的时候，我们的左翼作家想必还是在把所谓‘第三种人’当作唯一的敌手吧!”④以纪德是法国文坛的“第三种人”但未受到法国革命作家的批判为例，对国内的左翼作家进行了辛辣的讥讽，为杜衡助阵（当然，戴望舒1932年《现代》第2卷第1期发表了新诗《灯》后，瞿秋白马上做了一首打油诗《“向光明”》，大肆讽刺挖苦戴望舒；而同一群落的杜衡则在《望舒草序》中称赞戴望舒为“萧索时期的优秀人物”）。受到批判的穆时英则反击说：“我是比较爽直坦白的人，我没有一句不可对大众说的话，我不愿像现在许多人那么地把自己的真面目用保护色装饰起来. 过着虚伪的日子，喊着虚伪的口号，一方面却利用着群众心理，政治策略，自我宣传那类东西来维持过去的地位，或是抬高自己的身价”⑤，以此抨击左联虚伪的宣传。

① 参见谷非（胡风）：《粉饰，歪曲，铁一般的事实——用〈现代〉第1卷的创作做例子，评第三种人论争中的中心问题之一》，载《文学月报》，1932（5、6）。

② 施蛰存：《社中日记》，载《现代》，1932（2—1）。

③ 施蛰存：《社中日记》，载《现代》，1933（2—5）。

④ 戴望舒：《法国通信（关于文艺界的反法西斯谛运动）》，载《现代》，1933（3—2）。

⑤ 穆时英：《公墓·自序》，见《穆时英小说全编》，613页，上海，学林出版社，1997。

而在《现代》作家群落的内部，成员总是密切地关注外部环境，一有风吹草动即互通有无，比如胡秋原看到左联谩骂《现代》的文章，马上就写信告诉施蛰存和杜衡："前些时才看见一本旧《文学》，上有骂现代版《年鉴》的文章，近来才知道'批评'的问题很热闹。《文学》的架子诚然很大，现在又开了支店——季刊……"①

《现代》作家群落成员之间的互相声援，显示了作家群落的强大的凝聚力。也正是如此，一直到了1939年，《文艺新闻》上发表了一篇《第三种人的近况》，其中开列的"第三种人"的名单是：施蛰存、戴望舒、穆时英、杜衡、叶灵凤，并回忆当时参加论争"出面的主将是苏汶，暗地里发号施令的是施蛰存，他们的大本营是《现代》杂志"②。

在左联作家群落与论语派作家群落的论争中，双方也是剑拔弩张，不遗余力地互相攻击。鲁迅与林语堂是双方论战主将，各自发表了很多的文章，而实际上卷入论战的人员甚多。章克标说："鲁迅部下的走狗是极多的，以前的老例，每有一次对他的恶评，他部下便是疯了似的齐抢出来的，真像一个恶狗村。"③ 话虽尖刻恶毒，但也的确说明了当时的实际情况，一旦发生论争，左联作家群落总是显示出极强的向心力和凝聚力，这在前一章左联与论语派的冲突对峙中已经作过介绍，在此不再赘述。其实不仅仅是左联作家群落有这样的凝聚力，事实上在对论语派的批判中，论语派作家群落成员之间也是积极相互帮腔，对鲁迅的批判做出了反击，其中最典型的就是邵洵美。由于鲁迅多次发表文章表示对林语堂和《论语》的不满，出于群落利益的需要，邵洵美站出来为林语堂打抱不平，为此1933年8月他写了一篇文章《文人无行》。"文人无行"本来是1933年的一个热门话题，围绕这个话题鲁迅、梁实秋、郁达夫等人都写过相关的文章，来评论世风，臧否人物。这本不稀奇，然而邵洵美文中写了五类文人，其中第三类是"学问有限，无处投奔，但是外国文字，倒识得一些，于是硬译各种文章，自认为时代前进的批评家"。第五类是"大学教授，下职官员，当局欠薪，家有儿女老小，于是在公余之暇，只得把平时藉以消遣的外国小说，译一两篇来换些稿费"④。这两类显然采用了春秋笔法，

① 胡秋原：《胡秋原致施蛰存、杜衡民国二十三年三月六日》，见孔另境编：《现代作家书简》，88页，广州，花城出版社，1982。

② 洛：《第三种人的近况》，载《文艺新闻》，1939（5）。

③ KS（章克标）：《要做一篇鲁迅论的话》，载《金屋月刊》，1929（1—2）。

④ 邵洵美：《文人无行》，载《十日谈》，1933（2）。

隐射讽刺鲁迅。鲁迅当然不甘示弱，先后发表了《各种捐班》《登龙术拾遗》《新秋杂识（三）》等文章，立即进行了回击。在《各种捐班》一文中鲁迅说："捐做'文学家'也用不着什么新花样。主要开一只书店，拉几个作家，雇一些帮闲，出一种小报……"①《登龙术拾遗》一文题目来源于论语派作家群落章克标的《文坛登龙术》，鲁迅巧妙运用其一贯的"以子之矛攻子之盾"的手法，说："要登文坛，须阔太太，遗产必需，官司莫怕……最好是有富岳家，有阔太太，用陪嫁钱，作文学资本。"②《新秋杂识（三）》中则以戏谑的手法写了一首诗"野菊的生殖器下面，蟋蟀在吊膀子……质之'新诗人'邵洵美之流，不知以为如何？"众所周知，邵洵美娶的是李鸿章的外孙女、盛宣怀的孙女盛佩玉，据说单嫁妆就有十万银元之多，所以鲁迅的这些文章都抓住一点：邵洵美不学无术，因妻而贵，是靠岳家的钱"捐做"了"文学家"。而邵洵美也毫不示弱，他和章克标处心积虑地翻译了鲁迅给日本杂志《改造》写的一篇日文文章《谈监狱》，别有用心地加了"附白""识""编者注"刊登在《人言》上，把鲁迅暴露在国民党当局面前，很有点居心叵测的意味。鲁迅在《准风月谈·后记》中一针见血地指出："而且提出'军事裁判'来，也是作者极高的手笔，其中含着甚深的杀机。我见这富家儿的鹰犬，更深知明季的向权门卖身投靠之辈是怎样的阴险了。"1934 年 5 月 5 日，邵洵美又在《人言》发表一篇《自己笔记》，其中说："年来文坛上多意气的争执，辩论时常越出范围。双方既各走极端，于是文章的讨论，便变成粗俗的谩骂。挑衅者惯常是《自由谈》的几位投稿者。"③"惯常"的"《自由谈》的几位投稿者"中其一就是暗指鲁迅。1935 年他又在《人言》发表了《劝鲁迅先生》，在反驳鲁迅说他"有钱"的同时，批判鲁迅像"政治家"，"他的确有号召的力量：于是咒骂之声便洋溢乎文坛了"，并且"希望他从此能表现光明的态度与行为"④。双方论争一直到鲁迅逝世前后，邵洵美还耿耿于怀，写了两篇文章《鲁迅的造谣》（《论语》96 期《编辑随笔》，1936 年 9 月 16 日）、《鲁迅不是思想家》（《论语》99 期《编辑随笔》，1936 年 11 月 1 日），批评鲁迅"私人攻讦"，"笔法刻薄，气量小"。

---

① 鲁迅：《各种捐班》，载《申报·自由谈》，1933-08-26。
② 鲁迅：《登龙术拾遗》，载《申报·自由谈》，1933-09-01。
③ 邵洵美：《自己笔记》，载《人言》，1934（1—12）。
④ 邵洵美：《劝鲁迅先生》，载《人言》，1935（2—15）。

在给陶亢德的一封信中，鲁迅说："《论语》虽先生所编，但究属盛家赘婿商品，故殊不愿与之太有瓜葛也。"①他之所以后来不愿给《论语》投稿，主要原因之一是保持与论语派圈子的距离；而邵洵美之所以挑起战火，原因则是帮助林语堂出头。所以回顾两人的论战，我们可以清晰地看到作家群落之间的尖锐斗争，以及为了维护圈子的利益群落成员的种种努力。

此外，左联与京派、左联与新月派为了维护自身群落的独立性而展开的斗争在前一章节中已经作了描述，在此不再重复。我们可以明显看出在新月派的运行过程中，新月派群落成员主要通过创作中的针砭褒扬来表现他们的立场，达到维护群落的目的。而正是在与左联作家群落的对抗之中，新月派显示出作为作家群落所具有的特征。翻开新月派内部成员的文章，互相之间赞美的言辞，充满的是溢美之词与敬佩之情。而对于左翼文学，他们则表现出一致的厌恶和不屑。正是因为如此，所以鲁迅当时就明确指出，新月派是一个"有组织"的资产阶级文艺"团体"。他认为，"新月社的声明中，虽说并无什么组织，在论文里，也似乎痛恶无产阶级式的'组织'，'集团'这些话，但其实是有组织的，至少，关于政治的论文，这一本里都互相的'照应'……颇有些'多数'和'集团'气味了"②。

附录 1930年代左联作家群落文学论争大事记

1928年（民国17年）

3月，《新月》创刊号上发表徐志摩的《〈新月〉的态度》，将当时文坛上与其文艺理念相悖的文学现象概括为13派，标榜"尊严"与"健康"两大原则，对革命文学进行了抨击。

6月，《新月》第1卷第4号上发表梁实秋的《文学与革命》，以人性论为基础，从根本上否定革命文学。

7月，彭康在《创造月刊》第1卷第12期发表《什么是健康与尊

① 鲁迅：《340518致陶亢德》，见《鲁迅全集》，第13卷，108页，北京，人民文学出版社，2005。

② 鲁迅：《二心集·"硬译"与"文学的阶级性"》，见《鲁迅全集》，第4卷，199～201页，北京，人民文学出版社，2005。

严》，指斥徐志摩为“小丑”，胡适为“妥协的唯心论者”。

8月，冯乃超在《创造月刊》第2卷第1期发表《冷静的头脑》，对梁实秋的《文学与革命》进行了批判。

1929年（民国18年）

7月，梁实秋在《新月》第2卷第5号上发表《论批评的态度》，提倡“严正的批评”，攻击“幽默而讽刺的文章”是“粗糙叫嚣的文字”，指责“对于现状不满”的人只是“说几句尖酸刻薄的俏皮话”。

9月，梁实秋在《新月》第2卷第6、7号合刊上发表《文学是有阶级性的吗?》，批判无产阶级把文艺当作宣传品，当作阶级斗争的工具。

10月，梁实秋在《新月》第2卷第8号发表《“不满于现状”，便怎样呢?》，讽刺鲁迅虽然有“前驱者”“权威”“先进”的徽号，但只会“冷讥热讽地发表一点‘不满于现状’的杂感而已”，只图一时口快笔快，却没有真正建设性的主张。

1930年（民国19年）

1月1日，《萌芽》第1卷第1期刊载鲁迅《新月社批评家的任务》，批驳了梁实秋的《论批评的态度》，认为新月社批评家站在统治者阶级的立场，以“刽子手和皂隶”的身份，替主子“尽力地维持了治安”。同时，他们所要的“思想自由”，仅“想想而已，决不实现的思想”。

2月，冯乃超在《拓荒者》第2期上发表《阶级社会的艺术》，批驳梁实秋的《文学是有阶级性的吗?》，把梁实秋称为“老市侩”“资本家的走狗”。叶灵凤在《现代小说》第3卷第3期上发表了一篇小说，题目就叫《梁实秋》。梁实秋在《新月》第2卷第9期发表《“资本家的走狗”》一文，针对《拓荒者》辱骂他为“资本家的走狗”进行了反驳，一方面辩解自己没有资产，另一方面说《拓荒者》是“可以到××党去领卢布”，暗示《拓荒者》是共产党的宣传工具。另外在这一期《零星》专栏，梁实秋发表了《答鲁迅先生》和《“无产阶级文学”》，对鲁迅与《拓荒者》的批判予以反击，指出鲁迅不是真正的战士，而是“躲躲闪闪”，“其软如绵”；讽刺了《拓荒者》所宣扬的无产阶级文学水平低下；对于叶灵凤的无端生有、造谣污蔑则表现出极大的愤慨。（实际发表日期可能在2、3月间。）

3月1日，鲁迅发表《“硬译”与“文学的阶级性”》，载《萌芽》第1卷第3期，对梁实秋《文学是有阶级性的吗?》《论鲁迅先生的“硬译”》进行了回答。文章首先围绕翻译阐述了自己的看法，认为梁实秋批评污蔑自己的原因在于宗派主义思想的作祟；其次，鲁迅对梁实秋的人性论提出尖锐的批判，从多个角度论证文学是有阶级性的；最后，鲁迅对新月派的“自由言论”和“严正态度”进行了无情的嘲讽。

4月11日，左联机关刊物《巴尔底山》在上海创刊，前后共出版5期，其中多篇文章对新月派进行了批判：李德谟《关于文化侵略问题》、子民《无独有偶》、白莽（殷夫）讽刺诗《奴才的悲泪——献给胡适之先生》（以上1卷1号）、乃超《胡适之的乌托邦》、杉尊《两种走狗》、马马《看到写起》之三《混蛋胡适之》（以上1卷4号）。

4月29日，艺术剧社被上海特别市公安局派武装警察及侦探50余人查封，左联为此发表《反对查封艺术剧社宣言》，宣言称：“左翼作家联盟是新兴文化运动的一翼。对于一切新兴学术运动，无疑义地有密切的连（联）系。我们不能忍受当局对于艺术剧社这样的压迫。我们为拥护一切新兴文化运动的发展，所以要召集一切革命的民众，起来共同奋斗！我们尤其希望努力新兴文化运动的同志们，应该团结起来坚决反抗当局摧残一切文化运动的手段。我们一致争取集会，言论，出版，演剧的自由！”同时，上海戏剧运动联合会也发表《为艺术剧社被封告国人》书，反抗当局对文化运动的虐杀。

5月1日，成文英（冯雪峰）发表《讽刺文学与社会改革》，载《萌芽》第1卷第5期。此文沿袭了鲁迅的思路，强调讽刺文学“首先以破坏和否定旧的东西为目的”，但要用“有力的文学形式”，肯定了鲁迅讽刺杂文的社会价值，对梁实秋进行了驳斥。

5月1日，鲁迅发表杂文《“丧家的”“资本家的乏走狗”》，载《萌芽》第1卷第5期，援助冯乃超，从阶级属性上批判梁实秋。文中说梁实秋既属于“不明白谁是主子”的后一类，“还是添几个字，称为‘丧家的’‘资本家的走狗’”。鲁迅剖析这类走狗的特点是：因其为有知识的教授，以在文章中填进“到××党去领卢布”而向主子告密，并“以济‘文艺批评’之穷”，其职能比刽子手更加下贱，还得在“走狗”之前加一个形容字：“乏”，称为“丧家的”“资本家的乏走狗”。

5月1日，鲁迅针对梁实秋《“不满于现状”，便怎样呢?》一文，写下了《“好政府主义”》，发表在《萌芽》第1卷第5期予以答复。其后梁实秋写了《论翻译的一封信》（1932年7月10日）、《鲁迅的新著》（1932年12月3日）、《通讯一则》（1932年12月10日）、《“帮忙文学与帮闲文学”质疑》（1933年1月7日）、《小品文》（1933年10月21日）、《讽刺文学》(1933年11月4日)、《欧化文》(1933年12月23日)等一系列的文章，攻击鲁迅，但是鲁迅对梁实秋不屑一顾，仅在1933年12月31日所作的《南腔北调集题记》中稍有提及，讽刺梁实秋及他的“喽罗”们“低能”。论战到1933年底基本偃旗息鼓。

6月底，《萌芽》第1卷刊登多篇杂文，对左联作家群落之外的作家进行了批判。如第1期上连柱的《胡适主义之根柢》说：“更明确一点说，胡适先生底‘好政府主义’，便是真命天子主义，做主子的好好地做主子，做奴隶的好好地做奴隶。所以胡适主义底本质，不过是在维持奴隶制度，使奴隶制度的社会延长，安定而已。”潦西的《文学家兼政治家》，批判对象为徐志摩、梁实秋。潦西的另一篇《关于孙福熙先生底政治观》问：“孙先生是吃什么饭，用谁人的钱的？也不但只问他吃什么阶级的饭，用什么阶级的钱，便算足够；还必须问他用那一个的钱，吃那家的饭”，对孙福熙进行了批判。第2期上学濂的《“没落”和“方向转换”》批判了俞平伯。连柱的《学术和时髦》，就郑振铎的学术著作与之辩论。如第4期上柔石的《丰子恺君底飘然的态度》、连柱的《夏丏尊的处世与教人》，批判了丰子恺、夏丏尊。如第5期上力次的《注射与反应》批判对象为谢六逸。

7月6日，民族主义文学家及其追随者不间断地对左翼文坛进行诬蔑、攻击和诽谤。民族主义文艺派李锦轩在一篇名为《最近中国文艺界的检讨》(载《前锋周报》第3期)的文章中说，中国文艺在过去十余年中“无日不是在混乱的局面下挣扎”，而“混乱”的主因“乃是由于普罗列塔利亚文艺问题”。

8月8日，民族主义文艺运动的“跟随者”《开展》月刊创刊号上有一篇署名“一士”的文章《民族与文学》，诋毁普罗作家是一批“丑恶的梦游病者”。

8月15日，三民主义文艺派的机关刊物《文艺月刊》在南京创刊。刊物的发刊词名为《达赖满dynamo的声音》，对普罗文学大肆诋毁。

8月24日，民族主义文艺刊物《前锋周报》编者李锦轩在第10期的《编辑室谈话》中诬称左联造成了文坛的“分歧错乱”，左联是“攫取文艺为苏俄牺牲中国的工具”。

9月21日，读者澄宇投稿给《前锋周报》，题名《我们所需要的文艺作品》，载第14期《读者意见箱》，承认普罗文学确在文艺界风行一时，居文艺的要流；“其凶焰虽被民族主义文艺运动打退，它的潜力尚是不小”。

10月15日，南京《开展》月刊发表一篇署名“予展”的杂文《到农工队伍里去?》，大肆攻击辱骂左翼文学。

11月9日，襄华的《民族主义的戏剧论》连载于《前锋周报》第21～25期，批判南国社，表现出对普罗戏剧恨之入骨。

11月19日，郭全和的《三民主义的文学建设》载上海《民国日报·觉悟》，称无产阶级革命文学是“无根生枝无烟起火的谬论”。

11月30日，旷夫的《普罗文学之批判（续）》载南京《流露》月刊第1卷第5期，批判普罗文学。

1931年（民国20年）

2月19日，曾为创造社的成员、时为民族主义文学派的洪为法，在其《普罗列塔利亚文学之崩溃》连载南京《中央日报·文艺周刊》的文章中，全盘否定普罗文学。

4月10日，范争波发表《民国十九年中国文坛之回顾》，载《现代文学评论》创刊特大号。文章第二节小标题为“普罗文学的没落”，言普罗文学自己掘好了坟墓。

4月10日，张季平发表《中国普罗文学的总结》，载《现代文学评论》创刊特大号，文章的结论是普罗文学必然没落。

4月15日，追随民族主义文学派的《开展》月刊第8号，发表孔鲁芹的论文《时代文艺论》，诬蔑普罗文学是骗钱的手段、流氓的伎俩。

4月25日，L.S.（鲁迅）发表《中国无产阶级革命文学和前驱的血》，载《前哨》创刊号，通过列举事实批驳了统治者“剿灭”左翼文艺的种种把戏，认为“一大部分革命的青年，却无论如何，仍在非常热烈地要求，拥护，发展左翼文艺”。“左翼文艺有革命的读者大众支持，‘将来’正属于这一面。”“左翼文艺仍在滋长。但自然是好像压于大石之下的萌芽一样，在曲折地滋长。”对左翼文艺的未来寄予了深切的期望。

8月20日，史铁儿（瞿秋白）发表《屠夫文学》，载《文学导报》第1卷第3期。这是左联发表的第一篇署名批判民族主义的文章，文章点名批判黄震遐的《陇海线上》、万国安的《国门之战》，认为民族主义文学是“鼓吹战争的小说”，“鼓吹杀人放火的文学”，他们“这班东西是绅商地主高利贷资产阶级的杀人的号筒”，最终的结论是民族主义文艺创作是“屠夫文学”。

9月13日，史铁儿（瞿秋白）发表《青年的九月》，载《文学导报》第1卷第4期。“文艺上的所谓民族主义，只是孙文企图圆化异同的国族主义，只是绅商阶级的国家主义，只是马鹿爱国主义，只是法西斯主义的表现。”把批判的矛头对准了民族主义文学。

9 月 13 日，石萌（茅盾）发表了《“民族主义文艺”的现形》《〈黄人之血〉及其他》《评所谓“文艺救国”的新现象》，先后刊载于《文学导报》第 1 卷第 4 期，第 5 期，第 6、7 期合刊。文章指出《民族主义文艺运动宣言》的本质是“法西斯蒂的本相”！《民族主义文艺运动宣言》“是花了重赏而始起草完成，又经过许多人的讨论，并由国民党中央宣传部加以最后决定的；是这么郑重其事的一篇文章！然而内容的支离破碎，东抄西袭，捉襟见肘的窘状，却也正和整个国民党的统治权相仿佛！”“民族主义文艺是官办的，是国民党的白色文艺政策！”在《〈黄人之血〉及其他》一文中，茅盾对所谓民族主义文艺的代表作——黄震遐的诗剧《黄人之血》和万国安的《国门之战》进行了批判。

9 月 28 日，为抗议日本帝国主义者发动侵略中国的九一八事件，左联发表《告国际无产阶级及劳动民众的文化组织书》《告无产阶级作家革命作家及一切爱好文艺的青年》，载《文学导报》第 1 卷第 5 期，第 6、7 期合刊，抗议日本的侵略，谴责国民党的不抵抗政策，揭露民族主义文学派的卖国行径。

12 月 16 日，向培良在民族主义文学派的刊物《现代文学评论》创刊特大号发表论文《二十年度文艺思潮之趋势》，说鲁迅“横梗在时代面前”挡路，批评左翼新起的作家以极其粗制滥造的方法制作艺术品。

12 月 20 日，鲁迅发表杂文《几条“顺”的翻译》《风马牛》，载《北斗》第 1 卷第 4 期，署名“长庚”。不久（1932 年 1 月 20 日），《北斗》第 2 卷第 1 期又发表《再来一条“顺”的翻译》。鲁迅说，在这一两年之中，拼命攻击“硬译”的名人已经有了三代：“首先是祖师梁实秋教授，其次是徒弟赵景深教授，最后就来了徒孙杨晋豪大学生。”

12 月 25 日，胡秋原主编的《文化评论》在上海创刊，发刊词《真理之檄》声称“我们是自由的知识阶层，完全站在客观的立场，说明一切批评一切。”创刊号刊载胡秋原论文《阿狗文艺论——民族主义理论之谬论》，批判民族主义文艺，同时指责普罗文学。

1932 年（民国 21 年）

1 月，瞿秋白在《文艺新闻》第 45 号发表《请脱弃“五四”的衣衫》，认为胡秋原“这真是自由主义的自由人了！而‘自由人的立场，智识阶级的特殊使命论’的立场，正是‘五四’的衣衫，‘五四’的皮，‘五四’的资产阶级自由主义的遗毒。”谭四海发表《“自由智识阶层”的“文化”理论》批评胡秋原“想在严阵激战之中，找第三个‘安身地’，结果是‘为虎作伥’!”

4月，胡秋原在《文化评论》第4期发表《文化运动问题——关于“五四”答〈文艺新闻〉记者》《勿侵略文艺》《是谁为虎作伥?》三篇文章，批评左翼阵营“对于Marxism Leninism文化观念认识之不足”。

5月23日，瞿秋白发表《“自由人”的文化运动——答复胡秋原和〈文化评论〉》，载《文艺新闻》第56号，批评胡秋原客观上是帮统治阶级“来实行攻击无产阶级的阶级文艺”。

5月，胡秋原发表《钱杏邨理论之清算与民族主义文学理论之批评——马克斯主义文艺理论之拥护》，载《读书杂志》第2卷第1期，文章从“基础理论之混乱”“俗流观念论之本体”“非真实批判”“右倾机会主义”四个方面批评了钱杏邨左翼激进批评理论之错误。

6月6日，洛扬（冯雪峰）发表《“阿狗文艺”论者的丑脸谱——致编者》，载《文艺新闻》。文章针对胡秋原的《钱杏邨理论之清算与民族主义文学理论之批评——马克斯主义文艺理论之拥护》进行了批判，认为胡秋原是为了反普罗革命文学而攻击自己，是进攻整个的普罗革命文学运动。胡秋原“在现在，反对普罗文学，（他）已经比民族主义文学者站在更‘前锋’了”。

7月1日，苏汶（杜衡）发表《关于〈文新〉与胡秋原的文艺辩论》，载《现代》7月号（第1卷第3期），声援胡秋原，认为“已经明显地立定了脚跟的左翼文坛”容不得胡秋原的理论，而胡秋原纵然以马克思主义相标榜，但“他充其量不过是一个书呆子马克斯主义者”。左翼的文坛“文学不再是文学，变成连环画图之类；而作者也不再是作者了，变成煽动家之类。死抱住文学不放的作者们是终于只能放手了”。

10月1日，《现代》第1卷第6期发表5篇文章：苏汶《“第三种人”的出路——论作家的不自由并答复易嘉先生》、易嘉《文艺的自由和文学家的不自由》、周起应《到底是谁不要真理，不要文艺？——读〈关于文新与胡秋原的文艺论辩〉》、舒月《从“第三种人”说道“左联”》、苏汶《舒月先生》，继续对“第三种人”问题进行了论辩。

11月1日，鲁迅发表《论“第三种人”》，载《现代》11月号（第2卷第1期），又载11月15日《文化月刊》创刊号。这篇文章与苏汶进行了论辩，指出左翼作家要团结“同路人”，文学是有阶级性的，文学创作首先要对现在有意义。

11 月 1 日，苏汶发表《论文学上的干涉主义》，载《现代》11 月号。他认为政治不要干涉文艺，文艺是自由的。施蛰存在本期《社中日记》中对这个观点表示赞同，“凡是进步的作家，不必与政治有直接的关系，一定都很明白我国的社会现状，而认识了相当的解决的方法”。

11 月 15 日，芸生发表长诗《汉奸的供状》，载《文学月报》第 1 卷第 4 期，对胡秋原进行了辱骂。

11 月 15 日，鲁迅在《文学月报》发表《“连环图画”的辩护》，针对苏汶的言论进行了批判，“这些研究和由此而来的创作，自然没有现在的所谓的大作家的受着有些人的照例的欣赏，然而我敢相信，这是大众要看的，大众感激的!”

12 月 1 日，胡秋原发表《浪费的论争——对于批判者的若干答辩》，载《现代》12 月号（第 2 卷第 2 期），对冯雪峰、瞿秋白、周起应、舒月、苏汶等人的文章进行了回应，坚信自己是“自由主义态度和唯物史观方法”。

12 月，绮影（周扬）发表《自由人文学理论检讨》，载《文学月报》第 1 卷第 5、6 期合刊，强调文学的阶级性、党派性，以及政治对于文学的“优位性”，认为胡秋原比民族主义文艺者还要恶毒，他抛弃马克思主义的党派性是为了掩饰自己的社会法西斯蒂的党派性，他是一个社会法西斯蒂的艺术至上主义者。

12 月，谷非（胡风）发表论文《粉饰，歪曲，铁一般的事实——用〈现代〉第 1 卷的创作做例子，评第三种人论争中的中心问题之一》，载《文学月报》第 1 卷第 5、6 期合刊，批判了苏汶的所谓真实问题。

12 月，鲁迅发表《辱骂和恐吓不是战斗》，载《文学月报》第 1 卷第 5、6 期合刊之末《通讯》栏，对于第 4 期芸生的诗《汉奸的供状》“却非常失望”，提醒左翼文坛：辱骂和恐吓不是战斗。

1933 年（民国 22 年）

1 月 1 日，《现代》第 2 卷第 3 期刊发洛扬《并非浪费的论争》、丹仁《关于“第三种文学”的倾向与理论》、苏汶《一九三二年的文艺论辩之清算》，可以视为对“第三种人”论争的作结。同一天，由社联创办的《现代文化》月刊创刊，创刊号即为“批判自由人专号”，刊出谷非《现阶段上的文艺批评之几个紧要问题》、首甲（祝秀侠）《关于胡秋原、苏汶与左联的文艺论战》等。谷非的文章主要批判了胡秋原的《阿狗文艺论——民族主义理论之谬论》。首甲虽然对杜衡提出了直接的批评，但也同时指出“苏汶感到左联的理论家常常施以威逼”乃是“左联对小资产阶级作家态度的错误”，同张闻天文章中明确提及的“对‘第三种人’与‘第三种文学’的否认”是文艺战线上的“关门主义”的表现之一，有着较为直接的关联。

1月10日，《新垒》创刊，支持“第三种人”，批评攻击左联特别是鲁迅。但对于挑衅，左联保持了沉默。

1月15日，接连《文化月报》的《世界文化》出版，即以“关于文艺上的关门主义”（小标题“二篇短论的转载”）的标题“转载”了洛扬《“第三种人”的问题》和张闻天《文艺战线上的关门主义》，围绕第三种人的论争基本结束。

1月，韩侍桁写了《论“第三种人”》，指出胡秋原的文章“等于有意塌左联的台，所以非给以猛烈的反攻不可”。

2月，余慕陶在曾刊发胡秋原《清算》一文的《读书杂志》的第3卷第2期上撰文说：“我们晓得《文新》是左联的机关报。苏汶是自称为第三种人，这第三种人显然是和自由人没有好多分别。左联以为自由人已向本身积极挑战，故不得不出动队伍应战。”

3月，鲁迅以“何家干”的笔名在《申报·自由谈》上先后发表了《从讽刺到幽默》《从幽默到正经》两文，指出幽默有一定的反抗作用，但与峻急的时代不合，因而幽默是不会长久的。他后来在《“论语一年”——借此又谈萧伯纳》中重申了这种观点。

4月14日，廖沫沙的《人间何世》发表于《申报·自由谈》，批评《人间世》“只见苍蝇，不见宇宙”，认为它“和近来的《论语》相似，俏皮埋煞了正经，肉麻当作有趣”。其后批判论语派的左联作家有蒋弼发表的杂文《人间苍蝇世》和夏征农的《论幽默》，认为“不谈宇宙，只谈苍蝇便是幽默。这是一种误解”。方之中则说“从《论语》到《人间世》，没有一篇文章可当幽默而无愧，充其量不过是小丑似得打诨而已”。

4月16日，林语堂在《申报·自由谈》发表了《论以白眼看苍蝇之辈》，认为野容对小品文的批评表现出一派方巾气，与此前反对白话维持道统之人无别，是新道学、新八股的代表。

4月26日，《申报·自由谈》刊登了大野的《关于小孩》，批评论语派是“坐在黄河决口里犹自飘飘然”。同期刊登了林语堂的《周作人诗读法》，指出周作人自寿诗是寄沉痛于悠闲，批评周诗清谈误国者也是充满头巾气的人。

4月30日，《申报·自由谈》刊登了鲁迅的《小品文的生机》，期望《人间世》的小品文能够向“分析和攻战”转变。

4月，林语堂写下洋洋洒洒的《方巾气研究》，于4月28日、30日，5月3日在《申报·自由谈》上连载，算是对前一阶段左翼批评的总回击。

5月17日，《申报·自由谈》刊登了曼雪的《一思而行》，指出小品文“以‘闲适’为主，却稍嫌不够”。

5月20日，周作人在《人间世》第4期发表《苦茶庵小文》，“小引”中为小品文正名，将那些批评小品文为“玩物丧志”者称作“耳食之徒”，认为他们之所以反对小品文，是因为“服膺文以载道”，以此声援林语堂。

6月5日，刘半农在《人间世》第5期的《半农杂文自序》中大谈时代与文学的关系，表示宁可冒“没落”之名而不愿丢弃自我。同一期林语堂发表随感《母猪渡河》，反驳左翼文学观。此外，邵询美发表《小品文》，对廖沫沙批评《人间世》表示不满，将其看成“放冷箭”和“挑衅”，大有与林语堂“同仇敌忾”之意。

7月5日，林语堂在《人间世》第7期发表《论玩物不能丧志》；20日又在《人间世》第8期发表《时代与人》，继续反击左翼对其的批判。

8月20日，邵洵美在《十日谈》第2期发表《文人无行》，文中写了五类文人，其中第三类是“学问有限，无处投奔，但是外国文字，倒识得一些，于是硬译各种文章，自认为时代前进的批评家”。第五类是“大学教授，下职官员，当局欠薪，家有儿女老小，于是在公余之暇，只得把平时藉以消遣的外国小说，译一两篇来换些稿费”。影射鲁迅。

8月26日，鲁迅写了《各种捐班》发表在《申报·自由谈》，回击邵洵美说现在只要有钱，文人学士和文学家都可以“捐班”，批判邵洵美把文学看成了有产者的专利。

9月1日，鲁迅在《申报·自由谈》发表《登龙术拾遗》，题目来源于论语派章克标的《文坛登龙术》，鲁迅巧妙运用其一贯的“以子之矛攻子之盾”的手法，说：“要登文坛，须阔太太，遗产必需，官司莫怕……最好是有富岳家，有阔太太，用陪嫁钱，作文学资本。”讽刺邵洵美因妻而贵，是靠岳家的钱“捐做”了“文学家”。

11月，郑伯奇在《现代》第4卷第1期发表《幽默小论》，提倡写作针对社会弊病的讽刺，反对文字上的恶戏。

1934年（民国23年）

2月，“徐何事件”：因著作权问题，左联作家何家槐遭围攻，被讥为

“文盗工”。主要批评文章有：清道夫（林希隽）《“海派”后起之秀何家槐小说别人做的》《论海派》《关于徐何创作纠纷问题》；杨邨人《海派罪状的揭发》《三谈何家槐的创作问题》；太史《黎烈文偏袒何家槐》；等等。胡适给沈从文、吴奔星写信，称何家槐“不是偷人家东西的人”。

2月，鲁迅应日本《改造》杂志之约写了《火》《王道》《监狱》等一组杂文，邵洵美和章克标把其中一篇《监狱》翻译成《谈监狱》，并别有用心地加了“附白”“识”“编者注”刊登在《人言》上，把鲁迅暴露在国民党当局面前。鲁迅在《准风月谈·后记》中一针见血地指出：“而且提出‘军事裁判’来，也是作者极高的手笔，其中含着甚深的杀机。我见这富家儿的鹰犬，更深知明季的向权门卖身投靠之辈是怎样的阴险了。”

2月26日，何家槐在《申报·自由谈》发表《关于我的创作》，说：“我写作一向老实，苟且偷巧之事从来不愿尝试。”否认剽窃徐转蓬的小说，并说清道夫之说是纯粹的造谣污蔑。

3月9日，《申报·自由谈》刊登徐转蓬《我的自白书——关于何家槐与我的创作问题》，表示何家槐是自己的朋友，他拿这些文章去发表最初徐是同意的，但没有想到何会署他自己的名字。

3月21日，宇文宙（任白戈）在《申报·自由谈》发表《对徐何创作问题的感想》，文中说“不久以前，有些小刊物上还曾经攻击何家槐先生有某种倾向，而这种倾向又正是侍桁先生素来所攻击的目标”，指出“第三种人”借“徐何事件”攻击左联。

3月22日，《申报·自由谈》发表何家槐长文《我的自白》，承认改写、扩写徐转蓬小说一事。

4月12日，鲁迅致信姚克，“徐何创作问题之争，其中似尚有曲折，不如表面上之简单”。

5月5日，邵洵美在《人言》第1卷第12期发表《自己笔记》，说：“年来文坛上多意气的争执，辩论时常越出范围。双方既各走极端，于是文章的讨论，便变成粗俗的谩骂。挑衅者惯常是《自由谈》的几位投稿者。”针对鲁迅批判进行了反击。

6月，批判“软性电影”论：刘呐鸥、黄嘉谟等打着倡导“软性电影”的旗号，公开著文反对“硬性”电影即左翼电影。左翼影评家毫不犹豫地进行反击：唐纳发表论文《清算软性电影论》（6月15日）；夏衍《“告诉你吧”——所谓软性电影的正体》（6月21日）、《玻璃屋中投石者——再答“软性说教者”》（6月29日）、《白障了的“生意眼”——谁戕害了中国的新生电影》(7 月 3 日);尘无《清算刘呐鸥的理论》(8 月 21 日);鲁思《驳斥江兼霞的〈关于影评人〉》(12 月)。

7 月 1 日,茅盾发表《关于小品文》,刊于《文学》第 3 卷第 1 号,"惟有创造新的小品文然后能使这社会的要求于光明",批判林语堂与论语派。

8 月 13 日,鲁迅致信曹聚仁:"看近来的《论语》之类,语堂在牛角尖里,虽愤愤不平,却更钻的滋滋有味,以我的微力,是拉他不出来的……"针对林语堂和《人间世》,鲁迅发表了《小品文的危机》《小品文的生机》等文,指出眼前的时代"只用得着挣扎和战斗"的小品文。"生存的小品文,必须是匕首,是投枪,能和读者杀出一条生存的血路的东西"。在《人间世》上林语堂抛出长文《今文八弊》,攻击鲁迅和其他左翼作家,鲁迅在《题未定草(三)》中进行了反驳。

9 月 20 日,《太白》在上海面世,左翼以之作为与《人间世》打擂台的主要阵地。《太白》共出版 24 期,前 19 期每期都有批评林语堂和论语派的文章,加起来不下 50 篇。这些批评文章常常是针对《人间世》《论语》的具体观点而发,论语派所提倡的幽默、闲适、明人小品、语录体都是其批评对象。《太白》杂志还于 1935 年 3 月出版《小品文和漫画》特辑,该书共收 56 位作者的 58 篇文章,大部分作者都属左翼阵营或倾向于左翼,其中主要批评文章有:鲁迅《漫谈漫画》《漫画而又漫画》;茅盾《小品文和气运》;许幸之《漫画与多弥哀》;凌鹤《漫画与卡通影片》;郁达夫《小品文杂感》;佛郎《对"小品文"的意见》;王任叔《小品文的前途》;李辉英《"写点小品文罢"》;何谷天《小品文于我》;徐懋庸《大处入手》;洪深《滷》;沈起予《"小品"的小品》;聂绀弩《我对于小品文的意见》;胡风《略谈"小品文"与"漫画"》;王淑明《我们需要怎样的小品文》;孙席珍《关于小品文和漫画》;叶紫《我们需要小品文和漫画》;郑伯奇《小品文问答》等。

10 月 2 日,周扬最早提出"国防文学"的口号,强调"国防的主题应当成为汉奸以外的一切作家的作品之最中心之主题"。以口号划线的错误观点受到鲁迅及其他作家的抨击。一年多后才引起广泛的讨论。

1934 年 12 月—1935 年 6 月,林语堂发表《游杭再记》(《论语》1934 年 12 月 16 日第 55 期)、《小品文之遗绪》(《人间世》2 月 20 日第 22 期)、《我不敢游杭》(《论语》5 月 1 日第 64 期)、《今文八弊》(《人间世》5 月 5 日第 27 期、5 月 20 日第 28 期、6 月 5 日第 29 期)等文章,阐释自己的文学主张，反驳左翼阵营的批评。

1935 年（民国 24 年）

2 月 5 日，施蛰存、康嗣群创办《文饭小品》月刊，在第 1 期《创刊释名》一文中，编者解释刊名的来历和意义，指出称小品文为“清谈”和“小摆设”的说法属于诽谤，并宣称，《文饭小品》“也许是清谈，但不负亡国之责，也许是摆设，但你如果因此丧志，与我无涉”，矛头直指左翼。本期雕菰《疑问号》批评不齐（周木斋）发表在《太白》的文章缺乏标点常识。

3 月 5 日，徐懋庸、曹聚仁主编的《芒种》创刊，加入了对论语派的批评。

3 月，周作人写了多篇文章维护论语派和自己的文学思想，批评左翼的文学主张，其中《关于写文章》（3 月 24 日《大公报》）将所谓“有用”的文章称作“祭器”，认为其“到底还是一种摆设，只是大一点罢了”。《〈蛙〉的教训》（4 月 24 日《华北日报》）批评某些作家因信仰某种政治上的主义，“文艺理论与政策弄得头头是道了，创作便永远再也写不出来”。《十竹斋的小摆设》（6 月 25 日《文饭小品》第 5 期）认为鲁迅、郑振铎所编《十竹斋笺谱》是真正的“小摆设”，“使明末而有批评家，十竹斋主任之罪当过于今之小品作家矣”。

4 月 5 日，施蛰存在《文饭小品》第 3 期发表《服尔泰》，认为杂文缺少艺术价值。

6 月 22 日，邵洵美在《人言》第 2 卷第 15 期发表《劝鲁迅先生》，在反驳鲁迅说他“有钱”的同时，批判鲁迅像“政治家”，“他的确有号召的力量：于是咒骂之声便洋溢乎文坛了”，并且“希望他从此能表现光明的态度与行为”。

6 月，《新生》事件：5 月 4 日，杜重远创办的杂志《新生周刊》第 2 卷第 15 期刊载易水的小品文《闲话皇帝》，受到日本帝国主义“围剿”。左翼作家联盟关怀杜重远的命运，极力声援。

7 月，左联作家群落停止了对论语派的大规模批评。

12 月 21 日，《关于“国防文学”》的文章刊登在《时事新报·每日文学》上，提出“建立崭新的国防文学！”

1936 年（民国 25 年）

2—5 月，宣传“国防文学”口号：何家槐《“国难文学”与“国防文学”》《作家在救亡运动中的任务》《苏联的国防音乐》《国防文学的社会基础》、梅益《国防文学的内容》《一种新型的文学》《所谓非常时期文学》、田汉《国防戏剧与国难戏剧》、周立波《“国防文学”和民族性》等，使“国防文学”口号的讨论日渐深入。但鲁迅、茅盾和胡风等对此口号却有异议甚至坚决反对。一个口号的两个观点，为日后论争埋下火线。

3 月，《文学导报》创刊，创刊号第一篇即是张露薇长达 2 万字的论文《中国现代文学的总清算》，郭沫若说它“不是批评，而是谩骂”，另一位评论者指出它“处处显出空洞浮泛的毛病”。张露薇常借翻译高尔基著作而自炫，鲁迅批判“今年各种刊物上，多刊高尔基像，此老今年忽然成为一切好好歹歹的东西的掩护的旗子了”。

6 月 15 日，《夜莺》第 1 卷第 4 期出版“民族革命战争的大众文学”特辑，发表鲁迅《几个重要问题》、龙贡公（欧阳山）《抗日文学战线》、聂绀弩《创作口号和联合问题》、奚如《文学的新要求》、胡风《抗日声中的演剧运动》、龙乙（欧阳山）《急切的问题》等 6 篇文章。

7 月 1 日，左翼文学月刊《现代文学》也出了一个“民族革命战争的大众文学”特辑，集中宣传新口号。共发表 4 篇文章：张天翼《一点意见》、路丁（王尧山）《现实形势与民族革命战争的大众文学》、耳耶（聂绀弩）《创作活动的路标》、艾淦（宋之的）《今后戏剧运动的路》。鲁迅《论现在我们的文学运动》和《答托洛斯基派的信》也刊载其中。鲁迅《论现在我们的文学运动》正确解释了两个口号的关系：“民族革命战争的大众文学”口号与“国防文学”口号并非对立的，更不是要用前者去取代后者；前者是“一个总的口号”，“在总口号之下，再提些随时应变的具体的口号，例如‘国防文学’‘救亡文学’‘抗日文艺’……我以为是无碍的。不但没有碍，并且是有益的，需要的”。

8 月 10 日，《文学界》第 1 卷第 3 号出版“国防文学”特辑，发表论文 17 篇，左翼作家占 15 篇，既是一次“国防文学”理论的大宣传，同时也使各位作家发表了各自的意见。

10 月 1 日，《文学》第 7 卷第 4 号上发表了由鲁迅、茅盾、林语堂等共同签署的《文艺界同人为团结御侮与言论自由宣言》，象征着左联作家群落与论语派作家群落的握手言和。

第四章　丰富、错杂、多变的文化心态

作家群落的文化心态反映群落成员在特定时代的共同境遇下的感受、看法、观念和情绪，具有群体性、概括性和相对稳定性。群落文化心态的研究进一步深入到文化心理的层面，寻觅现代作家群体精神和心灵的特殊演变轨迹，探究作家群落的内在发展轨迹。所以在上文对 1930 年代作家群落形态的存在方式和群落的运作方法分析论述的基础上，本章节将对这个阶段中国现代作家群落的文化心态展开具体的论述。

作家文化心态的研究一直是 20 世纪末期和 21 世纪以来文艺批评界的一个研究热点，这主要来自两方面的原因，一是文学作品既是社会生活的反映，同时又折射出作家的内心世界。“文学史，就其最深刻的意义来说，是一种心理学，研究人的灵魂，是灵魂的历史。”① 文本表层诸如情节、语言、结构等因素固然是精彩纷呈，而文本内部蕴含和凝聚着作家丰富多彩的精神思想。所以贺仲明在谈及当代作家心态研究时说：“考察这一时期的文学创作和作家心态，是对于社会现实和文化最好的记录和观照，也是对于当代作家们最真切的认识。”② 解析作家的文化心态是认识理解作家及其作品的一种重要途径，研究文学史，必须要感受作家的思想和感情，深入到作家的文化心态中去，唯有这样才能在了解文学史实、理清文学发展轨迹或规律的同时，更深入地把握作家的主体精神和时代的灵魂。

二是文化心态研究亦是文化研究的一个重要组成部分。文化心态作为人类对外在事物的反映所产生的心灵现象，虽在人类进入智人时代就已经产生，但对于文化心态的研究却是 20 世纪的事情。早在 19 世纪末 20 世

---

① ［丹］勃兰兑斯：《十九世纪文学主流》，第 1 分册，2 页，北京，人民文学出版社，1980。

② 贺仲明：《中国心像：20 世纪末作家文化心态考察》，1 页，北京，中央编译出版社，2002。

纪初，法国的塔尔德，美国的沃德、吉丁斯等一批社会心理学家，就开始从心理学的角度入手，试图找到人的心理和社会文化行为之间的关系，探究社会文化的起源。随后美国社会心理学家库利、米德等，更深入地探讨了人的心理和社会文化。尽管这些研究具有主观唯心主义的倾向，但关注人在不同文化环境、情境下心理和意识的发生、建构的过程，为后来者的研究打开了一扇大门。文化心态是在特定社会历史条件、文化条件下，以个体或群体的言论、行动等表意性行为所表现出的一种集体性文化精神状态，是在社会生活中由经济关系、政治制度以及整个社会环境的发展变化而引起的直接的、在社会群体中较为普遍存在的、具有一定共同性的社会心理反应或心理态势。因此文化心态研究的出现和成长正是文化研究热的产物。

文化心态如果从研究对象方面分类，包括个体文化心态和群体文化心态。作为文人个体，当然会有各自不同的品行、不同的气质、不同的遭遇、不同的命运，所以在文化心态上也就会呈现出千变万化的差异和较多的非理性因素。而群体文化心态反映群体成员在特定时代的共同境遇下的感受、看法、观念、情绪，具有群体性、概括性和相对稳定性，因此对于文学群体而言，其整体的文化心态也许更容易被读者所感知。

我们把目光投向 1930 年代中国现代作家群落，发现这个阶段文学群体的心态和外在的形态一样变化万千，非常复杂。概括地说主要有三个特性，一是文化心态的多样性，二是文化心态的复杂性，三是文化心态的动态性。这种复杂的文化心态对 1930 年代作家群落的运作以及创作都产生了深远的影响。

第一节　整体态势丰富多样

1930 年代中国现代作家群落文化心态丰富多样，每一种群体都有着自身独特鲜明的文化心态，同时又个性鲜明，清晰可辨。从整体的角度来看，左联、新月派和京派是 1930 年代成员较多、活动较为踊跃的作家群落，所以左联的激进文化心态、新月派的绅士文化心态和京派的超然文化心态这三种文化心态在 1930 年代作家群落中最具有普遍性和代表性。

1. 左联作家群落的激进文化心态

关于左联的成立，一些当事人在回忆文章中都十分详尽地描述了“党的指示”在其中起到的决定性作用。如冯雪峰、钱杏邨、夏衍、阳翰笙等都认为左联的成立是中国共产党的政治智慧和策略成功努力的结果，是中国共产党结束了以往鲁迅和创造社、太阳社之间纷繁复杂的文坛纠葛，统一了文坛。尽管曹清华在《“左联”成立与左翼身份建构——一个历史事件的解剖》一文中对党在左联成立中的作用进行了质疑，但他也承认“左联的成立仰仗且受制于当时中共地下组织业已形成的人事网络”，因为“不断加入的成员也大多已具备党员身份。在上海鼓吹‘革命文学’的年青文化人1928年底基本上都拥有了政治和文化的双重身份”①。所以左联的成立在很大程度上受到政治的影响，与政治存在着密不可分的关系，这是毋庸置疑的。同时这也是很多人认为左联是一个政治组织而非文学社团的重要原因。共产党错误的“左”倾政治思想路线，一度对左联产生很大的影响，政治上的激进导致作家群落文化心态的激进。

首先，这种激进文化心态表现为左联作家群落成员思想的激进，这在左联《纲领》中就有着鲜明的体现，“我们知道帝国主义的资本主义制度已经变成人类进化的桎梏，而其‘掘墓人’的无产阶级负起其历史使命，在这‘必然的王国’中作人类最后的同胞战争——阶级斗争，以求人类彻底的解放”。把左联成员的身份定位于“无产阶级”群体，并把革命和斗争作为成员的主要任务。冯雪峰甚至说左联“无疑地是中国无产阶级革命文学运动的干部，是有一定而且一致的政治观点的行动斗争的团体；而不是作家的自由组合”②。由于高度重视政治斗争，左联成立之初，思想上普遍存在轻知重行的倾向，以至于“左联小组的会议，除了谈谈文艺上一些问题，分析分析作品而外，几乎谈不上搞创作。更多的时间都投入了日常政治工作”③。

在对政治与文学两者的关系认识上，早期左联的领导成员认为政治革命是左联的主要任务，而文学则是实现政治革命的一种辅助性工具。因此，“革命文学家在这个革命高潮到来的前夜，应该不迟疑地加入这艰苦的行动中去，即使把文学家的工作地位抛去，也是不足惜的”④。茅盾在

---

① 曹清华：《“左联”成立与左翼身份建构——一个历史事件的解剖》，载《文艺理论研究》，2005（3）。

② 《中国无产阶级革命文学的任务——一九三一年十一月中国左翼作家联盟执行委员会的决议》，载《前哨》（《文学导报》），1931（1—8）。

③ 杨迁如：《左翼作家在上海艺大》，见《左联回忆录》，83页，北京，知识产权出版社，2010。

④ 力竹：《记左联第一次全体大会》，见陈瘦竹主编：《左翼文艺运动史料》，23页，南京，南京大学学报编辑部，1980。

回忆自己两次辞去左联书记的原因时，一是因为生病，一是觉得自己“不适宜于干实际的组织工作”，他抱怨道：“左联的工作应该是文学工作，但中国左联自始就有一个毛病，即把左联作为‘政党’似的办，因此它不能成为广泛的反帝反封建的文学团体”①。因为重视政治忽视创作，左联批评盟员搞创作是“作品万能观念（或作品主义）”②，胡风曾经回忆说：谁要是热心在报刊上发表文章，就被说成是“作品主义”，谁要是热心想做作家，就被说成是“作家主义”，就会被视为“右倾”③。“每次小组会，都是谈政治问题。”“左联的小组，很少谈文艺，因此也不谈写了什么作品，发表了什么文章”。

左联的思想激进在左联发布的一些文件中也是表露无遗，这些文件用语激烈，尤其在这些文章的结尾，往往采用标语和口号，充满了强烈的煽动性。如《左翼作家联盟“五一”纪念宣言》中“我们要和世界工人一起，向帝国主义及其一联的反动工具举行血光的‘五一’总示威运动！罢工，罢课，罢岗，罢操举行‘五一’示威运动！反对帝国主义国民党屠杀工人！反对白色恐怖！反对法西斯蒂主义！”④《无产阶级运动新的情势及我们的任务》的结尾是“伟大的时期快到来了，这个瞬间是不可逡巡的！”⑤《中国左翼作家联盟为国民党屠杀大批革命作家宣言》中“反对国民党虐杀革命的作家！反对国民党摧残文化，压迫革命文化运动！反对封闭书店，垄断出版界，及压迫著作家思想家！集中到左翼文艺运动的营垒中来！”⑥《秘书处关于竞赛工作的一封信》中“最后，我们要高呼：拥护革命竞赛！超过预定的标准一倍！打败剧联和社联！左联胜利万岁！”⑦

其次，左联激进文化心态表现为左联组织高度的政党化、集权化。作为当事人之一的夏衍在《“左联”成立前后》中就曾经明确地说：“尽管

---

① 茅盾：《关于“左联”》，见《左联回忆录》，119页，北京，知识产权出版社，2010。

② 《无产阶级运动新的情势及我们的任务》，见陈瘦竹主编：《左翼文艺运动史料》，62页，南京，南京大学学报编辑部，1980。

③ 胡风：《胡风回忆录》，30页，北京，人民文学出版社，1993。

④ 《左翼作家联盟“五一”纪念宣言》，见陈瘦竹主编：《左翼文艺运动史料》，31页，南京，南京大学学报编辑部，1980。

⑤ 《无产阶级运动新的情势及我们的任务》，见陈瘦竹主编：《左翼文艺运动史料》，63页，南京，南京大学学报编辑部，1980。

⑥ 《中国左翼作家联盟为国民党屠杀大批革命作家宣言》，见陈瘦竹主编：《左翼文艺运动史料》，99页，南京，南京大学学报编辑部，1980。

⑦ 《秘书处关于竞赛工作的一封信》，见陈瘦竹主编：《左翼文艺运动史料》，199页，南京，南京大学学报编辑部，1980。

'左联'是党与非党作家联合组织的群众性团体，但实质上还是一个'没有掩护的''第二党式的所谓赤色群众团体'。"① 左联的政党化最突出的表现是组织机构严密和组织纲领文件健全。左联仿照共产党的组织方式设置了组织机构，共设有组织部、宣传部、编辑部、四个研究会和委员会，领导机构执委会或常委会都建有"党团"，以发挥党的领导核心作用，上面有领导机关"文总"（左翼文化总同盟），下面各区设区委，区委下设小组。左联有着明确的斗争纲领，"我们不能不站在无产阶级的解放斗争的战线上，攻破一切反动的保守的要素……我们的艺术不能不呈现给'胜利不然就死'的血腥的斗争"②。明确提出文学创作的目的在于为政治斗争服务。左联成立之初，组织建设一直是工作的重点，在左联第二次大会之前发表的《"中国左翼作家联盟"》一文中，左联提出改选，并对当时左联"组织不健全"表示出深深的担忧，提出"组织上一方面要加强执行委员会在整个运动的政治领导，他方面要加强常委会，研究会，分队组织及各文艺研究会的组织"③。1931 年 11 月在左联的决议《中国无产阶级革命文学的新任务》中第七条即是"左联的组织及纪律"，认为左联必须："整顿纪律，严密组织。在左联内，不许有反纲领的行动，不许有不执行决议的行动，不许有小集团意识或倾向的存在，不许有超组织或怠工的行动。"④到 1932 年《关于左联目前具体工作的决议》中，左联仍一再强调组织工作，"青年文艺研究团体应当是左联的后备军，在文艺斗争的路线和政策方面，完全接受左联的领导，对于现在已经有的文研，必须加紧领导，要努力发展新的组织"⑤。在同时期 1932 年 3 月 9 日秘书处扩大会议通过的《关于左联改组的决议》中，左联的组织情况及工作任务更是一目了然。

左联的政党化还表现为组织活动的频繁和组织纪律的严明。左联经常开会，"自执委会（每月一次），秘书处（一星期一次），小组（一星期一次），以至各委员会（二星期一次）经常开会"⑥。小组活动的主要内容是讨论文学、传达党的指示、学习党的文件、部署飞行集会等政治活动。加

① 夏衍：《"左联"成立前后》，见《左联回忆录》，39 页，北京，知识产权出版社，2010。

② 《中国左翼作家联盟的成立》，载《拓荒者》，1930（1—3）。

③ 《"中国左翼作家联盟"》，载《世界文化》，1930（1）。

④ 《中国无产阶级革命文学的新任务》，载《文学导报》，1931（1—8）。

⑤ 《关于左联目前具体工作的决议》，见陈瘦竹主编：《左翼文艺运动史料》，178 页，南京，南京大学学报编辑部，1980。

⑥ 《和剧联及社联竞赛工作的合同》，见陈瘦竹主编：《左翼文艺运动史料》，186 页，南京，南京大学学报编辑部，1980。

入左联有着严格的程序和要求，先决条件是是否敢于参加飞行集会等政治活动，此后参加文艺大众化研究会、马克思主义文艺理论研究会等左联的外围组织，经过考察才能正式加入左联。在1932年3月9日秘书处扩大会议通过的《关于新盟员加入的补充决议》中，明确规定："抱着坚决的意志欲加入左联而尚未具有充分的左联的盟员资格者，应当使他暂为左联的后备军——加入文研或其他左联领导的文学团体，和左联经常发生密切的关系，过相当时期再行正式加入。"而曾经和反动派别有关系的嫌疑者，"必须用他的真名在公开刊物上发表反对那反动派别的文字，才能正式加入"①。对加入左联的人员提出严格要求。为了严肃组织的纪律性，对于不遵守纪律的盟员往往实施处罚，开除郁达夫、蒋光慈、周全平、周毓英即是左联严肃组织的纪律性、维护内部纯洁的主要举措。1931年8月5日，左联机关刊物《前哨》(《文学导报》)的第1卷第2期刊出了《开除周全平，叶灵凤，周毓英的通告》。周全平被开除的原因是"有意识地做出了极无耻的反革命的行为"。叶灵凤则是"组织部多次的寻找他，他都躲避不见……并且实际的为国民党民族主义文艺运动奔跑，道地的做走狗"。周毓英则是"完全放弃了联盟的工作，组织部屡次派人和他谈话，表示极端的动摇，不久并参加反动民族主义文艺运动，及在日报上公开发表反联盟言论，常会认周毓英已明显的为无产阶级革命文学的叛徒，绝对不能使其留存在我们的队伍中，就此决议将周毓英除名，并由秘书处在左联机关杂志《前哨》上宣布"②。这三个人本来是创造社成员，周全平是左联的候补常委，但由于见利忘义，染指互济会的钱财，被开除出左联无可非议。叶灵凤被开除的原因是消极面对，长时间不参加左联工作，但没有背叛革命的证据。而周毓英被开除的根本原因在于他与潘汉年的论战，"这场论战实质上是普罗'新兴作家'对自身备受压制地位的激烈抗争……他们对自身的弱者身份认同和在理论上的强者姿态，都使他们对既有文坛和作家采取了拒斥和抨击的态度，但这样惟我独尊的态势并没有使他们的普罗文学理论的正宗性和权威地位得以确立，反而使他们滑入了他们自己所批判的'机会主义'的泥淖"③。所以叶灵凤、周毓英被开除是左联激进

① 《关于新盟员加入的补充决议》，见陈瘦竹主编：《左翼文艺运动史料》，183页，南京，南京大学学报编辑部，1980。

② 《开除周全平，叶灵凤，周毓英的通告》，见陈瘦竹主编：《左翼文艺运动史料》，116～117页，南京，南京大学学报编辑部，1980。

③ 李跃力：《左联成立前后"新兴作家"的姿态与心态》，载《社会科学辑刊》，2007(6)。

心态下做出的排斥异己的行动，这种激进心态也显示了当时的左联缺少兼容并蓄的气度。而开除蒋光慈现在来看则是一起典型的冤案，马宁在《左联杂忆》中回忆党的文件中《开除蒋光慈党籍的通知》，开除蒋光慈的理由："一蒋光慈原名蒋光赤，登报声明改为光慈，是向国民党反动派投降妥协；二蒋光慈写的中篇小说《丽莎的哀怨》，同情上海白俄少女沦为妓女的悲惨生涯，丧失革命立场；三蒋光慈去日本东京，事先未得党中央同意。"① 这些理由充满了臆想和猜测。此外，郁达夫因为说了"我不是战士，只是一个作家"而被左联开除。这些武断专横的举措同样体现了左联激进心态下产生的非友即敌的思想。

最后，左联的激进文化心态还表现为左联群落成员行动的激进。左联要求参加一般革命斗争，并且对于活动内容也有着严格的要求，如"动员全体盟员及群众参加三一八及其他示威斗争，盟员至少得动员到全体三分之二，每次散发宣言一千份"②。所以我们在左联成员的一些回忆录中，见到最多的内容是他们经历的血与火的革命活动。"当年'左'倾机会主义路线搞的示威运动，普通群众固然参加，基层党团员、外围革命团体成员当然也必须参加。连作领导工作的和左翼作家也得参加。""我们青年学生对示威这件事，当时认识得简单：认为这是新的革命高潮到来之前的信号，因怀念北伐大革命时期的盛景，坚决勇敢地参加了。认为这是党的号召，必须执行而毫无顾虑地参加了。"③"从一月三日汉口收回英租界起，直到十二月，几乎隔不十天八日总有一次革命活动。特别是'红五月'，简直整月都在紧张地活动中。每逢纪念日到来，事前要散发传单，写粉笔标语，这些工作是在深夜进行的。纪念日的当日，要参加示威游行，飞行集会。"④

左联的这种激进文化心态，在一些左联成员后来的回忆录中也作了清晰的描述。金丁在《有关左联的一些回忆》一文中回忆自己参加左联的原因时是这样解释的，"为什么要参加'左联'呢？有出于自以为文学是终身可以从事的事业的原因，而更重要的是因为'左联'实际上和党的组织

① 马宁：《左联杂忆》，见《左联回忆录》，95页，北京，知识产权出版社，2010。

② 《和剧联及社联竞赛工作的合同》，见陈瘦竹主编：《左翼文艺运动史料》，187页，南京，南京大学学报编辑部，1980。

③ 杨迁如：《左翼作家在上海艺大》，见《左联回忆录》，79页，北京，知识产权出版社，2010。

④ 杨迁如：《左翼作家在上海艺大》，见《左联回忆录》，83页，北京，知识产权出版社，2010。

差不多。当时‘左联’是有‘第二党’之称的。从这样的看法出发，参加‘左联’后，确实也有愈‘左’愈好的情绪”①。

2. 新月派作家群落的绅士文化心态

由于群体成员都有过留学欧美的经历，深受欧风美雨的影响和熏陶，所以“新月派是中国现代文化史上最典型的绅士文化团体”②。新月派作家群落其实在 1920 年代已经充分展示出他们的绅士风情（朱寿桐先生在《新月派的绅士风情》中已经做出了详细精辟的论述），比如新月派成员追求非平民化的生活情趣和高逸的生活品位，新月社前身就是一个沙龙性质的文人雅士的聚餐会，而且其成员对戏剧兴趣浓厚，他们进行戏剧创作，开展戏剧研究，发表戏剧评论，有的甚至直接从事演剧活动、筹划剧社，根本原因在于他们把戏剧活动当作他们展示绅士风情的载体。此外新月派成员具有忍耐和宽容的绅士风度，他们不仅写文章宣扬绅士“谦抑忍耐”的个性，如梁实秋在《绅士》一文中表示“对于我们的敌人要如对于好像是我们的朋友一般”，而且在人际交往中，他们也强调忍让和宽容。在周氏兄弟与陈西滢的激烈笔战中，徐志摩就曾劝双方：“我们受教育为的是要训练理智来驾驭本性，涵养性情来节止意气。”③ 胡适尽管与陈西滢的观点比较接近，但他还是努力调解，则是批评双方：“我深深地感觉你们的笔战里双方都含有一点不容忍的态度”，呼吁双方“学学大海”④，希望彼此互相了解，息事宁人。

1930 年代是思想文化交锋频繁、斗争激烈的时代，尽管如此，新月派作家群落并没有放弃他们一贯坚持的绅士心态，而是在这种社会背景下，他们的宽容、优雅、自由的绅士文化心态得到了强化，尤其在新月派作家的社会交往和文学观念中都得到充分的表现。

1930 年代新月派作家群落的绅士文化心态首先表现在文学观念上，呼吁文学的“健康”和“理性”。“理性”是绅士文化的重要特征之一，要求节制情感，思想行动理智。在新月派群落的作家看来，“健康”和“理

---

① 金丁：《有关左联的一些回忆》，见《左联回忆录》，150 页，北京，知识产权出版社，2010。

② 朱寿桐：《新月派的绅士风情》，192 页，南京，江苏文艺出版社，1995。

③ 徐志摩：《关于下面一束通信告读者们》，见《徐志摩全集》，第 2 卷，377 页，天津，天津人民出版社，2005。

④ 胡适：《1926 年 5 月 24 日致鲁迅、周作人、陈源》，见《胡适书信集》（上），374 页，北京，北京大学出版社，1996。

性”的文学才具有优雅的古典美的特征，因此在《新月》创刊号上，徐志摩发表了《〈新月〉的态度》一文，文章中他对文坛上各种思想进行了批判，认为这些“思想市场上”的“不正当行业”是“与我们所标举的两大原则——健康与尊严——不相容的”。“在我们不曾发见更简赅的信仰的象征，我们要充分的发挥这一双伟大的原则——尊严与健康。尊严，它的声音可以唤回在歧路上彷徨的人生。健康，它的力量可以消灭一切侵蚀思想与生活的病菌。”① 他大力呼吁文学的“尊严与健康”。梁实秋是新月派作家群落的文学理论主将，他的文学批评中更鲜明地反映了新月派作家群落的文学观念和主张。在《文学的纪律》一书中，他比较系统地对文学中的情感和理性进行了细致的分析，对情感在作品中的作用进行了一分为二的评价，突出了理性在作品中的支配地位。虽然他说“徒有理性亦不能成为创作”②，缺乏想象与情感的创作只是空洞呆板的说教，承认“想象者，用歌德的话说，乃是引我们到较高的真实之幻境的一种境界”③，“因为文学里面有这想象的成分，所以文学才有主观性，高超性”④，然而作为一个新人文主义者，梁实秋和浪漫主义作家在认识上存在着截然的对立。在对情感与想象有条件肯定的同时，他对文学中的情感泛滥与想象的无节制又深恶痛绝。每当谈到浪漫主义情感时，梁实秋总是掩饰不住内心的痛恨，“浪漫的成分无论在什么人或是什么作品里恐怕都不能尽免，不过若把这浪漫的成分推崇过分，使成为一种主义，使情感成为文学的最领袖的原料，这便如同是一个生热病的状态”⑤。对于浪漫主义作家及他们的创作，梁实秋也是极力地贬低，他把卢梭说成是“变态的天才”，把王尔德塑造的世界说成是“对于美丽诡怪和虚幻狂妄的奇僻”⑥，归根到底，他实际上不满的是浪漫主义对情感的放纵。所以在他看来，浪漫主义是“无限制的同情心”⑦，“感情主义是浪漫主义的精髓”⑧，甚至给浪漫主义下了一个定义：浪漫主义就是不守纪律的情感主义。在批判浪漫主义的基础

① 徐志摩：《〈新月〉的态度》，见《徐志摩全集》，第3卷，195～198页，天津，天津人民出版社，2005。

②③ 梁实秋：《诗与图画》，见《浪漫的与古典的》，47页，北京，人民文学出版社，1988。

④ 梁实秋：《文学的纪律》，见《文学的纪律》，121页，北京，人民文学出版社，1988。

⑤ 梁实秋：《文学的纪律》，见《文学的纪律》，118页，北京，人民文学出版社，1988。

⑥ 梁实秋：《王尔德的唯美主义》，见《文学的纪律》，142页，北京，人民文学出版社，1988。

⑦ 梁实秋：《译诗一首》，见《文学的纪律》，84页，北京，人民文学出版社，1988。

⑧ 梁实秋：《文学的纪律》，见《文学的纪律》，118页，北京，人民文学出版社，1988。

上，梁实秋推出了他的新主张：文学的纪律。什么是文学的纪律呢？他做出了具体的表述，“文学的力量，不在于开扩，而在于集中；不在于放纵，而在于节制”。“伟大的文学者所该致力的是怎样把情感放在理性的缰绳之下”①，“伟大的文学的力量，不藏在情感里面，而是藏在制裁情感的理性里面”②。“人生中之普遍元素，只能于想象中体会之，而其想象又必须有节度有约束，然后所想象者才能不悖于‘或能律’。然后才能得普遍性之真精神。”③ 所有这些概括起来实际上就是一句话：情感与想象只有在理性的控制之下才能产生真正健康的艺术，理性才是文学创作中至高无上的因素。

新月派同人不仅呼唤文学的“理性”，在政治立场上，他们还呼唤政治的理性，追求政治上的秩序和规范。尽管在1920年代，他们一再声明“不谈政治”，然而到了1930年代，各种社会运动风起云涌，现实社会中很多问题再也无法回避，尤其是政治问题，所以他们也开始谈论政治，表达他们的政治见解和理想。1929年4月21日，胡适、梁实秋、徐志摩、罗隆基、丁西林、叶公超、吴泽霖成立平社，专门从各方面讨论中国问题。紧接着胡适在《新月》第2卷第2号起，连续发表《人权与约法》《我们什么时候才可有宪法?》《知难，行亦不易》等文章，公开讨论“人权”“言论自由”“法治”等问题，对国民党的专制统治表示了强烈的不满。随后，新月派其他成员纷纷响应，罗隆基发表了《论人权》《告压迫言论自由者》，梁实秋发表了《论思想统一》《所谓文艺政策者》等文章，声援胡适。正是《新月》发表了如此密集的谈论政治的文章，使得新月派产生很大社会影响，所以1931年5月3日上海《民报》上说：中国目前是“共产”“《新月》派”“三民主义”三种思想鼎足而立的时代，新月派俨然成为一种声势浩大的独立的政治力量。与以暴力革命的方式推翻政府统治的左翼完全不同，新月派目的在于“尽一点指导监督的天职……大家起来做政府和政党的指导监督”④，如何达到这个目的？“只有充分请教专家，充分运用科学。”⑤ 新月派的理想是健全政治的监督机制，以社会舆论制衡政治权力，从而避免政治独裁和专制，建立合乎理性的民主制度。因此在批判国民党专制统治的同时，新月派也对暴力革命表现了强烈不

① 梁实秋：《文学的纪律》，见《文学的纪律》，119页，北京，人民文学出版社，1988。
② 梁实秋：《文学的纪律》，见《文学的纪律》，120页，北京，人民文学出版社，1988。
③ 梁实秋：《亚里士多德的〈诗学〉》，见《文学的纪律》，63页，北京，人民文学出版社，1988。
④ 胡适：《我们要我们的自由》，见《胡适文集》，第1卷，145页，北京，北京大学出版社，1998。
⑤ 胡适：《知难，行亦不易》，载《新月》，1929（2—4）。

满，对左翼运动也毫不留情地进行了抨击。徐志摩说：“我们不崇拜任何的偏激，因为我们相信社会的纪纲是靠着积极的情感来维系的。”① 认为偏激将扰乱社会纪纲，使社会陷入无序，所以要加以反对。梁实秋也认为“文学也罢，革命也罢，我们现在需要一个冷静的头脑”（《文学与革命》）。笔者看来，1930年代新月派作家群落大谈特谈政治，本质上并非他们对政治抱有多大的兴趣，而是绅士文化心态使然。政治的理性的追求其实也正是新月派作家群落绅士文化心态的一种独特反映。

其次，1930年代新月派作家群落的绅士文化心态还表现在社会生活与社会交往中。这个群体的成员在日常交往中往往注重礼仪、团结友爱，表现出优雅的绅士风度，反映了英美绅士文化的深刻影响。

胡适就是一位谦谦君子，即使在1930年代笔战成风的环境中，他仍然能坚持客观，心平气和。对于身边的朋友，他一直是个和蔼可亲的老大哥，对于朋友的关爱无须置言，对于敌人同样也是客观公正，和解圆融，最为典型的是他与鲁迅的交往。作为新文化运动的两个开拓者，胡适与鲁迅曾经志同道合，以礼相待，互赠书刊，书信交往。到了1920年代末，由于政治信仰、治学方法的不同，两人分道扬镳，各行其道，尤其在1926年北京女子师大事件的劝和信以后，两人基本断绝了书信的交往。1930年代由于分歧明显，鲁迅多次为文对胡适冷嘲热讽，他说：“杜威教授有他的实验主义，白璧德教授有他的人文主义，从他们那里零零碎碎贩运一点点回来的就变成了中国的呵斥八极的学者，不也是一个不可动摇的证明么？”② 比如其在1933年创作的《伪自由书·出卖灵魂的秘诀》《花边文学·算账》《且介亭杂文·关于中国的两三件事》等文章中，把胡适说成是日本帝国主义的“军师”。《言论自由的界限》中，鲁迅大肆挖苦胡适的“好政府主义”，把胡适喻为焦大，把胡适宣扬民主自由而得罪国民党比喻成焦大骂贾府被塞了一嘴马粪。1936年谈到胡适小说考证时，鲁迅又冷嘲热讽地说：“只有特种学者如胡适之先生之流，这才把曹霑和冯执中念念不忘的记在心里。”③ 而对于鲁迅的这些明讽暗刺，胡适并没有尖锐回应、反唇相讥，而是表现得镇定自若，体现了一个绅士平和的心

① 徐志摩：《〈新月〉的态度》，载《新月》，1928（1—1）。

② 鲁迅：《南腔北调集·大家降一级试试看》，见《鲁迅全集》，第4卷，562页，北京，人民文学出版社，2005。

③ 鲁迅：《且介亭杂文末编·〈出关〉的“关”》，见《鲁迅全集》，第6卷，538页，北京，人民文学出版社，2005。

态。1929 年，胡适在给周作人的信中说，“生平对于君家昆弟，只有最诚意的敬爱，种种疏隔和人事变迁，此意始终不减分毫”①。胡适的确做到了言行的一致，1928 年在《白话文学史·自序》中，他就对鲁迅的《中国小说史略》做出了高度的评价：“在小说的史料方面，我自己也颇有一点点贡献。但最大的成绩，自然是鲁迅先生的《中国小说史略》。这是一部开山的创作，搜集甚勤，取材甚精，断制也甚严谨，可以替我们研究文学史的人节省无数精力。”② 1929 年他写的《百二十回〈忠义水浒传〉序》中，多处引用鲁迅的材料与论断，并强调说：“鲁迅先生之说，很细密周到，我很佩服，故值得详细征引。”③ 1930 年 4 月 30 日在给杨杏佛的信中，胡适这样自剖道：“我受了十余年的骂，从来不怨恨骂我的人。有时他们骂的不中肯，我反替他们着急。有时他们骂的太过火了，反损骂者自己的人格，我更替他们不安，我自然很情愿挨骂。”④ 鲁迅去世之后，苏雪林写了两封信给蔡元培和胡适，辱骂鲁迅是“玷辱士林之衣冠败类，二十五史儒林所传无之奸恶小人”。胡适在复信中对苏雪林毫不留情地进行了批评，认为这样的评价方式“未免太动火气”，指出“此是旧文字的恶腔调，我们应该深戒”。信中他还为鲁迅进行了辩解，公正地指出鲁迅的《中国小说史略》绝非抄袭之作，“如他的早年文学作品，如他的小说史研究，皆是上等工作……盐谷一案，我们应该为鲁迅洗刷明白”。他还认为陈西滢（通伯）应该为此写一篇短文，理由正是“此是‘gentleman 的臭架子’，值得摆的”⑤。这些地方都鲜明表现出胡适不计宿怨、宽容客观、胸怀坦荡的君子风度。

徐志摩的待人宽容在新月派圈中也是闻名的。杨振声认为徐志摩为人大度宽容，“他所处的环境，任何人要抱怨痛苦了，但我没有听见他抱怨过任何人；他的行事受旁人的攻击多了，但他并未攻击过旁人……他只是

① 胡适：《19290904 致周作人》，见《胡适书信集》（上），490 页，北京，北京大学出版社，1996。

② 胡适：《白话文学史·自序》，见《胡适文集》，第 8 卷，145 页，北京，北京大学出版社，1998。

③ 胡适：《百二十回〈忠义水浒传〉序》，见《胡适文集》，第 4 卷，343 页，北京，北京大学出版社，1998。

④ 胡适：《19300430 致杨杏佛》，见《胡适书信集》（上），508 页，北京，北京大学出版社，1996。

⑤ 胡适：《19361214 致苏雪林》，见《胡适书信集》（中），710 页，北京，北京大学出版社，1996。

不与你计较是非罢了”①。梁实秋说徐志摩是一个“使大家感到温暖”的人，并比较“胡先生也是一个生龙活虎一般的人，但于和蔼中富有严肃，真正一团和气使四座并欢的是志摩”②。即使是圈外人，对他的评价也很高，如郑振铎说，“他宽容，他包纳一切，他无机心，这使他对于任何方面都显得可以相融洽”。“在当代的文坛上，像他那样的不具有‘派别’的旗帜与偏见的，能够融洽一切、宽容一切的，我还没见过第二个人。”③

新月派这个作家群落的整体交往中，互相之间也讲究忍让和宽容。尽管个性不同，偶有纠纷，但他们也总能尽量互相谅解，克制谦让。在为数不多的纠纷中最为典型的是胡适“撤股”风波，《新月》杂志创办之初，余上沅提议由胡适任社长，徐志摩为编辑，由此引起了其他参与者梁实秋、闻一多、潘光旦、饶梦侃等人的不满，这批深受西方民主平等思想影响的知识分子“觉得事情不应该这样的由一二人独断独行，应该更民主化，由大家商定”④。而胡适则觉得这是内部“不团结”，于是 1928 年 1 月 28 日写信给徐志摩，提出撤股、辞职。但这个矛盾纠纷还是很快消弭于无形，胡适收回撤股之举。《新月》还是如期创刊，五人共同负责，胡适不列名。这件事的解决固然是徐志摩的积极斡旋调解起到一定作用，更重要的恐怕还是新月派成员谦抑忍让、理性宽容的绅士心态导致的必然结果，也正是因为如此，后来梁实秋总结说：“新月同仁一直和谐无间，从没有起过什么争执，一直到后来大家都离开上海以至无疾而终。”⑤ 而贾植芳先生在对比新月派和左翼文人的不同时，得到的结论是：“我们的左翼文艺，从创造社到左联，一直好斗。五四时代知识分子没有纠纷，譬如新月派就没有个人间的矛盾。”⑥ 话虽然说得有些绝对，但至少说明了新月派作家群落内部相对还是比较团结的。

与之相关的还有两个事例，一是沈从文曾经描述他与新月派作家群落的交往，“大胆走到华龙路新月书店编辑处去。到了见到梦侃以外，还见到叶公超、彭基相与潘先生。我对穿洋服的人，是常常怀着敬畏的。本来

① 杨振声：《徐志摩最后的一别》，载《独立评论》，1932（4）。

② 梁实秋：《再谈徐志摩》，见《梁实秋文集》，第 3 卷，494～495 页，厦门，鹭江出版社，2002。

③ 郑振铎：《悼志摩》，载《晨报·学园》，1931-12-08。

④ 梁实秋：《忆“新月”》，见《梁实秋文集》，第 3 卷，57 页，厦门，鹭江出版社，2002。

⑤ 梁实秋：《谈徐志摩》，见《梁实秋文集》，第 2 卷，339 页，厦门，鹭江出版社，2002。

⑥ 转引自陈明远：《四条汉子的个性分析》，载《黄河》，1999（6）。

看到这用上等外国材料作成的衣服，又是白领子，又是起花的领带，相貌堂堂不由人加以尊敬”①。在沈从文眼中，新月派诸公穿着考究，仪表优雅。二是有一次沈从文去新月书店取稿费前先到梁实秋府盖章，梁实秋是这样回忆的，“沈从文就找到我家来了，他人很奇怪，不走前门按铃，走后门，家里的佣人把收据给我，我看是‘沈从文’，盖了章。后来我想下来看看他，但是他已经走远了”②。这两段描写看似不太经意，然而却生动表现了一个卑微谦恭的“乡下人”与高高在上的绅士之间巨大的心理差距。

3. 京派作家群落的超然文化心态

在1930年代的文坛上，左联作家群落高呼着“革命文学”“阶级斗争”的口号，表现出充满着狂热与活力的激进心态；海派作家则沉溺于灯红酒绿、光怪陆离的“都市风景线”里，充溢在他们身上的是躁动不安；新月派作家高谈阔论，谦抑忍耐，表现出温文尔雅的绅士心态。而京派作家群落则退缩在北平的一隅，蛰居于象牙塔中，心态平和超然地思考、表现和享受着人生。

这种平和超然的文化心态首先表现在政治态度上。尽管在1930年代的特殊文化语境中任何作家群落都不可能完全摆脱政治的影响，即使屡屡表示要远离政治，而事实上这样的声明仍是一种政治表态③，不过，与其他作家群落的政治倾向性相比，京派平和超然的文化心态还是显得非常突出。比如周作人，在1928年发表的《北京与北平》《干政与干教》《人口问题》《封建思想》等一组随感录来看，他依然延续了“五四”时期的热情，对北洋军阀的暴戾和国民党的讨赤进行了批判，表现了对政治时局的关注。然而到了1928年11月1日发表《闭户读书论》之后，他的思想明显发生了转折，文中他感叹地说：“幸而近来‘青运’已经停止，救国事业有人担当，昔日轱辘体的口号今成截上的小题，专门读书，此其时矣，闭户云者，聊以形容，言其专一耳。”④ 在随后的《〈燕知草〉跋》中，他又说：“而现在中国情形又似乎正是明季的样子，手拿不动竹竿的文人只

① 沈从文：《不死日记19280829》，见《沈从文全集》，第3卷，444页，太原，北岳文艺出版社，2002。

② 梁实秋：《忆沈从文》，见《梁实秋怀人丛录》，326页，北京，中国广播电视出版社，1991（梁实秋写过两篇同名文章《忆沈从文》，此篇是1985年根据其口述整理，发表于台湾《联合早报》第27期）。

③ 参见朱晓进：《“远离政治”：一种针对“政治”的姿态——论30年代“京派”等作家群体的政治倾向》，载《南京师大学报》（社会科学版），2000（3）。

④ 周作人：《闭户读书论》，见《周作人散文全集》，第5卷，510页，桂林，广西师范大学出版社，2009。

好避难到艺术世界里去，这原是无足怪的。”[①] 对政治的厌倦和失望之情溢于言表。到了1929年1月给江绍原的信中，他说：“以后当闭户读书，偶写文章亦拟以乱谈外行话（文学之类）为限，而不再来谈时事矣。”[②]再次表明自己远离政治的思想。

与周作人有很大的不同，沈从文自从走上文坛之后就对政治相当厌恶，在《老实人自序》中他说：“然而这时代，人人正高唱着文学也应作为政治工具的时代，我所希望的又是应当如何为人齿冷！”在他看来，“现代政治唯一特点是嘈杂，政治家的梦想即如何促成多数的嘈杂与混乱，因之证实领导者的伟大”[③]。他对政治采取的是否定的态度，坚决反对把文学作为政治的工具。他认为文学家应该远离政治，专注于自身的事业，“因为唯有它（文学——编者注）能在宗教和政治以外，把在不同时间和空间生长的生命，以及生命的不同式样，发展不同趋赴相同的目的，作更有效的粘合与连接！”[④] 所以他反对文学的政治化。而1933年他挑起京派与海派的争论，目的也是试图将文学从政治的阴影之中解放出来。1935年他又对左翼创作群体雷同化的“差不多”现象进行批判，并且终身对任何政党集团都保持着疏离的姿态。

京派作家群落的其他作家也都自觉对政治和社会意识形态持一种淡泊与疏离的态度。比如朱光潜说：“文学艺术是一种审美创造活动，它的创造者应当以一种超越一切忧喜的纯粹审美的态度来观照社会人生，而不应当直接卷入社会人生中的纷繁矛盾冲突之中。”[⑤] 认为文学艺术要和社会保持距离。对于革命，他说：“我们天天都听到‘革命’的新口号，却没有看见一件真正‘革了命’的事迹。”[⑥] 他认为现实社会中革命多停留在口号上，而缺乏实际的行动。此外在《中国思想的危机》中他说：“在野心政治家的立场，他们要宣传，玩的是政治手段。美其名曰‘思想运动’，

① 周作人：《〈燕知草〉跋》，见《周作人散文全集》，第5卷，519页，桂林，广西师范大学出版社，2009。

② 周作人：《与江绍原书四通》，见《周作人散文全集》，第5卷，539页，桂林，广西师范大学出版社，2009。

③ 沈从文：《虹桥》，见《沈从文全集》，第10卷，391页，太原，北岳文艺出版社，2002。

④ 沈从文：《一个边疆故事的讨论》，见《沈从文全集》，第17卷，467页，太原，北岳文艺出版社，2002。

⑤ 转引自金绍先：《曲终人不见　江上数峰清——忆朱光潜与鲁迅的一次分歧》，载《文史杂志》，1993（3）。

⑥ 朱光潜：《给〈申报周刊〉的青年读者（五）——谈理想与事实》，见《朱光潜全集》，第8卷，481页，合肥，安徽教育出版社，1993。

自然是一笔得意文章；但是我们站在思想者的立场，要明白政治手段是政治手段，思想运动是思想运动——他们的手段是‘愚民’的，与真正思想精神是相反的。”①他对中国的政治家借思想运动来搞政治，混淆思想运动和政治运动表示了愤慨。作为京派的批评大家，李健吾更是深切体会了政治斗争的黑暗和诡谲，所以他对政治也是采取了避而远之的态度。在《咀华集·跋》中他说：“我厌憎既往（甚至于现时）不中肯而又充满学究气息的评论或者攻讦，批评变成一件武器，或者等而下之，一种工具。句句落空，却又恨不把人凌迟处死。谁也不想了解谁，可是谁都想抓住对方的把柄，把揭发私人的生活看着批评的根据。大家眼里反映的是厉害，于是厉害仿佛一片乌云，打下一阵暴雨，弄湿了弄脏了彼此的作品。”② 他对文坛上把文学作为政治斗争工具的风气十分不满。在“非功利”的文学观的指引下，李健吾把文学批评当作一项认真的事业，在文学批评当中倾注了自己的个性与热情。京派作家群落中女作家凌叔华也认为文艺“有它绝对的，尊严的独立性，它不能做任何主义的工具”。坚持文学的独立性。

京派作家群落平和超然的文化心态不仅表现在对政治疏离的态度上，还反映在文学创作上，他们总是尽量回避现实的冲突，重视作品的艺术性，这在京派散文中得到突出的体现。也许散文这种文体形式自由、结构相对散漫、语言表达从容，更适于表达平和闲适的心态，所以京派成员对于这种文体非常喜爱，这也与左联作家群落青睐锋芒毕露的杂文形成鲜明的对比。在京派作家群落的散文创作中，主要有两种题材：一是以身边家常琐事为题材的絮语式散文。这类散文的代表作家无疑是周作人，其以趣味为中心，沉溺于风俗人情、花草鱼虫、乡间山水的叙写，表现了对现实的逃避。作为苦雨斋的弟子，废名延续了周作人的创作，并把这种平和发展到极致，以至于文章变得晦涩难懂。他的《竹林的故事》《桃园》《桥》等集子（有的人认为是小说集，也有人认为是散文），专注于故乡湖北黄梅乡土风俗人情的描写，重视诗般的意境的营造，呈现出一派田园牧歌式的情调。比较接近这种取材的还有沈从文和李广田。沈从文的散文集《湘行散记》和《湘西》以游记的方式描写了故乡的山水，与周作人、废名不同的是他在景物的描写中，渗透了自己对于历史和现实的反思，对于湘西

① 朱光潜：《中国思想的危机》，见《朱光潜全集》，第8卷，516页，合肥，安徽教育出版社，1993。

② 李健吾：《咀华集·跋》，载《大公报》，1936-07-19。

未来的深沉的思考。而李广田的《画廊集》则是以平淡质朴的手法对故乡和童年生活进行了回忆，通过对农民和下层知识分子这些普通小人物的描写，反映了他对人道主义的同情和对乡野的挚爱。二是重视心路历程的探索，表现丰富内心世界的抒情性题材的散文。在这类散文创作中，何其芳是一个杰出的代表，他的《画梦录》以丰富的想象、清新的感觉描写了孤独者内心的寂寞和惆怅、梦想和爱情，寻找“浮现在我心灵里的原来就是一些颜色，一些图案”(《梦中的道路》)，细腻地表现了“孤独者灵魂的独语、内心的梦想、心灵的慰藉”[①]。因此，许道明认为京派散文“是一些远离社会斗争的、美和爱的追求者的情感的温柔的流露，是一些敏感、多情、敦厚、善良的心灵的坦诚剖白”[②]。这确实是一个准确精到的评价。

京派的小说也表现出平和超然的文化心态。京派群落作家在小说的选材上不太喜欢现实题材和都市题材，他们更多把目光投注向传统的农村社会，比如沈从文之于湘西、芦焚之于河南乡村、废名之于故乡黄梅。在他们看来，都市物欲横流，道德败坏，人性堕落，是现代文明病态的产物。而农村古朴自然，美好和谐，充满着人情美和人性美，所以京派作家神往于纯朴的乡野，更喜欢平静地用他们的画笔描摹乡村生活的风景画和风俗画，赞美这种田园牧歌式的农村生活，表现了对于传统的缅怀和期盼，由此小说充满了抒情性的诗意和优美的情调。

这种平和超然的文化心态还体现在京派诗歌创作中，“五四新诗中那种积极干预生活的趋向尽管还是些稚嫩的特征，并没有引起京派诗人的兴味。这正是他们同左翼诗文的重要区别”[③]。的确如此，京派诗人生性恬淡平和的心态反映到他们的诗歌创作，一个显著的特征就是不太关注于眼前的社会现实，他们更多将目光投向自然世界。比如林庚就写了《春天》《春野》《晨光》《自然》等多首诗，热情地赞美了自然风光。林徽因则写过《一首桃花》《黄昏过泰山》《十一月的小村》《风筝》《山中》等诗作，这些诗歌典雅规范而充满古典唯美的意味，往往借助于景物的描写，抒发自己对于现实人生的真切感喟。而李广田以秋天为题材写了《秋的味》《秋的歌者》《秋灯》《秋行》一组诗歌，结合秋天的景物这些视觉意象来

① 俞元桂：《中国现代散文史》，292页，济南，山东文艺出版社，1988。
② 许道明：《京派文学的世界》，206页，上海，复旦大学出版社，1994。
③ 许道明：《京派文学的世界》，129页，上海，复旦大学出版社，1994。

抒写自我心境，表达了身处学院围墙之内学子空虚、哀伤的情思。不仅如此，京派诗歌还有一个显著的特征，他们在诗歌创作中或者谈佛论禅，或者思考死亡，或者叩问生命价值与存在的意义，通过这些抽象的命题表现了形而上的哲学思考。比如废名，朱光潜评价他说："废名先生富敏感而好苦思，有禅家与道人的风味。他的诗有一个深玄的背景，难懂的是这背景。"① 在他为数不多的诗歌中多数以佛教意象为题材，如《灯》《镜》《海》《莲花》等诗歌描写了承载着深玄的意蕴积淀的禅宗意象，充满了智者的玄想与深思，表达诗人对于人生和宇宙的独特思考和认识。陈梦家诗作具有浓厚的生命意识，充满很多关于死亡的咏叹，代表作如《葬歌》《昧爽》《悔与回》等。在他看来，死亡并不恐怖，相反自然平淡，是"活静的安睡"，是重归自然并与自然万物融汇。冯至在 1930 年代的诗集《北游及其他》中也表达了对生与死的思考，如《中秋》开头这样写道："生和死，同是一样的秘密，/一种秘密的环把他们套在一起；/我在这秘密的环中，/解也解不开，跑也跑不出去。"生与死充满神秘，是一种轮回，谁也不能避免。到了诗歌的结尾，诗人则是用一连串的发问，表达了对自己生命过程沉思之后的反省与追问。再如《咖啡馆》中"我只是想就这样地在江心沉下/像那天边不知名的一个流星"。死亡成为对苦难生命的解脱，是疲惫的心灵得以永久平静的栖息地。冯至在 1940 年代初悼念梁遇春时写过一首诗《给秋心之四》，其中最后两句是"你们的死却是这样的静默/静默得像我远方的故乡"。假如用一个词语来概括京派诗人的心态，笔者认为"静默"是一个很适合的词语，京派诗人心态平和，他们的诗歌创作通过描述对宇宙人生、自然生死的看法，在抽象命题的昭示中透着一种从容与镇静的超脱。

如果拿人来作一个比喻，左翼群落作家心态激进，充满了斗志，像朝气勃发的青年，那么京派群落作家心态平和、超脱，就像是稳重优雅的中年人，难怪有人这么说："京派作家的自我生命体验与他们的中年心态密不可分。"② 京派作家群落的平和超然的文化心态是 1930 年代特定文化土壤的产物：一方面，他们自幼接受中国传统文化的教育，对传统有着深厚的亲和力；另一方面，他们中很多人曾负笈欧洲，学贯中西，对于西方文化都有着深湛的了解。这两方面使他们无须再像"五四"时期那么艰难地

① 朱光潜：《编辑后记》，载《文学杂志》，1937（1—2）。

② 阎开振：《试论京派作家的中年心态与个体生命体验》，载《东岳论丛》，2004（2）。

弃旧向新，而是采取一种自由与从容的姿态来欣赏中西文化，建构融汇西方现代与民族传统为一体的文学。

第二节　内在取向　矛盾悖立

随着时势的发展，1930 年代期间作家群落的内在精神取向呈现出复杂性的特征，文化心态又充满了矛盾与悖立，社会剖析派作家群落的双重人格、论语派作家群落的犹豫彷徨正是这种复杂性精神取向的典型表现。

1. 社会剖析派作家群落的双重人格

由于对政治怀有浓厚的兴趣，社会剖析派作家群落成员往往身体力行，直接参与革命政治活动；但另一方面他们喜爱文学，最初多以文学为职业，有的甚至把文学创作当作赖以谋生的工具，所以在 1930 年代初期，他们往往具有革命者和文学家的双重身份。谋生需要努力写作，保证足够的时间来创作更多的作品；而革命活动强调奉献精神，需要积极参与社会活动。那么在有限的时间内，如何做好这两项工作是他们面临的难题。更重要的是，文学的思维方式也完全不同于政治的思维方式，政治活动和文学活动往往互相制约着他们的发展。因此，是从事政治活动做一个革命者，还是从事文学创作做一个文学家？社会剖析派作家群落经常面临这种职业和兴趣难以两全的选择，并深深陷于左右为难的焦虑之中，于是双重人格成为这个群落成员所具有的一种特殊的文化心态。

“我的职业使我接近文学，而我的内心的趣味和别的许多朋友——祝福这些朋友的灵魂——则引我接近社会活动。”① “职业”是文学，而“趣味”则是社会政治活动，茅盾的这句话突出而鲜明地表现了他双重人格中尖锐的矛盾。回顾茅盾的生活经历，我们发现他的文学和政治的活动总是交织于一体，而且这种矛盾和冲突几乎贯穿了他的一生，只不过在 1930 年代表现得更为明显而已。如果说 1920 年代初期茅盾的主要工作重心放在文学方面（参与《小说月报》的革新虽然是一种文学的活动，同时也反映了社会改造的热情），那么从 1924 年开始，他几乎把全部精力投入到各

① 茅盾：《从牯岭到东京》，见《茅盾论创作》，29 页，上海，上海文艺出版社，1980。

种各样的社会工作中，先是担任多种社会职务，投身革命活动，成为职业的社会活动家。“四一二”事变使茅盾的理想受到严重的挫折，也使他面临着生存的难题，“如何维持生活？找职业是不可能的，只好重新拿起笔来，卖文为生”①。结果正如他在《几句旧话》中所说：“我又‘非职业’的再度和文学发生了来往”，重新选择了文学来作为灵魂的庇护所，真正开始了他文学创作生涯。从第一篇短篇小说《幻灭》开始，茅盾就显示了旺盛的创作生命力，并很快成为一个职业的作家。但是，茅盾并不是一个甘愿全心全意地献身文学事业的人，他从来没有想过要像艺术至上主义者那样狂热地把自己完全献身于缪斯女神，即使是《子夜》的创作，按照他自己的说法也不过是借此来参加社会性质的论战，表明自己的观点罢了。而这个阶段其他的代表性作品《蚀》三部曲和《虹》等，创作的目的其实也类似于《子夜》，都是借助于文学来表现自己的政治思考而已。也正因为如此，当冯乃超邀请他参加左联时，尽管曾和创造社、太阳社有过矛盾，但他还是欣然加入了左联，从而又和政治产生了密切的联系。

以往把茅盾说成是“文学家和革命家的完美结合”，笔者认为这是一个值得商榷的问题，如果回顾茅盾在左联前期的表现，我们将清楚地发现茅盾的“文学家”和“革命家”的结合并非那么完美。事实上茅盾在加入左联之后，总是表现出与左联的若即若离，他没有完全听命于左联的驱使，去参加示威游行、飞行集会，写标语，散传单等，他自己也承认“我加入左联以后，对于左联的各种活动，很少参加”②，并诙谐地把自己称为“一个‘保持作家的旧社会关系’的消极怠工者和‘作品主义者’”，把这种行为称为“自由主义”的办法。但是另外一方面，茅盾又参加了左联的很多会议，尤其在1931年下半年和1933年下半年两次担任行政书记的时候，“整个秋季（1931年——编者注），我都忙着写论文和参加‘左联’的各种会议……”，“担任了‘左联’行政书记，活动就多了，会议也多了，经常出入左翼人士的活动场所……”③ 为什么一方面很少参加左联的活动，同时另一方面又频繁地参加左联的会议呢？这样的表现似乎有些矛盾，细究我们发现其实这正是茅盾双重人格的典型反映。茅盾较少参加左联的活动，主要原因在于他对“作家”与“革命”的关系和当时左联领

---

① 茅盾：《我走过的道路》（中），2页，北京，人民文学出版社，1984。
② 茅盾：《我走过的道路》（中），52页，北京，人民文学出版社，1984。
③ 茅盾：《我走过的道路》（中），85页，北京，人民文学出版社，1984。

导（冯乃超等）有着不同的理解。在一次左联的全体大会上，首任党团书记冯乃超在政治报告中说："革命的文学家在这个革命高潮到来的前夜，应该不迟疑地加入这艰苦的行动中去，即使把文学家的工作地位抛去，也是毫不足惜的。"这句话使茅盾大为惊讶，"看来他们对'作家'和'革命'两者的关系，有独特的见解……"① 冯乃超等人的看法是革命至上，为了革命必须放弃作家的身份，两者中偏重于前者；而茅盾作为一个文学家，显然不能认同冯乃超的意见，他更看重的是自己作家的身份。所以茅盾很少参加左联的活动，某种意义上正是为了保持文人的尊严和独立思考。也正是因为站在作家的立场上，他说："'左联'说他是文学团体，不如说更象个政党"②，生动表现了一个作家对政治活动的不适应性。然而，茅盾又是一个有着远大政治抱负的作家，政治意识尤其强烈，所以担任左联行政书记并频繁地参加左联的会议，正是关注政治、积极参与政治的心理的反映，满足了他作为一个政治家的心理的需求。不过，到底是做一个文学家还是革命家，在面临人生道路的重大抉择时，茅盾在这个问题上也是左右徘徊，人格上始终处于冲突之中，而这种冲突最突出的反映是他的政治事务和文学创作不能兼顾。由于左联事务的繁忙，他无法集中精力进行写作，为了《子夜》的写作计划能顺利进行下去，1931 年 10 月他提出辞去左联行政书记的职务（冯雪峰未同意，改为请假），专心致志从事文学创作。假如我们认为茅盾的辞职意味着他放弃政治而彻底皈依于文学，那就大错特错了，事实上在创作的过程中，他仍密切地关注着政治，"三二年我虽专心于写作，但有关'左联'的工作，阳翰笙仍经常来找我商量"③。就创作而言，茅盾这个阶段的"社会剖析派小说"深刻而全面地反映了社会现实，在小说的创作中"未尝敢忘记了文学的社会的意义"，某种意义上来说文学成为他政治言说的载体。因此"在茅盾踏入文学界的最初几年里，茅盾便这样在文学与政治的交错中度过——文学作为一种职业满足了他生存的需要，政治作为一种兴趣满足了他心灵的渴求"④。职业和兴趣造就了茅盾的双重人格。

这种双重人格并非为茅盾所独有，在其他社会剖析派作家群落成员的

---

① 茅盾：《我走过的道路》（中），53 页，北京，人民文学出版社，1984。
② 茅盾：《我走过的道路》（中），56 页，北京，人民文学出版社，1984。
③ 茅盾：《我走过的道路》（中），127 页，北京，人民文学出版社，1984。
④ 周兴华：《文学与政治：茅盾的选择与被选择》，载《名作欣赏》，2008（10）。

身上也有着不同程度的存在。如果我们留意到他们的创作经历，多多少少能看到这种双重人格留下的印记。

在成为一个作家之前，沙汀是一个革命者，他很早就加入了中国共产党并在家乡四川从事革命活动，1929年夏因失掉组织关系而避难上海。1932年10月他的第一个短篇小说集《法律外的航线》的出版，标志着他成为一个真正的作家。然而在这之后一个月，由于对政治的浓厚兴趣，他在周扬的介绍下加入了左联，1933年夏秋之交被选为左联执行委员，担任常委会秘书，更多从事的是革命的实际工作。在这段时间内，沙汀在革命工作和文学创作之间产生了矛盾，使得他处于两者的冲突之中。左联的事务非常繁忙，对于刚刚走上创作道路的沙汀来说难以顾及创作，使得他在创作上停滞不前，因此1934年和1935年间他的创作陷入了一个低潮。这种现状让沙汀左右为难，是从事实际革命还是继续创作使他面临着痛苦的选择，经过一番深入思考，他最终还是选择了继续走文学创作的道路。也正是想在文学创作上有所建树，所以1935年7月他逃离政治的旋涡上海，携妻小躲到青岛，目的在于寻找一个僻静之所专心创作，以便改变作为一个作家无暇创作的窘境，并在这之后逐渐走上一个职业作家的道路。

“艾芜身上折射出一种传统文人独有的疏世傲岸的艺术气质。那种流连于他乡山水间的自然情怀无形中冲淡了作家对现实生活的痛苦体验和家国天下的入世意识。”① 这篇文章的作者显然敏锐地发现了艾芜身上所具有的两种性格，一种是疏世的气质，一种是入世意识，但是却未能准确地把握这两种性格的特质，忽视了这两种性格之间的冲突，其实这里所体现的正是艾芜作为一个文人作家和革命者两种身份和性格之间的冲突。1925年艾芜怀着劳工神圣的理想离家南行，漂泊在东南亚一带。1931年因为参加了缅甸共产主义小组，从事实际的革命工作，被遣返回上海。为了解决生计问题，他开始了文学创作，1932年小说《人生哲学的一课》的发表终于结束了屡次投稿不中的倒霉的运气，使他打开了上海文艺界的大门，成为一个文坛的新秀。因为投稿《北斗》，艾芜被邀请参加丁玲主持的编辑部座谈会，逐步向左联靠拢，并于1932年春加入了左联。艾芜加入左联的原因在于他认为在这个团体内自己可以在文学方面取得很多的经验，得到更多的锻炼。然而当他加入左联后发现左联的会议只讲政治情

---

① 张燕：《自然性与社会性的双重建构——艾芜早期小说创作思想解析》，载《现代语文》，2007（2）。

况，从不谈文艺思想和创作趋势，这使得他感到很失望。虽然投稿没有稿费，但他还是仍然坚持创作，“明知写的文章，赚不到钱，我还是写，因为既然参加左翼作家联盟了，总要使自己不要成为空头文人”[①]。可见他多么重视一个“文人”的身份。另一方面，为了表明自己的政治态度，他积极响应左联的号召，听从组织的差遣，深入工厂宣传、发展工人通讯员、参加飞行集会，做了大量的实际工作。这些工作又占据了他的大多数时间，使他感到非常苦恼，因为“在这样忙于活动的环境中，我一点写作的时间也没有了”[②]。文学家的梦想似乎离他渐行渐远。这种情况一直持续到 1933 年 3 月，艾芜因联系工人而被捕入狱。积极进取参与革命还是退守一隅当一个文人？双重人格产生了激烈的冲突，艾芜对自己未来的道路进行了深刻的思考。政治的现实生活似乎与他心中找寻的精神家园相去甚远，所以 1933 年 9 月出狱以后，他逐渐远离革命的实际工作，专心致志从事创作，回归到精神上的南行流浪生活之中，通过文学创作来寻找到自己的精神家园。这样，大量以南行生活为题材的作品在他笔下汩汩而出，又源源不断地出现在各地的报刊上，艾芜也一跃而成为“1933 年文坛上的新人”，创作上逐渐步入正轨。

2. 论语派作家群落的犹豫彷徨

1934 年林语堂在《四十自叙》中写道：“一生矛盾说不尽，心灵解剖迹糊涂。”这句诗生动反映了他论语时期犹豫彷徨的文化心态。林语堂的犹豫彷徨的文化心态首先反映在文学理念与创作的矛盾上。在文学理念方面，林语堂深受道家文化精神的影响，在人生态度、政治观、文艺观上倾向于道禅，主张文学要“超政治”“近人生”，大力提倡“幽默”“闲适”“性灵”，做“城中隐士”。在《论幽默》一文中，他就提出：“幽默只是一位冷静超远的旁观者”，寄希望“用幽默来改造世界”，试图以幽默作为改造政治和国民性的药方，来改造中国社会和现实。幽默与讽刺的区别在于：“讽刺文章往往火气太盛，每趋于酸腐，去其酸腐，而达到冲淡心境，变成幽默”。他还认为提倡幽默，“必先有深远之心境，而带一点我佛慈悲之念头，然后文章火气不太盛，读者得淡然之味”[③]，强调内心修养对于

① 艾芜：《三十年代的一幅剪影——我参加左联前前后后的情形》，见《艾芜研究专集》，44～45 页，成都，四川文艺出版社，1986。

② 艾芜：《三十年代的一幅剪影——我参加左联前前后后的情形》，见《艾芜研究专集》，47 页，成都，四川文艺出版社，1986。

③ 林语堂：《论幽默》，载《论语》，1934（34）。

幽默的重要。在《涵养》一文中，他更是提倡做人要"忍辱负重，和平达观，不露锋芒，喜怒不形于色，不轻易得罪人……"① 但是在创作方面，林语堂往往不能保持"冲淡心境"，而是火气太盛，把冷静超远的幽默变成了义愤填膺的讽刺。《论政治病》（《论语》第27期，1933年10月16日）辛辣讽刺了南京政府的荒淫无耻和丑恶嘴脸，《如何救国示威》（《论语》第3期，1932年10月16日）、《等因抵抗歌》（《论语》第11期，1933年2月16日）嘲笑国民党对日本帝国主义的不抵抗政策，《谈言论自由》（《论语》第13期，1933年3月16日）中表示文学观念上想要避开政治，远离政治，做一个"冷静超远的旁观者"，而创作中又离不开政治，因此林语堂这个阶段时常延续语丝阶段的"猛士"风采。虽然在杨杏佛被暗杀后，迫于政治的高压，他有所退缩收敛，甚至说要开始"谈女人"了，但事实上后来还是写了《国事亟矣》（《论语》第78期，1935年12月16日）、《外交纠纷》（《论语》第80期，1936年1月16日）等风格犀利的批判政府的文章。此外，在与鲁迅为首的左联论争的一些文章中，林语堂也没有做到"冷静超远"，《方巾气研究》《我不敢游杭》《今文八弊》等文章也是火气十足，充满了火药味。

林语堂的文学理念与创作上的矛盾同样影响到他的办刊立场和编辑理念。一方面，他试图保持中立，置身于党派政治斗争之外。《论语》发行之初，林语堂在《论语社同仁戒条》中提出的第一条即是"不反革命"，声明要不左不右，保持中立，同时告诫作者要少谈政治，"因为我们不想杀身以成仁"，要"减少讽刺文学，增加无所为的幽默小品文"，并且再三强调"本刊之主旨是幽默，不是讽刺，至少也不要以讽刺为主"。《宇宙风》发刊词中也主张"以畅谈人生为主旨，以言必近情为戒约"。另一方面，林语堂又声明《论语》不专载游戏文字，不助长轻浮叫嚣之风，不是专做挖苦冷笑损人而不利己的文学，不做缺乏思想主张、无关宏旨、难登大雅之堂的滑稽等。在发表了大量幽默小品文的同时，《论语》也发表了很多批判现实社会的文章，尤其是《半月要闻》《雨花》《群言堂》《补白》等专栏，都是以冷嘲热讽的方式揭露社会生活中种种不合理的现象，尤其批判了国民党政府统治上的腐败无能、外交上的卑躬屈膝。

也正是林语堂这种犹豫彷徨的文化心态，导致了其尴尬的处境。左翼

① 林语堂：《涵养》，载《论语》，1932（3）。

对他的闲适非常不满，大肆批评；右翼也把他和鲁迅并列在一起，要“呈请党政机关严厉制裁鲁迅及林语堂两文妖”①，林语堂陷入左右夹攻的境地之中。为什么会产生这样的心态呢？阿英在《无花的蔷薇——现代十六家小品·林语堂小品序》中分析，在一个社会变革期中，文学家大概有三条路可走，一是“打硬仗主义”，二是“逃避主义”，三是“幽默主义”，“这些作家打硬仗没有这样勇敢，实行逃避又心所不甘，讽刺未免露骨，说无意思的笑话会感到无聊，其结果就走向‘幽默’一途”②。此处第三条道路针对的正是林语堂，其所走的“幽默”道路其实也正是政治高压下文人逃避而“心所不甘”的一种无奈选择。

与林语堂相比，论语派中的周作人的犹豫彷徨的心态显得更为隐晦，以致很多人对他产生误解。由于五四运动的落潮，周作人变得消极迷惘而绝望，“我读了中国历史，对于中国民族和我自己失去了九成以上的信仰与希望”③。《闭户读书论》成为他归隐的宣言，为了“苟全性命于乱世”，从此抛开沉重的使命意识和社会责任，回归自然，流连山水，谈神论鬼，品茗作画，率性而活。于是“读古书，看花，生病，问病……闲游，闲卧，闲适，约人闲谈，写楹联，买书，考古，印古色古香的信封信笺，刻印章，说印泥，说梦，宴会，延僧诵经，搜集邮票，刻木板书，坐萧萧南窗下……”④ 阿英对1930年代苦雨斋主的描述成为历史的定格，在公众眼中作为论语派作家群落成员的周作人成为闲适趣味主义的代表，一个出世名士的典型。

尽管周作人不断地告诫自己“以后应当努力，用心写好文章，莫管人家鸟事，且谈草木虫鱼，要紧要紧”⑤，主观上力求摆脱现实，退隐山野，不过事实上他未能忘怀现实，而是在出世与入世之间苦苦徘徊。所以1930年代他创作的闲适的小品文，在闲适的外表下隐含着社会的功利性。这些文章中无论是谈求知读史，还是谈狐鬼草木虫鱼，其实都表现了他对理性精神的追求、对现实的批判。比如谈求知，周作人说：“好学亦不甚

---

① 《微风文学社声讨》，载《申报》，1934-07-26。

② 阿英：《无花的蔷薇——现代十六家小品·林语堂小品序》，351页，石家庄，河北人民出版社，1991。

③ 周作人：《历史》，见《周作人散文全集》，第5卷，371页，桂林，广西师范大学出版社，2009。

④ 阿英：《周作人书信》，见《阿英文集》，201页，北京，三联书店，1981。

⑤ 周作人：《苦茶随笔·后记》，见《周作人散文全集》，第6卷，691页，桂林，广西师范大学出版社，2009。

难，难在那样的超越利害。纯粹求知而非为实用。”① 他追求的是非为实用、超越功利的治学态度，而这种治学态度则是对当时急功近利的时代情绪的反拨。求知的目的在于辨明是非，摆脱盲目，所以在寻求信仰时要“明净的观照”，“单纯的信仰在个人或是幸福，但我觉得明净的观照更有兴趣。人生社会真是太复杂了，如实地观察过去，虽然是身入地府，毕生无有出期，也似乎比一心念着安养乐邦以至得度更有一点意思”②。在周作人看来，信仰具有偶像崇拜的性质，采用“明净的观照”目的在于消除盲目，理性地追求信仰。这是周作人针对浮躁激进、思想多元化的1930年代，开出的一剂清醒的药方，可惜这样的真知灼见却淹没在喧嚣浮躁的时代潮流中。这个阶段周作人主张读史，不仅要读正史，也要读野史，还要深入研究民间风俗礼节，因为这“所得结果也要比单从十三经二十四史研究出来的更能得到国民思想的真相”③，读史是为了得到国民思想的真相。即使是为左联诟病的谈狐论鬼、草木虫鱼的闲适小品，在周作人看来，“我不信人死为鬼，却相信鬼后有人，我不懂什么事二气之良能，但鬼为生人喜惧愿望之投影当不谬也”。“我们听人说鬼实即等于听其谈心矣。”④ 谈论的是鬼，目的探究的还是现实生活中平常人的思想情感。而考证研究鬼，“愿意使河水鬼来做个先锋，引起大家对于这方面的调查与研究之兴趣”，可见周作人还是试图以此为途径，认识我们这个民族，考察我们这个民族的文化，为民族的文化建设而默默耕耘。

也正因为如此，当文坛批评他消极闲适的时候，周作人也为自己进行了辩解。在《隐士》一文中他说：“但赞颂悠闲鼓吹烟茗，却又是挣扎之一种，不过挣扎的隐藏一些。”《〈论语〉小记》中，他说：“中国的隐逸都是社会或政治的，他有一肚子理想，却看得社会浑浊无可实施，便只安分去做个农工，不再来多管。”⑤ 并且周作人还一再强调：“我的道德观恐怕

---

① 周作人：《希腊人的好学》，见《周作人散文全集》，第7卷，490页，桂林，广西师范大学出版社，2009。

② 周作人：《〈空大鼓〉序》，见《周作人散文全集》，第5卷，490页，桂林，广西师范大学出版社，2009。

③ 周作人：《拥护〈达生编〉等》，见《周作人散文全集》，第5卷，674页，桂林，广西师范大学出版社，2009。

④ 周作人：《鬼的生长》，见《周作人散文全集》，第6卷，288页，桂林，广西师范大学出版社，2009。

⑤ 周作人：《〈论语〉小记》，见《周作人散文全集》，第6卷，521～522页，桂林，广西师范大学出版社，2009。

还当说是儒家的，但左右的道与法两家也都掺合在内”①，“老实说，我自己也是儒家”②。他认为自己不是一个消极出世的厌世者，而是一个积极入世的儒家知识分子。

第三节　因时而异　发展变化

作家群落的文化心态一旦形成之后，相对比较稳定，但是随着时间的推移或者在特定的外部事件的影响下，群落心态将因时而异，发生一定的变化，作家群落心理走向呈现出动态性的特征，《现代》作家群落的心态前后转变就表现得尤其明显。

在《现代》作家群落刚刚走上文坛时，他们都热衷于政治，思想左倾，心态激进。

这种激进心态首先表现在实际行动中。早在 1920 年代中期施蛰存、戴望舒、杜衡等在上海大学求学，上海大学是中国共产党早期活动的重要据点，当时老师中有恽代英、瞿秋白、沈雁冰、田汉、施存统等无产阶级革命家，耳濡目染，他们接受了革命思想的影响。在震旦大学学习期间，他们加入了中国共产主义青年团，散发传单，参加实际的革命活动，戴和杜两人还因此被逮捕险遭不测，后经同学父亲帮助始得解脱。1930 年 3 月，戴望舒和杜衡还加入了左联并且参加了左联的成立大会。

不仅如此，在他们的文学活动中也洋溢着高昂的热情，表现出激进的文化心态。1928 年施蛰存、戴望舒、杜衡、冯雪峰创办刊物《文学工场》，在创刊号一共准备了五篇文章，分别为：《无产阶级艺术的批评》（杜衡译文）、《革命与智识阶级》（冯雪峰）、《追》（施蛰存小说）、《断指》（戴望舒诗歌）、《莫斯科的五月祭》（冯雪峰翻译藏原唯人文），题目中即显示了鲜明的左倾倾向，施蛰存后来谈对这个刊物的感觉时也承认：“觉得很时髦，很有革命味儿。”③ 正是这种“革命味儿”使得光华书局在出版之前心生顾忌，取消出版计划，导致《文学工场》胎死腹中。1928 年 9 月，

① 周作人：《自己的文章》，见《周作人散文全集》，第 7 卷，352 页，桂林，广西师范大学出版社，2009。

② 周作人：《〈逸语〉与〈论语〉》，见《周作人散文全集》，第 7 卷，86 页，桂林，广西师范大学出版社，2009。

③ 施蛰存：《绕室旅行记》，见《施蛰存散文选集》，109 页，天津，百花文艺出版社，2004。

刘呐鸥出资，戴望舒和施蛰存协助创办了《无轨列车》，3 个月即被国民党查禁，原因是“藉无产阶级文学，宣传阶级斗争，鼓吹共产主义”。1929 年 9 月，刘呐鸥、施蛰存等又创办了文艺刊物《新文艺》，尤其从第 2 卷开始，翻译了蒲力汗诺夫、伊可维支、苇理契、马雅可夫斯基、卢那卡尔斯基、片冈铁兵等无产阶级作家的作品，明显反映出革命文学的影响。“于是从第二卷第一期起，《新文艺》面目一变，以左翼刊物的姿态出现。”① 在文学创作中，《现代》作家群落同样表现出一种激进的文化心态，比如施蛰存创作了中篇小说《追》，模仿苏联小说，写的是无产阶级革命故事，因此很快被国民党中宣部列入禁书目录。此外他还写了短篇小说《阿秀》和《花》，描写劳动人民的生活，表现了阶级间的差异。杜衡创作了小说《黑寡妇街》和《机器沉默的时候》，都是以工人斗争为题材。戴望舒则在《新文艺》发表了诗歌《流水》和《我的小母亲》，对无产阶级革命直接进行了歌颂。穆时英更是出手不凡，他在《新文艺》第 1 卷第 6 期上发表了处女作《咱们的世界》，小说以第一人称的叙述方式，通过李二爷自述走黑道儿成为海盗的经历，揭示了“做好百姓不能活”的道理。施蛰存认为即使在当时的《拓荒者》《奔流》等左翼刊物也没有见到这样的作品。紧接着穆时英又在《新文艺》第 2 卷第 1 期上发表了反映工人生活的小说《黑旋风》与《南北极》。《黑旋风》以爱打抱不平的“黑旋风”为朋友两肋插刀最终身陷牢狱的故事，展现了社会底层人民的生活。而《南北极》则是由名叫小狮子的第一人称“我”的眼睛展现了一个贫富悬殊的世界，强烈的社会反差由此激起“我”激烈的反抗之心。“这样，穆时英的小说引起了文坛的注意，几乎被推为无产阶级的优秀作品。”② 左翼评论家（如钱杏邨）更是对穆时英赞赏有加，穆时英的小说也俨然成为普罗文学的经典和范本。

《现代》作家群落的早期激进文化心态更多是趋时的产物，用施蛰存的话说“普罗文学运动的巨潮震撼了中国文坛，大多数的作家，大概都是为了不甘落伍的缘故，都‘转变’了……于是我也——我不好说是不是，转变了”③。“不甘落伍”这个词语清楚地说明了当时的现实情况，与其说

① 施蛰存：《我们经营过三个书店》，见《沙上的脚迹》，21 页，沈阳，辽宁教育出版社，1995。

② 施蛰存：《我们经营过三个书店》，见《沙上的脚迹》，22 页，沈阳，辽宁教育出版社，1995。

③ 施蛰存：《我的创作生活之历程》，见《施蛰存散文选集》，102 页，天津，百花文艺出版社，2004。

这个作家群落投身革命活动和普罗文学实践，倒不如说是一批志同道合的年轻人追新求异以紧跟时代氛围的本能需要，从根本意义上来说他们并不具备为革命奋斗终生的崇高理想，所以当白色恐怖逐渐笼罩上海的时候，他们纷纷告别革命，与普罗文学分道扬镳，转而从事现代主义文学运动，他们的创作由左翼立场转向自由主义立场，文化心态也随着由激进转向冷静中庸。

《现代》作家群落心态转变的最初始于对白色恐怖的恐惧。施蛰存在回忆1927年的“四一二”事变后说：“戴望舒、杜衡和我都是独生子，我们都不能牺牲的，所以我们都不搞政治了。”① 1931年，随着外部政治压力的增大和内部遭遇经济问题，东华书店破产，“从此之后，刘灿波不想再干文艺事业，他转而去从事电影，和我们的关系疏远了。戴望舒回杭州去，筹划出国。杜衡住在上海，闭门译书。雪峰、蓬子都已迁居，暂时不通消息。徐霞村回北平去了。我回松江，仍旧当中学老师”②。曾经满怀激情的青年人在严酷的社会现实和政治风险前，纷纷选择了退却。

在对政治逐渐失去兴趣的同时，他们对自己的文学创作进行了反思。尽管施蛰存在八九十年代一再反复表示他是文艺上的自由主义、政治上的左翼，“我们自己觉得我们是左派，但是左翼作家不承认我们、我们几个人，是把政治和文学分开的。文学上我们是自由主义。……我们标举的是，政治上左翼，文艺上自由主义”③。“我不愿这么干（文学听命于政治——编者注），我自己搞创作，这不妨碍我在政治上还是‘左翼’的。”④ 但这样事后的表白总显得苍白无力，不够真实，标榜自己是左翼让人总觉得有自我脸上贴金之嫌，我们还是觉得他在《小珍集》的表述更符合当时的心态，“‘小’是‘小家’，‘珍’是‘敝帚自珍’之意。作品尽管不伟大，不为‘大众’所珍，但‘自珍’的权利想来还不至于被剥夺掉”⑤。趋时并为大众所喜爱的作品并不一定是好作品，创作还是需要坚持

① 施蛰存：《中国现代主义的曙光——答台湾作家郑明娳、林耀德问》，见《沙上的脚迹》，171页，沈阳，辽宁教育出版社，1995。

② 施蛰存：《我们经营过三个书店》，见《沙上的脚迹》，25页，沈阳，辽宁教育出版社，1995。

③ 施蛰存：《为中国文坛擦亮“现代”的火花——答刘慧娟问》，见《沙上的脚迹》，181页，沈阳，辽宁教育出版社，1995。

④ 施蛰存：《漫谈七十年来上海的文学》，载《文艺理论研究》，1995（4）。

⑤ 施蛰存：《〈小珍集〉编后记》，见《十年创作集》，797页，上海，华东师范大学出版社，1996。

自己的个性和立场。类似的还有1933年《我的创作生活之历程》中，施蛰存说："在这两个短篇（指的是《阿秀》和《花》）之后，我没有写过一篇所谓普罗小说。这并不是我不同情于普罗文学运动，而实在是我自觉到自己没有这方面发展的可能。……我只能写我的。"[①] 在冷静思考之后，施蛰存发现自己并不适合普罗文学的创作，而是寻找到了属于自己的创作道路。

杜衡亦有同感，在回忆他的普罗小说创作时，他认为自己写工人生活的小说是勉强的，除了经验之外只能靠想象和文字魔术，"倒是这种理智地写法使我的作品极端地机械化，却是事实。这以后，不但取料枯窘，就连勇气也渐渐消失。因此，决心做拟普罗作家之后，仅写了两篇，就此完结!"[②] 由于"理智"的写法造成作品的僵化，挫伤了他们创作的积极性，所以他们必然选择放弃普罗文学，转而寻求其他出路。在《怀乡集·自序》中，杜衡进一步表明了自己的这种看法，"可是每逢写作，我是往往注力于艺术的完成；在许多应当听从理智的时候，我时常害怕伤于感情的虚伪以及事实底架空。……我在过去一年中大都写了些'时代落伍'的人物，我在写这些人物的时候，虽然处心积虑地指示出他们底没落，可是终于还免不了流露着一些偏爱和宽容"[③]。在他看来，他已经不在乎左翼对他的评价，他也不在乎阶级的身份，他更愿意去描写远离时代的普通人生活，更重视作品表现的艺术性。

被钱杏邨大肆赞誉并被寄予厚望的穆时英也没按照左翼引导的方向前进，相反却发表了现代气息浓厚的《被当做消遣品的男子》等小说，创作出现了新的转向，由此也招来了左翼的激烈批评。穆时英则在《我的生活》一文中对于这种转变做出了清楚的解释，"当时写的时候是抱着一种试验及锻炼自己的技巧的目的写的——到现在我写小说的态度还是如此——对于自己所写的是什么东西，我并不知道，也没想知道过，我所关心的只是'应该怎么写'的问题"[④]。穆时英认为，无论是创作普罗小说还是新感觉派小说，自己专注的只是写作的方法和技巧，而在内容方面自己并非太在意。综上所述，他们的这些表述真实地回答了他们文学立场的

---

① 施蛰存：《我的创作生活之历程》，见《施蛰存散文选集》，102页，天津，百花文艺出版社，2004。

② 杜衡：《在理智与情感底冲突中的十年间》，见楼适夷编：《创作的经验》，80页，南昌，江西人民出版社，1982。

③ 杜衡：《怀乡集·自序》，2～3页，上海，现代书局，1933。

④ 穆时英：《我的生活》，载《现代出版界》，1933（9）。

改变和文化心态转变的历程。

此外，《现代》作家群落在杂志的编辑理念上也体现了这样的心态变化，最初的《文学工场》左翼色彩浓厚，心态激进，但到了编辑《现代》杂志时，文化心态已与前面明显不同。在《现代》创刊宣言中，施蛰存就明白无误地表达了他的冷静中庸办刊思想，“因为不是同人杂志，故本志并不预备造成任何一种文学上的思潮、主义或党派”。“我开始筹备编《现代》，首先考虑编辑方向。鉴于以往文艺刊物出版情况，既不敢左，亦不甘右，又不欲取咎于左右，故采取中间路线，尽量避免政治干预。”其后施蛰存在编辑《文艺风景》时，也说“倘若我以《现代》为官道，则《文艺风景》将是一条林荫下的小路。我们有驱车疾驰于官道的时候，也有策杖闲行于小径的时候。我们不能给这两条路作一个轻重贵贱的评判，因为我们在生活上既然有严肃的时候，也有燕嬉的时候；有紧张的时候，也有闲散的时候；则在文艺的赏鉴和制作上，也当然可以有严重和轻倩这两方面的”①。前后的编辑理念的不同鲜明地反映了《现代》作家群落文化心态的动态性特征。

1930 年代中国现代作家群落复杂的文化心态，是特定时代政治社会历史背景下的产物。文学群落共识性的美学原则、趋同的文学思想、相似相近的审美风格，又往往受到群体聚合过程中的地域因素、教育背景以及政治与经济的杠杆影响，但起到决定作用的还是作家群落的文化心态。在特定文化心态的指引下，作家群落选择自己表达文学的姿态和方式，实现由文化资源转向诗意的文学表达的过程，最终形成个性独特的文本创作。也正是丰富多样的群落文化心态，形成了多样化的文学观念，造成了多样化的创作，并使得 1930 年代文学真正走向了多元和繁荣。

附录　1930 年代京派文学群落日常活动大事记

1928 年（民国 17 年）

2 月，废名（冯文炳）的小说集《桃园》出版，周作人为之作跋，其中称赞道：“文坛上也有做得流畅或华丽的文章的小说家，但废名君那样

---

① 施蛰存：《〈文艺风景〉创刊之告白》，载《文艺风景》，1934（1）。

简练的却很不多见。”本月，废名在周作人的帮助下，住进川岛家的两间小屋。

6月，成达中学与孔德中学合并，废名与周作人、徐祖正、冯至等同校任教。

8月26日，周作人携家人往西山访废名。

9月17日，俞平伯至周作人苦雨斋，与周作人、钱玄同小叙。

1929年（民国18年）

1月1日，周作人宴请沈士远、沈尹默、沈兼士、马幼渔、刘半农、钱玄同、张凤举、徐祖正、俞平伯等庆祝元旦。

1月6日，废名往苦雨斋参加凡社聚会。作为周作人的弟子，废名为苦雨斋常客，《废名年谱》中记载了其此后频繁地出入周宅。

1月26日，周作人在苦雨斋宴请胡适，沈尹默、沈兼士、马幼渔、刘半农、钱玄同等作陪。

1月27日，周作人在北海团城参加骆驼社同人聚会。

6月20日，刘半农拜访周作人，邀往辅仁大学教课。

夏秋，周作人推荐废名留任北平大学中国文学系教员。

10月26日，周作人与北京大学和孔德学院友人共47人在中山公园水榭为即将赴法留学的张凤举饯行。

10月28日，杨晦为张凤举饯行，周作人、冯至、废名等应邀参加。

11月14日，周作人往燕京大学，赴冰心邀宴，许地山亦来。

1930年（民国19年）

2月23日，梁遇春访周作人。

5月12日，周作人主持的周刊《骆驼草》出刊，该刊实际负责编辑和发稿校对者是废名和冯至，主要撰稿人有：周作人、废名、俞平伯、徐祖正、梁遇春、徐玉诺等。

6月3日，普罗文学家发表文章批评《骆驼草》撰稿者。当晚，为此事俞平伯与各位师友到苦雨斋聚谈。

6月9日，林徽因访周作人，赠所编月刊《绿》。

7月5日，废名、徐祖正、冯至、陈翔鹤、杨晦拜访周作人，商议《骆驼草》周刊事。

9月3日，周作人在苦雨斋设宴为即将赴德国的冯至饯行，废名、梁遇春、俞平伯等陪同。

10月24日，徐霞村、戴望舒访周作人。

11 月 7 日，周作人与俞平伯同往天津，8 日在女师学院和南开大学讲演。

冬，林徽因因病辞离东北大学返回北平。

1931 年（民国 20 年）

1 月 7 日，俞平伯在清华寓所宴请周作人、沈启无、朱自清。

3 月初，林徽因在香山疗养，徐志摩、金岳霖、张奚若、沈从文等多次前往探视。

4 月，林徽因看到《诗刊》第 2 期卞之琳的四首诗作，因而约请卞之琳来家见面。

6 月 12 日，徐志摩、罗隆基、凌叔华、沈从文等同去香山看望林徽因。

8 月 15 日，林徽因为沈从文小说《神巫之爱》手绘插图《祈福》，副题"《神巫之爱》之一幕"。

9 月 29 日，林徽因结束香山疗养生活，全家定居北平东城北总布胡同三号。

12 月 6 日，北平文化界举行徐志摩追悼会，胡适、周作人、凌叔华、陈衡哲等 250 余人参加。

1932 年（民国 21 年）

4 月 6 日，废名作《〈周作人散文钞〉序》，文中在对周作人的散文创作、历史态度和新文化运动中的作用做出评价的同时，还比较了鲁迅与周作人的不同之处，对鲁迅颇有微词。

4 月 19 日，周作人邀请俞平伯、钱玄同、江绍原、徐祖正、废名到家集会，纪念"蒙难"（在北平大学女子文理学院被法学院学生囚禁）三周年。

4 月，废名《桥》出版，周作人为之作序。

5 月 15 日，周作人设家宴招待章太炎，到者有魏建功、钱玄同、沈兼士、俞平伯等。

7 月 9 日，蒋梦麟、胡适、叶公超、周作人、俞平伯、废名等人发起的梁遇春追悼会在北京大学新二院礼堂举行。

7 月 12 日，叶公超、梁实秋访周作人。

8 月 10 日，梁宗岱访周作人。

10 月 8 日，朱自清招宴，周作人、杨振声、徐霞村等参加。

是年，在北平北总布胡同三号梁思成、林徽因的家中形成"太太的客厅”，聚集了一批作家和学者经常进行文学、艺术、学术等对话与探索，成为京派重要的文艺沙龙，其中主要参加者有沈从文、胡适、徐志摩、叶公超、周作人、朱光潜、梁宗岱、金岳霖、李健吾、萧乾、卞之琳、何其芳、李广田、李济、陶孟和等。

是年，金岳霖与梁思成家毗邻而居，他的住处开始形成星期六聚会。经常参加的有梁思成、林徽因、张奚若、周培源、陶孟和、陈岱荪、邓以蛰等人。

1933 年（民国 22 年）

1 月 1 日，林徽因和梁思成赴杨振声的宴请，与席的还有朱自清、沈从文等。

2 月 9 日，废名、俞平伯、叶公超访周作人。

3 月 19 日，废名、俞平伯、沈启无访周作人。

5 月 20 日，朱自清访周作人，谈北京大学聘请朱光潜事。

7 月，朱光潜回国，被胡适聘为北京大学西语系教授，主讲西方名著选读和文学批评史。在慈慧殿三号他的家中，一批文人朗读新诗、讨论欣赏，以诗会友，主要参加者有梁宗岱、冯至、孙大雨、罗念生、周作人、叶公超、废名、卞之琳、何其芳、徐芳、朱自清、俞平伯、李健吾、林庚、曹葆华、凌叔华、林徽因、周煦良、萧乾、沈从文、沉樱、杨刚等。

7 月底，沈从文辞去青岛大学教职，应杨振声之邀到北平参加中小学教科书编撰工作。

8 月 15 日，杨振声举办茶会，与沈从文、朱自清等人一起商讨《大公报》开办“文艺副刊”事。

8 月 24 日，熊佛西为许地山去印度饯行，在座有周作人、俞平伯、朱自清、郑振铎等。

8 月 31 日，杨振声、沈从文宴请林徽因、朱自清、郑振铎等人，商谈在天津《大公报》开办“文艺副刊”事。同日，李长之访周作人。

9 月 3 日，废名访周作人，俞平伯、沈启无、徐耀辰在座。

9 月 10 日，沈从文以《大公报》名义举办茶话会，邀请一些在京的知名作家、学者共商“文艺副刊”事，周作人等与会。

9 月 22 日，沈从文赴程朱溪宴，同席的有巴金、卞之琳、靳以等。

9 月 23 日，《大公报 · 文艺副刊》创刊，编委会由沈从文、杨振声、朱自清、林徽因、邓以蛰、周作人组成。

10 月 1 日，沈从文发起《大公报 · 文艺副刊》聚会。

10 月 22 日，杨振声、沈从文以《大公报・文艺副刊》名义在北海漪澜堂举办午宴，周作人、俞平伯、废名、余上沅、朱光潜、郑振铎等参加。

10 月 31 日，李健吾婚礼，沈从文、周作人、朱自清、郑振铎、靳以等参加。周作人为证婚人，写联“西堂寻香梦，东风发芳华”赠李健吾夫妇。朱自清致贺词。

11 月初，林徽因复信沈从文，说喜欢萧乾刚在《大公报・文艺副刊》第 12 期发表的处女作《蚕》，邀请萧乾来北总布胡同三号见面。

11 月 9 日，章靳以、巴金访周作人，为《文学季刊》求稿。

11 月 22 日左右，林徽因致信沈从文，邀请沈从文约上萧乾于周五（24 日）或周六（25 日）到家一谈。

11 月 24 日，沈从文和萧乾应约到林徽因家拜访。

11 月 26 日，《大公报・文艺副刊》在丰泽园饭庄举办聚餐会，与席的有周作人、朱自清、李健吾、巴金、郑振铎、林徽因与梁思成等。

12 月 9 日，金岳霖在寓所举办茶会，参加者众多，有林徽因、张奚若、杨振声、朱自清及陶孟和夫妇、李健吾夫妇等。

12 月 16 日晚，《大公报・文艺副刊》在忠信堂举办聚餐会，沈从文、周作人、朱自清、杨振声、郑振铎等参加。

12 月 30 日，燕京大学国文系学生年终聚餐，沈从文、胡适、周作人、郭绍虞、郑振铎、冰心、俞平伯、巴金、杨振声、靳以等参加。下午 3 点后沈从文等到冰心家喝茶，晚 8 点始散。

1934 年（民国 23 年）

1 月，林徽因读到《文学季刊》创刊号上李健吾论文《包法利夫人》，致李健吾长信，邀约面谈。

1 月 15 日，周作人 50 岁生日设家宴招待友人，共 5 席。周作人作打油诗两首，以“五十诞辰自咏诗稿”为题载 2 月《现代》第 4 卷第 4 期，又以“五秩自寿诗”为题载 4 月 5 日《人间世》第 1 期。沈尹默、刘半农、林语堂、蔡元培、钱玄同、胡适等多人和诗，由此招致左联作家群落许多批评文章。

1 月 21 日，《大公报・文艺副刊》在丰泽园举办聚餐会，胡适、周作人、闻一多、朱自清、杨振声、俞平伯、叶公超、余上沅、巴金、梁思成等参加。

1 月 31 日，林徽因与闻一多、叶公超等十人联名发起捐款支持筹办唐亮的画展。

2月11日，周作人、徐耀辰、温源宁、朱光潜、梁宗岱、叶公超、废名在德国饭店午餐。

2月25日，《大公报·文艺副刊》在丰泽园举办聚餐会，沈从文、周作人、闻一多、郑振铎、杨振声、俞平伯、叶公超、卞之琳、巴金等参加。

3月17日，《大公报·文艺副刊》在丰泽园举办聚餐会，沈从文、闻一多、郑振铎、杨振声、叶公超、巴金等参加。

3月25日，沈从文、朱自清、郭有守等参加《大公报·文艺副刊》在谭篆卿家举办的宴会。

4月15日，梁宗岱偕司徒乔夫妇访周作人。

4月27日，蒋梦麟为美国黑人作家休士设家宴，邀请周作人、胡适、丁文江、刘半农、张真如、陶希圣等作陪。

4月29日，《大公报·文艺副刊》在丰泽园举办午餐会，沈从文、周作人等参加。下午周作人至中山公园春明饭庄，赴杨丙辰、李长之主持的《文学评论》之招宴。

春，文学团体“学文社”在北平成立，林徽因是主要成员。成员还有叶公超、余上沅、饶孟侃、孙询侯、孙毓棠、梁实秋、沈从文等作家。

5月1日，《学文》月刊创刊，叶公超主编，林徽因为杂志设计封面。

5月6日，周作人与俞平伯同往同和居，应文学社之招宴，主人为闻一多、余上沅、叶公超。

5月16日，马叙伦50岁生日招宴，周作人、徐祖正、马幼渔、马叔平、钱玄同、刘半农等参加。

5月27日，《大公报·文艺副刊》在丰泽园举办聚餐会，沈从文、周作人、杨振声、李健吾、朱自清、余上沅等参加。

6月24日，《大公报·文艺副刊》在会贤堂举办午宴，沈从文、朱自清等参加。

7月11日，周作人与妻子羽太信子赴日本，在日期间，徐祖正、钟敬文、梁宗岱、陈瑛（沉樱）、郭沫若、杨晦等先后来访。在答日本记者井上红梅问时，周作人说他关系密切的弟子有：俞平伯、废名、冰心。

7月22日，《大公报·文艺副刊》在怀仁堂举办聚餐会，邀请在京青年作家出席，朱自清等参加。

9月3日，周作人访日归来，俞平伯、废名、沈启无、郁达夫等来访。

9 月 11 日，沈启无邀请周作人、俞平伯、废名至淮扬春聚餐。

9 月 16 日，废名邀请周作人、俞平伯至寓所午餐。

9 月 22 日，《大公报·文艺副刊》在丰泽园举办聚餐会，沈从文、周作人、杨振声、俞平伯、朱自清、闻一多、梁实秋、郑振铎、余上沅等参加。

10 月 10 日，由沈从文、郑振铎、巴金、靳以、李健吾、卞之琳任编委的《水星》月刊创刊。

10 月 14 日，刘半农追悼会在北京大学二院大礼堂举行，周作人、俞平伯、废名、沈启无等参加。

10 月 20 日，《大公报·文艺副刊》举办聚餐会，沈从文、周作人、杨振声、李健吾、闻一多、梁实秋、余上沅等参加。

10 月 26 日，周作人晚至欧美同学会赴徐祖正之招宴。

11 月 17 日，《大公报·文艺副刊》在锡拉胡同东玉华台举办聚餐会，商议"若这刊物还拟办下去将怎么办"的事情，沈从文、周作人、杨振声、俞平伯、胡适、朱自清、闻一多、李健吾、孙大雨、郑振铎、余上沅等参加。

秋，《中国新文学大系》编辑工作开始酝酿，议定请郁达夫、周作人编选《散文集》。

11 月 18 日，李广田拜访周作人，请其为《画廊集》作序。

12 月 7 日，许寿裳、李季谷设宴，周作人、徐祖正、马隅卿、朱自清、俞平伯、傅斯年、郑振铎、熊佛西等参加。

12 月 14 日，沈从文拜访朱自清，商谈杨振声邀请朱自清共同编辑中学语文课本一事。

12 月 29 日，《大公报·文艺副刊》在锡拉胡同东玉华台举办聚餐会，共设二席。

1935 年（民国 24 年）

1 月 20 日，林徽因、朱自清参加朱光潜家的读书会。

春，沈从文、杨振声在来今雨轩做东宴请《大公报》社长胡霖，商议萧乾进《大公报》工作事。

7 月 16 日，沈从文在《文学季刊》发表通信《给某作家》，认为巴金对周作人、朱光潜等人的批评是"过分偏持，不能容物"，为周作人等辩护。

7 月，萧乾接手《大公报·文艺副刊》，每月在北平中山公园“来今雨轩”举办组稿茶会，林徽因几乎每次到会。

9 月 13 日，朱自清在玉华台举办宴会，为杨振声饯行，沈从文参加。

10 月 20 日，沈从文举办宴会，邀请朱自清等商议编辑“文学丛书”事。

10 月 20 日前后，在朱光潜家的读书会上林徽因与梁宗岱因文学问题而发生争论。

冬，萧乾主编《大公报·文艺副刊》，前来北平宴请写稿人，宴请分为两批，第一批为周作人、俞平伯、杨振声等，第二批为冯至、吴组缃、刘白羽、师陀、杨刚等。

11 月 19 日，沈从文为《大公报·文艺副刊》编就《徐志摩纪念特刊》，并做《附记》，倡议设立“徐志摩文学奖”。

1936 年（民国 25 年）

1 月 15 日，沈从文以《大公报·文艺副刊》名义举办茶话会，出席的有朱自清、凌叔华、梁宗岱、闻一多、朱光潜、常风篆等。

3 月 7 日，晚，朱自清访沈从文，商讨《大公报·文艺副刊》编辑事。

4 月 25 日，顾颉刚在朱光潜家做有关“吴歌”的讲演，周作人、朱自清、沈从文、林徽因、卞之琳等参加。

5 月 16 日，北京大学“风谣学会”成立，最初成员有顾颉刚、胡适、钱玄同、魏建功、罗常培、沈从文、朱光潜、徐芳、周作人等 30 余人。

夏，邵洵美来北平，沈从文在西四同和居宴请。后邵洵美回请，并提出筹办大型文学刊物的计划。一个月后，沈从文约常风去朱光潜家商议此事，催生了后来的《文学杂志》。

7 月 4 日，叶企荪、吴宓、金岳霖、林徽因、沈从文在北平同和居饭庄晚宴。

7 月 28 日，朱自清访沈从文，后两人赴同和居杨振声邀宴。

9 月 3 日，上海《大公报》刊登“大公报文艺奖金”评选活动启事，并公告聘请杨振声、朱自清、沈从文、林徽因、凌叔华、李健吾、叶圣陶、巴金、靳以等为审查委员。

9 月 25 日，废名访俞平伯，后两人一同访朱自清。

10 月 9 日，俞平伯在清华园寓所宴请周作人、废名、沈启无、林庚。

10 月 20 日，北平文艺界致电哀悼鲁迅逝世，商定由许寿裳、朱自清、沈从文等人发起举行追悼会。

10 月 25 日，林庚在东安市场森隆饭店宴请周作人、徐耀辰、章廷谦、俞平伯、废名。

12 月 20 日，俞平伯在同和居宴请周作人、沈启无、林庚、废名。

1937 年（民国 26 年）

1 月 24 日，《大公报》“文艺奖金”审查委员在杨振声家聚会。

2 月 25 日，沈从文、朱自清、杨振声、林徽因、金岳霖等一起逛厂甸。

3 月 6 日，下午，《大公报》“文艺奖金”审查委员举办会议，评定曹禺的《日出》、何其芳的《画梦录》等作品获奖。

3 月 27 日，朱自清访沈从文，商议《大公报》“文艺奖金”事，共进午餐。

5 月 1 日，《文学杂志》创刊。朱光潜任主编，编委有沈从文、杨振声、俞平伯、朱自清、周作人、林徽因。编委们每月在朱光潜家开一次编委会，讨论稿件的取舍。

5 月 15 日，《大公报》文艺奖公布，戏剧奖为曹禺的《日出》，散文奖为何其芳的《画梦录》，短篇小说奖为芦焚的《谷》。

7 月 19 日，废名邀请周作人、徐耀辰、俞平伯、沈启无、钱玄同、林庚至北海仿膳聚餐。

7 月 28 日，北平陷落，京派成员星散。

参考文献：

张菊香，张铁荣．周作人年谱（1885—1967）．天津：天津人民出版社，2000.

吴世勇．沈从文年谱（1902—1988）．天津：天津人民出版社，2006.

陈学勇．莲灯诗梦林徽因．北京：人民文学出版社，2008.

孙玉蓉．俞平伯年谱．天津：天津人民出版社，2001.

陈建军．废名年谱．武汉：华中师范大学出版社，2003.

第五章　多元化理论与众异文本视阈

经过 1920 年代新文学作家们的开创、探索和建设，1930 年代新文学理论逐步走向成熟，创作也日趋丰富多样，出现了大量优秀的作品。1930 年代文坛的繁荣是作家群落影响的结果，作家群落对于文学的影响主要表现在两个方面：一是理论的倡导和创作的实践。往往一个作家群落旗帜鲜明地提出某种理论主张，群落成员有意识地不断完善这种理论体系，矢志不渝地秉承这种理论主张而进行文学创作，从而使得这种理论因作家群落而彰显，作家群落也因这种理论而出名，于是群落与这种理论或创作类型之间产生密切关联，甚至群落成为这种理论或创作的标签，比如左联作家群落对于无产阶级文学理论与创作的贡献，《现代》作家群落之于现代主义小说与诗歌的理论与创作。二是作家群落之间的论争与磨砺。不同作家群落提出不同的文学主张，有着不同的创作倾向，相互之间进行批评论争，各自的文艺思想在激烈的交锋与磨砺中不断得到发展，逐步走向完善，并最终发展至成熟。从这个意义来说，京派庄重审美风格的形成固然是自身群落集体倡导的结果，同时也离不开海派作家群落对它的批判；论语派的闲适和幽默与林语堂、周作人等的提倡密不可分，鲁迅领导的太白派作家群落对它风格的形成也起到激励的反作用。因而完全可以断言：1930 年代文学的创作实践是在作家群落的背景下完成的，如果离开了作家群落，一切创作也就无从谈起。1930 年代作家群落对于文学创作产生至关重要的影响，作家群落不仅促成了多元化的理论建构，同时又坚守各自的创作，形成了众异的文本视阈。

第一节　理论的多元化建构

“社团以‘集体’的意志和热情吸引着一个个成员，这使其精神意向狭隘地局限于某个方向，个人的思想也不时地以集体性原则为参照标准，向集体靠拢，社团同仁将自己的理论与创作驻扎于本社团的营盘之中，徜徉其中，乐而忘返，这在很大程度上取消了作家本身有可能的发展方向。”[①] 尽管每个作家都有自己的个性，但在集体性原则下，每一个作家群落的成员都要在审美和创作上向群体主旨靠拢，与之相关的文学批评、文艺观也无形中受到群体的约束。1930 年代每一种文学理论的兴盛都离不开作家群落的努力倡导，背后都活跃着一个作家群落的身影。作家群落借助于集体的形式，来表现对各自审美的坚持，对各自理论的深入研究，或者对各自创作的展开，从而彰显作家群落的个性风格。正是在作家群落的背景下，1930 年代的文学理论才得到多元化的建构与发展。

一、左联作家群落——无产阶级革命文学理论

无产阶级革命文学理论的倡导始于 1920 年代早期。早在 1923—1926 年间，中国共产党负责宣传的邓中夏、恽代英、沈泽民、萧楚女等人，就在《新青年》《中国青年》《民国日报·觉悟》上纷纷发表文章，从革命这一社会活动的角度呼吁重视文学，利用文学唤起更多民众参加革命。[②] 1928 年围绕“革命文学”的论争，创造社、太阳社成员和鲁迅、茅盾等人纷纷撰文争夺话语权，表达自己对于革命文学的理解，更进一步促进了无产阶级革命文学理论的发展。1930 年左联成立后，经过成员的不断探讨和与其他作家群落的论争，左联的无产阶级革命文学理论逐渐走向了成熟。左联“尽管由于源自不同的政治理论体系而产生的不同文艺观念的冲突”[③]，内部的文学观也存在争议和不同看法，但政治目标总体上的一致性使得他们的文学理论基本上也保持着一致性。

左联的无产阶级革命文学理论是在阶级矛盾和民族矛盾空前激化的 1930 年代产生的，具有强烈而鲜明的政治实践品格，是一种马克思主义意识形态的文学观。左联文学观的核心是突出阶级意识，强调文艺作为意识形态在社会革命中的积极作用和功利性。

---

① 曹小娟：《文人社团与五四新文学》，载《西安建筑科技大学学报》（社会科学版），2005（2）。

② 具体文章有恽代英的《文学与革命》、沈泽民的《文学与革命的文学》、邓中夏的《贡献于新诗人之前》等。参见《文学运动史料选》，第 1 册，上海，上海教育出版社，1979。

③ 朱晓进：《政治文化与中国二十世纪三十年代文学》，124 页，北京，人民出版社，2006。

在 1928 年的革命文学论争中，创造社和太阳社成员就把阶级意识视为文学的本质属性，克兴认为："在社会的阶级制度没有奥伏赫变以前，无论什么文学都是反映支配阶级底意识形态底文学。"① 阳翰笙也认为："文艺是社会的一切意识形态中的一种，它不是凭空而生的，它有产生它的社会背景，它有它所反映的阶级，同时也有它的阶级的实践任务。"② 到了左联成立以后，这种文学观得到进一步的强化与发展。左联夸大文艺的意识形态功能，强调文艺为具体的政治目的服务，文学被看成是无产阶级解放事业的重要组成部分，被赋予了崇高的历史使命。左联成立之始，其《理论纲领》中便突出了"无产阶级"的历史重任，"在这'必然的王国'中作人类最后的同胞战争——阶级斗争，以求人类彻底的解放"。作为左联成员必须要归附无产阶级，"我们不能不站在无产阶级的解放斗争的战线上"。从创作上看，强调文学要关注面向社会下层，"我们的艺术不能不以无产阶级在这黑暗的阶级社会中'中世纪'里面所感觉的感情为内容"③。左联成立之后不久，菊华就发表文章《想对"左联"说的几句话》，对左联成立后的活动未能有一个新的气象表示强烈不满，要求左联成员"把自己的全力交给联盟"，成为"无产阶级革命运动的实践者"，投身于实际的政治运动中去。④ 陈正道则直接呼吁"我们目前的口号：无产文艺作家要参加革命底实际行动！无产文艺作家要参加五一斗争！"⑤ 类似的表达还出现在 1930 年 4 月 29 日左联第一次全体大会的政治报告中："革命的文学家在这个革命高潮到来的前夜，应该不迟疑地加入这艰苦的行动中去，即使把文学家的工作地位抛去，也是毫不足惜的。"⑥ 而 1930 年 8 月 4 日与 1931 年 11 月左联执委会下发的两个决议《无产阶级文学运动新的情势及我们的任务》《中国无产阶级革命文学的新任务》中，则进一步明确了左联成员的任务，认为无产阶级文学运动的目标是"为苏维埃政权作拼死活的斗争"，全体盟员要到工厂、农村、战线上以及社会的地下层去。⑦ 从这些表述中，我

---

① 克兴：《评驳甘人的〈拉杂一篇〉》，载《创造月刊》，1928 (2—2)。

② 阳翰笙：《文艺思潮的社会背景》，见黄侯兴主编：《创造社丛书 (1)》，北京，学苑出版社，1992。

③ 潘汉年：《左联作家联盟的意义及其任务》，载《拓荒者》，1930 (3)。

④ 参见菊华：《想对"左联"说的几句话》，载《巴尔底山》，1930 (1—2、3)。

⑤ 陈正道：《五一与文艺》，载《巴尔底山》，1930 (1—2、3)。

⑥ 力竹：《记左联第一次全体大会》，载《巴尔底山》，1930 (1—4)。

⑦ 参见《无产阶级文学运动新的情势及我们的任务》，见陈瘦竹主编：《左翼文艺运动史料》，159 页，南京，南京大学学报编辑部，1980。

们可以清楚地看到左联对于文学与政治关系的理解和认识，左联文学观呈现出了强烈的意识形态化倾向和政治功利色彩。

左联无产阶级革命文学理论的建构，固然得益于作家群落自身的立论与大力宣传，另一方面则借助对其他作家群落的批判而使自身的理论逐步走向完善，“左翼文学运动者们所信奉的马克思主义意识形态文艺观，是左翼激进派在与一系列‘对手’的论战中逐步完善发展起来的，这些‘对手’既包括新月派文人集团、倡导‘三民主义’和‘民族主义’的国民党文人集团、语丝派、‘自由人’和‘第三种人’等等有着不同政治倾向和文学价值观的文人知识分子派别……”①

在左联作家群落与新月派作家群落的论争中，论争的重点问题是：文学的本质是“阶级性”的还是“人性”的。作为新月派作家群落的理论代表，梁实秋发表了一系列文章宣扬“人性”，反对文学的阶级性。在他看来，社会生活领域内存在阶级性是不容否认的事实，但文艺领域内却不可能存在阶级性。“文学的对象就是这超阶级的常情，所以文学不必有阶级性；如其文学反映出多少阶级性，那也只是附带的一点色彩，其本质固在于人性之描写而不在于阶级性的表现。”②“阶级性只是表面现象。文学的精髓是人性描写。人性与阶级性可以同时并存，但是我们要认清这轻重表里之别。”③ 梁实秋把人性论与阶级性相对立，目的在于反对文学中的政治功利色彩，避免使文学沦为政治的附庸，从历史的角度去评定文学价值，强调社会性、共同性，排斥个体性、差异性，认为“文学就是这最根本的人性的艺术”④，最终得出的结论是：人性是永久的、普遍的。对于梁实秋的“人性论”，左联作家群落完全不能认同，集体进行了犀利的反击。鲁迅认为：“文学不藉人，也无以表示‘性’，一用人，而且还在阶级社会里，即断不能免掉所属的阶级性，无需加以‘束缚’，实乃出于必然。”“无产者就因为是无产阶级，所以要做无产文学。”⑤ 鲁迅对梁实秋的人性论提出尖锐的批判，从多个角度论证文学是有阶级性的。冯乃超则发表《冷静的头脑——评驳梁实秋的〈文学与革命〉》一文，逐条对梁实

---

① 贾振勇：《理性与革命——中国左翼文学的文化阐释》，94页，北京，人民出版社，2009。

② 梁实秋：《论第三种人》，载《益世报·文学周刊》，1930-10-28（48）。

③ 梁实秋：《人性与阶级性》，载《益世报·文学周刊》，1933-12-16（55）。

④ 梁实秋：《文学是有阶级性的吗?》，载《新月》，1929（6、7）。

⑤ 鲁迅：《二心集·“硬译”与“文学的阶级性”》，见《鲁迅全集》，第4卷，208页，北京，人民文学出版社，2005。

秋的天才论、人性论进行了反驳，得出的结论也是“文学是有阶级性的”，并认为革命文学的产生是必然的，“民众正在‘水深火热’的压逼里面挣扎着的当今，又得了多次的革命行动的实际的经验。他们有反抗的感情，求解放的欲念，如荼如火的革命的思想。把这些感情、欲念、思想以具体的形象表现出来的就是艺术——文学——的任务，也是主张革命文学家的责任”①。所以，通过与新月派作家群落的论争，左联的无产阶级的重视阶级意识的文学观得到了进一步的彰显和强化。

左联作家群落与“自由人”“第三种人”的“文艺自由论辩”，论争的重点是文学与政治的关系。1931 年 12 月 25 日胡秋原在《文化评论》创刊号上发表《真理之檄》一文，对左翼文人以文艺新闻社之名发表的《请脱弃“五四”的衣衫》一文中的激烈极端态度表示不满，认为文化与政治无关，要远离政党，维护“客观”的立场。随后他又发表了《勿侵略文艺》《阿狗文艺论》等文章，宣称“政治主张不可主观地过剩，破坏了艺术的形式”，“艺术不是宣传，描写不是议论”②，否则将会“将艺术堕落到一种政治的留声机”③。苏汶紧随其后为胡秋原辩护，撰写了《关于〈文新〉与胡秋原的文艺论辩》一文，批评左翼为政治、革命的功利目的所束缚，而放弃了对真理和文艺的追求。在“不否认文学与政治意识结合”的前提下，“自由人”“第三种人”强调了文艺的自律性，认为文艺作为意识形态的工具有一定的限度。左联作家群落针对胡秋原和苏汶两人展开了猛烈的回击，其中易嘉（瞿秋白）的《文艺的自由和文学家的不自由》和周起应（周扬）的《到底谁不要真理，不要文艺》两篇文章最具有代表性。瞿秋白认为胡秋原的观点是“变相的艺术至上论”，是“反对阶级文学的理论”，“当无产阶级公开的要求文艺的斗争工具的时候，谁要出来大叫‘勿侵略文艺’，谁就无意之中做了伪善的资产阶级的艺术至上派的‘留声机’”。针对苏汶的文艺自由观点，瞿秋白强调：“每一个文学家，不论他们有意的，无意的，不论他是在动笔，或者是沉默着，他始终是某一阶级的意识形态的代表。在天罗地网的阶级社会里，你逃不到什么地方去，也就做不成什么‘第三种人’。”周扬的批判则更为激烈，他指出胡秋原是“以口头上同情中国普罗革命文学，来巧妙地破坏中国普罗革命

① 冯乃超：《冷静的头脑》，载《创造月刊》，1928（2—1）。

② 胡秋原：《勿侵略文艺》，载《文化评论》，1932（4）。

③ 胡秋原：《阿狗文艺论》，载《文化评论》，1931（1）。

的”。在另一篇文章中，周扬认为胡秋原“抹杀文学的阶级性、党派性，抹杀文学的积极作用，和对于文学的政治的优越性”，“在这自由主义的孟塞维克的理论系统之下”，他“进攻中国普罗革命文学”实际“比民族主义者还要狠毒”①。此外，谷非（胡风）也发表《粉饰，歪曲，铁一般的事实》《现阶段上的文艺批评之几个紧要问题》，鲁迅发表了《论“第三种人”》《又论“第三种人”》等，对胡秋原、苏汶进行了批判。在左联作家群落成员看来，当前是政治斗争最为激烈、无产阶级迫切需要文学配合革命的时期，指责普罗文学就是站在了无产阶级对立面上，是资产阶级的代言人。所以这场论争不仅使得无产阶级的文学观得到进一步的发展，也有效地纠正了“左”倾错误，使得左翼的革命文学理论逐步走向成熟和完善。

二、京派作家群落——严肃性的态度和审美性的创作

由于京派作家群落一开始就没有明确的宗旨、刊物和聚会，从成员构成上来看，主要是语丝社、新月社、清华北大师生及新潮社的部分成员；从时间地域角度来看，京派是在北平的独特文化空间中缓慢生长出的一群作家，所以京派作家群落的文学观点呈现出多样化、复杂性的特征。但精神追求与人生取向的一致性往往是特定时期和地域知识分子群体聚合的价值前提，相类似的文化境遇，中立的政治态度，使得京派作家群落文学观念总体上又具有某些一致性，形成了比较一致的审美认同和文化认同。京派作家群落的文学观念主要体现在两个方面：

1. 坚持文学的独立性

京派作家坚持文学的独立性，主张文学远离政治，避免在文学上寄托现实的功利目的。作为前期京派作家群落的代表，周作人早在1920年代就提出艺术独立的观点，1925年《元旦试笔》中他说：“把‘文学家’的招牌收藏起来”②，就流露出他对“文学无用论”的服膺。1928年他又发表《闭户读书论》，“趁现在不甚适宜于说话做事的时候，关起门来努力读书，可以得道，可以养生，岂不懿欤？”③ 宣扬避世思想。这种宣扬既是身处乱世以求自保的表白，流露了文学启蒙失败的悲观失望，同时也是对

① 绮影（周扬）：《自由人文学理论检讨》，载《文学月报》，1932（1—5、6）。

② 周作人：《元旦试笔》，见《周作人散文全集》，第4卷，10页，桂林，广西师范大学出版社，2009。

③ 周作人：《闭户读书论》，见《周作人散文全集》，第5卷，511页，桂林，广西师范大学出版社，2009。

文学介入政治的否定。到了 1930 年代以后，左翼倡导无产阶级文学，强化文学的功利主义，把文艺视为政治革命的工具，周作人也受到来自左联作家群落的批判。他在《关于文学之诸问题——中国新文学的源与流（一）》中系统提出自己的文学观点，为自己进行辩护。他说，“文学是无用的东西。因为我们所说的文学，只是以达出作者的思想感情为满足的，此外更无目的之可言”。“欲使文学有用也可以，但那样已是变相的文学了。椅子原是为写字用的，然而，以前的议员们岂不是曾在打架时作为武器用过吗？在打架的时候，椅子墨盒可以打人，然而打人却终非椅子和墨盒的真正用处。文学亦然。”[①] 在周作人看来，文学也可以用于政治革命的目的，但文学真正的目的并不在于为政治革命服务。在《论文章之意义暨其使命因及中国近时论文之失》中，他引用宏德（Hunt，今多译为汉特）的话，“文章者，人生思想之形现，出自意象、感情、风味（Taste），笔为文书，脱离学术，遍及都凡，皆得领解（Intelligible），又生兴趣（Interesting）者也”[②]，进一步阐释他的文学无用论的观点。周作人夸大文学的无目的论、非功利性，并不是真正要排斥文学的功利，其实“从留日时期以来，他一直坚持‘不用之用’的文学功用观”[③]。在周作人看来，文学是用来表达思想情感和情趣，这种“不用之用”的文学功用观注重作家自我和一己的兴趣，强调的是作家个性的表现和情感的抒发。所以周作人 1930 年代选择了远离政治，安于书斋生活，而“耕种自己的园地”的口号正是追求独立自由的文学观的体现，也是对当时片面强调文艺社会作用的功利主义倾向的一种反拨。

追求文学的独立性也是沈从文文学观中的一个重要方面，他厌恶将文学作为谋取商业利益和政治利益工具的庸俗功利观，1930 年代他抨击得最多的就是“商品竞卖”和“政治争宠”，反对文学的商业性操作和政治性操作。在他看来，如果把文学当成赚钱的工具，文学将会迎合多数人的趣味而沦落为杂耍和消遣品，导致文学审美特性的丧失，所以给胡适的信中他认为中美庚款委员会“完全控制在一批商人手里……看看近年来许多人都把文学寻开心，把写作寻开心，大家都向从前礼拜六那条路上走去，

---

① 周作人：《关于文学之诸问题——中国新文学的源与流（一）》，见《周作人散文全集》，第 6 卷，59～61 页，桂林，广西师范大学出版社，2009。

② 周作人：《论文章之意义暨其使命因及中国近时论文之失》，见《周作人散文全集》，第 1 卷，96 页，桂林，广西师范大学出版社，2009。

③ 黄开发：《周作人的文学观与功利主义》，载《中国现代文学研究丛刊》，2004（3）。

我觉得这惰性真可怕”①。他呼吁抵制商业性文学。对于张资平的小说，他更是不屑一顾，因为“张资平是会给人趣味不会给人感动，因为他的小说，差不多全是一些最适宜于安排在一个有美女照片的杂志上面的故事”，把张氏作为一个制造商业化低劣产品的典型加以鞭挞。而“政治争宠”则是一帮文人在政治上投机取巧的恶习，文学如果与政治发生了关系，文学家将成为“在朝在野工具之一部”。文学不是赌博，不适宜随便下注投机取巧；文学也不是补药，不适宜单靠宣传从事渔利。② 沈从文主张作家应以“超功利”的心态从事文学创作，真正的文学家的“文学得注意社会，当前社会组织不合理处，需要重造的，需修改的，必极力在作品中表示他的意见同目的，爱憎毫不含糊”③。面对祖国的内忧外患，沈从文认为文学是一项神圣庄严的事业，唯有通过文学才能认识“这个民族过去伟大处与目前堕落处”，最终实现国家民族“重造”的目的。所以他热切呼唤“我们实在需要一些作家！一些具有独立思想的作家，能够追究这个民族的一切症结所在，弄明白了这个民族人生观上的虚浮、懦弱、迷信、懒惰——他又能理解在文学方面，为这个民族自存努力上，能够尽些什么力，且应当如何去尽力”。对此，苏雪林对沈从文的评价可谓切中肯綮、一语见地，她认为沈从文的写作目的正在于“借文字的力量，把野蛮人的血液注射到老态龙钟、颓废腐败的中华民族身体里去，使他兴奋起来，年轻起来，好在 20 世纪舞台上与别个民族争夺生存权利”④。

京派坚持文学的独立性，是一种超然于现实政治利益和阶级观点的文学功利观，表现了京派知识分子群体对于个体独立的追求，对于文化本位的价值观的坚守，更是对于精神独立的维护。

2. 艺术与审美的追求

京派作家群落坚持文学的独立性，避免在文学上寄托现实的功利目的，同时他们又认同艺术生活是人生的一个部分，离开了人生便无所谓艺术，注重情趣与审美，追求人生艺术化。虽然他们要求文学贴近普遍的人生，极力划清与“艺术至上”文学观的界限，但这和他们重视艺术与审美并不

① 沈从文：《19360409 致胡适》，见《沈从文全集》，第 18 卷，226～227 页，太原，北岳文艺出版社，2002。

② 参见沈从文：《文学者的态度》，见《沈从文全集》，第 17 卷，51～52 页，太原，北岳文艺出版社，2002。

③ 沈从文：《新文人与新文学》，见《沈从文全集》，第 17 卷，85 页，太原，北岳文艺出版社，2002。

④ 苏雪林：《沈从文论》，载《文学》，1934（3—3）。

矛盾，可以说对艺术与审美的追求形成了京派作家群落内在的驱动力。

京派作家群落最早提出人生艺术化观念的大概要算周作人，1923年在《自己的园地》一文中，他就说："艺术是独立的，却又原来是人性的，所以既不必使他隔离人生，又不必使他服侍人生，只任他成为浑然的人生的艺术便好。"① 他把艺术视为个人情感思想的表现，是个体人生的一个组成部分。在现实生活中，周作人把这种文学观念转化为一种生活态度，于是他的作品中出现了大篇幅讲述花鸟草虫、论茶说酒等等平和冲淡的文字，反映了对琐屑生活之中所体味的物我两忘的快慰的推崇，表现了对人生艺术化的境界的追求。

京派"人生艺术化"文学观念阐述得最为完整详细的是朱光潜，他在专著《谈美》中有着较为集中的论述。首先，他主张文艺的独立性，反对文艺的"实用工具论"。"实用的态度以善为最高目的，科学的态度以真为最高目的，美感的态度以美为最高目的。"② 他认为文艺与道德无关，与科学无关，与实用功利无关，强调艺术的无功利性。但是艺术的无功利性并非说艺术与人生完全无关，事实上恰恰相反，艺术与人生存在着密切的关系，艺术"帮助人摆脱实在的世界的缰锁，跳出到可能的世界中去避风息凉"③。他说："我反对拿文艺做宣传的工具或是逢迎谄媚的工具。文艺自有它的表现人生和怡情养性的功用，丢掉这自家园地而替哲学宗教或政治做喇叭或应声虫，是无异于丢掉主子不做而甘心做奴隶。"④ 在《谈美》一书中，他明确提出了自己的观点："人生本来就是较广义的艺术"，认为"艺术是情趣的活动，艺术的生活也就是情趣十富的生活"，"情趣愈丰富，生活愈美满，所谓人生的艺术化就是人生的情趣化"。其次，朱光潜倡导审美距离说。美感是如何产生的呢？朱光潜认为在艺术的创造与欣赏过程中，要保持一定的"心理距离"，也就是要超脱现实，摆脱烦恼，专注于超实用功利的艺术的审美体验，只有保持心理距离才能产生真正的美。那么如何保持心理距离呢？在面对现实人生时要摆脱功利的私心，才能以超然静观的眼光看待人生世相，领略体会到其中的情趣。"艺术家之所以为艺术

① 周作人：《自己的园地》，见《周作人散文全集》，第2卷，510页，桂林，广西师范大学出版社，2009。

② 朱光潜：《谈美》，见《朱光潜全集》，第2卷，11页，合肥，安徽教育出版社，1987。

③ 朱光潜：《谈美》，见《朱光潜全集》，第2卷，57页，合肥，安徽教育出版社，1987。

④ 朱光潜：《自由主义与文艺》，见《朱光潜全集》，第9卷，482页，合肥，安徽教育出版社，1987。

家，不仅在能感受情绪，而尤在能把所感受的情绪表现出来；他能够表现情绪，就由于能把切身的情绪摆在某种‘距离’以外去观照。”① 只有非功利的态度才是审美的态度，只有超然静观才是寻找发现美的必然方式。艺术与人生虽存在距离，但正是有了相应的心理距离才能够欣赏到美。朱光潜的艺术审美的“距离说”提倡将文学与人生的“距离”拉开，是在人生自为状态里寻求“真切”和“真情”，是将具体实用的人生转变为审美的人生，是在艺术美的境界里探寻人生要义，表现出典型的超然人生的态度。

相较而言，沈从文的文艺观比较散乱，他对文学创作的见解更多来自本身的创作经验，是站在一个创作者的角度来阐述的。他认为文学与人生两者具有密切关系，要通过展现和讴歌人性美的方式，向国民灌输高尚圣洁的人情美人性爱，从而最终实现国家和民族的重建。同时他又反对文学离自然状态的人生太近，主张文学要对人生的琐碎与繁杂进行提炼、重构和升华。“个人只把小说看成是‘用文字很恰当记录下来的人事’，这定义说它简单也并不十分简单，因为既然是人事，就容许包含了两个部分：一是社会现象，即是说人与人相互之间的种种关系；二是梦的现象，即是说人的心或意识的单独种种活动。单是第一部分不大够，它太容易成为日常报纸记事。单是第二部分也不够，它又容易成为诗歌。必需把‘现实’和‘梦’两种相混合，用语言文字来好好装饰，剪裁，处理得极其恰当，方可望成为一个小说。”② 文学既要表现社会现象，但又不能原样复制或机械模仿社会，这个过程是艺术化的。在创作中情感的体验非常重要，要感悟自然生命的庄严。“一种由生物的美与爱有所启示，在沉静中生长的宗教情绪……很可能是一切生物在生命和谐时所同具的……人若保有这种情感时，即可产生伟大的宗教，或一切形式精美而情感深致的艺术品。”因此，他要“用一支笔，来好好的保留最后一个浪漫派在二十世纪生命挥霍的形式”。“在‘神’之解体的时代，重新给神作一种光明的赞颂，在充满古典庄雅的诗歌失去价值和意义时，来谨谨慎慎写最后一首抒情诗。”③ 在艺术表现方面，沈从文追求和谐与节制的美学原则。《情绪的体操》一

① 朱光潜：《美感经验的分析（二）：美感距离》，见《朱光潜全集》，第1卷，224页，合肥，安徽教育出版社，1987。

② 沈从文：《小说作者和读者》，见《沈从文全集》，第12卷，65页，太原，北岳文艺出版社，2002。

③ 沈从文：《水云》，见《沈从文全集》，第12卷，120、127～128页，太原，北岳文艺出版社，2002。

文主张作家主观创作情感的表达程度要适度，表达方式要有“节制”，用沈从文的创作经验来表述就是“情绪的体操”。《论技巧》一文则公开批评“忽视技巧”的创作偏向，认为艺术技巧的“恰当”，既不是忽视技巧，也不是玩弄技巧，而在于“无巧之巧，自然天成”。此外，沈从文还以自己“湘西世界”的独特创作，实践了他的独立的艺术理想，表现了他独特的情趣追求，成为京派文学审美的精神代表。

京派文学观的发展过程与左翼文艺对它的批判是分不开的。京派与左翼的主要分歧在于如何看待文学与政治的关系，论争多围绕此展开，其中影响最大的无疑是 1930 年代京派与海派的论争以及其后的反“差不多”的论争。也正是由于重视艺术审美，以致当时的左联作家群落对京派作家群落的文学观多有片面的指责，常常把京派文学描述为“沙龙”里绅士淑女的玩意儿、平民大众的人生。

三、论语派作家群落——幽默、闲适与性灵

论语派作家群落主要以《论语》《人间世》《宇宙风》等刊物为阵地，以林语堂为理论指导和创作核心，倡导幽默的智慧、闲适的格调和自然的生活情趣，凝聚了陶亢德、徐訏、章克标、邵洵美、潘光旦、老舍、李青崖等具有相似的生活态度和艺术追求的作家。概而言之，论语派作家群落的文学观念主要包括两个方面：

1. 幽默

林语堂大概算是把西方幽默介绍给中国文坛的第一人，在《论语》第 3 期《我们的态度》中，他旗帜鲜明地提出“论语半月刊以提倡幽默文字为主要目的”，认为外界把《论语》半月刊倡导幽默文字说成是专载游戏文字，没有思想主张的寄托，这是一种误会，原因在于中国很少见到幽默文字，最常见的是重浮言不务实际的社论。论语派的使命是使青年读者注重观察现实，“只须旁观者对自己肯忠实，就会见出其矛盾，说来肯坦白，自会成其幽默。所以幽默文字必是写实主义的”①。《会心的微笑》一文中林语堂对韩侍桁的《谈幽默》进行了评论，认为文章是一篇很好的关于幽默的界说，“大概世事看得排脱的人，观览万象，总觉得人生太滑稽，不觉失声而笑”②。幽默发出的笑是出于个人的性灵，是无可勉强的。为了

① 林语堂：《我们的态度》，载《论语》，1932（3）。

② 林语堂：《会心的微笑》，载《论语》，1932（7）。

说明幽默与“昔人游戏文字所不同”，林语堂强调“幽默却专说实话，要寓庄于谐，打破庄谐之界线”（《答平凡书》）。林语堂幽默理论阐述得最为全面系统的是《论幽默》一文，文中他首先回溯传统，认为幽默在对待人生世事的态度上与中国的道家文化有相通之处，庄生是中国幽默的始祖，“中国文学，除了御用的廊庙文学，都是得力于幽默派的道家思想”。真正幽默的文字在正统文学之外的性灵派文人著作中和戏曲传奇小说小调中。接着作者对幽默的本质进行了辨析，认为幽默不同于谩骂，也不同于讽刺。谩骂情急辞烈，缺少理智妙悟，而幽默则明理超脱；讽刺尖利酸辣，而幽默则冲淡自然。“幽默只是一位冷静超远的旁观者，常于笑中带泪，泪中带笑。其文清淡自然，不似滑稽之炫奇斗胜，亦不似郁剔之出于机警巧辩。”在给幽默分类的基础上，作者进一步论述了幽默的意义，认为幽默对于个体来说意义在于“使人一笑”，放松抑制作用，“胸怀舒适”。幽默对于一国的文化也是影响甚巨，“无论哪一国的文化、生活、文学、思想，是用得着近情的幽默的滋润的。没有幽默滋润的国民，其文化必日趋虚伪，生活必日趋欺诈，思想必日趋迂腐，文学必日趋干枯，而人的心灵必日趋顽固。”[①] 林语堂把中国传统文化和西方文化的幽默精神融合在一起，认为幽默不仅能使个人身心健康，而且对于一个民族和国家的社会政治生活的作用也是巨大的，甚至把幽默视为改造国民性的一剂药方。

邵洵美对幽默也很感兴趣，专门写了《幽默真谛》（《论语》第 90 期，1936 年 6 月 16 日）、《幽默的来踪与去迹》（《论语》第 96 期，1936 年 9 月 16 日）等文章。邵洵美对幽默的理解更注重的是趣味，他在《幽默的来踪与去迹》一文中说：“幽默乃是最纯粹的艺术，它应当是十二分客观的；它对于人生虽然结果亲近，但是所站的地位是有着一定的距离的。”对于每篇短小文章也要反映重大意义的说法，他表示反对，“因为处处要微言大义，于是范围便显得狭窄，而群患幽默之不得长久了”。这样幽默将落入用文字作宣传工具的窠臼，所以幽默的“去迹”有两种结果：“一个是大家了解了它的‘人生价值’，它便得以永生；一个是让有志之士‘晓以大义’，它于是便寿终正寝。”[②] 幽默不要有过多的承载，而是要保持它自身的客观豁达。《一位真正的幽默作家》中，邵洵美借介绍作家林克莱脱（Eric Linklater）之机，用描述性的语言阐述了他对幽默的看法。

① 林语堂：《论幽默》，载《论语》，1934（33）。

② 邵洵美：《幽默的来踪与去迹》，载《论语》，1936（96）。

“幽默不是讽刺，后者的笑里藏着刀，而前者的笑里藏着体贴与温存。幽默也不是滑稽……滑稽是大笑，幽默则是微笑。……幽默是有生命的，但没有野心。幽默是静的不是动的。幽默是知足的不是无餍的。幽默是忠厚的不是刻薄的。幽默是内在的不是外表的。”那幽默到底是什么，邵洵美回答得也很幽默，“这幽默便是《论语》的一般朋友几次三番解释而始终解释不透彻的那样神秘的宝贝”①。

老舍探讨幽默的文章也不在少数，他在 1930—1934 年齐鲁大学任教期间编写的讲义中，就指出“幽默指出那使人可爱的古怪之点，小典故，与无害的小弱点”②。《宇宙风》创刊后，老舍专门写了一组题为《老牛破车》的文章，总结回忆自己的小说创作，其中零零碎碎谈了很多对于幽默的理解。最集中最完整的还是《谈幽默》一文，老舍认为幽默是文艺的因素之一，文字要生动有趣，必须利用幽默。幽默与讽刺关系密切但不相同，讽刺必须幽默，但它比幽默厉害；讽刺因道德目的而必须毒辣不留情，幽默则宽泛一些，也就宽厚一些，它可以讽刺，也可以不讽刺，一高兴还可以什么也不为而只求和大家笑一场。“所谓幽默的心态就是一视同仁的好笑的心态。”“和颜悦色，心宽气朗，才是幽默。一个幽默写家对于世事，如入异国观光，事事有趣。他指出世人的愚笨可怜，也指出那可爱的小古怪地点。世上最伟大的人，最有理想的人，也许正是最愚而可笑的人，吉珂德先生即一好例。幽默的写家会同情于一个满街追帽子的大胖子，也同情——因为他明白——那攻打风磨的愚人的真诚与伟大。”③

2. 性灵与闲适

论语派作家群落在《论语》上大力倡导幽默文字，到了《人间世》及《宇宙风》时期，宣扬的重点则转变为性灵与闲适。

林语堂谈论性灵始于读了沈启无的《近代散文钞》，他专门做了一篇文章《论文》(《论语》第 15 期)，认为性灵就是自我，性灵文学由载道转入言志，抓住了近代文的命脉，开启了近代散文的源流，所以对性灵文学倍加推崇。意犹未尽的林语堂在《论语》第 28 期又写了《论文下》，“以明文章之孕育取材及写作确不能逃出性灵论范围也”，进一步对性灵说进

① 邵洵美：《一位真正的幽默作家》，载《论语》，1936（84）。

② 老舍：《滑稽小说》，见《老舍文集》，第 15 卷，317 页，北京，人民文学出版社，1990。

③ 老舍：《谈幽默》，见《老舍文集》，第 15 卷，231 页，北京，人民文学出版社，1990。

行了阐述。性灵派文学本质求“真”，不故作奇语，任性而发。摧残了性灵，文学就会变得枯干。幽默与性灵关系密切，“提倡幽默，必先提倡解脱性灵，盖欲由性灵之解脱，由道理之参透，而求得幽默也”。思想获得真正自由后，文章必然会产生幽默。在随后的《再与陶亢德书》中，林语堂即道出了创办《人间世》的目的，认为《论语》专登幽默文字，然在幽默范围之外的许多好文章不能收入，所以另编小品文刊物以容纳。他进一步指出了“幽默文”与“小品文”的关系，“幽默本为小品文别出之一格”，“小品文即在人生途上小憩谈天，意本闲适，故亦容易谈出人生味道来，小品文盛行，则幽默家自然出现”①。《发刊〈人间世〉意见书》则点明了小品文的特征是“以自我为中心，以闲适为格调”，明确指出刊物是“专为登载小品文而设”，他在《人间世》第 2 期“编辑室语”中则表示，“我们觉得清峻的议论文太少。凡一种刊物，都应反映一时代人的思感。小品文意虽闲适，却时时含有时代与人生的批评，我们敬以此供献于学思并进之人，尽量发挥其议论”。而小品文取材广泛，“宇宙之大，苍蝇之微，皆可取材，故名之为《人间世》”②。他还表示说：“吾最喜此种笔调，因读来如至友对谈，推诚相与，易见衷曲；当其坐谈，亦无过瞎扯而已，及至谈得精彩，锋芒焕发，亦多入神入意之作。”③

林语堂把西方文化理论和中国文化中的闲适性灵传统融为一体，创造出富有个性的“闲适”“性灵”观。在他看来，“性灵”就是以“自我”为中心，表现个人的精神和情感，不为格套所拘，不为外在章法所役。“闲适”就是心境平和，舒适自然，反映在创作上主要表现为自由和随意。一切素材皆可作为写作的材料，关键是在这些材料中要渗透着丰富的感性体验，并能生成为一种“趣味”和“情调”。性灵与闲适是幽默的前提，只有在超远冲淡、充满灵性、自由超脱的心境下，才能产生真正的幽默文字。

论语派作家群落的文学观卸下载道面具，打破褊狭、僵硬、理性、功利的外表，倡导幽默性灵，推崇闲适的小品文，虽被左翼斥之为脱离社会现实，论语派群落成员也被批为“堕落”的“清客”、“没落”的“现代隐士”，而事实上并非如此，“林语堂的散文里有晚明文人的纵横率性，但论语派作家毕竟未能放弃自己的启蒙身份，‘疾虚妄’和‘爱智者’的人格

---

① 林语堂：《再与陶亢德书》，载《论语》，1934（38）。

② 林语堂：《发刊〈人间世〉意见书》，载《论语》，1934（38）。

③ 林语堂：《小品文之遗绪》，载《人间世》，1935（22）。

取向，并不悖于五四对现代知识分子的基本规定”①。他们更希望以一种超然旁观的态度观察世情，以多样而泛化的角度来关注现实。如果撇开以往的政治化态度，把论语派放在这个文学现代化的过程来考察，我们发现论语派作家群落是站在文化激进主义和保守主义之间的立场上，对文学现代化进程进行了反思，对功利性思想进行了批判，构建了独特的审美精神内涵，对中国现代散文的发展产生了巨大的影响。也许一些观点与论调在国事日益严峻的当时显得有些不合时宜，但其视角的开阔、冷静的态度与思考的深度仍为后世提供了相当的思考空间。

第二节　文本的多样化视阈

由于价值取向与认识的差异，1930年代作家群落的文学理论个性鲜明，而且在创作实践方面呈现出多样化的色彩，由此造成了现代文学文本中不同的视阈。在这一节中，笔者准备从左联作家群落与京派作家群落视野中的不同的乡村、论语派作家群落与太白派作家群落散文创作中的不同价值取向、左联作家群落与《现代》作家群落笔下的两个不同的城市空间三个方面，探讨不同作家群落对各自创作视阈的坚守，以及由此带来的文本创作的多样化。

1. 骚动不安与诗意审美的对立——左联作家群落与京派作家群落视野中的不同的乡村

1930年代作家群落由于对于农村和城市的不同理解，所以农村和城市在他们眼中呈现出不同的风景，有时候这种风景甚至是相对立的。

农村是左联作家群落关注的对象。1931年11月左联决议《中国无产阶级革命文学的新任务》中，就明确要求左联成员注意中国现实社会生活中广大的题材，这些题材是“反帝国主义的题材”“反对军阀地主资本家政权以及军阀混战的题材”“苏维埃运动，土地革命，苏维埃统治下的民众生活”“红军及工农群众的英勇的战斗的伟大题材”“描写白色军队剿共的杀人放火”“揭示农村经济的动摇和变化”② 等，其中农村题材即是左联作家群落比较熟悉与青睐的一种，左联作家以清醒的阶级意识和强烈的

① 吕若涵：《论三十年代论语派小品文的文化理念》，载《齐鲁学刊》，2001（6）。

② 《中国无产阶级革命文学的新任务》，载《文学导报》，1931（1—8）。

政治参与意识描写了农村生活，“如果说二十年代乡土文学具有浓郁的伦理批判色彩，使其呈现以反封建为内容的基本主题的话，那么左联作家的乡土小说则融入了鲜明的政治参与意识和阶级意识，展现了反帝和反封建相交融的深刻内涵”①。在左联作家群落的笔下，农村矛盾尖锐，暗流涌动，充满了不安与骚动。

首先，在左联的农村小说中，农村落后衰败，农民生活贫困，挣扎在死亡线上。阳翰笙《暗夜》描写了一幅残败的农家景象，农民老罗伯家为粮食不够吃而犯愁，成为挥之不去的梦魇。被钱杏邨誉为“左翼文艺运动1931年最优秀的成果”② 的丁玲的短篇小说《水》，作品几乎用了四分之一的篇幅描写了灾民的饥荒，画出了一幅凄惨的流民图。在“丰灾文学”的代表作叶紫的小说《丰收》中，开篇即介绍了“云普爷爷和一个六岁的虎儿，是去年八月吃观音粉吃死的”，所以今年云普叔“不得不拼命地加种了何八爷七亩田，希图有个转运”，然而在卖了女儿英英暂时维持了生活，熬到丰收之后，交租交税，粮仓中只剩下几块薄薄的仓板子了。此外，蒋牧良的《旱》《高定祥》、林淡秋的《活路》《散荒》、徐盈的《旱》、欧阳山的《崩决》、茅盾的《春蚕》《秋收》等，这些大量的作品集中描写了农民的苦难和农村的荒凉破败，展现了1930年代农村的萧瑟面影。其次，左联的农村小说刻画了众多凶狠残忍的地主形象，揭示了农村尖锐的阶级对立，以及农民的有组织的反抗斗争。作品中的这些地主往往欺压百姓，横行乡里。比如蒋牧良《旱》中私吞修坝捐款作开矿股本而酿成旱情的赵太爷，王任叔《灾》中砍伐山林而引发雨后山岩坍塌活埋全村人的玉喜先生，张天翼《三太爷和桂生》中请来军队镇压活埋造反首领的三太爷，叶紫《火》中请团丁来收租的何八爷……在生存的压迫下，农民组织斗争，积极抗争。蒋牧良的《懒捐》，揭示了国民党政府横征暴敛、苛捐杂税给农民带来的灾难，农民在苛政猛于虎的压迫之下的反抗。夏征农的《禾场上》《萧姑庄》“揭露出当时农村阶级斗争的实质：一方面是地主豪绅对农民的欺辱、剥削和压迫，一方面是农民在地主豪绅的压榨下的呻吟、反抗和斗争”③。丁玲的短篇小说《水》不仅描写出灾民与洪水搏斗的雄姿，尤为可贵的是揭露了剥削者的罪恶，写出了这群饥饿的农民奋起

① 杨剑龙：《悲壮的史诗：论左联作家的乡土小说》，载《学术研究》，1991（3）。

② 钱杏邨：《一九三一年文坛之回顾》，载《北斗》，1932（2—1）。

③ 夏征农：《征农文艺创作集·序》，3页，上海，上海文艺出版社，1983。

反抗的斗争精神。小说中农民李塌鼻当了二十年长工，为地主播田、种地、打杂、抬轿，流尽了血汗，没有饿死已经算是有“运气”的了。而地主阶级则任意挥霍，对农民施以恐吓与镇压，“你敢哼一声吗？有牢给你坐的，你坐了牢，你的娘，你的老婆也是死呀!”等水灾之后，农民等来的不是统治者善心的救济，而是恐吓与生命的威胁时，农民终于发出呐喊“我们的人这么多，饿死几千几万不算什么，还愁不剩下一些再做奴隶吗!”最后，一支浩荡的队伍“比水还凶猛地朝镇上扑了去”。这个描写也与社会剖析派作家吴组缃的《一千八百担》的结尾有着惊人的相似。

“京派小说虽然主要成就并不在解说北京（平），反是表现中国的乡土，表现中国偏僻的、原生态的边地生活样式，但这个乡土小说在继承五四乡土之后，与左翼的乡土就真是不同了。”① 农村乡土题材也是京派作家群落喜爱的对象，农村题材的小说在京派文学创作中占据着重要地位，但是与左联作家群落笔下骚动不安的农村不同，京派作家群落笔下的乡村充满了诗意与审美的情调，这在废名与沈从文的作品中表现得尤为突出。

废名早在1920年代便以描绘古朴渺远的田园生活而见长，他的《竹林的故事》《桃园》《菱荡》为同时期很多作家赞不绝口。1930年代他又创作了短篇小说《四火》（1929年9月）、《文公庙》（1929年）、《枣》（1929年12月）、《墓》（1930年）、《桥》（1930年）、《水上》（1932年）、《钥匙》（1932年）、《纺纸记》（1933年）、《窗》（1933年）等小说，这其中《桥》着力描写宗法制农村中温饱人家的美满与和谐，老者慈爱通达，少者纯洁优雅；主人通情达理，仆人勤勉感恩；乡风古朴，史家庄成为古朴和谐的代表。受契诃夫影响；《四火》描写的是一个心地善良的供养寡嫂孤侄的青年，为生活所迫成为失业之民；《文公庙》展示了教书先生的迷信贪财、和尚的粗俗，以微愠的幽默讽刺了社会下层小人物的面相。总体上看这些小说延续了1920年代的创作风格，以平淡质朴之笔调描写“乡村的儿女翁媪之事”，渗透着对劳动人民美德的赞美和对痛苦人生的同情。

1930年代是沈从文创作最为旺盛的阶段，他创作了《石子船》《龙朱》《虎雏》《月下小景》《八骏图》《新与旧》《边城》《湘西散记》等小说散文集，奠定了他作为现代杰出作家的地位。作者选择了他的故乡湘西作为描写的对象，表现了湘西地区优美的自然环境、古朴的风俗、坚忍顽强

---

① 吴福辉：《京派纯文学的风韵流脉》，见《中国现代文学发展史》，244页，北京，北京大学出版社，2010。

的生活态度、优美单纯的人生性格，尤其在《边城》《柏子》《丈夫》等著名小说中，生动展现了湘西的风土人情，散发着悲凉与沉郁。沈从文笔下优美的自然与和谐的乡土反映了他独特的文学理想和追求，“人性探索，是沈从文在动荡不安的政治社会环境中，以宁静的、或超脱的态度坚持纯艺术道路的思想中轴”①。在他看来，相比于城市文明中充斥的虚伪变态、道貌岸然、扭曲堕落，湘西这片传统的土地上蕴藏着无穷的生命力，那里的人们纯朴善良、坚忍顽强、敢爱敢恨。借助于对湘西的描写，沈从文表现了对植根于传统中的原始生命形态的肯定和赞美，对都市现代文明的否定批判，从而表达了对民族未来和民族文化重造的深沉思考。

当然，诗意的乡村并不是京派作家群落小说创作的全部，在京派小说的乡村叙事中还存在着另外一种书写，表现了农村的凋敝、伦理的崩溃，最具代表性的是芦焚（师陀）。翻开他1930年代的作品，满目疮痍，农村充满了荒芜与衰败：《落日光》中“荒寂的田庄”和“野草丛杂的废园”，《寒食节》中“冷落了数年的关家大宅”，《巨人》中“夜色密覆的废宅”和“散发着霉腐气息”的废园，《酒徒》中曾经繁荣一时的街只剩下了“残缺的砖，碎瓦片，灰土，间或走过快要倒毙的狗”……此外，后期京派作家群落中的萧乾、李广田、何其芳等的作品也有类似的描写，造成这种变化的原因在于“后期年轻的京派作家面对现实的苦难，加上自己的感同身受，逐渐放弃了对于美好乡土的精神观照和精神品格的诉求，深入掘进了现实主义人生真实的生存境况和苦难遭际”②。这样的描写从表面上看似乎与沈从文笔下的乡村完全不同，更接近于左联作家群落笔下的乡村叙事，但仔细分析我们又会发现，他们的小说与左翼小说大相径庭。芦焚站在现代知识分子的立场上，通过对破落凋敝的农村的描写，表达了他对乡土中国的落后愚昧的痛心疾首、憎恨批判，反映了他对乡土中国前途和命运的思考与认识。另一方面，作为漂泊异地的游子，作者又对这片土地充满怀念，对这片土地上的人民荒诞的悲剧命运充满了悲悯与关怀，对于人生无常充满了感伤。③ 作者沉溺于这种爱恨交错的复杂情感，难以自拔。所以这种远离政治层面、以审美的超越的姿态观照农村的姿态，正是

① 杨义：《中国现代小说史》，第2卷，591页，北京，人民文学出版社，2005。

② 周泉根、梁伟：《京派文学群落研究》，105页，上海，上海三联书店，2012。

③ 参见王培元：《师陀的乡土小说：“浮世绘”——→咏叹调》，载《中国现代文学研究丛刊》，1991（3）。

和沈从文以及京派作家群落的文学观是一脉相承的。

2. 闲适与战斗——论语派作家群落与太白派作家群落散文创作中的不同价值取向

1934 年爆发的小品文之争，表现了论语派和太白派两个作家群落在创作理念、创作实践之间的对垒。

论语派以《论语》《人间世》《宇宙风》和《逸经》等刊物积极倡导小品文，并致力于写作实践，小品文创作盛极一时，对于现代小品文的生长和发展起到了不小的推动作用，丰富了散文创作的园地。论语派作家群落在小品文创作过程中，努力实践他们所提出的“以自我为中心，以闲适为格调”的创作主张，提倡随意而谈、挥洒自如的小品文笔调，作品多以日常社会生活为题材。当然，论语派小品文中也有对于社会政治的批判，追求开放舒展、真诚自由的风格，以幽默的策略对政治进行了委婉的讽刺，但就整体创作而言，其最突出的特征仍是幽默、性灵与闲适。

首先，我们来看论语派主将林语堂的小品文创作。林语堂始终把幽默当作一种美学追求，一种写作立场，一种人生姿态。面对现实，他不想直接地干预和批判，也不攻击任何对象，而是以超远之姿态和深远之心境，对现实中的滑稽可笑之处加以戏谑。作品往往亦庄亦谐，庄谐杂出。如《论政治病》一文，认为政府官员容易生病，接着罗列了各种病况，其中消化病必定会有，因为他们要对付两顿中饭、三四顿夜饭的饭局，“他们应该用来处理国事的精血，都挪起消化燕窝鱼翅肥鸭焖鸡了”。作者诙谐地说，官员们即使没有病，上台时也要选一种病，方能上台有恃无恐、声音响亮，并且皮包公文中腰夹杂一张医生的验症书，以便到疗养院去养疴。作者以貌似科学严肃的态度，揭露了官员“人人鞠躬尽瘁为国捐躯带病办公”名义下的生活丑态，讽刺了他们生活的奢侈腐败和工作的消极推诿。《黏指民族》一开始一本正经地写中国人有染指性这种第二天性，通过貌似可信有据的荒诞事实的渲染，来创造出幽默的情境和氛围，在漫不经心的叙述中达到对国民党官僚搜刮民脂民膏的丑行的揭露，使读者调动自己的生活体验而获得深刻的认识。在他的《行素集》《披荆集》《剪拂集》等小品文集中，这样的小品文比比皆是，无不透出其诙谐幽默、妙趣横生的幽默风格。除了幽默之外，林语堂的小品文追慕纯真平淡，反对虚浮夸饰。或抒发见解，切磋学问；或记述思感，描绘人情，皆绝无矫饰，显得朴素率真，处处显出真诚的性灵。如《我的戒烟》描写了自身三个星期戒烟的独特经验，生发多种奇妙人生的感受。《说避暑益》由搬家而联想起避暑的种种快乐。《言志篇》直抒胸臆，表达了对自由闲适的名士生活的羡慕和向往。最具代表性的也许是名篇《秋天的况味》，作者以形象的博喻和点示式的议论对“秋天的况味”作了强化和凸现，认为“秋”是一年四时里最好的季节——它“确有另一意味，没有春天的阳气勃勃，也没有夏天炎烈迫人，也不像冬天之全入于枯槁凋零”；它“代表成熟”，具有“温和”的格调和“古气磅礴”的气象。借对“秋天”的描写，表达了对人生之“秋”的理解和领悟，礼赞了人生如“初秋”一般之中年阶段的“纯熟”和“恢奇”。作者在他人视为“可悲”处，能够别具慧眼地发现其“可喜”处，表现了其人生观的通达闲适。而在运笔上，作者之旨本在吟咏中年之“味”，而他却从抽烟写起，又从抽烟情景之“温煦”过渡到对具有“温和”意味的“秋天”之景的描写，最后才以点睛之笔托出赞美“纯熟”中年的主题。这同样显示出了笔致的从容闲适。“林语堂作文信手信腕，笔随意转，不见刻意经营，只见漫不经心。”① 的确如此，闲适的格调这一特点在此文中得到充分鲜明的体现。

其次，在论语派作家群落其他人员的小品文创作中，尽管具体的风格可能因人而异，但总体倾向上都表现了对幽默、性灵与闲适的追求。“平和冲淡”则是对周作人散文的一致评价，早在1920年代，胡适在《燕知草·跋》中已经说过周作人散文“用平淡的谈话包藏着深刻的意味，有时很像笨拙，其实却是滑稽”。而张中行《再谈苦雨斋》也有过这样的概括，“散文，最上乘的是周氏兄弟，一刚劲，一冲淡……”1930年代《论语》阶段的周作人更是如此，他从“叛徒”走向了“隐士”，在《宇宙风》《人间世》等刊物上发表了大量小品文，如《厂甸》(《人间世》第1期)、《苦茶庵小文》(《人间世》第4期)、《谈油炸鬼》(《宇宙风》第3期)、《说闲情》(《宇宙风》第4期)、《入厕读书》(《宇宙风》第5期)、《奴俗与真率》(《宇宙风》第7期)、《北平的春天》(《宇宙风》第13期)、《谈鬼论》(《论语》第91期，鬼故事专号上)等，这些小品文成为其“乱世”中保全“理性的个人”的政治实践和审美实践，“平和冲淡”的特征得到更为淋漓尽致的体现。② 尤其在选材方面，品茶饮酒、藏书古董、谈狐说鬼、

① 谢友祥：《论林语堂的闲谈散文》，载《中国现代文学研究丛刊》，2001 (4)。

② 有一种观点认为周作人30年代的散文创作具有强烈的政治性，它力图保持“五四”启蒙的个人主义、怀疑主义和批判精神的“纯粹性”，力图为现代个体意识寻求风格的自足和日常生活的常态，从而与旧势力和新兴左翼政治持久对抗。具体可参见张旭东：《散文与社会个体性的创造——论周作人30年代小品文写作的审美政治》，载《中国现代文学研究丛刊》，2009 (1)。

街道风景、季节变更、散步购物、植物动物、地方风俗等，选取的都是日常生活中琐细、世俗的事物或现象，更是典型地体现了论语派“宇宙之大，苍蝇之微，皆可取材”的主张。

老舍也是《论语》的主要撰稿人之一，他在《论语》发表的小品文有《昼寝的风潮》《当幽默变成油抹》《吃莲花的》《买彩票》《痰迷新格》《有声电影》《科学救国》《避暑》《取钱》《鬼与狐》等。《昼寝的风潮》写孔子因为教学严格被学生骂为法西斯蒂，转而讨好学生，才得到学生谅解。文章生动演绎了一个“现代版的学潮”，对现代教育进行了讽刺。《吃莲花的》讽刺了俗人把莲花当作食品的焚琴煮鹤之举；《买彩票》以诙谐的方式记录了一次买彩票的经历；《有声电影》以让人忍俊不禁的描写讽刺了中国人礼节繁缛 、死爱面子的性格；《取钱》以在银行取钱为由头，讽刺了旧中国变化缓慢的社会生活节奏……这些作品通常以自己和身边的人事为描写对象，大多从文化视角切入，透视社会的人心世态，揭示国民性的弱点，对人类弱点与愚蠢进行了善意的调侃和温婉的嘲弄，表现出一种平民式的幽默。在艺术表现上，这些散文语言平易自然、流畅简练、明白如话、朴素随兴，极具“谈话风”式的语言特色。

与 1920 年代的浮躁激越、孤独感伤相比较，1930 年代作为论语派成员的郁达夫的散文创作已有明显的变化，转而追求一种自然闲适、平淡的生活情调，尤其在移居杭州期间及其后，他写下的部分散文小品则呈现出“闲适”情调。这个阶段郁达夫的散文主要有两种类型，一类是游记散文，如《钓台的春昼》(《论语》第 1 期)、《临平登山记》(《人间世》第 1 期)、《出昱岑关记》(《人间世》第 3 期)、《扬州旧梦寄语堂》(《人间世》第 28 期)、《闽游滴沥之一》(《宇宙风》第 13 期)、《闽游滴沥之二》(《宇宙风》第 14 期) 等，这些游记散文描绘山水景色，记述名胜古迹，反映风土人情，用生花妙笔将所见所感的自然美尽情描绘出来，情景兼到，既细且清，充满诗情画意，达到了出神入化的艺术境界。从主题上来看，一方面或借景抒情，或借古喻今，戟刺时事，体现了一位爱国者疾恶如仇、忧国忧民的思想和正直率真的人格。而另一方面，作者寄情山水，追求田园乐趣，反映出遁世的思想。另外一类是系列自传体散文和日记，从《悲剧的出生》(《人间世》第 17 期) 到《海上》(《人间世》第 31 期)，共八篇自传体散文，这八篇自传体散文回顾了作者从出生到留学日本的大致历程，真实深情地记录了作者人生旅途的点点滴滴，表现了作者面对世态炎凉、山河破碎、身世的悲怆、生存的艰难等时的复杂情感，坦然披露了作者的内心世界。作品行文舒展，不刻意追求结构的严整，往往是随笔所至，铺展开来，笔调清新自然，情真意切。至于《梅雨日记》(《宇宙风》第 1 期)、《秋霖日记》(《宇宙风》第 3 期)、《冬余日记》(《宇宙风》第 9 期)，忠实地记录了自己每日的起居行踪：休息、用餐、购书、写作，时间具体，地点确切，或详或略，不厌其烦，内容丰富多彩，无所不包。这其中包含着社会风云、朋友聚会、读书心得、创作感受等，真实地表现了内心世界。在艺术表现上作品率真朴素，文笔生动，反映了他“一切文学作品，都是作家的自叙传”的文学主张。

太白派作家群落的小品文反映现实生活，揭发社会矛盾，针砭社会时弊，呈现出与论语派散文截然不同的风貌。太白派是以小品文半月刊《太白》为主要中心的作家群落，是左联作家群落的一个分支。《太白》1934 年 9 月创刊，1935 年 9 月终刊，陈望道为主编，撰稿人主要有鲁迅、瞿秋白、唐弢、徐懋庸、周木斋、聂绀弩等人，所刊载的小品文针砭时弊，揭露现实，风格犀利。《中国现代文学主潮》中使用“太白派”的定义，在界定范围上也不限于《太白》作家群体，而是有所扩大。“散文创作领域，以鲁迅、瞿秋白为代表的左翼作家，团结在《巴尔底山》《涛声》《太白》《新语林》《爝火》《芒种》《杂文（质文）》等杂志周围，以新的、生存的小品文为号召，仍然坚持五四十年‘率性而言，凭心立论，忠于现世，望彼将来’的社会批评与文明批评的传统，并高举起更鲜明的反抗的大纛，向统治者及其帮凶，举起了匕首和投枪，走上了一条‘直面惨淡的人生，正视淋漓的鲜血’的叛逆的路，人称太白派。”① 本书认同并借鉴“太白派”这个概念。

在太白派作家群落的杂文创作中，鲁迅无疑起到了最主要的领导作用，在理论与创作实践两方面都做出了表率。在和冯雪峰主办的《萌芽》创刊号的《编者附记》中，他就特地申明“我们要登载杂文”，表示要注重杂文。在为徐懋庸的杂文集《打杂集》撰写序言时，他满怀信心地表示：“杂文这东西，我却恐怕要侵入高尚的文学楼台去的。”② 他对杂文的文学史地位进行了高度的肯定。对于杂文的功能，鲁迅认为杂文“是感应

---

① 许志英、邹恬：《中国现代文学主潮》，395～396 页，南京，南京大学出版社，2008。

② 鲁迅：《且介亭杂文二集·徐懋庸作〈打杂集〉序》，见《鲁迅全集》，第 6 卷，300 页，北京，人民文学出版社，2005。

的神经，是攻守的手足”[①]，“是匕首，是投枪，能和读者一同杀出一条生存的血路的东西”[②]。在他看来，战斗性是杂文的灵魂，杂文必须对急剧变化中的现实迅速地、直接地做出反应。而在创作中，鲁迅成为充分发挥杂文战斗作用的光辉典范，杂文成为他向敌人冲锋陷阵的主要武器，整个1930年代他创作了大量的杂文，从1927年开始创作《三闲集》一直到去世，他共创作了《二心集》《南腔北调集》《伪自由书》《准风月谈》《花边文学》《且介亭杂文》《且介亭杂文二集》《且介亭杂文末编》等9本杂文集，这其中相当一部分杂文对论语派的小品文进行了尖锐的批判，如《小品文的危机》《小品文的生机》《杂谈小品文》《做“杂文”也不易》《徐懋庸作〈打杂集〉序》等。在《小品文的危机》一文中，鲁迅将历史的和当时的散文都分为“小摆设”与“匕首”“投枪”两类，所谓“小摆设”即是指周作人、林语堂等人的闲适小品文，指出因为这些小品文无视风沙扑面的时代，所以“就这样的走到了危机”。在《杂谈小品文》里鲁迅认为，林语堂、周作人提倡的小品文并非明代小品文的真面目。因为明代社会也有危难，所以小品文里是夹杂着感慨、讽刺、攻击和破坏的，只是由于文字狱的毁坏，我们只能看到“天马行空”似的超然性灵了。在《骂杀和捧杀》《读书忌》《病后杂谈》《论俗人应避雅人》《隐士》等文章中，鲁迅直接对林语堂进行了讽刺，其中1935年4月20日刊于《太白》上的《天生蛮性》最有意思，全文只有三句话：辜鸿铭先生赞小脚；郑孝胥先生讲王道；林语堂先生谈性灵。此处把林语堂与前清遗老和伪满大臣相提并论，足见鲁迅对其厌恶之深。

瞿秋白也是太白派作家群落杂文创作的重要代表，对杂文创作也是非常重视，认为杂文是“战斗的‘阜利通’（feuilleton）”（瞿秋白：《鲁迅杂感选集·序言》），是适应尖锐、剧烈的社会革命斗争而产生的一种文艺性的社会评论。在私交方面他与鲁迅关系密切，《王道诗话》等杂文就是根据鲁迅的意见写成的，并且鲁迅对字句进行过修改，以自己使用过的笔名邮寄到《申报·自由谈》发表的，所以这些杂文与鲁迅的杂文风格接近。从1931年至1933年，瞿秋白在《北斗》《文学导报》等刊物发表50多篇杂文。比较著名的有《美国的真正悲剧》《迎头经》《屠夫文学》《猫

① 鲁迅：《且介亭杂文·序言》，见《鲁迅全集》，第6卷，3页，北京，人民文学出版社，2005。

② 鲁迅：《南腔北调集·小品文的危机》，见《鲁迅全集》，第4卷，592～593页，北京，人民文学出版社，2005。

样的温文》《新英雄》等等，这些杂文讽刺和抨击的社会现象十分广泛，不仅揭露了帝国主义的侵略罪行，戳穿了帮忙文人的虚假面具，还抨击了国民党卖国投降的政策，反映出瞿秋白作为政治活动家的突出敏感和作为杂文家的尖锐泼辣。

徐懋庸杂文佼佼不凡，深得鲁迅衣钵，是太白派作家群落中一个博学多才的青年作家。原先他也在《人间世》发表了一些杂文，但是后来他说："谁知我的意思竟轶出了《人间世》的范围，那编者便常常给了'太革命了''太那个了'等等的批语而删削我的稿件中的文句。对于我的文稿实行删削，是由《人间世》的编辑人'非法地'开始的。"可谓道不同而不相与谋，由于观念的不同，最终导致了他与论语派的分道扬镳。在《打杂集》题记的结尾，他说："倘若在包围着我们的墙壁上去画些山水花卉或者人物故事，以抒性灵，或者寄托理想，算是创作，可算伟大，那么我情愿谢谢罢"①，表现了与论语派审美上的分歧和对性灵文学的不屑一顾。从 1933 年至抗战爆发前，他出版了《打杂集》《街头文谈》《不惊人集》三部杂文集。这些杂文题材广泛，内容丰富，或抨击政治黑暗，或揭露社会矛盾，针砭时弊，或漫谈文艺，善于在说古道今、引经据典之中，给敌人以辛辣的讽刺。比如《神奇的四川》对四川军阀横征暴敛的揭露、《一个笑话的写法》对胡适的讽刺，既泼辣有力，又娓娓而谈，文风流畅隽永。而《"驾云梯取月"——致陶亢德先生信》《杂谈幽默》《大处入手》等作品则直接批判了论语派。正因为师法鲁迅，他的杂文无论气魄、风格、笔调，都颇有几分鲁迅的风味，以至于在 1934 年 1 月 6 日黎烈文邀请《申报·自由谈》十几位撰稿人的聚餐会上，林语堂误把"徐懋庸"当成是鲁迅的又一笔名。

除了上述三个作家之外，太白派作家群落的其他作家还创作了大量作品，对论语派作家群落的林语堂、周作人以及他们的闲适性灵小品文理论进行了批判。如阿英的《小品文谈》、许杰的《周作人论》、胡风的《林语堂论》等，这些文章基本上都是采用了鲁迅的批判方式，认为论语派的小品文腐朽、堕落、反动。主编陈望道则直接在《太白》刊物邀约多位作家、评论家讨论小品文，并结集出版《小品文与漫画》，于是在太白派作家群落的笔下，论语派也大都成为"消闲的小品文""名士气""落后于时

---

①　徐懋庸：《打杂集·题记》，见《徐懋庸选集》，第 1 卷，157 页，成都，四川人民出版社，1984。

代”的代表。

3. 斗争与摩登——左联作家群落和《现代》作家群落笔下的两个不同的城市空间

“左翼城市题材是经过左翼政治过滤的题材，城市唯一值得肯定的是其革命性，城市空间与人物行动都经过政治筛选赋予革命意义。”① 左翼文学中往往表现了两个空间：一个是现代性城市空间，在这个城市空间中物质财富分配不公，城市贫民生活贫困，在死亡线上挣扎；而剥削者为富不仁，凶狠残暴。另一个是工人阶级革命空间，工人阶级团结在一起，蕴含着强大的力量，他们积极投身于反抗斗争，革命斗争风起云涌。

在左翼文学创作中，茅盾的《子夜》是1930年代左翼都市小说的代表之作，真正地创造了都市文学的新篇章。小说一开头就以工笔的手法描写了上海外滩的夜景，展示了这个东方大都市的生活图景。在丰富的城市意象中，作者选择了色彩、灯光和汽车作为描写的对象，“金绿色”的苏州河水，“电车线时时爆发出几朵碧绿的火花”，“霓虹电管广告，射出火一样的赤光和青磷似的绿焰”，“1930年式的雪铁龙汽车……发疯似的向前跑”，射出“叫人目眩的强光”……茅盾以浓厚的兴趣表现出都市的丰富的色彩、速度与强力。但这些并不是小说的重点，作为一个左翼作家，“‘都市’作为一种意象广泛地融入到了作品文本的字单行间，日常生活的现代性因素已经不是故事叙事的主要线索，而‘国家’与‘革命’等现代性词汇则成为作者倾心用力的中心话语”②。茅盾的主要目的在于通过对都市社会的描写，来分析社会的发展现状，思考社会的发展与未来，以小说来解答当时关于中国社会性质的论争，这样上海社会政治阶级的斗争便成为作者表现的最主要的内容。小说从政治、经济的角度入手，以民族资本家吴荪甫和金融买办资本家赵伯韬的斗争为主线，通过吴荪甫发展民族工业的失败揭示了资本主义在中国的命运。茅盾以欣赏的笔触写出了资本家的精明能干、发展民族工业的雄心壮志，但对他们的荒淫无耻、凶狠残暴、镇压工潮进行批判，并且对围绕他们生存的学者、诗人、交际花等小资产阶级的生活进行了否定。在否定的同时，作者描写歌颂了工人形象。这些工人生活在贫困之中，但团结一致，具有强烈的反抗斗争精神，蕴含

① 刘东玲：《现代社会经济发展与三十年代文学景观》，载《文学评论》，2011（3）。

② 宋剑华、陈婷婷：《论都市意象与二三十年代的茅盾小说创作》，载《湘潭大学学报》（哲学社会科学版），2008（2）。

着无穷的革命动力，而工人的代表陈月娥的不断成长预示着无产阶级革命高潮的到来。尽管这些形象并不如资本家刻画得那么成功，但从整体上而言，茅盾以时代政治的敏感、科学主义的态度，表现了以都市生活为中心的现代中国的社会百态，从而实现了他"大规模地描写中国社会的企图"。

"左翼文学都市叙事的关注重点是都市意识形态化的竞争、变革、颠覆，是都市演变和成长中的斗争形态和历史规律。"① 的确如此，以理想的目光审视城市工人的非人境遇、觉醒和抗争，用斗争哲学观照都市生活的剑拔弩张，以新兴的社会学理论和阶级分析方法理解和诠释总体社会现象，这是左翼都市题材小说创作的重要内容，这在很多左联作家群落作家的笔下得到了充分的表现。比如王西彦的《曙》、蒋牧良的《夜工》、魏金枝的《奶妈》等，这些小说努力掘取都市生活的动力，有意识地描写工人阶级的生活，反映了作者敏锐的政治感觉。其中表现得最突出的也许是丁玲。

丁玲的小说《一九三〇春上海（之一）》对于她自己来说是一种尝试。作品女主人公美琳是一个家庭妇女，在与子彬热恋同居之后，生活陷入无聊寂寞的状态。经过激烈的思想斗争，在朋友若泉的帮助下，她走出家庭，五一节参加马路游行，投身到实际的革命洪流中。尽管小说的破绽是很明显的，比如美琳从一个小资产阶级知识分子转变为革命者显得有些突然而不够真实，小说前半部分还保留着丁玲早期女性小说的种种特征，叙述美琳痛苦时笔调忧郁而低沉，但到了小说的第十部分，女主人公一旦接触工人运动，叙述也立刻变得热情明快，表明了获得新生的欢愉。此外小说第七部分还以对比的手法表现了都市阶级的对立，也许这些描写在整体叙事中显得有些突兀，但真实反映了丁玲转向左翼叙事的努力。《一九三〇春上海（之二）》中也有这样的描写：因为投身革命而失去爱情的革命者望微参加街头集会，"他微微有点兴奋，压抑不住的，他仿佛看到那将起的汹涌的波涛，排山倒海的倾来。他又仿佛看到那爆炸的火山，烈焰腾腾的来烧毁这都市"。都市中充满着革命者的激情。《法网》通过描写两个家庭的遭遇——由于生存竞争而引发的悲剧，展现了城市下层人民的悲惨生活。《夜会》里几个纱厂工人夜晚自发组织戏剧演出，纪念九一八事变，表演中群情激奋，直接发出了"打倒资本家""反对帝国主义"的

① 张园：《20世纪30年代小说都市叙事整体观》，载《江汉论坛》，2003（4）。

呼声。

综观左翼都市题材小说创作，如果说物欲、金钱、商品作为无孔不入的因素渗透了《现代》作家群落都市题材小说的每一个角落，那么革命则作为富有活性的激素赋予左翼都市小说特殊的色调。

左联作家在诗歌与报告文学中也描写了都市。众所周知，中国第一篇报告文学《包身工》以凄惨的事实反映了生活状况低劣的包身工的遭遇，痛诉了不合理的扭曲用工制度和惨无人道的资本家罪恶，揭露了都市生活的阴暗面。诗歌创作方面主要体现在左联领导下的中国诗歌会的创作中。中国诗歌会诗人主要偏重于描写产业工人和下层人民的生活，反映下层民众的苦难和觉醒，用诗的方式鼓舞他们为改变被压迫被剥削的社会地位而抗争成为这些诗人津津乐道的主题。在这方面主要的诗歌作品有石灵的《码头工人歌》、曼晴的《打夜工》、武蒂的《报童》、刘非的《洋车夫》、中坚的《老乞丐》、宋寒衣的《夜底流浪者》、江岳浪的《饥饿的咆哮》等，这些作品“对下层人民命运的关注，表明了诗人的社会良知和责任感，但当对下层劳动者的同情和对社会不公的义愤被转化为衡量与表现都市生活的尺度时，都市文明本身也受到了有意无意的贬低”①。左联作家群落诗人中，殷夫有相当一部分诗歌也是以都市为表现对象的，主要集中在 1928 年重回上海之后一直到他牺牲之间。在《梦中的龙华》中，诗人写道：“呵，吃人的上海市，/铁的骨骼，白的齿，/马路上扬着尸扆的泥尘，/每颗尘屑都曾把人血吸饮。”诗人以阶级意识观照上海，于是繁华的都市在诗人眼中成为人间充满血腥的地狱。《都市的黄昏》《无题》等诗歌通过移动镜头的手法，展现了都市的贫困腐烂。而红色鼓动诗《一九二九年五月一日》叙写了这一天上海工人英勇斗争的全过程，同时也抒写了诗人投入革命洪流的激情。《白字》一诗以拟人化的手法，热情呼唤人民群众在“五卅”运动中爆发革命激情，表现了革命必胜的信心。在殷夫的代表作《血字》一诗中，作者以新意象和技巧，把革命激情转化为充满“现代”感的想象，由此作品具有了鲜活的现代感。

尽管描写的是同一座城市，但在《现代》作家群落的笔下，上海则以完全不同的另外一种姿态出现。上海这个都市不仅有着现代的建筑，比如高耸入云的摩天轮、欧式风格的外滩建筑、绚丽缤纷的百货大楼、安逸的

① 张林杰：《30 年代左翼诗歌视野中的都市》，载《中国文学研究》，2004（2）。

咖啡馆、充满欲望与暧昧色彩的舞厅……还反映着一种新的都市文化与生活。如果用一个词语来概括《现代》作家群落笔下的上海，“摩登”也许不是一个最准确的词语，但绝对是最贴近上海生活本质的词语。

现代诗派作家群落是《现代》作家群落的子群落之一，我们可以先从他们的创作中来寻找上海的印记。

施蛰存对都市及都市生活充满了喜爱，在他主编的《现代》杂志上刊载了大量的庞德等人的英美都市诗，并且在第5卷第6期开辟了“美国文学专号”，不遗余力地介绍意象派诗歌，对现代主义诗歌大加推崇。在《创刊宣言》中他说：“《现代》中的诗是诗，而且纯然是现代的诗。它们是现代人在现代生活中所感受到的现代的情绪用现代的词藻排列的现代的诗形。”在介绍美国诗人桑德堡时，他写道：“这资本主义发展到极度的大都会。在它的中心，有高耸入云的摩天楼，人们乘着电梯在这里面上升又下降。有大的银行，现金、票据在那里乱流着。有纵横交错的望不尽的平坦的大路”①，对芝加哥进行了大肆的赞美。此外，他还对现代生活进行了阐释，“所谓现代生活，这里面包含着各式各样独特的形态：汇集着大船舶的港湾，轰响着噪音的工场，深入地下的矿坑，奏着Jazz乐的舞场，摩天楼的百货店，飞机的空中战，广大的竞马场……甚至连自然景物也与前代的不同了。这种生活所给与我们的诗人的感情，难道会与上代诗人们从他们的生活中所得到的感情相同的吗?”② 从这段文字中我们可以看出他对现代生活的推崇和欣赏。不仅如此，施蛰存还尝试着进行了都市诗的创作，在《现代》创刊号上他就推出《桥洞》《祝英台》《蛏子》《沙利文》《银鱼》《卫生》六首“意象抒情诗”，此后还创作了《乌贼鱼之恋》《桃色的云》等一共二十多首诗歌。其中《沙利文》描写的是对上海咖啡间一瞥的感觉呈现，《银鱼》则是诗人在菜市场上见到银鱼瞬间印象幻觉的迭合，而《桃色的云》则直接面对“在夕暮的残霞里/从烟囱林中升上来的”工厂排放的烟雾发出了赞美。这些诗作深受美意象派诗歌以心理真实为最高真实的主张的影响，对都市画像进行了浮光掠影的描绘，因而施蛰存成为都市诗风的开创者。

作为现代诗派作家群落的领导者，戴望舒的都市诗不是很多，只有《我们的小母亲》一诗，诗人认为机械“它将成为可爱的，温柔的，/而且

① 施蛰存：《支加哥诗人卡尔·桑德堡》，载《现代》，1933（3—1）。
② 施蛰存：《又关于本刊中的诗》，载《现代》，1933（4—1）。

仁慈的，我们的小母亲，/一个爱着自己的多数的孩子的，/用有力的，热爱的手臂，/紧抱着我们，抚抱着我们的，/我们这一类人的小母亲”①。戴望舒以欢欣的姿态拥抱代表都市文明重要特征的机械文明，将机械工业文明亲昵地称作“我们的有力的铁的小母亲”。

“徐迟也是其现代诗观的激进、先锋的实验者。”② 他 1930 年代创作的都市诗基本都收在诗集《二十岁人》中。在这些诗中，英语和英译词出现得相当的频繁，比如《酒液》中使用的“GIN”“Apollo”等英语单词，《木叶的雕琢》用的是“探戈”“拉姆酒”等词汇，《年青人的咖啡座》中写到“乌托邦”“土耳其”；他有时候直接以英语作为诗歌的标题，如 Meander；在《罗斯福的新纸牌》一诗中甚至直接用外国人名罗斯福入题。他的《都会的满月》（《现代》第 5 卷第 1 期）被认为是都市诗的代表作之一，诗歌描写的是写着罗马字的大时钟、摩天楼，把写着 12 个罗马数字的大钟比喻成都会的满月，表现了现代都市生活的机械、紧张、单调及对人的异化。作为都市风景的热情的歌唱者，尽管这些作品整体艺术成就不是太高，但他以一个年轻人的激情，对都市诗进行了新的开拓与尝试，表现出一种前卫的探索姿态。

此外，陈江帆也许是都市诗写得最多的诗人之一，他的都市诗有《公寓》《麦酒》《减价的不良症》《海关钟》《都会的版图》《街》等，这些诗作中运用了大量的都市意象和抽象的现代语汇，具有相当浓厚的都市意味。钱君匋的《夜的舞会》以丰富的色彩描绘出现代都市夜生活的繁杂和迷乱，也是都市诗的一篇代表作。

“粗略统计，《现代》中的都市诗大约有三十首左右，但真正比较典型的不过十几首。”③ 虽然现代诗派描写都市，但他们的这些作品更多还是停留在对都市进行浮光掠影式的外在展现，他们还没有能力对都市的本质进行全面的把握和深入的理解。这些问题还是在《现代》作家群落的另一子群落新感觉派的小说中才得到真正的解决。

我们先来看施蛰存的小说。施蛰存在他的小说中虽然写到都市，比如《梅雨之夕》写到了上海的马路、电车，《凶宅》中的背景是上海公共租界

① 戴望舒：《我们的小母亲》，载《新文艺》，1930（2—1）。

② 陈旭光：《三十年代的“现代”诗派与中国现代都市诗的发生》，载《浙江学刊》，2001（1）。

③ 韩彬：《悬浮在都市上空微弱的呼声——试论〈现代〉中的都市诗》，载《名作欣赏》，2006（20）。

戈登路上的一个荷兰风格的别墅，《四喜子的生意》中车夫四喜走过新新、永安和先施三家南京路上的大百货公司，看到了橱窗中的时装模特儿……但总体而言，都市形象在他的小说中并非描写的重点，因而表现得也不是非常突出，施蛰存更多的是要表现焦虑、恐惧、荒诞的都市生活的情感，“那种真实的或想象的‘非家园’感是在乡村封建文化的汪洋中，在都市之‘岛’上体验了资本主义的繁华之后而产生的感受”①。所以我们在《在巴黎大戏院》中看到的是强烈恋物癖的性冲动，看到《梅雨之夕》中由一个女人引发的缥缈而又纠缠不休的幻觉、《魔道》中神秘离奇的恐怖遭遇。尽管施蛰存自己认为思想是倾向于左翼的，但在创作上，他更喜爱并且沉溺于自己的这种都市情感的试验。

作为中国新感觉派作家群落的创始人和中国都市文学的开创者之一，刘呐鸥的文字处处充盈着现代的都市意识，都市文化是他创作中最突出最鲜明的特征。在他的小说集《都市风景线》中，他不仅描绘了赛马场、夜总会、影院、舞厅、富家别墅、百货公司等色彩斑斓的都市场景，而且刻画了舞女、少爷、小姐、交际花、资本家、小职员等各式各样的都市人物。比如在《游戏》开头关于舞厅的描写：“在这‘探戈宫’里的一切都在一种旋律的动摇中——男女的肢体，五彩的灯光，和光亮的酒杯，红绿的液体以及纤细的指头，石榴色的嘴唇，发焰的眼光。”《两个时间的不感症者》则把故事的背景安排在气氛紧张的赛马场，随着故事情节的发展到了吃茶店，再到百货公司，然后转移到舞厅。一切都带有鲜明的都市色彩和印记。不仅如此，在展现光怪陆离的都市生活的同时，刘呐鸥更注重都市男女之间荒诞关系的描写，表现出现代人在人欲横流的都市中灵魂无处皈依的幻灭。《风景》中，燃青在火车上偶遇一位妇人，两人中途下车，这位妇人主动脱光衣服，和燃青在乡间野合，事毕后两人各自乘车离去。《两个时间的不感症者》中，H以为自己邂逅到一个可爱的女郎，并且可能有进一步发展时，女郎宣称：“我还未曾跟一个 gentleman 一块儿过过三个钟头以上呢。这是破例呵。”一番调情后丢下H飘然而去。《方程式》中，密斯脱Y再婚时对相亲后的密斯A和密斯W都有好感，但最终却出人意外地选择了刚刚才认识两天的密斯S，“他便觉得像解决了方程式一般地爽快”。作者通过对都市人与人之间关系的描写，表现了都市物欲疯狂膨

① 李欧梵：《上海摩登——一种新都市文化在中国（1930—1945）》，186页，北京，人民文学出版社，2010。

胀、生理本能恣意放纵和人性的扭曲，深刻反映了都市人人性的异化。

作为“新感觉派圣手”，穆时英的感觉更为敏锐，描写都市生活更是得心应手。这首先表现在都市的外部描写上，在他的笔下，都市色彩繁杂，充满快速的节奏，如“世界是在爵士的轴子上回旋着的‘卡通’的地球，那么轻快，那么疯狂地；没有了地心吸力，一切都建筑在空中”。并且“红的街，绿的街，蓝的街，紫的街……强烈的色调化装着的都市啊……”（《夜总会里的五个人》），“蔚蓝的黄昏笼罩着全场……当中那片光滑的地板上，飘动的裙子，飘动的袍角，精致的鞋跟，鞋跟、鞋跟、鞋跟……”（《上海的狐步舞》）。而《骆驼·尼采主义者与女人》中的主人公——一个城市浪子形象晚上漫步经过回力球馆、舞厅、赌场、情调迷人的酒吧和咖啡馆，吸的是“吉士”派香烟，想的是“查拉图斯屈拉如是说”，邂逅的是“绘着嘉宝型的眉，有着天鹅绒那么温柔的黑眼珠子，和红腻的嘴唇……”的女郎。比刘呐鸥高明的是穆时英敏锐地把握了都市，不仅惟妙惟肖地展现了都市的灯红酒绿、速度节奏，同时还表现了都市的琐碎空间，如小说《街景》全文不到 3 200 字，都市画面纷杂破碎，小说情节断断续续，语句也多为省略句，表现了现代都市的空间特征。穆时英充分调动了各种器官，生动展现一个由光、影、声、色、味构成的立体感觉世界。穆时英与其他新感觉派小说家最大的不同，还是在于他对于都市本质的理解。由于生长在上海这座现代城市，所以穆时英“他对都市的了解是全方位的，深入骨髓的。他看到了都市的繁华，并展示这繁华，但他更能透过表面的繁华看到都市内部的衰败，荒芜，孤寂”①。这主要表现在两个方面：一是金钱物质压迫下人性的异化。在穆时英的笔下，都市中的人们始终处于一个自身无法控制的“物”的世界，对物的无止境的追求使人逐渐沦为了奴隶，人逐渐习惯屈从于物质的吸引与压迫。在《白金的女体塑像》的自序中，他做了一个生动而形象的比喻，把人生比作列车，人是被迫拼命地追赶列车的职业旅行者，“以一个有机的人和一座无机的蒸汽机竞走，总有一天会跑得筋疲力尽而颓然倒毙在路上的”②。每个人在都市中无法把握自己，只能听从都市的支配。在小说《被当做消遣品的

① 杨迎平：《新感觉派都市小说比较谈》，载《山东师范大学学报》（人文社会科学版），2005（4）。

② 穆时英：《白金的女体塑像·自序》，见《穆时英小说全编》，615 页，上海，学林出版社，1997。

男子》中，身为交际花的大学生蓉子妖艳靓丽，性格善变，轻而易举地俘虏了很多男子，也成为“我”追逐的目标，但对于蓉子来说“我”只不过是一个换换胃口的“辛辣的食物”，在消费后马上又弃若敝屣，并振振有词地说：“爱是只能爱一个人，可是消遣品、工具是可以有许多的”，为自己的行为辩解。都市中的女子成为了男子泄欲的容器，而男子反过来则被当成女子的消遣品。在都市中无所顾忌的感官享乐和自由放纵的本能享受成为都市人追求的目标，他们不惜牺牲金钱、青春、人格甚至身体而沦为欲望的奴隶。在小说《黑牡丹》中，作者直接借舞女黑牡丹的话来反映现代都市中人的异化，“我是在奢侈里生活着的，脱离了爵士乐，狐步舞，混合酒，秋季的流行色，八汽缸的汽车，埃及烟……我就成了没有灵魂的人”。在物欲横流的都市中，一切都被深深地打上了物质的烙印，一切的道德责任都抛却脑后，物的占有欲抽空了人物的灵魂。二是忧郁、寂寞和感伤的都市情绪。都市令生活在其中的都市男女快乐并痛苦着。在都市喧嚣的外表下，漂浮的是忧郁和寂寞的面孔，人物灵魂的无所依托。即使他们还残留着一点对纯真情爱的向往，如《公墓》的主人公那样，在热烈的追求之后随着女主人公的死，一切梦幻破灭，精神的家园随之失落，也只能继续孤独地漂泊。在小说《Craven “A”》中表现得更加充分，交际花余慧娴有很多男友，但这些男友爱的是她的身体而非她这个人，所以在一次次肉欲的狂欢后，她深切地感到“一种切骨的寂寞，海那样深大”，“我觉得自家儿是孤独地站在地球上面，我是被从社会切了开来的”。而《夜总会里的五个人》在喧嚣狂欢之后最后曲终人散，五个失意者发出万念俱灰的感叹，破产的胡均宜自杀的枪声最终为这苍凉的夜晚画上了血腥的句号。孤独与喧哗，忧郁与疯狂，物的快感、肉的刺激与心的空虚、情的苍白，互为矛盾地构成了都市人物的生命与灵魂。

《现代》作家群落开拓了现代都市题材，以新奇的现代主义手法和开放形式摹写了充满感性沉醉的都市。他们将都市作为表现的主体，竭力突出现代都市主题，尤其突出表现了都市的摩登，以及都市中的浮躁喧嚣和令人眼花缭乱的新奇的欲望刺激。这和左联作家群落的创作明显不同，左联作家群落创作更注重的是意识形态，在左翼创作中现代都市只是作为人物活动的背景存在，现代都市的真实面貌被遮蔽，阶级分析和理性批判才是左翼文学家写作的重点。尽管文学观念不同，但是两者都表现出创新求异的艺术勇气，共同推动了中国都市文学的向前发展，丰富壮大了海派文学在中国现代文学史上的重要地位。

附录　1930 年代主要中国现代作家群落出版一览表

一、新月派作家群落出版一览表

1. 期刊

刊名	刊期	创刊时间	主编及编辑	主要参与者	出版期数	终刊时间
新月	月刊	1928 年 3 月 10 日	徐志摩、闻一多、饶孟侃、梁实秋、潘光旦、叶公超、罗隆基、余上沅、邵洵美	凌叔华、陈西滢、胡　适、张嘉铸、刘英士、陈梦家、方玮德	43 期	1933 年 6 月
诗刊	季刊	1931 年 1 月 24 日	徐志摩、邵洵美等	陈梦家、方玮德、孙大雨、饶孟侃、方令孺、卞之琳、梁宗岱	4 期	1932 年 7 月 30 日
学文月刊	月刊	1934 年 5 月 1 日	叶公超	胡　适、林徽因、闻一多、余上沅、杨振声、陈梦家、饶孟侃、方令孺、李健吾、卞之琳等	4 期	1934 年 8 月
独立评论	周刊	1932 年 5 月 22 日	胡适	蒋廷黻、丁文江、傅斯年、翁文灏	244 期	1937 年 7 月 25 日

2. 主要著作与译作

作者	书名	出版日期	出版机构
梁实秋	《浪漫的与古典的》	1927 年	上海开明书店
	《文学的纪律》	1928 年	上海开明书店
	《骂人的艺术》	1927 年 10 月	新月书店
	《幸福的伪善者》（译作）	1928 年 7 月	上海东南书局
	《阿拉伯与哀绿绮思的情书》（译作）	1928 年 11 月	新月书店
	《潘彼得》（译作）	1929 年 10 月	新月书店
	《结婚集》（译作）	1930 年 1 月	中华书局
	《西塞罗文录》（译作）	1931 年 4 月	商务印书馆
	《织工马南传》（译作）	1931 年 8 月	商务印书馆
	《威尼斯商人》（译作）	1936 年 6 月	商务印书馆

续前表

作者	书名	出版日期	出版机构
梁实秋	《马克白》(译作)	1936 年 6 月	商务印书馆
梁实秋	《李尔王》(译作)	1936 年 7 月	商务印书馆
梁实秋	《如愿》(译作)	1936 年 7 月	商务印书馆
梁实秋	《丹麦王子哈姆雷特之悲剧》(译作)	1936 年 7 月	商务印书馆
梁实秋	《奥赛罗》(译作)	1936 年 11 月	商务印书馆
徐志摩	《翡冷翠的一夜》	1927 年 9 月	新月书店
徐志摩	《志摩的诗》	1928 年 3 月	新月书店
徐志摩	《猛虎集》	1931 年 8 月	新月书店
徐志摩	《云游》	1932 年 10 月	新月书店
徐志摩	《徐志摩选集》	1936 年 4 月	上海万象书屋
徐志摩	《巴黎的鳞爪》	1927 年 9 月	新月书店
徐志摩	《自剖》	1928 年 1 月	新月书店
徐志摩	《轮盘》	1930 年 4 月	中华书局
徐志摩	《秋》	1931 年 11 月	上海良友图书印刷公司
徐志摩	《爱眉小札》	1936 年 3 月	上海良友图书印刷公司
徐志摩 陆小曼	《卞昆冈》	1928 年 7 月	新月书店
闻一多	《死水》	1928 年 1 月	新月书店
胡适	《白话文学史》	1928 年 6 月	新月书店
胡适	《庐山游记》	1928 年 6 月	新月书店
胡适	《四十自述》	1933 年 9 月	上海亚东图书馆
胡适	《南游杂忆》	1935 年 10 月	上海国民出版社
胡适	《淮南王书》	1931 年 12 月	新月书店
潘光旦	《读书问题》	1930 年 11 月	新月书店
潘光旦	《小青之分析》	1927 年 9 月	新月书店
潘光旦	《冯小青》	1929 年 6 月	新月书店
凌叔华	《花之寺》	1928 年 1 月	新月书店
凌叔华	《女人》	1930 年 4 月	商务印书馆
凌叔华	《小哥儿俩》	1935 年 10 月	上海良友图书印刷公司
陈西滢	《西滢闲话》	1928 年 6 月	新月书店
陈西滢	《少年歌德之创造》(译作)	1928 年 3 月	新月书店
陈西滢	《父与子》(译作)	1931 年 6 月	商务印书馆
陈西滢	《梅立克小说集》(译作)	1933 年 9 月	商务印书馆
陈梦家	《梦家诗集》	1931 年 1 月	新月书店
陈梦家	《新月诗选》	1931 年 9 月	新月书店

续前表

作者	书名	出版日期	出版机构
陈梦家	《在前线》	1932年7月	北平晨报社·北晨学园
	《铁马集》	1934年1月	上海开明书店
	《梦家存诗》	1936年3月	上海时代图书公司
	《歌中之歌》(译作)	1932年11月	上海良友图书印刷公司
余上沅	《国剧运动》	1927年9月	新月书店
	《上沅剧本甲集》	1934年7月	商务印书馆
	《可钦佩的克米敦》(译作)	1930年5月	新月书店
陈衡哲	《小雨点》	1928年4月	新月书店
饶孟侃	《兰姑娘的悲剧》(译作)	1934年9月	上海中华书局
方玮德	《玮德诗文集》	1936年3月	上海时代图书公司
朱湘	《草莽集》	1927年8月	上海开明书店
	《石门集》	1934年6月	商务印书馆
	《永言集》	1936年4月	上海时代图书公司
	《中书集》	1934年10月	上海生活书店
	《海外寄霓君》	1934年12月	上海北新书局
	《朱湘书信集》	1936年3月	天津人生与文学社
顾一樵	《我的父亲》	1933年1月	新月书店
	《岳飞及其他》	1932年7月	新月书店
丁西林	《西林独幕剧》	1931年8月	新月书店
熊佛西	《佛西论剧》	1931年9月	新月书店
邵洵美	《天堂与五月》	1927年1月	上海光华书局
	《花一般的罪恶》	1928年5月	上海金屋书店
	《诗二十五首》	1936年4月	上海时代图书公司
	《一朵朵玫瑰》(译作)	1928年3月	上海金屋书店
	《我的死了的生活的回忆》(译作)	1929年5月	上海金屋书店
	《琵亚词侣诗画集》(译作)	1929年6月	上海金屋书店

二、《现代》作家群落期刊出版一览表

刊名	刊期	创刊时间	主编及编辑	主要参与者	出版期数	终刊时间
无轨列车	半月刊	1928年9月	刘呐鸥	施蛰存、戴望舒、苏汶、徐霞村	8期	1928年12月
新文艺	月刊	1929年9月15日	刘呐鸥、施蛰存、戴望舒	穆时英、徐霞村、罗黑芷、崔万秋、章依萍、赵景深等	8期	1930年4月15日

续前表

刊名	刊期	创刊时间	主编及编辑	主要参与者	出版期数	终刊时间
现代	月刊	1932年5月1日	施蛰存、杜衡、汪馥泉	戴望舒、穆时英、刘呐鸥、杜衡等	34期	1935年5月1日
文艺风景	月刊	1934年6月1日	施蛰存	戴望舒、穆时英、刘呐鸥、杜衡、徐霞村、林庚、金克木等	2期	1934年7月1日
星火	月刊	1935年5月	杨邨人、杜衡、侍桁、巴山等	林庚、戴平万等	8期	1936年1月

三、左联作家群落期刊出版一览表

刊名	刊期	创刊时间	主编及编辑	主要参与者	出版期数	终刊时间
萌芽	月刊	1930年1月1日	鲁迅、冯雪峰、柔石、魏金枝	张天翼、楼适夷、殷夫	1卷6期	1930年6月1日被查禁
拓荒者	月刊	1930年1月10日	蒋光慈	殷夫、任钧、洪灵菲、戴平万、冯铿、孟超	5期	1930年5月1日
艺术	月刊	1930年3月16日	沈端先	郑伯奇、叶沉、龚冰庐、祝秀侠	1期	
文艺讲座	丛刊	1930年4月10日	冯乃超	朱镜我、彭康、郭沫若、阳翰笙、钱杏邨、洪灵菲、冯宪章、夏衍	1期	
巴尔底山	旬刊	1930年4月11日	鲁迅、朱镜我、李一氓	冯雪峰、潘汉年、沈端先、冯乃超、白莽	5期	1930年5月20日
沙仑	月刊	1930年6月16日	沈端先	左明、叶沉、杨邨人、龚冰庐、祝秀侠、钱杏邨、许幸之、冯乃超	1期	
世界文化	月刊	1930年9月10日	世界文化月刊社	冯乃超、柔石、鲁迅、黎烈文	1期	
文学生活	月刊	1931年3月1日	姚蓬子	穆木天、张天翼、沈起予、白薇、魏金枝	1期	

续前表

刊名	刊期	创刊时间	主编及编辑	主要参与者	出版期数	终刊时间
文艺新闻	周刊	1931年3月16日	袁殊	袁牧之、冯雪峰、楼适夷、瞿秋白、鲁迅、周扬、郑伯奇、田汉、阳翰笙、沈起予	75期	1932年6月
前哨(文学导报)	半月刊	1931年夏	鲁迅、冯雪峰、楼适夷	瞿秋白、茅盾、胡也频、殷夫、柔石	8期	1931年11月
北斗	月刊	1931年9月20日	丁玲主编，姚蓬子、沈起予协助编辑	瞿秋白、冯雪峰、白薇、阳翰笙、茅盾、楼适夷、张天翼、穆木天、钱杏邨、叶以群	8期	1932年7月
十字街头	半月刊、旬刊	1931年12月11日	鲁迅主编，冯雪峰协助编辑	瞿秋白、李太、何明	3期	1932年1月
文学	半月刊	1932年4月25日	上海文学社	瞿秋白	1期	
文学月报	月刊	1932年6月10日	姚蓬子、周起应	鲁迅、瞿秋白、艾芜、张天翼、茅盾、胡风	6期	1932年12月
无名文艺	旬刊、月刊	1933年2月	叶紫	黑婴、陈企霞、宋琴心	3期(第3期只有广告目录，未见原刊)	1933年6月
新诗歌	旬刊、半月刊、月刊	1933年2月10日	穆木天、任钧、杨骚、蒲风、杜淡、柳倩	温流、白曙、田间、艾青	11期	1934年12月
文化月报(世界文化)	未定期	1932年11月15日	陈乐夫、徐介石	鲁迅、冯雪峰、张闻天	2期	1933年1月
艺术新闻	周刊	1933年2月17日	夏芦江	杨骚、艾芜、李辉英、何明	4期	1933年3月
文学杂志	月刊	1933年4月15日	王志之、谷万川、潘训、陆万美	宋之的、孙席珍、艾芜等	3期	1933年7月

续前表

刊名	刊期	创刊时间	主编及编辑	主要参与者	出版期数	终刊时间
文艺月报	未定期	1933年6月1日	张盘石、陈北鸥	金丁、穆木天、张瓴、宗值、徐盈、罗浮	3期	1933年11月
春光	月刊	1934年3月1日	庄启东、陈君冶	丘东平、宋之的、沙汀、艾芜、李辉英、艾青、柳倩、夏征农、许幸之、徐懋庸等	3期	1934年5月1日
当代文学	月刊	1934年7月1日	王余杞	聂绀弩、宋之的、叶紫、艾芜、丘东平、芦焚、李辉英、徐盈、艾青、白薇等	5期	1934年11月1日
新语林	半月刊	1934年7月	徐懋庸、庄启东	鲁迅、周木斋、陈子展、任白戈、张天翼、胡风、芦焚、曹聚仁、祝秀侠	6期	1934年10月
东流	月刊	1934年8月1日	林焕平、陈达人	蒲风、林林、张香山、斐琴、魏晋	14期	1936年11月
译文	月刊	1934年9月16日	鲁迅、黄源	茅盾、黎烈文	28期	1937年6月
太白	半月刊	1934年9月20日	陈望道	鲁迅、茅盾、艾寒松、傅东华、郑振铎、朱自清、黎烈文、徐调孚、徐懋庸、曹聚仁、叶绍钧、郁达夫、徐懋庸、唐弢、周木斋、聂绀弩、叶圣陶、许地山、洪深、艾芜、吴组缃、欧阳山、萧红	24期	1935年9月5日
文学新地	月刊	1934年9月25日	文学新地编辑社	鲁迅、叶紫	1期	
新小说	月刊	1935年2月15日	郑伯奇	茅盾、郁达夫、阿英、张天翼、萧军、何家槐	6期	1935年7月15日

续前表

刊名	刊期	创刊时间	主编及编辑	主要参与者	出版期数	终刊时间
文学新辑	不定	1935年2月	欧阳弼、马子华、洪遒、葛一虹、向思庚	聂绀弩、张天翼、何谷天、丘东平、关露	1期	
杂文（质文）	月刊	1935年5月15日	杜宣、邢桐华	鲁迅、郭沫若、茅盾、魏猛克、孟式钧、陈辛人、任白戈、张香山、欧阳凡海、林焕平、林林、田汉	8期	1936年11月
创作	月刊	1935年7月15日	李辉英、汪淼	沙汀、王任叔、周文、张天翼、欧阳山、臧克家、艾芜、郁达夫	3期	1935年9月15日
海燕	月刊	1936年1月20日	聂绀弩、胡风、吴奚如、萧军	鲁迅、黎烈文、萧红、荒煤、罗烽、周文、欧阳山	2期	
夜莺	月刊	1936年3月5日	方之中	鲁迅、巴人、丘东平、罗烽、欧阳山、丽尼、吴奚如、葛琴、田间、王亚平、张天翼、胡风、聂绀弩	4期	1936年6月15日
东方文艺	月刊	1936年3月25日	侯枫	郭沫若、郑伯奇、穆木天、丘东平、王亚平、张天翼、蒲风、王任叔、戴平万、王独清、林林、任钧、杨骚、柳倩、周而复	5期	1936年10月25日
文学丛报（人民文学）	月刊	1936年4月1日	王元亨、马子华、萧今度、聂绀弩	鲁迅、郭沫若、沈起予、吴奚如、周而复、周文、田间、臧克家、宋之的、陈白尘、任钧、王任叔、杨骚	6期	1936年9月
作家	月刊	1936年4月15日	孟十还	鲁迅、茅盾、萧军、萧红、周文、欧阳山、草明、罗烽、丘东平、张天翼、荒煤、鲁彦、胡风、叶紫等	8期	1936年11月

续前表

刊名	刊期	创刊时间	主编及编辑	主要参与者	出版期数	终刊时间
文学界	月刊	1936年6月5日	戴平万	舒群、沙汀、罗烽、白朗、任钧、杨骚、徐懋庸、陈荒煤、温流等	4期	1936年9月
光明	半月刊	1936年6月10日	沈起予、李兰	茅盾、夏衍、洪深、沙汀、周立波、罗烽、舒群、臧克家、宋之的	35期	1937年10月
现实文学	半月刊	1936年7月1日	尹庚、白曙	张天翼、欧阳山、草明、罗烽、聂绀弩、胡风	2期	1936年8月
小说家	月刊	1936年10月15日	欧阳山	蒋牧良、丘东平、聂绀弩、张天翼、辛劳	2期	1936年12月

参考文献：

唐沅等. 中国现代文学期刊目录汇编. 天津：天津人民出版社，1988.

吴福辉. 中国现代文学发展史. 北京：北京大学出版社，2010.

四、论语派作家群落期刊出版一览表

刊名	刊期	创刊时间	主编及编辑	主要参与者	出版期数	终刊时间
论语	半月刊	1932年9月16日	林语堂（主编1～26期），陶亢德（主编27～84期），郁达夫、邵洵美（主编85～105期），邵洵美（主编106～109期），林达祖、邵洵美（主编110～117期），李青崖（主编118～121期），林达祖、邵洵美（主编122～177期）	章克标、邵洵美、周作人、俞平伯、刘半农、简又文、老舍、全增嘏、李青崖、姚颖等	177	1937年8月1日因抗战爆发停刊，1946年11月复刊，1949年5月停刊。

续前表

刊名	刊期	创刊时间	主编及编辑	主要参与者	出版期数	终刊时间
人间世	半月刊	1934 年 4 月 5 日	林语堂、陶亢德、徐訏	老向、何容、周作人、俞平伯、刘半农、简又文、陈子展、老舍、郁达夫等	42 期	1935 年 12 月 20 日停刊
宇宙风	半月刊(1～50 期),旬刊(51～66 期),半月刊(67～152 期)	1935 年 9 月 16 日	林语堂	陶亢德、林憾庐、缪崇群、叶广良、林翊等	152 期	1947 年 8 月 10 日终刊
逸经	半月刊	1936 年 3 月 5 日	简又文任社长,谢兴尧主编 1～22 期,陆丹林主编 23～36 期	林语堂、周作人、郁达夫、老舍、俞平伯、谢冰莹等	36 期	1937 年 8 月 20 日
谈风	半月刊	1936 年 10 月 25 日	浑介、海戈(张海平)、周黎庵	林语堂、老向、何容、周作人、丰子恺、老舍等	20 期	1937 年 8 月停刊
西风	月刊	1936 年 9 月 1 日	黄嘉音、黄嘉德(1～12 期林语堂顾问编辑)	林语堂、老舍、徐訏、林无双、沈有乾、林疑今、许以牧等	118 期	1949 年 5 月停刊

五、京派作家群落出版一览表

1. 期刊报纸

刊名	刊期	创刊时间	主编及编辑	主要参与者	出版期数	终刊时间
骆驼草		1930 年 5 月 12 日	废名、冯至	周作人、俞平伯、梁遇春、徐祖正、徐玉诺	26 期	1930 年 11 月
大公报·文艺副刊		1933 年 9 月 23 日	杨振声、沈从文、萧乾	周作人、凌叔华、林徽因、废名、俞平伯、李广田、何其芳、吴伯箫、曹禺、朱光潜、李健吾、梁宗岱、李长之、常风、芦焚、王西彦		《大公报》先后出过《文艺副刊》(1933 年 9 月 23 日—1935 年 8 月 25 日)、《小公园》(1935 年 7 月 4 日—8 月 31 日)、《文艺》(1935 年 9 月 1 日—1948 年底)

续前表

刊名	刊期	创刊时间	主编及编辑	主要参与者	出版期数	终刊时间
文学季刊	季刊	1934年1月1日	郑振铎、章靳以主编，编辑人有冰心、朱自清、沈樱、吴晗、李长之、林庚	废名、凌叔华、何其芳、李广田、卞之琳、芦焚、李健吾、萧乾、曹禺	8期	1935年12月26日
水星	月刊	1934年10月10日	卞之琳、巴金、沈从文、李健吾、章靳以、郑振铎	周作人、蹇先艾、沈从文、何其芳、李广田、萧乾、芦焚	9期	1935年6月10日
文学杂志	月刊	1937年5月1日	朱光潜	沈从文、萧乾、废名、何其芳、卞之琳、李健吾、周作人、林徽因	22期	1948年11月
新诗	月刊	1936年10月10日	卞之琳、孙大雨、梁宗岱、冯至、戴望舒	金克木、林庚、林徽因、李健吾、吴兴华、李白凤、侯汝华、曹葆华等	10期	1937年7月

2. 著作与译作

作者	书名	出版日期	出版机构
沈从文	《蜜柑》	1927年9月	新月书店
	《好管闲事的人》	1928年	新月书店
	《老实人》	1928年	现代书局
	《阿丽斯中国游记》	1928年	新月书店
	《入伍后》	1928年	北新书局
	《篁君日记》	1928年	北平文化学社
	《长夏》	1928年	上海光华书局
	《山鬼》	1928年	上海光华书局
	《不死日记》	1928年	上海人间书店
	《阿丽斯中国游记》（第二卷）	1928年	新月书店
	《雨后及其他》	1928年	上海春潮书局
	《呆官日记》	1929年	上海远东书店
	《男子须知》	1929年	红黑出版社
	《十四夜间及其他》	1929年	上海光华书店
	《神巫之爱》	1929年	上海光华书店
	《旅店及其他》	1930年	中华书局
	《一个天才的通信》	1930年	上海光华书店

续前表

作者	书名	出版日期	出版机构
沈从文	《旧梦》	1930 年	商务印书馆
	《凤子》	1930 年	杭州苍山书店
	《沈从文甲集》	1930 年	神州国光社
	《石子船》	1931 年	中华书局
	《龙朱》	1931 年	上海晓星书店
	《一个女剧员的生活》	1931 年	上海大东书局
	《沈从文子集》	1931 年	新月书店
	《虎雏》	1932 年	上海新中国书局
	《记胡也频》	1932 年	上海光华书局
	《泥涂》	1932 年	北平新云堂书店
	《都市一妇人》	1932 年	上海新中国书局
	《一个母亲》	1933 年	上海合成书局
	《月下小景》	1933 年	上海现代书局
	《慷慨的王子》	1933 年	上海良友图书印刷公司
	《阿黑小史》	1933 年	上海新时代书局
	《游目集》	1934 年	上海大东书局
	《从文自传》	1934 年	时代书局
	《如蕤集》	1934 年	上海生活书店
	《沫沫集》	1934 年	上海大东书局
	《记丁玲》	1934 年	上海良友图书印刷公司
	《记丁玲续集》	1934 年	上海良友图书印刷公司
	《边城》	1934 年	上海生活书店
	《八骏图》	1935 年	上海文化生活出版社
	《从文小说集》	1936 年	大光书局
	《湘行散记》	1936 年	商务印书馆
	《从文小说习作选》	1936 年	上海良友图书印刷公司
	《沈从文小说选》	1936 年	上海仿古书店
	《新与旧》	1936 年	上海良友图书印刷公司
沈从文、萧乾	《废邮存底》	1937 年	上海文化生活出版社
周作人	《谈虎集》	1928 年	北新书局
	《空大鼓》（译作）	1928 年	北新书局
	《谈龙集》	1929 年	上海开明书店
	《过去的生命》	1929 年	北新书局
	《永日集》	1929 年	北新书局
	《艺术与生活》	1931 年	上海群益书社
	《周作人散文钞》	1932 年	上海开明书店
	《看云集》	1932 年	上海开明书店
	《儿童文学小论》	1932 年	上海儿童书局

续前表

作者	书名	出版日期	出版机构
周作人	《中国新文学的源流》	1932 年	北平人文书局
	《知堂文集》	1933 年	上海天马书店
	《周作人书信》	1933 年	上海青光书局
	《匈奴奇士录》（译作）	1933 年	商务印书馆
	《苦雨斋序跋文》	1934 年	天马书店
	《夜读抄》	1934 年	北新书局
	《希腊拟曲》（译作）	1934 年	商务印书馆
	《苦茶随笔》	1935 年	北新书局
	《苦竹杂记》	1936 年	上海良友图书印刷公司
	《周作人选集》	1936 年	上海万象书屋
	《周作人文选》	1936 年	上海仿古书店
	《风雨谈》	1936 年	北新书局
	《瓜豆集》	1937 年	上海宇宙风社
冯文炳	《桃园》	1928 年	上海开明书店
	《枣》	1931 年	上海开明书店
	《桥》	1932 年	上海开明书店
	《莫须有先生传》	1932 年	上海开明书店
朱光潜	《给青年的十二封信》	1929 年	上海开明书店
	《变态心理学派别》	1930 年	上海开明书店
	《谈美》	1932 年	上海开明书店
	《变态心理学》	1933 年	商务印书馆
	《文艺心理学》	1936 年	上海开明书店
	《孟实文钞》	1936 年	上海良友图书印刷公司
朱自清	《背影》	1928 年	上海开明书店
	《欧游杂记》	1934 年	上海开明书店
	《你我》	1936 年	商务印书馆
俞平伯	《杂拌儿》	1928 年	上海开明书店
	《燕知草》	1928 年	上海开明书店
	《杂拌儿之二》	1933 年	上海开明书店
	《读诗札记》	1934 年	北平人文书店
	《读词偶得》	1934 年	上海开明书店
	《燕郊集》	1936 年	上海良友图书印刷公司
	《古槐梦遇》	1936 年	上海世界书局
凌叔华	《花之寺》	1928 年	新月书店
	《女人》	1930 年	商务印书馆
	《小孩》	1930 年	商务印书馆
	《小哥儿俩》	1935 年	上海良友图书印刷公司
李健吾、李卓吾	《无名的牺牲》	1930 年	岐山书店

续前表

作者	书名	出版日期	出版机构
李健吾	《西山之云》	1928年	北新书局
	《坛子》	1931年	上海开明书店
	《一个兵和他的老婆》	1929年	岐山书店
	《心病》	1933年	上海开明书店
	《火线之内》	1933年	北平青年书店
	《火线之外》	1933年	北平青年书店
	《梁允达》	1934年	生活书店
	《福楼拜评传》	1935年	商务印书馆
	《母亲的梦》	1936年	上海文化生活出版社
	《意大利游简》	1936年	上海开明书店
	《以身作则》	1936年	上海文化生活出版社
	《咀华集》	1936年	上海文化生活出版社
	《这不过是春天》	1937年	商务印书馆
	《新学究》	1937年	上海文化生活出版社
	《圣福朗且斯考教堂》(译作)	1935年	上海生活书店
	《费理拜·赖嘉勤》(译作)	1935年	上海生活书店
	《福楼拜短篇小说集》(译作)	1936年	商务印书馆
	《贾司陶的女住持》(译作)	1936年	上海生活书店
	《司汤达小说集》(译作)	1936年	上海生活书店
	《圣安东的诱惑》(译作)	1937年	上海生活书店
梁宗岱	《诗与真》(第1集)	1933年	商务印书馆
	《诗与真二集》	1935年	商务印书馆
	《水仙辞》(译作)	1931年	中华书局
	《一切的峰顶》	1934年	商务印书馆
	《蒙田散文选》	1935年	上海生活书店
林庚	《夜》	1933年	上海开明书店
	《春野与窗》	1934年	北平文学评论社
	《北平情歌》	1936年	北平风雨诗社
	《冬眠曲及其他》	1936年	北平风雨诗社
萧乾	《书评研究》	1935年	商务印书馆
	《篱下集》	1936年	商务印书馆
	《栗子》	1936年	上海文化生活出版社
	《小树叶》	1937年	商务印书馆
	《落日》	1937年	上海良友图书印刷公司
李长之	《夜宴》	1934年	北平文学评论社
	《鲁迅批判》	1936年	北新书局
卞之琳	《三秋草》	1933年	新月书店
	《鱼目集》	1935年	上海文化生活出版社
	《西窗集》(译作)	1936年	商务印书馆

续前表

作者	书名	出版日期	出版机构
何其芳	《画梦录》	1936 年	上海文化生活出版社
李广田	《银狐集》	1936 年	上海文化生活出版社
	《画廊集》	1936 年	商务印书馆
卞之琳、李广田、何其芳	《汉园集》	1936 年	商务印书馆
金克木	《蝙蝠集》	1936 年	上海时代图书公司
芦焚	《谷》	1936 年	上海文化生活出版社
	《里门拾记》	1937 年	上海文化生活出版社
	《黄花苔》	1937 年	上海良友图书印刷公司
	《落日光》	1937 年	上海开明书店
曹葆华	《寄诗魂》	1930 年	北平震东印书馆
	《灵焰》	1932 年	新月书店
	《落日颂》	1932 年	新月书店
	《无题草》	1937 年	上海文化生活出版社
	《抒情诗歌集序言》（译文）	1937 年	上海生活书店

六、开明派作家群落出版一览表

1. 期刊

刊名	刊期	创刊时间	主编及编辑	主要参与者	出版期数	终刊时间
一般	月刊	1926 年 9 月	夏丏尊、方光焘			1929 年 12 月
中学生	月刊	1930 年 1 月	夏丏尊、叶圣陶、章锡琛、顾均正、丰子恺	陶希圣、林语堂、刘大白、赵景深、郑振铎、汪静之、蔡元培等	1937 年 7 月停刊前共出版 76 期	1937 年 7 月（后复刊）

2. 主要著作

作者	书名	出版日期	出版机构
朱自清	《背影》	1928 年 10 月	上海开明书店
	《欧游杂记》	1934 年 9 月	上海开明书店
	《你我》	1936 年 3 月	商务印书馆
夏丏尊	《平屋杂文》	1935 年 12 月	上海开明书店
	《续爱的教育》（译作）	1930 年 3 月	上海开明书店
夏丏尊等	《幽默的叫卖声》	1935 年 10 月	上海生活书店

续前表

作者	书名	出版日期	出版机构
叶圣陶	《未厌集》	1929年6月	商务印书馆
	《倪焕之》	1929年8月	上海开明书店
	《古代英雄的石像》	1931年6月	上海开明书店
	《脚步集》	1931年9月	上海新中国书局
	《未厌居习作》	1935年12月	上海开明书店
	《圣陶短篇小说集》	1936年3月	商务印书馆
	《叶绍钧选集》	1936年4月	上海万象书屋
	《四三集》	1936年8月	上海良友图书印刷公司
	《叶绍钧代表作选》	1937年7月	上海全球书店
丰子恺	《缘缘堂随笔》	1931年1月	上海开明书店
	《初恋》	1931年4月	上海开明书店
	《中学生小品》	1932年10月	上海中学生书局
	《子恺小品集》	1933年9月	上海开华书局
	《随笔二十篇》	1934年8月	上海天马书店
	《车厢社会》	1935年7月	上海良友图书印刷公司
	《丰子恺创作选》	1936年10月	上海仿古书店
	《缘缘堂再笔》	1937年1月	上海开明书店
	《少年美术故事》	1937年3月	上海开明书店
	《自杀俱乐部》(译作)	1932年4月	上海开明书店
	《初恋》(译作)	1935年	上海开明书店
朱光潜	《给青年的十二封信》	1929年3月	上海开明书店
	《谈美》	1932年11月	上海开明书店
	《孟实文钞》	1936年4月	上海良友图书印刷公司
	《愁斯丹和绮瑟》(译作)	1930年7月	上海开明书店
胡愈之	《莫斯科印象记》	1931年8月	上海新生命书局
	《星火》(译作)	1928年6月	现代书局
章克标	《风凉话》	1929年8月	上海开明书店
	《银蛇》(第一部)	1929年1月	金屋书店
	《恋爱四象》	1929年8月	金屋书店
	《一个人的结婚》	1929年9月	芳草书店
	《蜃楼》	1930年3月	金屋书店
	《爱欲》(译作)	1928年4月	金屋书店
	《水上》(译作)	1928年5月	上海开明书店
	《菊池宽集》(译作)	1929年5月	上海开明书店
	《谷崎润一郎集》(译作)	1929年11月	上海开明书店
	《杀艳》(译作)	1930年3月	水沫书店
	《夏目漱石集》(译作)	1932年	上海开明书店
	《日本戏曲集》(译作)	1934年9月	中华书局

续前表

作者	书名	出版日期	出版机构
顾均正	《科学趣味》	1936 年 1 月	上海开明书店
	《夜莺》（译作）	1929 年	上海开明书店
	《玫瑰与指环》（译作）	1930 年 1 月	上海开明书店
	《小杉树》（译作）	1930 年 8 月	上海开明书店
	《宝岛》（译作）	1930 年 11 月	上海开明书店
	《三公主》（译作）	1932 年 4 月	上海开明书店
	《水莲花》（译作）	1932 年 5 月	上海开明书店
徐调孚	《木偶奇遇记》（译作）	1928 年 6 月	上海开明书店
赵景深	《荷花》	1928 年 6 月	上海开明书店
	《现代诗选》	1934 年 5 月	北新书局
	《现代小品文选》（上、下）	1933 年 10 月	北新书局
	《现代日记选》	1934 年 10 月	北新书局
	《琐忆集》	1936 年 1 月	北新书局
	《文人剪影》	1936 年 9 月	北新书局
	《为了爱》	1928 年 11 月	北新书局
	《失恋的故事》	1934 年 4 月	新文化书社
	《安徒生童话新集》（译作）	1928 年 9 月	亚细亚书局
	《罗亭》（译作）	1928 年 9 月	商务印书馆
	《安徒生童话集》（译作）	1929 年	新文化书社
	《月的话》（译作）	1929 年 6 月	上海开明书店
	《快乐的结局》（译作）	1930 年 3 月	上海开明书店
	《黑衣僧》（译作）	1930 年 3 月	上海开明书店
	《香槟酒》（译作）	1930 年 3 月	上海开明书店
	《女人的王国》（译作）	1930 年 3 月	上海开明书店
	《妖妇》（译作）	1930 年 5 月	上海开明书店
	《审判》（译作）	1930 年 5 月	上海开明书店
	《金雨》（译作）	1930 年 5 月	北新书局
	《孩子们》（译作）	1930 年 5 月	上海开明书店
	《柴霍甫短篇杰作集》（译作）	1930 年	上海开明书店
	《老年》（译作）	1930 年	上海开明书店
	《皇帝的新衣》（译作）	1931 年 3 月	上海开明书店
	《柳下》（译作）	1931 年 8 月	上海开明书店
	《白蛇》（译作）	1933 年 5 月	北新书局
	《海兔》（译作）	1937 年	北新书局
	《猛鹰》（译作）	1937 年	北新书局
钱君匋	《水晶座》	1929 年 3 月	亚东图书馆
	《素描》	1931 年 10 月	春雨书店
	《中学生随笔》	1932 年 12 月	上海中学生书局

续前表

作者	书名	出版日期	出版机构
俞平伯	《杂拌儿》	1928年8月	上海开明书店
	《燕知草》	1928年	上海开明书店
	《杂拌儿之二》	1933年2月	上海开明书店
	《古槐梦遇》	1936年1月	上海世界书局
	《燕郊集》	1936年8月	上海良友图书印刷公司

结　语

行文至此，笔者对本书进行一个简单概括。

为了有效避免以往社团流派研究中简单化的倾向，本书采用了“作家群落”的概念。作家群落研究能够真实反映作家聚合中的自然的（地缘、教育背景、职业等）生态，表现出一定的文学或者社会政治的组织行为、形态方面发生着从产生到消亡的复杂变化，同时内部形态方面与这个群体成员之间的心理和精神因素存在着密切的关系，体现了群体精神追求的一致性，由此在创作上形成文学风格的相近性，是一个立体性的“文学场域”。

1930年代期间中国现代文坛社团林立、流派纷呈，对于这个阶段复杂的社团流派现象，“作家群落”的研究也许是一种最为适合的研究方法。在这个全新的视角下，我们可以看到1930年代作家群落现象与1920年代和1940年代相比，呈现出其独特的一面：不仅群落的存在方式多样，表现出星散与重构、分化与转型、冲突与对峙等多种外部形态，而且群落运作方法也各不相同，有的作家群落往往依靠中心权威的号召力，有的作家群落则重视刊物和编辑所营造的公共空间，还有一些作家群落则伐异求同，往往通过书评的写作或者作品选辑、文艺评奖等方式来凝心聚力，维护一个群落的完整性。此外，这个阶段作家群落心态丰富多样，每一种群体都有着自身独特鲜明的文化心态，个性鲜明，清晰可辨；同时，群落的文化心态又非常复杂，充满了尴尬与矛盾；群落的文化心态还呈现出动态发展的态势，群体心态不断进行着调整与转变。在此基础上，我们还发现1930年代的很多文学理论是在作家群落背景下提出的，不同的作家群落构建了多样化的文学理论。而且不同的作家群落偏好于不同的题材，表现了不同的主题，在叙事方式和审美风格等方面都存在着巨大的差异，由此造成了现代文学文本中不同的视阈。也只有从作家群落现象这个独特的角度出发，才能真正理解1930年代文学的多元共生形态形成的深刻原因。

如果说有什么创新，笔者觉得主要在于两方面：首先，本书打破了过去或偏重文学艺术或偏重政治思想的单向度研究，更关注的是作家群落的变化，注重动态描述，改变了以往流派命名的局限，从创作的主体角度直接描述文学群体，把群体的理念、创作心态和创作实践相结合，考察群体的聚散。这样有效解决了传统社团流派概念涵盖性不够的问题，拓展了社团流派研究的视野。其次，本书采用群落研究的方法，不仅摒弃以往用既定的标准研究社团流派的简单化的做法，更贴近文学发展复杂历史过程的具体实际，而且有利于展现文学社团流派本身无休止嬗变的动态感，从而把握住文学总体结构系统中最不稳定的结构，在具体的历史语境中对社群生态的发展情况做出客观的描述，最终从另外一个角度揭示 1930 年代文学的转型。笔者希望本书能为中国现代社团流派的研究提供一种切实可行的尝试，能为从另外一个角度描述文学史提供一条有益的思路。

但是由于个人学力所限，本书在 1930 年代作家群落的文化心态的论述、群落现象与 1930 年代创作等方面未能充分深入展开。关于这个命题，还有很多问题值得思考，有待今后进一步深入系统地研究，希望本书只是一个开始。

附录　现代文学社群视角观照下的九叶诗派

作为20世纪40年代著名的文学流派，九叶诗派创作了大量的现代主义诗歌，在中国新诗发展史上产生了巨大影响。然而自1981年江苏人民出版社出版《九叶集》而把入选诗集的这批诗人称为九叶诗派以来，在一些文学史研究者接受这个命名的同时，质疑之声也同样不绝于耳[①]，有的学者认为应该把这批诗人称为“中国新诗派”，有的则认为称为“西南联大诗人群”和“上海诗人群”比较合理。尤其近几年来否认这个流派存在的文章逐渐增多，比较具有代表性的文章有郑敏、李润霞的《诗与哲学的起点——郑敏访谈》[②]，邓招华的《“九叶诗派”质疑》[③]，邱雪松的《历史与想像——关于“九叶诗派”的思考》等，归结这些文章的质疑，其实都指向一个关键问题：九叶诗派这个概念的本身是否合理？这也成为目前九叶诗派研究中亟待解决的基本问题。

邵燕祥在《关于“九叶”》一文中对于这个派别的命名进行了解释，“其实，其中许多人彼此并不相识，只不过在抗日和反蒋的大方向上相同，在自由诗体的风格上相近，他们当时本是没有流派自觉的。‘九叶’的情况也差不多，他们中有些人是在编《九叶集》时才头次见面。作为‘九叶’理论代表的袁可嘉为《九叶集》写了序，走在文学史研究者前面界定了这一流派”。诚然，流派的命名往往是追加的，表明了研究者对一些文学现象的总结与概括，命名本身都具有一定的主观性，对此我们毋庸讳言。比如“社会剖析派”，严家炎先生最初在1982年给研究生讲课时提出这个概念，后在《中国现代小说流派史》中正式运用，命名本身也并非尽善尽美，而是存在着一些争议，但随着研究的逐步深入，这个概念逐渐被

---

① 参见易彬：《“九叶诗派”研究新探》，载《湖南社会科学》，2003（6）。

② 郑敏、李润霞：《诗与哲学的起点——郑敏访谈》，载《新诗评论》，2005（1）。

③ 邓招华：《“九叶诗派”质疑》，载《现代中国文化与文学》，2009（6）。

学界和文学史研究者认可和接受。可见一个流派概念的形成，不仅在于流派本身应该具有深厚的内涵和可开掘的空间，同时还是众多研究者合力建构的结果。

笔者认为，一个文学流派从概念来看是否成立，命名是否合理，至少需要满足四个方面的条件：文学观念和创作倾向、作为话语阵地的出版物、群体的人事交往与人员聚散、主观自发的群体意识。符合以上这四个方面的条件，才能算得上是真正意义的文学流派，反之则不能成立。以往社团流派研究通常认为社团研究重在人事，重点考察的对象是社团的兴衰聚散；流派研究重在创作，重点考察的对象则是风格的流变。按照这样的思路，学界对九叶诗派的研究基本集中在文学观念与创作的探讨上，从文本角度对九叶诗派进行了充分的解读，一致认为九叶诗派热衷于西方现代主义，具有浓厚的现代主义色彩，鲜明的现代主义文学理念和创作风格是其最为突出的外部特征①，所以上述一个文学流派概念成立的四个条件中的第一条实际已经具备，在此不再赘言。但是学界对于九叶诗派流派成员的构成、内部的人事交往、群体意识等其他方面的研究，则显然不够充分，这也正是导致九叶诗派这个概念模糊不清以至于某些学者否认其存在的重要原因。笔者认为，构成流派的群体虽然结构关系松散，但其背后仍然存在一个有着互相影响的团体，避免不了复杂的人事的纠缠。九叶诗派不仅存在着内部的群体人事交往，还有共同的出版物，并且在群体运作的过程中表现出较强的主观自发的群体意识。因此从现代文学社群的视角来阐述九叶诗派不仅是可行的，而且也是可能的。也只有从文学社群角度来解读九叶诗派，我们才能获得更为宽阔的文化视野，并在此背景中真正理清这个流派的深厚内涵和发展脉络，最终对有关九叶诗派的质疑做出有效的回答。

一、共同的话语与出版阵地

朱光潜感慨道：“在现代中国，一个有势力的文学刊物比一个大学的影响还要更大、更深长。”② 社群的出版物对现代文学社群意义重大，它是社群成员发表言论和主张的场所，是社群赖以生存的基础。众所周知，20

① 参见孙良好：《中国现代主义诗潮的“活化石”——九叶诗派研究综述》，载《文学评论》，2009（2）。

② 朱光潜：《论小品文》，见《朱光潜全集》，第2卷，426页，合肥，安徽教育出版社，1987。

年代文学研究会“得力于商务印书馆和《时事新报》遍及全国的发行网”① 出版《小说月报》，从而获得了巨大的社会影响，而创造社则借助泰东书局出版《创造季刊》等刊物在文坛上夺取了话语权。30 年代文学社群与出版物的关系更是密切，“当时几乎所有的文学期刊的实际操纵者都是小‘党派’，在一个文学社团里的几个志同道合的朋友，持他们自己所提倡的文学和意识形态立场”②。可见每个文学社群都离不开出版物的支撑，而是否具有相对固定的出版阵地，也往往成为考量一个文学社群是否存在的关键因素。

由于未能找到相对稳定的出版阵地，九叶诗派群体的早期作品比较零散地发表在多个刊物上，事实上他们都在寻求一个属于自己的刊物，来凝聚力量，发出群体的声音。比如穆旦 1947 年闲居北平期间，就曾与当时任北大助教的袁可嘉联系“商议组织一文艺团体‘寻路人’社，拟以商务出版的《文学杂志》为发表文章之处”③，未果。

曹辛之（杭约赫）是九叶诗派的实际组织者，对于这个群体的凝聚起到重要作用。抗战后期他随李公朴在重庆生活书店出版部工作，抗战胜利后随生活书店一起迁回上海，任书店出版部主任。曹辛之喜爱诗歌，他与朋友林宏、鲁风（赫天航）等人筹措资金，加上辛笛工作的金城银行的贷款支持，请臧克家领衔发起，创办了星群出版社（森林出版社），1947 年 7 月《诗创造》月刊正式出版。

《诗创造》创刊之初由曹辛之和林宏担任编者，他们在创刊号《编辑小记》中宣告了办刊的宗旨，“在诗的创作上，只要大的目标一致，不论它所表现的是知识分子的感情或劳动大众的感情，我们都一样重视”。所以在诗歌内容上，“不论他是抒写社会生活，大众疾苦，战争惨象，暴露黑暗，歌颂光明；或者仅仅抒写一己的爱恋、悒郁、梦幻、憧憬……只要能写出作家自己的真实情感，都不失为好作品”。在诗歌形式方面，“山歌”“方言诗”是劳动大众“可喜的进步”，而“商籁诗”“玄学派的诗”“也该一样对其珍爱”。在实际办刊的过程中，《诗创造》也贯彻了这样的兼容并包的办刊原则，刊登了多种诗歌类型，不仅有山歌民谣、政治讽刺诗，也有十四行诗、抒情诗；从创作风格来看，既有现实主义的诗歌，也

---

① 茅盾：《我走过的道路》（上），203 页，北京，人民文学出版社，1984。

② 李欧梵：《上海摩登——一种新都市文化在中国（1930—1945）》，143 页，北京，人民文学出版社，2010。

③ 转引自易彬：《穆旦年谱》，108 页，北京，中国社会科学出版社，2010。

有浪漫主义、现代主义的诗歌。然而，从两个编辑的审美倾向上来说，曹辛之更偏爱现代主义色彩的诗歌，他邀请现代主义诗人陈敬容参与刊物的编辑和组稿活动，并通过陈敬容联系上倾向于现代主义诗歌的穆旦、杜运燮、郑敏、袁可嘉等人撰写文稿。此外曹辛之还结识了对于现代主义诗歌兴趣浓厚的唐湜并向其约稿。而唐湜不仅给《诗创造》写诗，还创作了一组现代主义诗人的评论，对辛笛的《手掌集》、唐祈的《诗第一册》、陈敬容的《交响集》、莫洛的《渡运河》与曹辛之的《火烧的城》进行了批评。此外曹辛之还约袁可嘉写了一篇《论新诗的戏剧化》，请陈敬容以笔名“默弓”写了《真诚的声音》，评论了昆明湖畔的 Trio（三剑客）：穆旦、杜运燮与郑敏。而诗人唐祈在 1940 年前后在兰州与陈敬容即有来往，1947 年陈敬容写信给在重庆的唐祈，于是唐祈来到上海并参与了《诗创造》的编辑工作。在他们的共同努力下，《诗创造》月刊第 1 辑到第 12 辑上，陈敬容发表了诗 7 首、译诗 2 首、理论 2 篇（合计 11 篇），唐湜发表诗 4 首、译诗 1 首、理论 3 篇（8 篇），辛之诗 6 首、编辑小记 9 篇，唐祈诗 4 篇，辛笛诗 4 篇，袁可嘉诗 1 篇，初步形成了一个现代主义诗风倾向的小团体。因此唐湜回忆说：“在《诗创造》中，我与敬容、唐祈关系较好，在辛之的支持下，初步形成了一个四人核心。”① 曹辛之也在第 11 辑《编辑小记》中承认“这个丛刊，可以勉强说是稍带同人性的园地”。

也正是由于审美倾向的分歧，《诗创造》的编辑们分成了两个对立的阵营，一方是以曹辛之、陈敬容、唐祈、唐湜等为代表的现代主义诗风倾向的小团体，另一方是以臧克家、林宏、赫天航为首的群体，坚持现实主义的办刊方向。1948 年 6 月《诗创造》内部两班人马分道扬镳，《诗创造》由林宏、康定、田地等人主编，而曹辛之在辛笛的贷款支持下，另起炉灶，创办了《中国新诗》。

《中国新诗》1948 年 6 月正式出版，编辑为辛笛、杭约赫、陈敬容、唐祈、唐湜。在创刊号上唐湜执笔发表了《我们呼唤（代序）》，“我们必须有所挣扎，有所突破，有所牺牲，也有所完成。我们必须搏斗而前，在历史的道路上跨出自己沉重的脚步”。“我们必须以血肉似的感情抒说我们的思想的探索。我们应该把握整个时代的声音在心里化为一片严肃，严肃地思想一切，首先思想自己，思想自己与一切历史生活的严肃的关联。”

① 唐湜：《九叶在闪光》，载《新文学史料》，1989（4）。

在《中国新诗》第2辑“编辑室”栏目中，编者重申了群体的文艺主张，“我们既属于人民，就有强烈的人民政治意识，怎样通过我们的艺术形式而诉诸表现，在这一点上：我们既非夸张的宣传主义，或市侩式的投机的‘农民派’，也更非畏首畏尾中国式的‘唯美派’的空喊斗争。我们愿意首先是一个真正的人，在最复杂的现实生活里，我们从各方面来参予这艰苦而光辉的斗争，接受历史阶段的真理的号召，来试验我们对于新诗的写作”。这里，强调诗歌的人民性和时代性，这固然与诗人们所处的时代环境有很大关系，在风云变幻、时代转折的大潮流下，“人民”和“时代”已经成为时髦的主流话语。但在与时俱进的同时，九叶诗派群体仍然坚持自己的理想和信念，他们反对宣传、空喊与投机，坚持思想探索，严肃深入审视自己的灵魂，并通过自己的艺术形式而诉诸表现。袁可嘉则在后来的《九叶集序》中总结说：“在艺术上，他们力求智性与感性的溶合，注意运用象征与联想，让幻想与现实互相渗透，把思想、感情寄托于活泼的想象和新颖的意象，通过烘托、对比来取得总的效果，借以增强诗篇的厚度和密度、韧性和弹性。”

《中国新诗》成为九叶诗派的话语阵地，在第1辑《时间与旗》中共发表了9人的诗作，其中6人为九叶诗人；第2辑《黎明乐队》发表了6人的诗作，其中4人为九叶诗人；第3辑《收获期》发表了10人的诗作，其中6人为九叶诗人；第4辑《生命被审判》发表了6人的诗作，其中2人为九叶诗人；第5辑《最初的蜜》发表了10人的诗作，其中5人为九叶诗人。在5辑中，唐湜每一期都有作品，在4辑中发表作品的有陈敬容、唐祈，在3辑中发表作品的有杭约赫、辛笛、穆旦、杜运燮。主要栏目“诗选”共发表诗作41篇，其中23篇为九叶诗人的诗歌创作。由上数据可以看出九叶诗派诗人群体的诗作和理论占据了主要的篇幅，《中国新诗》成为九叶诗派的纽带，促成了九叶诗派的形成。

正是由于两个出版物的巨大凝聚力，所以辛笛说：“九叶诗派是在《中国新诗》、《诗创造》的办刊期间因为作品互相吸引，同声相应，同气相求而自然形成的。”① 曾华鹏也这样说“以两个诗刊为中心的这场诗歌运动的生命虽然短暂，但它让年轻的诗人们的作品有了发表的阵地，诗集有了出版的机会，对于诗歌的见解有了表达和交流的场所，应该说，它为

① 辛笛：《我看“九叶”诗派及“朦胧诗”》，见《辛笛集》，第五卷，80页，上海，上海人民出版社，2012。

九位年轻诗人的集结并最后形成一个以他们为代表的新的诗歌流派提供了必不可少的物质基础”①。共同的话语和出版阵地为九叶诗派的形成奠定了坚实的基础。

二、人事交往与群体的聚散

本质上而言，文学流派与文学社团的共同点在于它们都是因文学特殊目的相近而聚合起来的作家群体，只不过两者结构疏密程度不同而已。所以，虽然文学流派内部关系比较松散，不及社团那样拥有一定的组织关系和具有鲜明的创作主张，然而在文学流派创作现象的背后也存在着一个独特的作家群体。这个独特的作家群体内部有着复杂的人事交往，反映着多种心理和行为倾向，包含着独特地域、教育背景、政治经济、出版传媒等多种客观因素，形成了一个丰富的知识文化谱系。因此，考察一个文学流派是否成立，必然涉及这个群体之间的人事交往与聚散情况。

以此观点来考察九叶诗派，我们发现其内部即存在着复杂的人事交往，群体的聚散也表现得非常明显。九叶诗派最初由西南联大诗人群体和上海诗人群体两个文学群体构成，在 40 年代末期两个群体合二为一，形成完整的流派。

我们先来看西南联大诗人群体，这个派别主要由穆旦、杜运燮、郑敏、袁可嘉等一批西南联大学生诗人组成。

穆旦，1937 年下半年随校内迁长沙，后至南岳、蒙自、昆明等地。求学期间参加西南联大学生组织的“南湖诗社”“冬青文艺社”等文学社团，这些社团聘请闻一多、冯至、卞之琳、朱自清等为导师，并经常请他们做讲座，指导学生写诗。1940 年毕业留校任教，其间与联大教师沈从文、卞之琳、李广田有来往。1942 年 2 月投笔从戎。

杜运燮，抗战爆发前在厦门大学生物系就读，1938 年转入昆明西南联大外语系。联大期间，参与组织联大“冬青文艺社”，直接受到联大教师闻一多、朱自清、冯至、卞之琳等前辈诗人的关怀和指导，最初的习作之一《滇缅公路》被朱自清拿到课堂上分析，并写了《诗与建国》一文给予评价。喜爱冯至的诗集《十四行诗》并深受影响。曾在“冬青文艺社”为卞之琳的演讲做过记录整理，卞之琳的《慰劳信集》给他以后的创作不

① 曾华鹏：《论“九叶”诗派》，载《扬州师范学院学报》（社会科学版），1987（1）。

少启迪。在校期间应征赴缅印战场任翻译，1945 年毕业于西南联大。

郑敏，1939 年进入西南联大哲学系，其间她受益于冯至、闻一多、陈梦家、卞之琳、李广田等老师。虽然没有像穆旦、杜运燮参加学校的文学社团活动，但学校浓厚的文学氛围深深影响了她。在这些老师中，她交往较多的是冯至，常去他家拜访，请教诗歌问题。冯至悉心指导，并把她的诗《诗九首》推荐给《明日文艺》，发表于 1943 年第 1 期。

由此可见，西南联大诗人群体之间本身就存在着学缘的关系，在西南联大闻一多、卞之琳、冯至、朱自清等一批老师的带动鼓励之下，学生中形成了学习和模仿西方现代主义诗歌创作的热潮，最终促成了一个青年诗歌群体的诞生，一批成熟的现代主义作品应运而生。

西南联大诗人群体之间也有着互相的交往。《穆旦年谱》中记载穆旦和杜运燮的交往始于 1938 年：在西南联大期间，除了写诗外，"并和同学组织文艺社团，先后组织了三个：青鸟社，高原社，南荒社。性质都类似，都不论政治，为文艺而文艺，反对标语口号的政治诗。（成员有董庶，向长清，杜运燮等）社中活动为在校中出壁报，并在中央日报出过一次副刊，并经常茶会聊天"①。1940 年，西南联大文艺社团"冬青文艺社"成立，核心成员为林元、刘北汜、杜运燮，穆旦为成员之一。穆旦 1941 年 11 月作诗《潮汐——给运燮》，刊载于《贵州日报革命军诗刊》第 6 期。1942 年 1 月，杜运燮《拘留所——赠穆旦》刊登于《柳州日报》副刊《布谷》创刊号。两人作诗互赠，可见交往非同一般。此外，穆旦和郑敏也有过交往，郑敏曾回忆说："我们第一次见面大约是在 1947 年，我在南京，他从东北到南京，曾来我们家看望我。他请我去新街口喝咖啡，我们谈到晚上，聊了很多对教育和诗歌的看法。"②而穆旦和袁可嘉在 1947 年 10—12 月间也曾联系过，商议组织一个文艺社团，最终未果。由此可见，西南联大诗人群体不仅有着学缘的关系，互相之间也有着文学方面的交往。

上海诗人群体的交往相对比较复杂。前文已述，抗战胜利之后在臧克家的支持下，曹辛之与朋友林宏、鲁风等人筹措资金，加上辛笛工作的金城银行的贷款支持，创办了星群出版社（森林出版社），1947 年 7 月《诗创造》月刊正式出版。辛笛回忆："抗战胜利后，他（曹辛之）复员到上海，因克家的函介，与我相识。彼此由于对诗歌见解相近，遂乐于时相过

① 易彬：《穆旦年谱》，45 页，北京，中国社会科学出版社，2010。

② 郑敏：《再读穆旦》，载《诗探索》，2006（3）。

从，是在我们订交之始。”① 其实在主编《诗创造》之前，1946 年春曹辛之已在臧克家家中认识了陈敬容和唐湜，并邀请两人参与《诗创造》的编辑和组稿活动。而早在 1942 年至 1944 年间，陈敬容在兰州时就认识了正在西北从事抗战戏剧运动和新诗创作的唐祈。1945 年唐祈由于躲避迫害，也来到重庆磐溪，常与居住此地的陈敬容切磋诗艺。1947 年陈敬容编辑《诗创造》期间写信让唐祈从重庆到了上海。② 这样上海诗人群体开始集结在《诗创造》月刊周围。由于审美观念的不同，曹辛之、唐湜、唐祈、辛笛、陈敬容等人逐渐形成一个团体，由此与《诗创造》另外一个以臧克家、林宏等为中心的群体产生矛盾，最后导致《诗创造》的分裂。《诗创造》分裂后，曹辛之邀辛笛、陈敬容、唐祈、唐湜共同主编《中国新诗》，标志着西南联大诗人群体与上海诗人群体的合流。这其中陈敬容发挥了重要作用，她 1947 年主要参与《诗创造》的编辑和组稿活动，实际上是把“九叶”的两半结合成一派的关键人物。在创刊《中国新诗》的五位同人中，陈敬容首先著长文推荐寓居北方的“西南联大诗派”，写信联系他们。③ 袁可嘉回忆说：“1947 年在上海办《诗创造》和《中国新诗》的朋友之一，诗人陈敬容写信和我联系，约北方诗人（如穆旦、杜运燮、郑敏、马逢华等）为他们撰写文稿，这个南北串联实际上是后来到 80 年代才得名的九叶诗派的肇始。”④ 所以对于促成两个群体的合流，陈敬容可以说是居功至伟。

合流之后的九叶诗派群体之间接触更为频繁，郑敏回忆说：“20 世纪 40 年代曹辛之办了一个刊物叫《中国新诗》，他觉得西南联大的穆旦、袁可嘉、我、杜运燮这四个人的诗风和他们所要追求的类似，所以就说我们南北联合起来算一个现代诗派吧。他就和袁可嘉联系，要求我们每人至少在《中国新诗》上发表一首，表示合起来吧。”⑤ “在 20 世纪 40 年代时，

---

① 辛笛：《悼念“九叶”诗友杭约赫》，见《辛笛集》，第五卷，145 页，上海，上海人民出版社，2012。

② 参见陈俐：《陈敬容生平及创作年表》，见《陈敬容诗文集》，729 页，上海，复旦大学出版社，2008。

③ 参见赵毅衡：《诗行间的传记：序陈敬容诗文集》，见《陈敬容诗文集》，3 页，上海，复旦大学出版社，2008。

④ 陈俐：《陈敬容生平及创作年表》，见《陈敬容诗文集》，730 页，上海，复旦大学出版社，2008；袁可嘉：《袁可嘉自传》，见《半个世纪的脚印——袁可嘉诗文选》，575 页，北京，人民文学出版社，1994。

⑤ 刘福春：《读郑敏的组诗〈诗人与死〉》，载《诗探索》，1996（3）。

我们已受到很大攻击。当时是攻击沈从文先生，认为我们这些诗人是南北方的才子、才女围着沈从文这个大粪坑转的苍蝇。这是20世纪40年代的革命者给我们的封号。”① 此处称“我们”显然表现出群体的意识。此外穆旦与辛笛之间也保持了接触，1947年7月他把《穆旦诗集》送给辛笛，并题签“辛笛先生：穆旦卅六年七月沈阳”②。而唐湜在《敬荣和辛笛》一文中写到月下诗会，更多带有文人雅聚的传统，清楚地表明了群体之间紧密的联系。

当然，必须承认与二三十年代的文学群体相比，九叶诗派群体成员的交往还显得不够密切，但在如此动荡不安的社会时代背景下还能保持如此密切的联系，这也正从另外一个角度为我们提供了群体存在的证明。

三、自发的流派群体意识

文学社群的群体意识往往通过两种途径来实现：一是对内的赞誉与维护，群体的成员通过书评或其他方式来表达互相的承认和欣赏，反映群落的共同价值信仰或者相近的写作旨趣，以此表现出自己所属群体的特征，展示一种身份的认同（identification），最终赢得社群其他成员的认可。二是对外的批判与反击，党同伐异。一旦所属群体与其他文学群体发生分歧或论争时，群体成员暂时摒弃内部的矛盾，转而一致枪口对外，同仇敌忾，互相声援。沈从文曾深刻地概括了这种群体意识，“派别不同，则互相轻视；同流合污，则人皆天才”③。九叶诗派也是如此，其成员通过维护与反击两种行为，生动展现出了群体的凝聚力及鲜明的群体意识。

1. 赞誉与维护

九叶诗派成员通过书评的方式，对所属群体的成员的作品大加赞赏，在对共同文学观念认同的同时，表现了群体的凝聚力。

唐湜是九叶诗派最重要的批评家，他对于九叶诗派最早的关注大约始于《陈敬容的〈星雨集〉》，认为陈敬容的诗歌“那里面男性的气息是怎样无间地融合在女性的风格里”，所以作者毫不掩饰地说：“陈敬容先生是我最欢喜的女诗人”④。同时，他对杜运燮的诗也予以了较高评价，认为

① 郑敏：《遮蔽与差异——答王伟明先生十二问》，见《郑敏文集文论卷》（中），584页，北京，北京师范大学出版社，2012。

② 易彬：《穆旦年谱》，103页，北京，中国社会科学出版社，2010。

③ 吴世勇：《沈从文年谱》，94页，天津，天津人民出版社，2006。

④ 唐湜：《陈敬容的〈星雨集〉》，载《文艺复兴》，1947（4—1）。

"年轻的杜运燮是目下不可忽略的最深入最有'现代味'的诗人之一"①。在《辛笛的〈手掌集〉》一文中，他评价辛笛"诗人没有非常虔心的诚挚与十分矫健的生命力来支持他的思想流，使全蜕化为意象流"。但他"有一份克腊西克的气质，圆润而晶莹，在深沉的思想皆化为清新的精神风格与感情等价，和谐而中节，没有浮虚的伤感与过分的夸大……"，"《手掌集》无疑是一册清新的诗作，在目前投机迎合的粗制滥造的诗市场与诗赝品市场上也许是一剂解毒药"②。抑扬结合，表现了对辛笛诗作的赞赏。九叶诗友中唐湜最为佩服的也许还是穆旦，在《穆旦论》一文中，作者用了万字的篇幅对穆旦诗歌进行了细致的解读和高度的评价，认为穆旦是"中国有肉感与思想的感性的抒情诗人之一"，他的诗作中"爱与恨的凝结与跃进使他有了肉搏者的刚勇的生命力"，尤其《森林之魅》"这诗章以其思想的深沉、情感的融和与风格的透明来说，该是中国新诗的重要成就之一"，他努力使"生理的自我"与"心理的自我"统一为一体，"以自然主义的精神，以诚挚的自我为基础，写出他的心灵的感情，以感官与肉体思想一致，使思想与感情、灵与肉完全浑然一致，回返到原始的浑朴的自然状态"，表现了"新时代的精神风格，虔诚的智者的风度与深沉的思想者的力量"③。此外唐湜还写了《严肃的星辰们》，集中对九叶诗派的诗人进行了评价。他认为唐祈："他的诗里就有一种超然的历史的看法，沉下自己的激情，只纯然为绘写历史的面貌而抒唱；或者，从文艺上看，诗人的气质是冷凝而坚忍、克制的，处处有超越的自觉。"陈敬容的诗则是"将思索的钓钩抛到深情的潜意识的湖里，钓上一些智慧的火花来，不很从容地在湖面爆裂。""诗人没有呐喊，但她却时时生活在她的时间里，最敏感地感应着风暴的震颤。"而对杭约赫的评价是"得心应手，虽有时略嫌矜持，有时又稍过狂放，大体上仍能体现诗人的严肃的凝眸与深沉的感情"④。

袁可嘉可以看成是九叶诗派除了唐湜之外的另一重要的理论批评家，他写了很多诗歌批评，不懈地为九叶诗派的现代主义新诗摇旗呐喊。在《新诗现代化——新传统的寻求》一文中他对穆旦《时感》之四大加赞誉，"这样的诗不仅使我们有情绪上的感染震动，更刺激思想活力；在文字节

① 唐湜：《杜运燮的〈诗四十首〉》，载《文艺复兴》，1947（3—4）。
② 唐湜：《辛笛的〈手掌集〉》，载《诗创造》，1948（9）。
③ 唐湜：《穆旦论》，载《中国新诗》，1948（3、4）。
④ 唐湜：《严肃的星辰们》，载《诗创造》，1948（12）。

奏上的弹性与韧性更不用说是现代诗的一大特色”[①]。随后在《新诗现代化的再分析》一文中，他又以《露营》和《月》两首诗为例，赞誉了杜运燮诗歌“植基于忠实而产生的间接性”，“这种间接手法的不可比拟的优异”[②]。袁可嘉还把徐志摩的抒情诗与穆旦的戏剧诗进行了比较，认为穆旦的诗“分量沉重，情理交缠而挣扎着想克服对方，意象突出，节奏突兀而多变，不重氛围而求强烈的集中，即是现代化了诗”，“晦涩而异常丰富”，“不同时代的诗虽然都有相对的价值，但作为现代人，我们也自然不无理由对穆旦底诗表示一点偏爱”[③]。充分突出了穆旦诗歌的价值与意义。

除了唐湜、袁可嘉之外，九叶诗派的成员之间还有很多互相赞誉的书评，如陈敬容的《真诚的声音——略论郑敏、穆旦、杜运燮》、杭约赫撰写的《编辑小记》等。九叶诗友的这些书评，不仅对九叶诗派的诗歌作品进行了深入细致的分析解读，增进了文坛对于九叶诗派的了解，同时通过分析和解读，宣扬了九叶诗派的审美思想，扩大了九叶诗派的影响，并在此过程中彰显出九叶诗派的群体意识。

2. 批判与反击

九叶诗派最初被视为一个群体是在《诗创造》月刊内部分裂的时候，如上文所述，在《诗创造》办刊过程中，由于思想审美观念的分歧，《诗创造》内部分裂成以曹辛之、陈敬容、唐祈、唐湜等为代表的现代主义诗风倾向的小团体和以臧克家、林宏、赫天航为首的现实主义诗歌群体两个对立的阵营。在分裂之后林宏等编辑的《诗创造》第2年第1辑上，开篇即是以本社名义发表《新的起点》一文，文中说：“我们要以最大的篇幅来刊登强烈地反映现实的作品，我们要和人民的痛苦和欢乐呼吸在一起，我们这里要有人民的痛苦的呼声、挣扎或者战斗以后的宏大的笑声。”“我们需要从生活实感出发的真实的现实的诗，不需要仅仅属于个人的伤感的颓废的作品，或者故弄玄妙深奥莫测的东西……”这个编辑方针褒贬倾向显而易见，九叶诗派作为一个群体受到了抨击和批判。

在九叶诗派形成之后，其鲜明的群体色彩又很快招致了七月派的批判。由于穆旦、杜运燮等人和沈从文关系较亲密，诗歌多发表于《益世报》《大公报》，所以1947年9月七月派刊物《泥土》第4辑刊登了署名

① 袁可嘉：《新诗现代化——新传统的寻求》，载《大公报·星期文艺》，1947-03-30。

② 袁可嘉：《新诗现代化的再分析——技术诸平面的透视》，载《大公报·星期文艺》，1947-05-18。

③ 袁可嘉：《诗与民主——五论现代诗》，载《大公报·星期文艺》，1948-10-30。

初犊（牛汉）的《文艺骗子沈从文和他的集团》，把沈从文称为出卖灵魂制造毒药的“文艺骗子”，认为袁可嘉《新诗现代化——新传统的寻求》一文中所谓“‘诚挚的’‘沉痛哀婉’的‘控诉’”不仅仅是“无知”，更是“分明要存心欺骗读者愚弄读者”，因为诗歌里面“不但没有一点真实的人生的活的气息，而那‘希望’也微弱得连死人的喘息和呻吟都不如了”。《诗创造》是“行其市侩主义的‘真实感情’”。同年 11 月出版的《诗创造》第 5 辑《箭在弦上》的《编辑小记》中，杭约赫对此做出了回应，他辩解说：“在挣扎苦痛之余发出一点‘呻吟’，或有时为了烦恼和忧患发出一点‘低唱’，这也是很自然的事”，因为在民主运动中“我们起码也该让一个写诗的人有他抒写自己感情的‘民主’”，对初犊霸道粗暴的批评进行了反击。

随后七月派的阿垅写了一系列的论文，对九叶诗派进行了密集的炮火攻击。在《修养片论》一文中，他针对陈敬容“成熟的技巧得靠良好的修养而来”的观点进行了批驳，认为修养论是“游离人生，破坏人生”①。《我是初来的片论》一文中，他针对《诗创造》的编辑小语展开批判，“但是他们却仅仅巧于做作惯于逢迎而安于蒙昧甘于堕落，多情于铅字和刊物而无视于诗，坐拥皋比而不负责任。所以，在一个诗丛刊中，由于出发于市侩主义之故，那种编辑态度就不可能不是混乱的，模棱的了”。他把《诗创造》提倡多样化创作的编辑方针说成是“杂货店”“荒货摊”②。在《旗（穆旦）片论》中，他认为穆旦的《旗》“那基调竟是冰冷的虚无主义的”。作为九叶诗友的唐湜认为穆旦的诗歌是“人性的抒情”，但这在阿垅看来却是“毁坏人类的心灵的健康因素的热病的状态”，作品表现的是“虚无主义”“犬儒主义”，原因在于缺乏“坚定的信仰”，结论认为，该诗本质是反动的，“背离着甚至反对着新时代”③。在《自由主义片论》中，他又把自由主义比喻成花裤子，把袁可嘉的《号外三章》反对内战追求自由的要求，说成是“露了出来‘第三方面’底尾巴”④，认为这种创作完

① 阿垅：《修养片论》，见《诗与现实》，第二分册，314～316，北京，五十年代出版社，1951。

② 阿垅：《我是初来的片论》，见《诗与现实》，第三分册，98～99 页，北京，五十年代出版社，1951。

③ 阿垅：《旗（穆旦）片论》，见《诗与现实》，第三分册，259 页，北京，五十年代出版社，1951。

④ 阿垅：《自由主义片论》，见《诗与现实》，第二分册，392～396 页，北京，五十年代出版社，1951。

全是逆历史潮流。在《思想片论》中，他批判杭约赫《世界上有多少人在呼唤我的名字》是“打呵欠的政治概念”，是“胡说八道，瞎捧乱吹”①。纵观这些批判，可以看出阿垅是从政治立场角度居高临下地批判，充满了意识形态的偏见。阿垅之所以猛烈批判九叶诗派，根本原因在于他对现代派充满了不屑与憎恨，他多次把现代派比喻成“罂粟花”，并且把现代派定义为“在哲学上是逃荒；在社会学上是绝望；在人生上是否定；在政治上是反动；在艺术上是吸毒和贩毒”，批判西方现代主义是“为了我们的黄种的‘现代派’和‘现代诗’在掘坟”②。而在阿垅看来，九叶诗派创作中表现出鲜明的现代主义色彩，正是“黄种的‘现代派’”，因此其理所当然成为他攻击的对象。

此外，《新诗潮》社也对九叶诗派进行了集体性的批判。张羽发表了《南北方才子才女的大会串——评〈中国新诗〉》一文，文中称《中国新诗》“是沈从文和陈敬容的私生子，从南到北的才子才女的大会串”，“集中国新诗中一种歪曲倾向的大成”。并且断定《中国新诗》“已经走向了一个极端恶劣的道路”③。1948 年 12 月《新诗潮》第 4 辑《理论与批评》中又发表了舒波的《评〈中国新诗〉》，认为：上海诗坛有着五宗罪，在战后《大公报·星期文艺》《文汇报》《诗创造》《中国新诗》等刊物以及袁可嘉、穆旦、郑敏、辛笛、陈敬容、唐湜、唐祈、杭约赫、方平等“白相诗人”身上体现，《中国新诗》是“无廉耻的‘白相诗人’集中的大本营”，是开展诗歌批判运动的对象。同期还有一篇晋军的《踢去这些绊脚石》，文中认为《诗创造》实际上是“一些自由主义，第三条路线的诗作品”，“充分的表现了小资产阶级在这个暴风雨的时代里的彷徨和苦闷”；“诗创造派”和“中国新诗派”“有意的阻碍了大众的前进，有意的浑乱了诗的阵营”，“以人民之友自居，而实在却是人民之敌”，这样的“绊脚石”应该“踢了开去”！

对于《新诗潮》的讥讽直接回击的是袁可嘉，他认为《中国新诗》的出现至少有两个意义：一是南北青年诗人的合作并非基于某一武断的教条，而是想在现实与艺术间求得平衡；二是诗作的不同风格证明诗的发展

① 阿垅：《思想片论》，见《诗与现实》，第二分册，162～163 页，北京，五十年代出版社，1951。

② 阿垅：《“现代派”片论》，见《诗与现实》，第二分册，533 页，北京，五十年代出版社，1951。

③ 张羽：《南北方才子才女的大会串——评〈中国新诗〉》，载《新诗潮》，1948 (3)。

的多种可能的途径，“从《中国新诗》与别的诗刊的比较里，我甚至敢进一步肯定《中国新诗》所代表的方向确定地比别的广阔、自由、更有收获优秀果实的希望”。他进一步论述了各个诗人的特点，认为“郑敏诗中的力不是通常意义为重量级拳手所代表的力，却来自沉潜，明澈的流水和柔和，在使人心折”。“穆旦的搏斗的雄姿，拼命地思索，拼命地感觉，而又不顾一切要诉之表现的镜头是北方读者所熟悉的，他的《世界》、《手》、《我想要走》仍保有一贯的 dynamic 的特质，我个人觉得他是这一代的诗人中最有能量的、可能走得最远的人才之一。”杜运燮的世界“充满新的发现，诗笔活泼而优美”。总结是“他们的大的方向的一致——多么不同于教条式的专制统一！——允许那么殊异的繁多风格的出现与发展，通过强烈的现代化的倾向，而确定地指向诗的新生”①。袁可嘉的反击生动表现了对于九叶诗派群体的维护，彰显了鲜明的群体意识。

应该承认，“九叶诗派”并不是一个非常准确的概括，命名本身的确有很多值得商榷的地方，但因此而否认该流派的存在也更不科学。流派概念的形成是众多研究者长期合力建构的结果，如在九叶诗派命名之后围绕这个流派的研究成果越来越多、越来越深入，这个概念不仅为 40 年代诗歌研究提供了一个便利的视角，而且逐渐被文学史和大多数研究者所接受。所以当下对于九叶诗派的研究，不应该再纠缠于这个流派的命名是否合理，而是应更多地考虑从哪个角度来解读这个流派。笔者认为，从文学社群角度来研究和解读九叶诗派，才能获得更为宽阔的文化视野，真正理清这个流派的深厚内涵和发展脉络，从而真正深化流派的研究。因此，从文学社群的视角来观照文学流派，不仅有利于文学社群研究视阈的拓宽，而且对于现代文学社群研究深度的挖掘同样具有启发意义。

① 袁可嘉：《诗的新方向》，载《新路周刊》，1948（1—17）。

参考文献

一、作品、资料类

[1] 范泉. 中国现代文学社团流派辞典 [M]. 上海：上海书店出版社，1993.

[2] 赵家璧. 中国新文学大系 [M]. 上海：上海良友图书印刷公司，1935—1936.

[3] 李健吾. 李健吾批评文集 [M]. 珠海：珠海出版社，1998.

[4] 施蛰存. 沙上的脚迹 [M]. 沈阳：辽宁教育出版社，1995.

[5] 沈从文. 沈从文全集 [M]. 太原：北岳文艺出版社，2002.

[6] 茅盾. 我走过的道路 [M]. 北京：人民文学出版社，1984.

[7] 宋原放主编，陈江辑注. 中国出版史料 [M]. 济南：山东教育出版社，2001.

[8] 费正清. 剑桥中华民国史 [M]. 北京：中国社会科学出版社，1994.

[9] 张静庐. 在出版界二十年 [M]. 南京：江苏教育出版社，2005.

[10] 杨之华. 文坛史料 [M]. 上海：中华日报社，1944.

[11] 鲁迅. 鲁迅全集 [M]. 北京：人民文学出版社，2005.

[12] 中国社会科学院文学研究所《左联回忆录》编辑组. 左联回忆录 [M]. 北京：知识产权出版社，2010.

[13] 毛文，黄莉如. 艾芜研究专集 [M]. 成都：四川文艺出版社，1986.

[14] 程新. 港台·国外谈中国现代文学作家 [M]. 成都：四川文艺出版社，1986.

[15] 胡适. 胡适书信集 [M]. 北京：北京大学出版社，1996.

[16] 小品文与漫画 [M]. 上海：生活书店，1935.

[17] 林语堂. 林语堂文集 [M]. 北京：群言出版社，2010.

[18] 梁实秋. 梁实秋文集 [M]. 厦门：鹭江出版社，2002.

［19］孔另境．现代作家书简［M］．广州：花城出版社，1982.

［20］丁玲．丁玲全集［M］．石家庄：河北人民出版社，2001.

［21］穆时英．穆时英小说全编［M］．上海：学林出版社，1997.

［22］常风．逝水集［M］．沈阳：辽宁教育出版社，1995.

［23］茅盾．茅盾书信集［M］．北京：文化艺术出版社，1988.

［24］徐志摩．徐志摩全集［M］．天津：天津人民出版社，2005.

［25］虞坤林．志摩的信［M］．上海：学林出版社，2004.

［26］胡适．胡适全集［M］．合肥：安徽教育出版社，2003.

［27］胡适．胡适书信集［M］．北京：北京大学出版社，1996.

［28］施蛰存．施蛰存散文选集［M］．天津：百花文艺出版社，2004.

［29］楼适夷．创作的经验［M］．南昌：江西人民出版社，1982.

［30］施蛰存．十年创作集［M］．上海：华东师范大学出版社，1996.

［31］徐懋庸．徐懋庸选集［M］．成都：四川人民出版社，1984.

［32］陈瘦竹．左翼文艺运动史料［M］．南京：南京大学学报编辑部，1980.

［33］老舍．老舍文集［M］．北京：人民文学出版社，1990.

［34］施蛰存．灯下集［M］．北京：开明出版社，1994.

［35］周作人．周作人散文全集［M］．桂林：广西师范大学出版社，2009.

［36］李健吾．咀华集［M］．广州：花城出版社，1984.

［37］茅盾．茅盾论创作［M］．上海：上海文艺出版社，1980.

［38］贾植芳，俞元桂．中国现代文学总数目［M］．福州：福建教育出版社，1993.

［39］吴俊，李今，刘晓丽，王彬彬．中国现代文学期刊目录新编［M］．上海：上海人民出版社，2010.

［40］唐沅，韩友之，等．中国现代文学期刊目录汇编［M］．北京：知识产权出版社，2010.

二、论著

［1］贾植芳．中国现代文学社团流派［M］．南京：江苏教育出版社，1989.

［2］施建伟．中国现代文学流派论［M］．西安：陕西人民出版社，1986.

［3］严家炎．中国现代小说流派史［M］．北京：人民文学出版社，

1989.

［4］杨洪承. 文学社群文化形态论［M］. 合肥：安徽文艺出版社，1998.

［5］朱德发. 二十世纪中国文学流派论纲［M］. 济南：山东教育出版社，1992.

［6］朱寿桐. 中国现代社团文学史［M］. 北京：人民文学出版社，2004.

［7］朱晓进. 政治文化与中国二十世纪三十年代文学［M］. 北京：人民出版社，2006.

［8］陈思和，丁帆. "中国现代文学社团史"研究书系（7本）.（栾梅健. 民间的文人雅集——南社研究［M］. 许俊雅. 黑暗中的探寻——栎社研究［M］. 陈离. 在"我"与"世界"之间——语丝社研究［M］. 咸立强. 寻找归宿的流浪者——创造社研究［M］. 庄森. 飞扬跋扈为谁雄——作为文学社团的新青年研究［M］. 石曙萍. 知识分子的岗位与追求——文学研究会研究［M］. 金理. 从兰社到《现代》——以施蛰存、戴望舒、杜衡及刘呐鸥为核心的社团研究［M］. 上海：东方出版中心，2006.）

［9］陈安湖. 中国现代文学社团流派史［M］. 武汉：华中师范大学出版社，1997.

［10］邱文治. 中国现代文学流派艺术研究［M］. 太原：山西古籍出版社，2001.

［11］秦亢宗，蒋成瑀. 现代作家和文学流派［M］. 重庆：重庆出版社；北京：华夏出版社，1986.

［12］殷国明. 中国现代文学流派发展史［M］. 广州：广东高等教育出版社，1989.

［13］陈万雄. 五四新文化的源流［M］. 北京：三联书店，1997.

［14］高恒文. 京派：学院派的风采［M］. 上海：上海教育出版社，2000.

［15］［德］哈贝马斯. 公共领域的结构转型［M］. 上海：学林出版社，1999.

［16］旷新年. 1928：革命文学［M］. 济南：山东教育出版社，1999.

［17］许道明. 京派的文学世界［M］. 上海：复旦大学出版社，1994.

［18］许道明. 海派文学论［M］. 上海：复旦大学出版社，1999.

［19］李欧梵. 上海摩登——一种新都市文化在中国（1930—1945）［M］. 北京：人民文学出版社，2010.

［20］俞元桂. 中国现代散文史［M］. 济南：山东文艺出版社，1988.

［21］朱寿桐. 新月派的绅士风情［M］. 南京：江苏文艺出版社，1995.

［22］［丹］格奥尔格·勃兰兑斯. 十九世纪文学主流［M］. 北京：人民文学出版社，1980.

［23］吴福辉. 中国现代文学发展史［M］. 北京：北京大学出版社，2010.

［24］朱晓进. 非文学的世纪：20世纪中国文学与政治文化关系史论［M］. 南京：南京师范大学出版社，2004.

［25］司马长风. 中国新文学史［M］. 香港：昭明出版社有限公司，1978.

［26］周泉根，梁伟. 京派作家群落研究［M］. 上海：上海三联书店，2012.

［27］［美］格里德. 胡适与中国的文艺复兴［M］. 南京：江苏人民出版社，1995.

［28］吴腾凰. 蒋光慈传［M］. 合肥：安徽人民出版社，1982.

［29］王艾村. 柔石评传［M］. 上海：上海人民出版社，2002.

［30］杨义. 中国现代小说史［M］. 北京：人民文学出版社，2005.

［31］吴世勇. 沈从文年谱（1902—1988）［M］. 天津：天津人民出版社，2006.

［32］许志英，邹恬. 中国现代文学主潮［M］. 南京：南京大学出版社，2008.

［33］陈学勇. 林徽因寻真——林徽因生平创作丛考［M］. 北京：中华书局，2004.

［34］贾振勇. 理性与革命——中国左翼文学的文化阐释［M］. 北京：人民出版社，2009.

［35］陈星，朱晓江. 从“湖畔”到“海上”：白马湖作家群的形成及流变［M］. 上海：上海三联书店，2009.

［36］刘群. 饭局·书局·时局：新月社研究［M］. 武汉：武汉出版社，2011.

［37］张菊香，张铁荣. 周作人年谱（1885—1967）［M］. 天津：天津人民出版社，2000.

［38］陈学勇．莲灯诗梦林徽因［M］．北京：人民文学出版社，2008．

［39］孙玉蓉．俞平伯年谱［M］．天津：天津人民出版社，2001．

［40］陈建军．废名年谱［M］．武汉：华中师范大学出版社，2003．

［41］耿志云．胡适年谱［M］．福州：福建教育出版社，2012．

［42］陈从周．徐志摩：年谱与评述［M］．上海：上海书店出版社，2008．

［43］闻黎明，侯菊坤．闻一多年谱长编［M］．上海：上海交通大学出版社，2014．

［44］张桂兴．老舍年谱［M］．上海：上海文艺出版社，1997．

［45］凌叔华，陈学勇．中国儿女——凌叔华佚作·年谱［M］．上海：上海书店出版社，2008．

［46］王增如，李向东．丁玲年谱长编［M］．天津：天津人民出版社，2006．

三、论文类

［1］杨迎平．新感觉派都市小说比较谈［J］．山东师范大学学报（人文社会科学版），2005（4）．

［2］王雪伟．文学运作模式概论［J］．理论与创作，2007（5）．

［3］余晓明．互渗与回环：政治文化视角下的文学与政治关系［J］．求索，2005（11）．

［4］杨剑龙．论语派小品文创作论［J］．学术月刊，2001（9）．

［5］陆咏梅．亚政治文化性：三十年代文学群体的普遍特征［J］．浙江师范大学学报，2003（3）．

［6］曹清华．“左联”成立与左翼身份建构——一个历史事件的解剖［J］．文艺理论研究，2005（3）．

［7］李春雨．论现代出版与现代作家群体的关系［J］．中国现代文学研究丛刊，2008（6）．

［8］王儒年．“左联”知识分子聚合的社会学分析［J］．长江大学学报，2009（6）．

［9］杨洪承．京派的生存选择与文化的时空置换——现代中国文学社团流派文化形态研究之一［J］．淄博学院学报，1999（4）．

［10］李生滨．“京派”作家群体的历史成因［J］．固原师专学报，2002（3）．

［11］姜德明．鲁迅与萧红［J］．新文学史料，1979（4）．

[12] 周文. 鲁迅先生和“左联”[J]. 鲁迅研究月刊，1994 (8).

[13] 周燕芬. 宗派之争与社团的萌生——左联到七月社流变考 [J]. 西北大学学报，2008 (7).

[14] 翟瑞青. 现代作家和编辑职业的互动关系研究 [J]. 海南师范大学学报，2010 (6).

[15] 张如法. 编辑与文学 [J]. 河南大学学报，2001 (11).

[16] 黄蓉. 试论左联对《北斗》主编丁玲的宣传策略 [J]. 湘潭大学学报，2007 (4).

[17] 杨义. 流派研究的方法论及其当代价值 [J]. 海南师范学院学报，2001 (5).

[18] 颜湘茹.《现代》传媒形象的变迁——《现代》“编辑座谈”等栏目研究 [J]. 中山大学学报，2009 (4).

[19] 刘淑玲.《大公报》与中国现代文学 [J]. 河北学刊，2004 (3).

[20] 黄德志. 论 20 世纪 30 年代京派与海派作家的话语立场 [J]. 文艺争鸣，2002 (4).

[21] 王晓明. 一份杂志和一个“社团”：重识“五四”文学传统 [J]. 上海文学，1993 (4).

[22] 高恒文.《大公报》文艺副刊在“京派”发展史上的意义 [J]. 文艺理论研究，1998 (2).

[23] 赵曰茂.《忘情草》的作者李同愈 [J]. 新文学史料，2010 (4).

[24] 胡其伟. 三十年代前后沈从文与程万孚程朱涣兄弟书信钩沉 [J]. 新文学史料，2000 (1).

[25] 张耀杰. 从师生到情敌——曹禺与杨振声的故事 [N]. 南方周末，2011-08-19.

[26] 李跃力. 左联成立前后“新兴作家”的姿态与心态 [J]. 社会科学辑刊，2007 (6).

[27] 周兴华. 文学与政治：茅盾的选择与被选择 [J]. 名作欣赏，2008 (10).

[28] 张燕. 自然性与社会性的双重建构——艾芜早期小说创作思想解析 [J]. 现代语文，2007 (2).

[29] 黄开发. 周作人的文学观与功利主义 [J]. 中国现代文学研究丛刊，2004 (3).

[30] 吕若涵. 论三十年代论语派小品文的文化理念 [J]. 齐鲁学刊，

2001 (6).

［31］杨剑龙. 悲壮的史诗：论左联作家的乡土小说［J］. 学术研究，1991 (3).

［32］王培元. 师陀的乡土小说："浮世绘"——→咏叹调［J］. 中国现代文学研究丛刊，1991 (3).

［33］谢友祥. 论林语堂的闲谈散文［J］. 中国现代文学研究丛刊，2001 (4).

［34］张旭东. 散文与社会个体性的创造——论周作人 30 年代小品文写作的审美政治［J］. 中国现代文学研究丛刊，2009 (1).

［35］刘东玲. 现代社会经济发展与三十年代文学景观［J］. 文学评论，2011 (3).

［36］宋剑华，陈婷婷. 论都市意象与二三十年代的茅盾小说创作［J］. 湘潭大学学报（哲学社会科学版），2008 (2).

［37］张园. 20 世纪 30 年代小说都市叙事整体观［J］. 江汉论坛，2003 (4).

［38］陈旭光. 三十年代的"现代"诗派与中国现代都市诗的发生［J］. 浙江学刊，2001 (1).

［39］韩彬. 悬浮在都市上空微弱的呼声——试论《现代》中的都市诗［J］. 名作欣赏，2006 (20).

［40］吴俊. 新文学的自觉与分化——论"社团文学"形式和观念［J］. 华东师范大学学报，1989 (5).

［41］朱寿桐. 论中国现代文学社团的研究方法［J］. 文艺理论研究，2005 (3).

四、期刊副刊类

《新月》《现代》《论语》《宇宙风》《前哨》《北斗》《文学季刊》《太白》《文学》《申报·自由谈》《大公报·文艺副刊》等 1930 年代期刊与报纸副刊。

后　记

书稿完成了，终于有一种如释重负的感觉。一直酝酿着要写篇后记，一则是每本书都要有个后记似乎才完整，这已经成为一种程式化的行为，我不能免俗。二则是人生需要经常总结，《论语》教诲说："吾日三省吾身"，而后记正好可以担此任务，它不仅是对人生一段生活的总结，同时也是对这个阶段生活的反思。

然而，当我拿起笔准备写这篇后记的时候，内心感慨万千，难以下笔。

还是从考博说起吧。2001 年我硕士毕业时，南京大学许志英老师就问我考不考博士。由于英语基础较差，硕士英语考了两年才通过，因此当时我心存顾虑，谢绝了许老师的好意，这也成为永远的遗憾。时隔三年，我又重新萌生考博的想法，原因很简单，只是希望能摆脱日常琐事，安安静静读几本书。2008 年我才实现了这个梦想，回到了母校南京师范大学文学院读书。

从 1994 年本科毕业到 2008 年重回随园，花开花落十几次，岁月已经留下了很多的痕迹，当年不识愁滋味的睥睨一切的青年，如今已经头发日渐稀疏，鬓角日趋灰白，性格也不再像当年那样偏激固执。而随园美丽依旧，春天图书馆前的垂丝海棠，艳丽而饱含热情；夏天中大楼前郁郁葱葱的树林，尤其那几棵老松苍翠欲滴；秋天大草坪边的古银杏，满树金黄，仿佛一幅浓墨重彩的油画；冬天西山上下坡道路两旁高大的法国梧桐，以斑驳的树皮和黄褐色的落叶诉说着岁月的变迁。每当见到这些，想起当年情同手足的同窗，而今各奔西东，便很容易滋生出物是人非的感慨。

对于这个学习的好机会，我倍感珍惜。在南师随园的图书馆，我有足够的闲暇翻翻书，浏览了不少书籍和民国期刊；在仙林校区，我又作为学生坐进了教室，聆听了老师的授课；在西山上的博士生公寓，尽管设施简陋，我还是找到久违的写作的快乐，也找回了平和与宁静……一切都是那么安详，那么美好。然而美好的时光总是十分短暂，由于工作和家庭琐事的羁绊，这段生活只持续了一年半，我就不得不回到南通，一边工作一边写论文。对于违背了当初进校时认真读书的初衷，我觉得这是我博士阶段最大的遗憾。接下来的博士论文阶段，不仅仅是一个简单的写作过程，更像是经历了一个炼狱。从选题时的犹豫彷徨，到写作过程中的殚精竭虑，到修改时的焦躁紧张，再到预答辩时的忐忑不安，两年来每时每刻都处于这样的煎熬之中。读博期间，正逢范曾艺术馆的建设和布展前期的筹划阶段，一切工作对于我来说都是全新的挑战，我认真对待，不敢懈怠，其间酸甜苦辣唯有自己知道。记得有一次一个人去考察黄宾虹艺术馆，在浙江金华这个完全陌生的城市拿着地图找到地方，然而大门紧闭。四处转悠，好不容易找到一个工作人员，了解到一些情况。完成任务后，接到导师第二天要面谈论文的电话，于是下午从金华赶到杭州。傍晚到杭州但没能买到火车票，只好马不停蹄赶到汽车站，庆幸坐上了晚上往南京的汽车。一路狂奔，没来得及吃饭，本以为三个小时就能到南京，结果沿途堵车，饥肠辘辘，到南京已是凌晨三点。在这样繁忙的工作中，加上还要上课，我难得有完整的时间来深入思考，所以论文断断续续写了两年，其中大部分还是在寒暑假中完成的。写作的过程也是一个不断学习、思考的过程，在此过程中我读了一些书，学习了很多的东西，感觉受益匪浅。2012 年我顺利通过了博士论文的答辩。2014 年我又以此申报国家社科基金后期资助项目，获得了立项，其后的两年中又根据老师和专家所提出的中肯意见进行了较大幅度的修改。时至今日，尘埃落定，这篇论文终于在紧张焦虑中画上了一个还有诸多遗憾的句号。

衷心感谢我的导师杨洪承先生。杨老师在学习上是我的良师，他睿智、学识渊博，是我们治学的榜样；他中正宽厚的气质、亲切诚恳的态度、严谨务实的作风，更是我们做人的楷模。而在生活中杨老师更像一位益友，总是热情帮助我，排忧解难，宽容无私，对此我一直心存感激，终生铭记。只是学生我生性愚钝懒惰、能力不逮，以至于碌碌无为，有负老师厚望，深感惭愧。同时我还要对南京师范大学文学院现当代文学专业诸位导师和参加答辩的老师表示崇高的敬意，尤其是丁帆老师、谢昭新老师、朱晓进老师、高永年老师、何言宏老师、贺仲明老师、谭桂林老师等，他们对论文提出了诸多宝贵的意见和建设性的修改建议，促成了论文的进一步完善，在此深表感谢。

忘不了南师的生活。位于随园西山上的 11 号博士生公寓设施简单，两个人一间，只有两张床、两张带书架的书桌、一个狭小的卫生间。宿舍较为清冷，走廊上一般没人，每个宿舍大多数时间都是关着门，一副拒人千里之外的样子。不同年级、不同专业之间很少串门，所以隔壁住什么人甚至对门住什么人一般都不太清楚，只有一个年级、一个学院的同学间偶尔串串门。大家串门的时候往往都是抱着一只大茶杯，杯中一般是白开水，在看书写字累了，百无聊赖之余，到走廊中散散步。如果同学宿舍门关着，关系不是好到一定程度一般不打扰清修；如果门开着，就踱步进去，无关痛痒的话寒暄两句，就不知不觉切入到正题，往往聊的是自己思考的论文或选题。很多时候聊天能够提神，一不小心就聊得入港，不经意之间又踱进来三两个，参与并展开热烈的讨论。专业不同也无所谓，反正是各抒己见，氛围一下子变得热烈异常。一聊就聊得很晚，通常到了十一二点钟才面有倦意，作鸟兽散，正所谓“谈笑有鸿儒，往来无白丁”。偶尔有机会也放松一下，好不容易凑足四个人打一圈“跑得快”。旁边宿舍一位老兄循声而至，在边观战，一会儿就摩拳擦掌，按捺不住，跃跃欲试。然而俟其加入，才发现大大不妙：上家出了一个 2，他马上就出了一个 3 押上。众人告知 2 最大、3 最小，他却大惑不解，振振有词曰：3 比 2 大，三尺小儿就知道！大笑之余，让人感受到的是读书人的单纯与可爱。在这样的环境中，人何须要有心计？

忘不了南师的生活。来自闽南的老胡，敦实而机敏，称得上出点子的军师，有老大哥的风范。老胡在英语课上的表现尤其令人敬佩，尽管口语磕磕碰碰，但说完是必须的，显示出一份坚定与执着。来自淮南的晓文，话不是很多，细声轻语，儒雅清高。来自西北的老冉，在球场上很是勇猛，研究的却是温柔敦厚的古代文学，偏偏对昆曲十分着迷；其爱屋及乌，由喜爱昆曲发展到喜爱江南，读博期间遍游江南山水园林，走过的地方之多让我们江苏人也是汗颜。来自南师的杏培，虽年龄比较小，但待人接物，老成热情，乐于奉献；其酒量不一定很大，胆气却是不输别人，而学习也是最认真刻苦的，成绩也是我们中间最优秀的。来自湖南的冀师弟，浓眉大眼，标准帅哥，虽然嗜好吃辣，脾气倒是非常好，为了读博而放弃了一份待遇丰厚的工作，这种为理想而奋斗的勇气是令人敬佩的。还有来自中原大地的小侯，年轻英俊，朴实聪慧，然而天妒英才，英年早逝。他在得了白血病以后仍然坚持写完了博士论文，并成功申报了教育部课题。在他去世两年后，他的女友小慧联系上我，让我帮他写一份教育部课题结项的专家鉴定意见。当我看到他的材料时，不由潸然泪下。有什么比生更为重要？有什么比这份坚持更让我们动容？所以我们要感谢小侯，让我们认识到生活的残酷，认识到生的美好，并认识到人生一定要为一份信念永远拼搏！

读博士期间，每个人都忙着看自己的书，思考自己的问题，写自己的论文，钻研自己的选题。时间一长，往往就把自己封闭在完全自我的空间里，于是这难得的共同生活与交流就成为尤为弥足珍贵的记忆。所以我要感谢同窗和同门师兄弟们，忘不了我们在篮球场上的共同征战，忘不了我们在虎踞山庄的壮饮赋诗，也忘不了我们在随园大操场上的闲庭信步，感谢你们和我一起度过的欢乐时光。如今，我在江尾海西头再读老冉的戏作《随园七子樽酒行乐图》："暮雨潇潇过江横，七子诗酒冠群雄。三杯已送纷华远，千觞顿觉色相空。谁敢持刀漂江湖，汝能揖让作狗熊？兴尽还倚秋窗望，月上柳梢斗西东。"内心总是充溢着深深的留恋。

最后，感谢我的父母对我工作的支持，尤其感谢我的妻子许燕霞女士在生活上的照顾，让我得以无后顾之忧地来完成本书。南通大学周建忠教授是我工作中的领导、生活中的朋友、精神上的导师，一直对我关心备至，受惠太多，感激之情难以一一言表。感谢我的朋友徐锋、朱秀峰给我的精神上的鼓励和生活上的关心，感谢我的弟子胥宏锋和章剑锋，为我提供了安静的写作场所。感谢人大出版社的王宏霞、彭理文等编辑，他们工作负责而严谨，对书稿提出了很多可贵的建议。还有我其他的朋友们，恕我不再一一说出你们的名字，我只想说感谢你与我分享了这段人生，你们是我人生的幸运、生命的财富！在你们的注视下，我努力前行，不敢停下。在此，我想对我刚刚踏上新征程的儿子顾源清说：人生也许正如一篇博士论文的写作，是一个不断挑战自我的过程，唯有付出辛劳与心血，人生才会充实而没有遗憾！

顾金春

2016 年 7 月 25 日

图书在版编目（CIP）数据

1930年代中国现代作家群落研究/顾金春著. —北京：中国人民大学出版社，2016.11
国家社科基金后期资助项目
ISBN 978-7-300-23565-3

Ⅰ.①1… Ⅱ.①顾… Ⅲ.①现代作家-作家群-研究-中国-1930 Ⅳ.①I206.6

中国版本图书馆CIP数据核字（2016）第263948号

国家社科基金后期资助项目
1930年代中国现代作家群落研究
顾金春　著
1930 Niandai Zhongguo Xiandai Zuojia Qunluo Yanjiu

出版发行	中国人民大学出版社		
社　　址	北京中关村大街31号	**邮政编码**	100080
电　　话	010－62511242（总编室）		010－62511770（质管部）
	010－82501766（邮购部）		010－62514148（门市部）
	010－62515195（发行公司）		010－62515275（盗版举报）
网　　址	http://www.crup.com.cn http://www.ttrnet.com（人大教研网）		
经　　销	新华书店		
印　　刷	涿州市星河印刷有限公司		
规　　格	165 mm×238 mm　16开本	**版　　次**	2016年11月第1版
印　　张	16.5插页2	**印　　次**	2016年11月第1次印刷
字　　数	274 000	**定　　价**	49.50元